Arquelana

Operação
PADDOCK

paralela

Copyright © 2023 by Arquelana

A Editora Paralela é uma divisão da Editora Schwarcz S.A.

Grafia atualizada segundo o Acordo Ortográfico da Língua Portuguesa de 1990, que entrou em vigor no Brasil em 2009.

CAPA E ILUSTRAÇÃO Laura Athayde
PREPARAÇÃO Giu Alonso
REVISÃO Marise Leal e Adriana Moreira Pedro

Dados Internacionais de Catalogação na Publicação (CIP)
(Câmara Brasileira do Livro, SP, Brasil)

Arquelana
   Operação Paddock / Arquelana. — 1ª ed. — São Paulo : Paralela, 2023.

   ISBN 978-85-8439-318-3

   1. Ficção brasileira I. Título.

23-157839	CDD-B869.3

Índice para catálogo sistemático:
1. Ficção : Literatura brasileira   B869.3

Tábata Alves da Silva – Bibliotecária – CRB-8/9253

Todos os direitos desta edição reservados à
EDITORA SCHWARCZ S.A.
Rua Bandeira Paulista, 702, cj. 32
04532-002 — São Paulo — SP
Telefone: (11) 3707-3500
editoraparalela.com.br
atendimentoaoleitor@editoraparalela.com.br
facebook.com/editoraparalela
instagram.com/editoraparalela
twitter.com/editoraparalela

Para os pretinhos que nunca sentiram que mereciam um amor digno de livro. Nós merecemos todo o romance do mundo — não importa o que digam.

Paddock [pa-do-que]: Os bastidores das corridas, onde ficam os pilotos e as equipes fora da pista — e onde o verdadeiro drama acontece.

Querido leitor, querida leitora,

Antes de embarcar na história da Petra, gostaria de trocar duas palavrinhas com você para melhorar sua experiência de leitura.

Em primeiro lugar, nenhum dos eventos ocorridos neste livro, sejam acidentes, vitórias ou rixas entre pilotos, se baseia na realidade das Fórmulas 1 e 2. Tudo é ficção e qualquer semelhança com a vida real se dá pela verossimilhança com o esporte.

Em segundo, este livro é para maiores de dezoito anos, contém episódios de violência, transtorno alimentar (compulsão), menção a episódios depressivos e sexo explícito.

Por fim, para não tomar mais do seu tempo, *Operação Paddock* tem uma playlist no Spotify. É só ir na barra de busca do aplicativo e escanear o código abaixo.

Aproveite a leitura e não se esqueça de avaliar o livro na Amazon e no Skoob depois. :)

Prólogo

Paddock News
Escrito por Susan Hopkins

Péssimas notícias para os fãs da brasileira Petra Magnólia. A piloto não correrá este ano na Fórmula 2, como era esperado. A estrela em ascensão protagonizou um dos maiores escândalos do automobilismo no mês passado, quando foi fotografada ao lado de Nico Hoffmann. Os cliques em que a herdeira de vinte e dois anos parece estar em um jantar particular com o chefe de equipe da Helk Racing viralizaram pouco tempo depois de vazarem. Os fãs foram rápidos ao tirar do baú outras fotos em que os dois aparecem lado a lado e, em algumas delas, parecendo muito próximos.

Dias depois do vazamento das fotos, sua equipe atual, a Scuderia Remulo Junior Team, anunciou a decisão de não renovar o contrato para a temporada seguinte, a duas semanas do fim da temporada. Até o momento, não há qualquer anúncio de contratação da brasileira e, pelo visto, não haverá. Seria esse o fim da promissora carreira da piloto, filha de um dos magnatas do automobilismo?

1. O antro de lobos comandado pelo meu pai

Eu estava fodida.

Não tem nada melhor para a carreira de um piloto do que uma boa fofoca, porém não há nada mais devastador para uma piloto do que uma fofoca ruim.

— Você precisa urgentemente parar de dar atenção a esses jornais — repreendeu João ao pegar o controle em cima da mesa e jogá-lo no sofá depois de desligar a televisão.

Joguei a cabeça para trás e soltei um grunhido, o cansaço e o estresse se apoderando de cada célula do meu corpo, que andava largado às traças nos últimos dias.

— Pra você é fácil falar, é o queridinho dos tabloides — murmurei e cruzei as pernas.

João tomou mais um gole d'água e se apoiou na minha mala de viagem, comprada com meu primeiro salário de piloto de Fórmula 2. Só de pensar nas palavras "piloto de Fórmula 2" meu coração afundou no peito, uma sensação de desespero quase me levando à loucura, mas não havia tempo para me sentir mal. Era por isso que João estava ali, em uma tentativa de me impedir de ficar chafurdando na autopiedade e me ajudar a sair do buraco em que estava enfiada.

— Sabe... — meu irmão recomeçou a falar, agora caminhando para se sentar ao meu lado no sofá e me encarar como se tivesse todas as respostas do mundo. Seus olhos verdes eram idênticos aos meus, assim como quase todo o restante, afinal somos gêmeos. — Você pode ser chamada para ser piloto de teste na próxima temporada, ou até piloto reserva, e...

— Mas a questão não é essa, João, e você sabe bem! — exclamei pela milésima vez e me levantei, fugindo do seu toque apaziguador.

Caminhei de um lado para o outro, minhas meias azuis contrastando com o chão de madeira. Meu irmão acompanhou com o olhar meu andar exasperado, mas sem dizer nada. Ele sabia respeitar meu tempo como poucas pessoas. E olha que ninguém parecia respeitar nada que envolvesse o meu nome nos últimos dias.

Desde a divulgação daquelas fotos estúpidas, minha vida tinha virado um inferno. O filho da puta do chefe de equipe da Junior Team mal teve coragem de olhar na minha cara quando disse que meu contrato não seria renovado por causa do orçamento. Eles já estavam enrolando para renovar, outras equipes chegaram até a contatar meu assessor, mas, com a garantia da Scuderia Remulo de que eu continuaria no time, falei para desconsiderarmos. Eles estavam demorando, mas assinariam. E, quando fizeram aquela reunião desgraçada, faltando apenas duas semanas para a final do campeonato, foi como levar um soco no estômago. Ninguém pareceu se importar que eu tivesse ficado em segundo lugar no pódio, nem que tivesse pontuação suficiente para a Fórmula 1 e trouxesse investimentos brasileiros graças à minha carreira.

Por conta de três fotos — quase sem definição, diga-se de passagem —, minha carreira talvez tivesse acabado. O que João falhava em perceber era que um deslize meu não era apenas um deslize: era o fim. Passar uma temporada inteira sem ser contratada como piloto seria suficiente para dar munição aos outros chefes de equipe que, sem esconder, já me esnobavam.

Como ouvi dizerem claramente ao meu assessor: "Ela não tem o mesmo preparo que os outros, e se já é difícil lidar com o gênio dos pilotos... Imagina ela na TPM, né? Rá-rá-rá".

Não preciso nem dizer que passei mais tempo do que o normal correndo na esteira naquele dia, já que brigar diretamente com aqueles caras não era possível. Não quando eu tinha um alvo nas costas.

— Você ainda vai à festa do papai hoje? — João perguntou após alguns instantes silenciosos.

— Não quero.

— Mas precisa.

— Mas preciso — concordei veementemente com a cabeça. — Minha nova assessora disse que seria uma boa maneira de acalmar os ânimos.

— Você precisava mesmo demitir o outro cara? Achei que ele fosse bom no trabalho — ele questionou, já em direção ao meu quarto para ver a roupa que eu havia escolhido para o jantar em homenagem aos pilotos da temporada.

— Se fosse bom, teria me ajudado a contornar essa situação, e não passado duas semanas seguidas perguntando se eu realmente não estava dormindo com o Nico.

Entrei no quarto com o meu irmão e fitei com leve assombro o vestido brilhante. Era lindo, não dava para negar. Talvez, em outra ocasião, eu ficasse feliz em usá-lo, mas naquele momento chamava atenção como um farol, quando tudo o que eu queria era me esconder.

— Vou jantar como se estivesse tudo bem — repeti o mantra treinado durante a tarde toda. João apertou de leve minha mão e sorriu para mim. Sua pele escura como a minha refletia todos os detalhes de nossa mãe.

Menos os olhos e o nariz. Esses eram traços do meu pai.

Vivíamos brincando quando crianças que, apesar de não sermos univitelinos, éramos cópias um do outro, até no que odiávamos.

— Se quiser ir embora no meio dessa palhaçada, me avise. Não me importo.

— Você sabe que é um dos pilotos homenageados, né? — provoquei com uma risada. João deu de ombros e fitou seu terno ao lado do meu vestido.

— Eu gostaria de estar em qualquer lugar que não naquela festa.

— Não sei por que você insiste em correr se odeia isso — comentei com uma careta e caminhei até meu banheiro.

As maquiagens estavam todas dispostas em cima da pia. O grande espelho me encarando de volta refletia olhos assustados, lábios ressecados e cabelos sedosos: uma cortina bonita que disfarçava todo o cansaço dos últimos dias.

— Você sabe bem por quê.

Meu irmão se apoiou na soleira da porta, acompanhando atentamente meus movimentos.

— Você já é adulto, não deveria mais ter medo do nosso pai dessa maneira — balbuciei, em parte pensando no que dizia e em parte concentrada em não furar meus olhos com o pincel.

— Pra você é fácil falar, já é uma decepção pra ele mesmo.

— Eu só tomei a iniciativa primeiro. Você tem que escolher a própria causa pra se rebelar, irmãozinho.

Quando a gente é filho de pais divorciados, aprende a se virar como dá. Nossos pais se separaram quando tínhamos dez anos, e por mais que fosse uma preocupação deles que crescêssemos juntos, fazia mais sentido para a carreira de piloto de João que ele ficasse na Inglaterra, onde nascemos. Assim, só eu acabei indo para o Brasil com minha mãe. Meu pai não queria que eu corresse, mas, morando longe, não pôde impedir quando comecei minha carreira ainda criança no Brasil. Ele continuava não sendo o maior fã da ideia.

Sorri para meu irmão pelo espelho e mandei um beijo. Ele estendeu um batom para mim com um revirar de olhos. Aos poucos, meu rosto tomava uma aparência aceitável. Os lábios nude eram indicação especial de minha assessora, que me pediu para manter o batom vermelho de lado, pelo menos até que a situação se acalmasse. Aquela seria minha primeira aparição pública desde o fim da temporada da Fórmula 2, no mês anterior. Eu acabei em segundo lugar, e, por mais que ficasse feliz, ouvir por todos os lugares que eu havia conseguido minha posição por dormir com chefes de equipe não foi um *plus* para minha autoestima. Como se o meu desempenho nos circuitos fosse automaticamente modificado por uma rola de magnata.

Era irritante saber como tinha sido fácil para as outras pessoas destruírem o que levei anos para construir. Três fotos. Nada mais. Fazia um mês e meio desde o escândalo, um mês e meio desde que minha carreira fora pelos ares.

Ignoraram por completo minhas estratégias nas corridas, a rapidez em lidar com adversidades em pistas estreitas, como eu era boa em circuitos de rua, minhas pontuações que me permitiriam acessar a Fórmula 1. Nada daquilo importava.

— Quase pronta — anunciei para meu irmão ao colocar a cabeça para fora do banheiro.

João ostentava seu terno com linhas brilhantes combinando com as do meu vestido. Sempre combinávamos nossas roupas nos eventos da Melden Racing — a equipe do vilão da Disney que eu costumava chamar de pai.

— Ok, agora vem se trocar que eu preciso me livrar dessas espinhas. — Ele me enxotou para fora do banheiro com um tapa estalado nas costas.

Dei uma risada leve, sabendo que estar com meu irmão tornaria aquela noite mais fácil, ou pelo menos era o que eu esperava e repetia para mim mesma a caminho do evento. Era estranho não dirigir, até em ocasiões como aquela. João era quem tomava a dianteira, cortando pelas ruas de Las Vegas, o motor ronronando em nossos ouvidos com familiaridade; e aquele som foi me acalmando até chegarmos ao hotel reservado para a confraternização.

Quinto lugar no Mundial de Construtores da Fórmula 1, o prêmio para as equipes. Aquela era uma grande vitória, levando em consideração que a Melden era relativamente nova no ramo, com apenas oito anos no mercado. Os primeiros cinco anos foram desastrosos, ainda mais com o baixo investimento. Foi apenas depois do contrato estratégico com a empresa certa de motores que a equipe passou a construir carros melhores e, assim, alavancou as colocações e conseguiu mais patrocínios.

— Estou do seu lado até o fim — João sussurrou quando os flashes atingiram a lataria. Meus pés marcavam batidas rítmicas no chão, os dedos das mãos doendo com a tensão enquanto meu irmão dava a volta no carro para abrir a porta para mim.

Na recepção dos convidados, a imprensa fazia festa. Afinal de contas, uma equipe pequena que cresceu tanto assim não era algo a ser ignorado. Por outro lado, aquilo tornava João o alvo das atenções e, por estar ao seu lado, também a mim.

— Petra, tem algo a dizer para se defender do escândalo?

Desviei da pergunta com um sorriso.

— Você já recebeu alguma proposta de contrato?

Eu me virei para o outro lado.

— Você estava com o Nico antes do divórcio dele?

Engoli em seco, tentando manter o sorriso congelado e o coração em um ritmo normal.

— Qual é a razão para o divórcio de Nico e Amanda Hoffmann? Você é a culpada?

Quando as portas se fecharam atrás de nós e as perguntas cessaram, meu coração ainda martelava o eco de cada uma delas. Eu não sabia que Nico havia se divorciado. Justamente quando eu pensava que a situação se acalmaria...

Parecia um inferno que nunca teria fim.

— Petra, você está bem? — João se aproximou, os olhos vasculhando meu rosto em busca de sinais de que o circo lá fora havia me afetado.

Apenas neguei com a cabeça e comecei a cumprimentar as pessoas vindo em nossa direção. Muitas parabenizavam João, outras lamentavam minha ausência na equipe do ano seguinte. Ali, para meu consolo, ninguém me perguntaria sobre o escândalo; pelo menos não diretamente.

— E o meu pai? — perguntei quando se aproximou Philip Smith, o homem atarracado que comandava a equipe da Melden.

Ele era o chefe de equipe desde o início daquela empreitada milionária, e não era fraco, de maneira nenhuma. Teve inteligência emocional suficiente para pedir a meu pai que, na temporada seguinte, João fosse piloto reserva. Foi um pedido do psiquiatra do meu irmão e um desejo dele mesmo, que não encontrava nas corridas felicidade nem qualquer estímulo para continuar trabalhando. Philip foi rápido em juntar os pontos, então decidiu agradar tanto a meu pai quanto a meu irmão, de forma que a equipe não fosse prejudicada no processo.

Eu ainda tinha razões para implorar a João que largasse o automobilismo de vez, mas ele era cabeça-dura e ainda achava que, com algum esforço da nossa parte, receberíamos a aprovação do nosso pai. Talvez ser criado por ele e não pela mamãe tenha gerado esse senso de responsabilidade no meu irmão; a ideia me parecia absurda. Ele achava que precisava ganhar o amor dos nossos pais, enquanto eu sabia que isso deveria ser algo natural. João acreditava em merecimento; eu acreditava que deveríamos ser amados independente de nossos feitos.

Era como discutir direitos humanos com alguém que acha que eles são algo a ser conquistado, e não naturalmente merecido.

— Seu pai está conversando com alguns patrocinadores no cassino — Philip respondeu com um sorriso amarelo.

Era simpático, o sujeito, mas estava sempre nas graças do meu pai, e eu nunca consegui decidir se aquele era um bom sinal ou não. Conhecendo Howard Brown, era melhor manter distância também das pessoas próximas demais a ele.

— Bom, então vou aproveitar alguns segundos de felicidade antes de o torturador me achar — sussurrei para meu irmão, que gargalhou e me deu tapinhas de incentivo nas costas.

O vestido estava confortável no meu corpo, mesmo que às vezes sentisse o paetê pinicar em um lugar ou outro. O decote permitia que o aquecedor do hotel confortasse meu busto naquele início de dezembro, os saltos nos pés eram incômodos, mas nada que me irritasse mais do que os olhares de soslaio de algumas pessoas.

Um casal chegou a dar risadinhas após passar por mim, e ouvi claramente o homem dizer: "Será que foi ele que deu o vestido ou ela pediu pro papai?". Cheguei a me virar para discutir, mas eles já tinham sumido no salão de jantar.

Aquele era outro fator. Agora as pessoas se sentiam mais seguras em falar em tom mais alto o que costumeiramente guardavam para si, levando em consideração meu nome e meu desempenho na Fórmula 2. Sem equipe e com as manchetes berrando aos quatro ventos que eu era uma destruidora de lares, não havia motivo para temerem uma resposta.

Subi as escadas a contragosto até estar sozinha no andar de cima.

Dedilhei o corrimão que seguia pelo corredor. Um segurança acenou para mim e eu o cumprimentei, sem parar de andar até estar diante do quarto que meu pai sempre reservava para conversar com investidores. Em algum momento da noite, entre bebidas de mais e noção de menos, homens de terno se enfurnavam ali para prometer patrocínios e firmar acordos "de homem", como meu pai chamava.

A minha teoria era que, para selar o combinado, eles todos se mamavam.

Estava prestes a entrar na sala para me isolar de tudo e todos até a hora do jantar, mas o som de risadas me fez congelar.

— Você pode abrir pra mim, por favor? — pedi, um pouco nervosa, ao segurança, que me fitou por alguns segundos sem entender. — Ah, meu Deus, eles mudaram a equipe de segurança do ano passado? — Voltei os olhos para o corredor de onde viera e encarei novamente o homenzarrão. — Eu sou Petra Magnólia Brown, filha de Howard Brown. Costumo usar essa sala antes do meu pai.

— Srta. Brown, peço perdão, mas seu pai foi bastante claro ao determinar que ninguém além dele entraria nesta sala. Novamente, peço perdão e...

— Ora, ora, o que temos aqui, Oliver...

Verbalizei um palavrão, e o segurança voltou a se recostar na parede, apoiando as mãos cruzadas na frente do corpo. Com muito esforço, olhei para o lado. Diante de mim, Andreas Kuhn e Oliver Knight caminhavam lado a lado, mas pararam ao me ver conversando com o segurança.

— Que noite linda, não é, Andreas? — disparei antes que o homem de pele clara e olhos azuis falasse mais do que devia. — Vocês devem estar perdidos, a festa é lá embaixo.

— Ah! — Andreas pôs a mão no peito com falsidade. — Então devo imaginar que você estava em busca de uma festinha particular, né? Ouvi dizer por aí que é mais do seu gosto.

Cerrei a mandíbula com tanta força que poderia quebrar meus dentes, mas não cederia daquela vez. Solange, minha assessora, foi clara ao dizer que eu não deveria me meter em enrascadas, e Andreas definitivamente me faria sair nos tabloides do dia seguinte por ter socado um piloto de Fórmula 1 bem no nariz — de novo.

Ao seu lado, Oliver Knight, o primeiro piloto da mesma equipe de Andreas, suspirou. O atual campeão mundial da Fórmula 1 era um pouco mais alto do que eu e tinha um sorriso gentil nas fotos de imprensa. Houve uma época, anos atrás, que fomos mais próximos, o que colegas que passam muito tempo juntos conseguem ser. Passei parte da minha adolescência dividida entre achá-lo o cara mais lindo do mundo e querer vencê-lo nas corridas.

Oliver era um grande ativista contra o racismo nas pistas, mas naquele momento, enquanto seu colega tentava me jogar na lama, parecia apenas mais um dos diversos pilotos a abaixar a cabeça quando um companheiro atacava uma mulher sozinha.

— Vamos, Andreas... — murmurou para o colega e puxou sua manga para trás, apontando com a cabeça para a escada.

— Você está certo. — Andreas se virou para seguir o colega, mas não sem antes se voltar sorrindo para mim e estalar a língua no céu da boca. — Talvez ela só esteja tentando trepar com o segurança. É o que gente como ela faz, transa com qualquer um por um passaporte pra outro lugar.

Caminhei decidida em sua direção, dedo em riste e pronta para arrancar os olhos dele a unhadas, mas me refreei no último segundo. Sentia meu coração bater com força, os olhos inflamados de ódio ao fitar a pele clara, o sorriso convencido, o jeito soberbo de lidar comigo desde que éramos adolescentes. Naquela época, eu revidei de outra maneira. Agora, mais velha e com um escândalo nas costas, precisava me contentar com palavras cuspidas de ódio.

— Se seu único argumento é como uso meu corpo — disparei —, então está atrasado. Todo o paddock já está falando sobre minha vida sexual, precisa achar outro tema, Kuhn. Que tal discutirmos o *seu* desenvolvimento na pista de corrida em comparação ao meu?

A expressão dele mudou imediatamente, ao passo que meu sorriso cresceu.

— Ah, o que foi? Seu ego está machucado depois de destruir tantos carros de uma vez? — provoquei com uma risada e me afastei um pouco, passando a mão pelo meu vestido. — Ou é porque... — lancei um olhar para Oliver antes de falar, ele que pensasse o que quisesse daquilo — eu dou pra qualquer um menos pra *você*?

— Sua...

— Aproveite a festa, Andreas — vociferei antes de dar as costas e caminhar até o fim do corredor. Não havia nada ali além de um banheiro, mas qualquer opção seria melhor do que aqueles dois.

Abri a porta do toalete, um dos ambientes mais luxuosos do hotel, com acabamentos dourados e as pedras mais brancas que o dinheiro poderia comprar. As pias tinham torneiras douradas, combinando com o divã disposto no centro.

Me sentei no estofado, sentindo o peito arder pelo nervosismo, pela raiva, pelo cansaço de ter que viver todo aquele inferno.

Durante o caminho até ali, João havia me convencido de que o escândalo acabaria rápido, que um mês e meio era tempo suficiente para que as pessoas se esquecessem, mas não. Todos se lembravam. Mesmo que outra fofoca já tivesse tomado conta, aquela parecia ter se tornado a minha cruz, e eu duvidava que o assunto não fosse continuar a ser o tema das conversas mais algumas vezes.

O pior de tudo é que fiz um esforço tão grande para não ser aquela pessoa, o estereótipo latino que os americanos, a mídia em geral e o automobilismo tinham. Tentava me amoldar à imagem de garota europeia perfeita, e o que consegui? Uma vida inteira sem deixar que qualquer pessoa se aproximasse de mim, com medo de que os tabloides descobrissem sobre meus relacionamentos, com medo de que me excluíssem, levando junto um pedaço da Petra que a mídia não conhecia.

Apoiei os cotovelos nos joelhos e o rosto nas mãos, meus pés batucavam no chão, o eco dos saltos preenchendo o banheiro vazio. Precisava pensar em algo. Tinha que haver outra opção, certo? Alguma saída que não fosse simplesmente aceitar o escândalo e desistir de correr.

Eu me recusava a cair tão feio depois de lutar tanto, não era uma possibilidade.

Pessoas como Andreas existiriam sempre; ele mesmo já me infernizava desde quando corríamos juntos no kart, anos atrás, quando eu ia passar as férias na Inglaterra após o divórcio dos meus pais. Sempre foi um poço de arrogância, e no automobilismo certamente não era o único.

O que me deixava nervosa era a possibilidade de nunca mais conseguir uma posição no grid. Precisava de apenas mais uma chance, só mais uma...

Uma batida na porta e um pigarro vieram do lado de fora, me distraindo dos meus pensamentos.

— Petra? Você está bem?

Oliver Knight.

Estagnei e encarei de soslaio meu reflexo no espelho. O que ele queria?

— Só vim checar se está tudo certo — ele insistiu.

Fiquei de pé e dei dois passos à frente, encarando a maçaneta com desconfiança.

— Ele é um babaca — continuou Oliver, e foi o bastante para me fazer abrir a porta.

— É mesmo — concordei com um sorrisinho. — Mas não sei se você é muito diferente.

Seu semblante traiu o choque quando o encarei, empinando o nariz.

— Você ouviu tudo o que ele disse, todos os absurdos que ele destilou, e mesmo assim não falou nada — comentei dando de ombros. — Ficou lá escutando seu companheiro de equipe sendo racista e machista e também não falou nada. Antirracismo na pista, não é? — Ri de leve e balancei a cabeça.

— Eu...

Oliver estava de olhos arregalados, mas nada naquilo me surpreendia. Apenas passei por ele e acenei, o vestido farfalhando atrás de mim.

— Estou bem, Oliver, aproveite a festa.

E voltei para o antro de lobos prestes a me devorar.

Paddock News
Escrito por Susan Hopkins

A Fórmula 1 voltou!

Prontos para virar noites e acordar de madrugada para acompanhar as corridas nos cinco continentes? Nós estamos! Está oficialmente iniciada a primeira semana de corrida do ano — a *race week*. Sexta com os treinos livres, sábado com mais um treino e as classificatórias, que decidem a posição de largada dos pilotos, e no domingo a corrida.

Carros testados, pilotos prontos para mostrar a que vieram, é assim que começa a nova temporada da Fórmula 1.

Dez equipes, vinte pilotos, vinte e três corridas em dezoito países e um campeão mundial. Este ano, a favorita continua sendo a equipe inglesa Assuero Racing Team, que conta com o atual campeão mundial, o inglês Oliver Chaquille Knight.

A inauguração da temporada será em Joanesburgo, na África do Sul. Esta é a terceira vez que o circuito participa do calendário da Fórmula 1, e ele já se tornou um queridinho dos fãs pelas curvas acentuadas que põem os pneus à prova.

Fique ligado, o nosso portal Paddock News continuará trazendo todas as principais informações do paddock para os aficionados em Fórmula 1.

2. Compro um novo nariz em Joanesburgo

— Você não precisava me acompanhar. — João bocejou e me empurrou de leve.

Revirei os olhos para meu irmão e dei um peteleco em seu nariz.

— Não se sinta tão especial, só vim porque vou fazer minha cirurgia por aqui. Recebi indicação de um cirurgião muito bom e que não vai deixar meu nariz parecendo plastificado.

João me encarou de soslaio e bufou, apertando o passo. Acompanhei a aceleração, sentindo o vento gostoso da chegada do outono atingir meu rosto. Respirei fundo e apertei o ritmo, ultrapassando João com folga. Ouvi sua risada antes que ele voltasse a me alcançar.

— Continua treinando como se fosse correr? — perguntou mais sério, após alguns instantes silenciosos.

Desviei o olhar para o laguinho à esquerda. Ao redor, famílias brincavam na grama verde, crianças alimentavam os patos, e outros corredores passavam à nossa frente, assim como pessoas andando de bicicleta e de patins. Ali era um lugar de paz entre um Grande Prêmio e outro, e nós dois costumávamos dar uma boa corrida juntos para aquecer o corpo sempre que competíamos na mesma data. Naquele dia eu não competiria, mas estava ali por meu irmão.

Em parte, era verdade. Tinha decidido, finalmente, fazer a rinoplastia depois de tantos anos odiando meu nariz. Era parecido demais com o do meu pai. É verdade que eu ia aproveitar e corrigir o desvio de septo, que também me incomodava, mas o nariz dos Brown era uma das únicas coisas que me conectavam fisicamente a ele, o que fazia com que as pessoas olhassem para uma foto de Howard Brown, o magnata do automobilismo, depois para mim, a filha que teve com a brasileira, e pensassem: "Vocês são parentes?". Era tudo o que eu não queria; já não corria com o seu sobrenome para não chamar a atenção.

— Continuo treinando como se fosse correr porque eu *vou* correr, João, só não sei quando — brinquei. — E você, está animado com a possibilidade de substituir alguém nos GPS?

— Deus me livre! — reclamou. — Eu quero ficar na minha. Espero que ninguém sofra nenhum acidente, pegue alguma doença venérea nem nada do tipo. Imagina só, não conseguir correr porque sofreu um acidente doméstico? — Balançou o corpo como se o pensamento o perturbasse, então continuou a trotar.

— Vai dar tudo certo, João: ninguém vai se acidentar, você não vai correr e todos ficarão felizes no final.

— Seu otimismo me contagia — cantarolou, ofegante. — A Solange está fazendo um bom trabalho para limpar sua barra com os figurões?

Assenti de leve e parei de correr quando atingimos a marca esperada para o dia, suor grudando a camiseta às costas.

— Está se esforçando, mas é difícil...

Me agachei para recuperar o fôlego e inspirei o ar fresco de março. João se sentou na grama e limpou o suor da testa com o antebraço, estreitando os olhos em minha direção para se proteger do sol.

— Por que você continua me chamando de João e não de John?

— Alguém precisa te lembrar do seu nome de batismo, não é? — provoquei com uma risada. João riu e balançou a cabeça.

— Como você é boba.

— Em alguns dias, serei uma boba com um nariz lindo.

João caminhou de volta comigo até o carro estacionado do lado de fora do parque.

Seguindo a recomendação de Philip Smith, João não seria o piloto principal da Melden Racing naquela temporada, e sim o piloto de testes e reserva da Assuero Racing Team, o time de Oliver e Andreas. Era normal que as equipes trocassem pilotos reserva, e no caso de João foi mais fácil ainda, já que o dono da Melden era nosso pai e podia fazer a concessão que quisesse.

Quase quatro meses haviam se passado desde a festa de comemoração do fim da temporada e, desde então, era notável a constante melhora em João — graças também aos antidepressivos e a um pouco de liberdade fora do esporte. Eu estava feliz por ele e esperava que seus serviços como piloto reserva não fossem necessários. Ele só seria selecionado para correr caso houvesse algum acidente ou o piloto principal ficasse doente, além de servir como piloto de teste quando necessário.

— Tem falado com a mamãe? — ele perguntou quando assumi a direção do carro.

— Óbvio que sim, não durmo sem mandar uma mensagem. — Desviei o olhar da rua para meu irmão. — E você?

João coçou a nuca e tive que refrear a vontade de socar seu nariz idêntico ao meu.

— Toma vergonha nessa cara, João Magnólia!

— Eu esqueço! — ele se defendeu.

— Ela fica preocupada com você, sabe... — murmurei ao virar a esquina, já quase chegando ao nosso hotel.

O circuito aconteceria durante o dia, no autódromo de Joanesburgo, que ficava perto de onde estávamos hospedados. Quer dizer, de onde João estava. Peguei um lugar próximo, mas não no mesmo hotel, não quis correr o risco de trombar com os outros colegas de corrida dele, não quando eu mesma não teria a chance de correr.

— Mamãe sempre está preocupada — João desdenhou. — Mas o bizarro foi o papai perguntar sobre você semana passada.

Segurei o volante com força, desviando o olhar para o banco do carona.

— Por quê?

— Queria saber como você estava, especialmente depois do jantar...

— Ah — sussurrei.

O resto da noite de comemoração do fim da temporada, com o excelente resultado da Melden Racing, tinha corrido bem, isso até um dos patrocinadores beber demais e acabar soltando uma piada para meu pai sobre uma possível parceria com Helk Racing, já que eu estava enfiada nos lençóis de Nico Hoffmann. Dei a sorte de estar ao lado dele quando o comentário foi feito. Meu pai imediatamente se afastou de mim e foi levar o patrocinador para lavar o rosto.

Afinal de contas, um homem daqueles não poderia passar mal na maior noite do ano para a equipe.

Sua filha, no entanto, poderia se virar sozinha com a humilhação, claro.

— Você está entregue — pigarreei para meu irmão ao pararmos na frente de seu hotel.

João se inclinou para me dar um beijo estalado na bochecha, os olhos reluzindo com carinho.

— Quando é a sua cirurgia? Quero te ver toda feia e cheia de curativos antes de seguir viagem.

— Vai à merda, imbecil — praguejei, mas João apenas riu. — Vai ser no domingo, dia da corrida.

— Ótimo. Me passa as informações e eu vou te ver assim que estiver livre.

— Combinado, agora some daqui — brinquei e empurrei meu irmão para fora do carro.

Algumas pessoas o reconheceram e imediatamente vieram pedir autógrafos. Apenas dei ré com o carro e virei na próxima rua, feliz por ter passado tanto tempo com meu irmão nos últimos anos.

Por termos ficado boa parte de nossa vida em continentes diferentes, éramos dissonantes em muitos aspectos. João continuou com nosso pai na Inglaterra após o divórcio por causa da sua carreira, e eu fiquei com minha mãe no Brasil. Ambos começamos a correr bem jovens, com nove anos, e não paramos desde então. Meu pai nunca quis que eu fizesse isso, mas minha mãe usava toda a pensão para pagar pelos meus treinos e investir na minha carreira no automobilismo. Quando passava as férias com meu pai na Inglaterra, aproveitava para treinar no kart com João (e Andreas Kuhn, infelizmente).

Minha mãe, ao contrário do que meu pai esperava, conseguiu se sustentar muito bem sem ele. O início foi mais difícil, já que ela largou uma carreira corporativa para se casar, e voltar ao mercado após sete anos cuidando dos filhos não foi uma tarefa fácil. Mas minha mãe nunca desistia, e foi com muito trabalho que conseguiu pagar minhas viagens e competições.

Meu pai decidiu investir pesado em João, que, ao contrário de mim, não via no automobilismo uma profissão. Era mais um dever. Foi só quando me viu na mesma competição que meu irmão, aos treze anos, que ele reconheceu que eu tinha algum potencial. Eu já era a filha desgarrada, que cresceu sem as mordomias do Reino Unido, e sim com minha mãe e minha avó em Belo Horizonte. As duas me criaram da melhor forma possível, mas a maior dificuldade era ter companhia nos treinos. Vovó não entendia bem o esporte, mas mesmo assim estava lá torcendo por mim quando minha mãe não conseguia ir comigo.

Eu me declarei brasileira quando precisei decidir a minha nacionalidade ao entrar em competições oficiais. Quando fiz quinze anos, minha mãe aceitou que precisaríamos ir para o Reino Unido se quiséssemos oportunidades maiores de visibilidade. Foi aí que eu e João passamos a conviver de verdade um com o outro.

Nos primeiros meses, João e eu gostávamos de nos encarar no espelho e buscar diferenças entre nós. Uma pintinha ali, uma cicatriz de queda aqui, mas ainda assim éramos tão parecidos que era difícil às vezes discernir. Especialmente quando cortei o cabelo bem curto para facilitar o uso do capacete.

E, durante todo esse tempo, mesmo quando, aos dezenove anos, precisei me despedir da minha mãe que voltou ao Brasil para cuidar da vovó, João esteve ao meu lado. Nem sempre fisicamente, já que o automobilismo nos fazia viajar durante boa parte do ano, mas sempre próximo.

As lembranças de chorar no colo de João com saudade de casa me fizeram suspirar. Estacionei o carro na garagem do hotel e subi os lances de escada para finalizar meu treino. Entrei ofegante no apartamento e só consegui me deitar para relaxar quando, depois do banho, liguei a televisão e enfiei a cara nos travesseiros. O cheiro de roupas lavadas e xampu era o meu favorito, e não havia nada melhor do que um bom descanso antes de finalmente passear pela África do Sul. Estava ansiosa para conhecer alguns museus e talvez tomar um café que vi nas recomendações de um perfil de viagens.

Havia certa magia em estar ali sem a necessidade de correr, podendo aproveitar os arredores com mais calma do que em dias de corrida. Porém, apesar de buscar pontos positivos, eu sentia falta da perspectiva dos treinos, das corridas, de todo o caos do paddock — espaço reservado aos bastidores da corrida, onde a verdadeira política acontecia.

Mas eu daria um jeito de voltar às pistas. Não desistiria sem tentar até o final.

Ainda pensava em meu cronograma da tarde de relaxamento quando uma chamada de noticiário na televisão preencheu o pequeno quarto.

— Foi anunciado agora, com exclusividade, que Andreas Kuhn, piloto de Fórmula 1 pela Assuero Racing Team, está internado no Hospital Maria Teresa Ruiz González após sofrer um acidente em seu hotel, na tarde desta terça-feira. O estado de saúde do piloto ainda não foi informado. O Grande Prêmio da Fórmula 1 acontecerá aqui em Joanesburgo neste domingo, e o primeiro treino livre está marcado para sexta-feira. O piloto reserva John Magnólia Brown deve correr em seu lugar.

Pisquei algumas vezes, incrédula. Peguei meu celular com rapidez e já ia selecionar o número de João quando seu nome apareceu na tela antes que eu apertasse o botão para completar a ligação.

— Petra, você viu?

— Vi — comentei esbaforida, já caminhando de um lado para o outro. — E agora, João?

— E agora que eu estou fodido, Petra. Fodido!

Piloto automático
Transcrição de programa de televisão

Marcos Souza: A *race week* chegou, e já começamos com emoções a mil, não é, Sabrina?
Sabrina Gonçalo: É isso aí, Marcos. Na Fórmula 2, Henry Basil faz sua estreia pela Scuderia Remulo Junior Team. O jovem de apenas dezenove anos está substituindo Petra Magnólia, que não renovou contrato com a equipe após um escândalo envolvendo Nico Hoffmann, chefe de equipe da Helk Racing.
Marcos S.: E, falando na figura mais comentada da Fórmula 2 nos últimos meses, temos que lembrar que o irmão dela, John Brown, vai ser o segundo piloto, sendo que o primeiro é Oliver Knight, pela Assuero no GP de Joanesburgo. Essa dupla de gêmeos tá dando o que falar ultimamente... O que você acha, Caio?
Caio Matogrosso: Talvez estejam aparecendo até demais. John não é um piloto tão bom, é mediano. A Assuero não vai ter problemas com ele tentando roubar o brilho do Oliver, mas com certeza precisa ficar atento à pontuação.
Sabrina G.: Você acha que John Brown não vai marcar pontos pela Assuero?
Caio M.: Num primeiro momento, não. Mas quem sabe? A Fórmula 1 também é uma caixinha de surpresas.
[Todos riem.]

3. Operação Paddock e esquema Kylie Jenner

— Eu vou morrer!
— Você não vai morrer, João.
— Pois vou fingir que morri.
— Isso é crime.
— Você está usando tênis branco com meia preta e ninguém está te levando presa por isso, né?

Entreguei um copo d'água para meu irmão, que o tomou em uma golada só. João respirou fundo, seus olhos, vermelhos pelo choro de ódio, agora estavam desolados.

— Aquele imbecil precisava quebrar a perna? Homofóbico e racista maldito, não serve nem pra isso!

Dei risada e me sentei ao lado dele na cama fofinha. João já estava havia vinte minutos completos ignorando ligações e fingindo que o mundo lá fora não existia. Eu não podia julgar — longe de mim, eu tinha feito a mesma coisa quando todo o escândalo explodiu. Eu daria forças ao meu irmão como ele fez comigo.

— Quanto tempo ele vai ficar fora? — perguntei receosa.
— Alguns meses, no mínimo. Não entendi direito, mas acho que foi na piscina do hotel. Rolou fratura exposta e tudo, sangue pra todo lado e uma bagunça só — comentou com desdém. — Eu até poderia me sentir mal, se ele fosse gente, mas não é o caso.

Liguei a televisão para que o barulho nos distraísse e suspirei.
— É, não posso dizer que estou muito chateada também.

Operação Cupido na tela se intercalava com as reclamações de João. Dei uma risadinha ao ver que a história das gêmeas que se passavam uma pela outra foi a escolhida para o momento. Uma vez, antes do divórcio dos nossos pais, eu e João trocamos de uniforme e de identidade. Na época, João tinha o cabelo grande como o meu e se recusava a cortar.

Ficamos naquele ritmo por três dias até nos descobrirem. Naquela época, meus pais passavam mais tempo ocupados trabalhando do que prestando atenção na gente, então foi fácil.

E, quando crescemos, minha mãe demorou até se acostumar a falar ao telefone conosco enquanto nossas vozes passavam pela puberdade. João sempre teve a voz mais suave, e eu, mais rouca e grave. Mamãe gostava de brincar dizendo que era porque eu gritava demais quando era bebê.

— Você sabe que vai ter que encarar isso alguma hora, não é? — perguntei ao apontar com a cabeça para seu celular vibrando loucamente.

— Ser adulto e precisar lidar com as consequências disso é uma droga.

— Você tem algumas mensagens para responder. Eu vou ficar aqui esperando, pode usar o banheiro se quiser ter um pouco de privacidade. — Apontei para o cômodo do outro lado do quarto.

João agradeceu com um sorriso tímido e fechou a porta atrás de si. Voltei a olhar para o filme com nostalgia. Se pudesse, assim como as gêmeas, trocar de lugar com o meu irmão, eu o faria apenas para que ele não precisasse passar por aquilo.

Mudei de canal, sentindo um aperto no peito. *Ela é o cara* preencheu a tela. Assistir Amanda Bynes indo para a faculdade no lugar do irmão para jogar futebol e se apaixonando pelo personagem do Channing Tatum era meu programa favorito numa terça-feira qualquer quando era adolescente.

Viola, a protagonista, não era crível como atleta. Daquilo eu entendia muito bem. Me lembrei de quantas vezes me questionaram se eu era uma das zeladoras dos autódromos; ninguém achava que eu podia ser piloto.

Permaneci com a cabeça apoiada na mão enquanto assistia a Amanda Bynes enfiando um absorvente interno no nariz, e quando estava prestes a pesquisar sobre a vida atual da atriz fui interrompida por João abrindo a porta do banheiro. Estava cabisbaixo e fungando, então eu o abracei com força quando ele se sentou ao meu lado, fazendo carinho em seus cabelos relativamente grandes. Estavam quase do tamanho dos meus, um black power em crescimento. Aquilo certamente não ajudava no quesito diferenciar gêmeos.

— Eu te amo e sinto muito — sussurrei ao dar um beijo no topo de sua cabeça.

João se aninhou ao meu corpo e chorou mais um pouco. Pensei em todos os cenários possíveis, nas crises depressivas e de ansiedade, em suas medicações, em todos os cenários em que meu irmão se sujeitaria a algo que odiava apenas para agradar um pai que nem sequer lhe dirigiria o olhar no fim do dia.

Algumas pessoas tinham pais que não viviam através dos próprios filhos; João e eu não tínhamos essa sorte.

— Juro que se eu pudesse dar uma de *Ela é o cara* e trocar de lugar com você, faria isso — comentei com pesar, passando as unhas sobre seu ombro exposto.

Minutos inteiros se passaram sem nenhum som além da televisão apresentando todo o drama de Viola, que se alternava entre ser seu irmão e ela mesma. Aquilo era uma loucura, qualquer pessoa teria percebido, com certeza.

Meu irmão finalmente parou de chorar e se afastou após alguns segundos em silêncio. Ele mostrava um sorriso maníaco no rosto que, combinado com os olhos vermelhos, o deixava parecido com um vilão da novela das nove na Globo.

— Você não vai me matar, né? — perguntei, assustada. — Acho que a cadeia é pior do que a Fórmula 1, João.

— Não vou te matar, mas você está prestes a salvar a minha vida — ele exclamou, pegando minhas mãos e apertando-as com força.

— Eu posso deixar você se esconder da Assuero aqui, mas por pouco tempo.

João apontou para a televisão, sem desviar o olhar do meu. Segui sua mão e gargalhei ao vê-lo indicar Channing Tatum sem camisa.

— Não podemos ver filmes pra passar o tempo, João, eu...

— Vamos fazer uma mistura de *Ela é o cara*, *Operação cupido* e *Mulan*! — ele gritou, como se fosse óbvio.

Alternei o olhar entre seu dedo e a televisão algumas vezes, sem acreditar em suas palavras.

— Talvez a cadeia seja uma opção, no fim das contas.

— Petra — ele segurou meus ombros entre as mãos e me balançou —, presta atenção. Isso pode dar certo. Você não está fazendo nada no momento, nós somos superparecidos... É o plano perfeito!

Me levantei em um salto e me afastei de meu irmão e de suas ideias. Ele queria realmente acreditar que algo diferente da realidade funcionaria. Eu também havia passado por aquele estágio.

— Ahã, eu tenho pomo de adão e minha virilha é do tamanho da sua.

— Homens não precisam ter pomo de adão e pênis.

— Eu sei, mas *você* tem, droga.

João bufou e correu em minha direção, gesticulando para a televisão e para mim várias vezes.

— Mas isso a gente resolve. A Amanda Bynes resolveu, não é?

— É um filme, João.

— Mas todo filme é baseado na vida real.

— *Godzilla vs Kong*?

— É claramente uma alegoria sobre os Estados Unidos acreditarem que os países asiáticos são uma ameaça. É uma defesa do porte de armas para provar o argumento de que armas só são monstros nas mãos erradas. Não estão certos, mas é obviamente baseado na vida real.

Pisquei algumas vezes, atordoada.

— Essa resposta estava muito na ponta da língua demais pra ter saído da sua cabeça agora.

João segurou novamente minhas mãos e me encarou com seriedade.

— Correr é a sua vida, não a minha. Por favor, não me deixa entrar naquele negócio claustrofóbico de novo, Petra...

— Mas eu nunca nem corri na Fórmula 1, João, você sabe disso.

— Mas passou por todos os mesmos circuitos nos seus anos de Fórmula 2, já foi piloto de teste de outras equipes. Andou nas mesmas pistas que eu. — Alargou o sorriso, parecendo mais convencido da própria loucura a cada segundo. — Você vai ter os treinos livres pra se adaptar à pista, fora os testes, e tudo bem não ter uma performance incrível de início, ninguém vai estranhar isso, porque seria a minha primeira corrida oficial no carro deles.

Os segundos em silêncio foram suficientes para os olhos pidões de

João brilharem para mim. Eu não estava realmente cogitando aquela loucura, estava?

— Nós somos gêmeos, mas temos diferenças, João... — comentei. — Sua equipe de treino não é a mesma que a minha, nós temos cabelos diferentes, eu tenho peitos...

— Você praticamente usa o mesmo número de sutiã que eu — ele declarou.

— Nossa, você poderia pelo menos ser mais gentil quando estou prestes a salvar a sua pele.

— Então você topa?! — exclamou com um pulo.

Encarei a televisão novamente: Amanda Bynes abraçando o irmão no meio do campo de futebol, o felizes para sempre de uma família de mentirinha.

Correr implicaria mentir para muitas pessoas, pôr em risco o trabalho de mais gente, fora as chances imensas de sermos descobertos. Quer dizer, a vida não poderia imitar a arte, certo?

Mas se a Avril Lavigne podia ter uma sósia eu também conseguiria fingir ser João. Ou pelo menos era isso que me convencia a entrar naquela pataquada enquanto caminhava pelo quarto, os passos ressoando com ansiedade.

Aquela era a vida real, e a vida real tinha tirado o meu sonho de correr, feito com que todos acreditassem que eu tinha um romance com um homem casado e agora eu estava sem contrato, sem perspectiva de correr e sem uma equipe.

A vida real também não me daria outra oportunidade como aquela.

— Golas altas — falei com um estalar de dedos. — Vamos resolver o problema do pomo de adão com golas altas.

— Eu já não uso barba mesmo, então não vai ser um problema agora — João adiantou, se animando com a minha ideia.

— Eu vou precisar fazer um contorno com a maquiagem pra destacar um pouco a mandíbula — ponderei.

— Meu ex-namorado é maquiador, ele com certeza toparia um trabalho de longo prazo.

— Não, não — exclamei de pronto, agora com a ideia se assentando em minha mente. — Se vamos fazer isso, não podemos envolver mais ninguém. Se descobrirem, ninguém além de nós será culpado.

— Mas e nossos treinadores e a equipe de mídia? — ele perguntou.

— Só eles, então. Nós podemos dizer que você pegou meu treinador emprestado de última hora, já que eu não vou precisar treinar. Sobre a minha gerente de mídia, não imagino que vamos ter problemas, ela só precisa saber para estar preparada caso isso vaze — já comecei a planejar. João assentiu entusiasmado, sua mente maquinando desculpas junto comigo. — E eu não vou poder participar das coletivas de imprensa, é arriscado demais, com câmeras tão perto.

— E como vamos fazer com a voz? — ele perguntou.

— Minha voz já é mais rouca, você sabe disso. E tem mais: vou passar tanto tempo com o capacete e o uniforme que mal vão reparar nesses detalhes. Garanto.

— Mas... e se sentirem a sua falta? Você tem presença nas redes sociais.

— Esquema Kylie Jenner. — Dei de ombros. — Ela tirou várias fotos quando estava grávida e sem a barriga aparecer, então foi postando nas redes sociais ao longo dos meses. Ninguém desconfiou. Bem, quase ninguém. Sempre tem um maluco do Twitter. Falo com minha gerente de mídia e fazemos o mesmo.

— Ok, eu vou te acompanhar nas corridas de acordo com o calendário. — João seguiu minha linha de pensamento. — Ficarei bem escondido durante os fins de semana de corrida, e você pode aparecer como Petra quando não estiver no autódromo, para conhecer novas equipes e fazer um networking legal.

— Hum, boa ideia. Você é um ótimo mentiroso.

João revirou os olhos verdes iguais aos meus.

— Você vai ficar com meus documentos?

— Sim. E você fica com os meus. Não acredito que vou dizer isso, mas talvez seja uma boa ideia deixarmos um dos jatos do nosso pai à disposição. Você é o filho favorito, quebra esse galho? Aí, quando estiver na Europa, pode ir me ver de trem. Não teremos problemas desse jeito.

— A sua mente é tão rápida assim o tempo todo? — perguntou ele, abismado.

Dei de ombros e comecei a caminhar pelo quarto, a ideia tomando forma em minha mente. Talvez aquilo desse certo, talvez, apenas talvez...

— Tem certeza disso, João? Não tem volta.

— Eu prefiro ir preso a correr — respondeu ele, exagerado, o que me fez rir.

— Tome cuidado com o que deseja, irmãozinho — cantarolei, o nervosismo se misturando à animação.

João respirou fundo e estendeu a mão para mim, um sorriso trêmulo em sua pele negra.

— Vamos começar a Operação Paddock.

Encarei sua mão estendida e a segurei para firmar nosso acordo.

— Operação Paddock, então.

— Então seja bem-vinda à Assuero Racing Team, Petra Magnólia Brown, conhecida agora como John Magnólia Brown.

BCN
Escrito por Raychelle Willenbring

Fórmula 1: veja o cenário do primeiro fim de semana de corrida

Começa hoje o primeiro treino livre da temporada da Fórmula 1 em Joanesburgo, na África do Sul. Esse é o momento em que os pilotos podem mostrar melhor os carros da temporada, quando há a oportunidade de corrigir qualquer erro nos novos designs.

Todos os olhos estão voltados para a Assuero Racing Team, que abriga o atual campeão mundial e que sofreu um baque após a saída de um dos pilotos, Andreas Kuhn, devido a um acidente doméstico.

Quem o substitui é John Magnólia Brown, filho do dono da Melden F1 Racing Team. John era piloto titular da Melden, onde finalizou em sétimo lugar na temporada passada, mas não seria titular da equipe nesta temporada. Foi escolhido como piloto reserva da Assuero Racing Team, que precisará lidar com esse contratempo em busca de bons resultados.

4. Se a Mulan fosse negra, brasileira e piloto de Fórmula 1

As pessoas deveriam parabenizar mais a Mulan. Quer dizer, ela conseguiu passar meses numa tropa chinesa fingindo ser um soldado sem que ninguém descobrisse. Foi necessário um acidente terrível para que o disfarce viesse à tona.

O reflexo que me encarava de volta no espelho declarava em termos bem claros que ninguém cairia naquela farsa fajuta. Eu não era a Mulan, e infelizmente não vivia em um filme da Disney.

— E aí, cara, eu sou o John — treinei a frase básica para acertar meu tom mais grave. Pigarreei e tentei novamente: — E aí, cara, eu sou o John, tudo em cima?

Balancei a cabeça em negativa e soltei um muxoxo. Ninguém falava "tudo em cima". Lá fora, o dia recém-nascido me dizia que eu deveria estar em breve no autódromo. Estava tão suada que já parecia estar dentro do cockpit, área interna do carro que abriga o corpo do piloto.

Tinha passado os últimos dias treinando no simulador e participando das reuniões de equipe (que por sorte eram on-line), tudo isso com John ao meu lado me explicando quem eram as pessoas.

— Acho que você não chegou a conviver com o Augustus, certo? — João perguntou quando entramos na reunião de estratégia. — Bom, você já sabe que ele é o chefe de equipe da Assuero. Ele é explosivo, mas um amor também. Não tenho nenhuma reclamação sobre ele, só uma dica: evite falar bem de salsichas americanas, ele vai passar uma hora e meia falando mal dos americanos.

Com o acidente de Andreas, houve pouco tempo para me deixar por dentro de tudo. Quer dizer, deixar *João* por dentro de tudo. Enquanto cortávamos o cabelo lado a lado, com o objetivo de deixá-los parecidos, decidíamos que moletons folgados eram a saída mais segura para evitar questionamentos sobre o porte físico. Poderíamos usar a desculpa de um *street style* e agir como nova-iorquinos de vinte e três anos que usavam roupas folgadas demais.

Não dava pra fazer muito quanto à barba, porém, e a nossa única sorte era que João seguia à risca a ideia de nosso pai de que ter barba era coisa de desleixado.

João estava me explicando sobre suas playlists de corrida favoritas enquanto estávamos em um estúdio furando as orelhas, já que eu fui uma latina agraciada com as orelhas perfuradas logo após meu nascimento e não teria como disfarçar aquilo. Ele logo postou a foto com as orelhas furadas no Instagram, com a legenda: "Agora sou oficialmente um bad boy?".

Pouquíssimo tempo depois eu já estava participando das reuniões, uma delas durando oito horas completas, pra mim era o fim do mundo. Durante todo o tempo foram citados códigos de diferentes estratégias, discussões surgiram sobre as corridas de teste e todo tipo de ideia para otimizar o carro foi posto à mesa.

João falou durante a reunião inteira, apenas fiquei ao seu lado ouvindo e observando seus trejeitos. Como batucava os dedos e os pés no mesmo ritmo, como sempre ficava com a mão sobre a boca... Tantas manias e tão pouco tempo para aprendê-las.

E, quando ele pediu as credenciais para a minha equipe de treino, veio o questionamento inevitável:

— Por que essa mudança agora? — Augustus perguntou. O francês tinha um sotaque forte e, mesmo pela tela do computador, demonstrava sua seriedade.

— Minha treinadora está grávida — respondeu João rapidamente, o que não era mentira.

Quando meu irmão ligou para avisá-la sobre a mudança, a treinadora aceitou tranquilamente. Dali a dois meses, já estaria de licença para dar à luz, foi apenas um adiantamento curto. Um descanso da temporada lhe faria bem, e ela já estaria em seu voo de volta para a Inglaterra dois dias depois.

Seu assessor, por outro lado, quase teve uma síncope nervosa. Ele foi uma das poucas pessoas a quem contamos sobre o plano e, obviamente, foi contra desde o início. Chegou a ameaçar pedir demissão. Naquele momento, retirei-me da sala para deixar João lidar com o drama.

Do meu lado, Solange, por mais preocupada que estivesse com a situação inteira, compreendeu nossos motivos e se encarregou de lidar com toda e qualquer suposição de que eu pudesse estar no lugar de João. Nas palavras dela, nosso plano não seria exatamente difícil de levar a cabo, especialmente depois de nos ver com o mesmo corte de cabelo e as sobrancelhas feitas.

Por mais desencanada que eu fosse com meu cabelo, foi estranho me olhar no espelho, depois para João, e entender finalmente por que as pessoas nos confundiam às vezes.

Estávamos ainda mais parecidos que o normal.

Ele era dois centímetros mais alto, tinha o rosto um pouco mais anguloso e o cabelo mais crespo que o meu. Mas tínhamos os mesmos olhos verdes com até os mesmos pontinhos cor de mel na íris, o mesmo nariz — o maldito nariz! —, a mesmíssima boca, assim como o peito quase reto. O binder, um tipo de top de alta compressão, me ajudava a manter meus seios, por menores que fossem, mais discretos e sem mamilos aparentes. Talvez levasse algum tempo a me acostumar, mas não era incômodo.

Infelizmente, minha cirurgia tinha ido pro espaço. Eu precisaria esperar um pouco mais para me livrar do nariz Brown, mas poderia lidar com aquilo depois. O importante agora era passar a semana treinando como doida, me preparando para a corrida, para ser o segundo piloto da Assuero Racing Team.

— Está pronta? — Baptiste me chamou.

Respirei fundo e saí do banheiro com o coração acelerado, as mãos trêmulas e os lábios secos. Baptiste, meu treinador pessoal, e Solange voaram para cá com poucas informações, e aquilo provava a fidelidade de ambos, para além de qualquer contrato. Chegaram a Joanesburgo na quarta-feira de manhã e já estavam comigo desde então.

Todo o meu tempo que não era passado entre ligações com minha antiga fonoaudióloga, treinos com Baptiste, reuniões com os membros da equipe e eventuais conversas com João sobre sua vida pessoal foi logo tomado por Solange.

Eu e João logamos nas contas sociais um do outro em nossos próprios celulares, com acesso irrestrito ao que precisássemos. Foi uma verdadeira operação para que desse certo, mas era o que precisávamos fazer.

Pelo regulamento, não havia nada específico sobre troca de pilotos, mas era obviamente ilegal. Pensei até que poderíamos ser enquadrados no crime de falsidade ideológica. Só me dei conta da seriedade da situação na noite anterior, quando deitei para dormir e percebi que, sim, voltaria a correr, mas a que custo?

— Acha que o que estou fazendo é uma imbecilidade? — perguntei ao treinador quando peguei minha mochila com tudo o que precisava.

Baptiste era um grande amigo. Era meu treinador desde que eu tinha quinze anos e nunca me deixou duvidar de mim mesma, nem quando tivemos a notícia de que meu contrato não seria renovado para a temporada da Fórmula 2.

A pele ainda mais escura que a minha não me deixava dúvida de que ele entendia por que era necessário me esforçar três vezes mais que todo mundo. Ele nunca pegou mais leve comigo por isso.

Talvez por saber das consequências da minha própria existência, ele me cobrava ainda mais, me fazia treinar mais, me esforçar mais, chegar ao meu limite, somente para provar que eu conseguia fazer ainda mais e melhor.

— Não, não acho — ele respondeu com um sorriso. — Obviamente não é o ideal, gostaria que estivesse correndo na Fórmula 1 de outra maneira, mas...

— É — concordei.

Certa tarde, quando eu tinha dezoito anos, Baptiste me viu praticando para uma entrevista a uma jornalista britânica. Eu me encarava no espelho, usando um vestido florido e tênis branco.

— Por que está vestida assim? Pensei que não gostasse de flores.

Franzi o cenho para seu reflexo, dando de ombros.

— Imaginei que talvez fosse me ajudar.

— Com o quê?

Desviei o olhar para a pia, contando os fios de cabelo cacheados caídos na superfície. Ouvi o suspiro pesado de Baptiste e o encarei de volta.

— Não sei.

Ele apenas assentiu e não fez mais perguntas, ao que fiquei agradecida. Não queria precisar explicar que eu queria me portar de maneira mais angelical para que me aceitassem. Que me vissem com mais delicadeza, para que pegassem mais leve comigo do que com meus amigos homens, que atraísse patrocinadores para uma garota mais amável e menos agressiva.

— O que acha da minha voz? — sondei, deixando minha voz mais profunda. Baptiste arregalou os olhos e fez um sinal positivo com o polegar.

— Você já pensou em ser dubladora?

Sorri largo e o segui até o elevador. Estávamos no hotel principal com o resto da equipe, e João ficou no quarto em que eu estava originalmente hospedada. Ficava a apenas alguns quilômetros do autódromo, então fomos caminhando juntos até o carro. Fui fazendo alguns exercícios de respiração.

— Você está mais nervosa do que na última corrida do ano passado — Baptiste constatou com seriedade. — É só mais uma corrida, Petra. Você vai fazer o que sempre fez e vai se sair bem.

— Mas e se descobrirem? — perguntei com um suspiro. — Eu não posso arriscar acabar com a vida do meu irmão desse jeito.

— Você está preocupada com seu irmão... — Ele ergueu a sobrancelha. — e não com a possibilidade de ser expulsa?

Aquilo havia, sim, passado pela minha cabeça. Porém, no fim do dia, eu poderia viver em um mundo sem corridas, mas não sem João.

— É só por alguns meses — Baptiste me assegurou com um aperto carinhoso no ombro. — Vai dar certo, vamos usar as semanas de intervalo pra aprimorar pontos fracos que observarmos durante as corridas, acho que especialmente em relação à resistência... Você é mais magra que seu irmão, não é?

— Pouca coisa — assenti. — Mas tenho mais massa magra, já viu o tamanho das minhas coxas?

Baptiste gargalhou e apontou para a saída da garagem.

— Ok, então vamos botar essas coxas pra te ajudar no treino de hoje, Petra.

— E aí, cara, eu sou o John.

Estava ficando melhor naquilo.

— Comunicação está ok — informou o engenheiro de corrida. — E aí, John, eu sou o Filippo.

Ri baixinho para mascarar minha ansiedade.

Eu passei pela entrada no autódromo e entrei na área reservada para a equipe no paddock sem que ninguém apontasse o dedo para mim e bradasse: "Sabemos o que você é... uma farsante!". Então, estava no lucro.

Tudo estava estranhamente bem, em paz. Ao meu redor, do lado de fora do cockpit, os mecânicos, os engenheiros, enfim, toda a equipe ia de um lado para o outro fazendo os preparativos finais. Solange estava de braços cruzados e próxima ao assessor de Oliver Knight, que também se preparava para o primeiro treino livre da temporada.

Eu correria com Oliver Knight, campeão mundial.

Embora nada daquilo parecesse real, o mundo continuava a girar, e eu estava prestes a correr.

Como combinado, João estava por perto, hospedado em um hotel próximo e a uma ligação de distância. Seria arriscado demais se meu irmão ficasse comigo no paddock. Precisávamos contar com todas as variáveis possíveis.

E, por mais que os últimos dias tivessem passado mecanicamente, apenas cuidando de detalhes para evitar que fôssemos desmascarados, agora é que realmente caía a ficha do que estava prestes a fazer.

Deslizei o dedo pelo carro, o design tão bonito que me fez suspirar. A fronte esverdeada com detalhes em vermelho combinava com o capacete e o uniforme. Respirei fundo, sentindo a balaclava em todos os poros do meu rosto. Estava protegida, pelo menos naquele momento. Não havia chance de que sentissem a ausência do meu pomo de Adão nem que vissem que meu maxilar não era tão protuberante quanto o do meu irmão.

Solange se colocou ao meu lado e deu um tapinha em meu ombro.

— Vai dar certo, John — praticamente sussurrou meu nome. — Vamos fazer uma boa corrida. Confio em você. Quer fazer uma oração ou algo assim antes da corrida?

— Posso vomitar?

— Cada um com seus rituais.

Abri um sorrisinho e suspirei.

— John — Augustus me avisou —, esteja no carro em cinco minutos.

Para acalmar o nervosismo, coloquei o fone, deixando que Tchaikovsky se tornasse meu melhor amigo antes da corrida. Tentei escutar o que meu irmão costumava ouvir para se preparar, uma mistura de metal com rock clássico, mas não funcionou. Os gritos e os solos ensurdecedores das guitarras só me deixavam mais ansiosa. Decidi, então, optar pelo bom e velho Tchai. Estava caminhando de um lado para o outro, fazendo respirações profundas para me acalmar. Tudo isso ao som da sinfonia melódica da orquestra. Não havia nada melhor do que um bom instrumental antes das corridas.

Meus amigos costumavam brincar que aquele era meu ponto fora da curva. Nas palavras deles, eu jamais teria a cara de alguém que ouvia música clássica antes das competições. Talvez algo mais explosivo, que me pusesse no ritmo das corridas. Como João.

A questão era que meu corpo sozinho já fazia aquele trabalho, o que eu precisava era do som estrondoso quando a música atingia o clímax, para então desacelerar, acalmando meu coração ansioso. Que eu tivesse liberdade para criar narrativas em uma melodia que por si só já era cheia de história.

— Estamos prontos — um dos engenheiros anunciou.

Observei meu macacão e consegui sorrir. Estava no meu lugar, no meu ambiente. E eu seria segundo piloto, então não havia chance de, logo de cara, sequer competir com Oliver Knight.

Ele passou boa parte da reunião com a câmera ligada, fazendo observações e opinando no carro. Estava na equipe fazia três anos, com um contrato cada vez mais firme, impossível não ser renovado. Não havia qualquer demérito em sua forma de correr. Oliver Knight merecia o título de campeão mundial, era um ótimo piloto, sabia controlar o carro e performava estratégias inteligentes com a equipe. Isso e o carro.

Ah, que carro!

Adentrei no cockpit com as luvas e as sapatilhas. O halo protegendo minha cabeça já parecia tão costumeiro que me senti de novo na Fórmula 2, como se estivesse apenas começando uma nova temporada, e não uma nova categoria.

O capacete não me incomodava, era parte do meu corpo àquele ponto. A viseira me permitia observar os trabalhos dos engenheiros enquanto o sol do fim do verão castigava. Encaixei o volante no lugar, meu corpo se acostumando ao carro novo.

— Faremos os dois treinos hoje, John — Filippo informou pelo rádio.

— Entendido.

— Precisamos verificar a resistência dos pneus e o aquecimento, então saia do pit lane e, se perceber qualquer incômodo, nos avise.

— Entendido.

Vincent: *Vamos começar a nova temporada da Fórmula 1, e o primeiro Grande Prêmio acontece aqui em Joanesburgo na África do Sul. Estamos ao vivo pela BCN, emissora oficial da Fórmula 1, para acompanhar o primeiro treino livre do ano. Acompanharemos toda a competição ao vivo durante as corridas com nosso time de comentaristas. Não se esqueçam de fazer o seu grid dos sonhos em nosso site. Quem sairá na pole position? Quem será o piloto do dia no domingo? Eu sou Vincent Villanueva, e comigo estão os comentaristas David Marchant e Pauline Burks. Que ótimo dia para o treino, não é?*

Ao sentir o rugido do carro em meus ouvidos, foi como se todo o nervosismo se convertesse em pura adrenalina. Meu coração batia no ritmo do sangue ribombando pelo corpo inteiro. Poderia entrar em combustão espontânea, rodopiar pelos céus até que minha energia se esgotasse, mas eu estava apenas segurando um volante idêntico ao do simulador em que treinara incansavelmente nos últimos dias. Só podia torcer para que fosse o suficiente.

Liberada para seguir pelo pit lane, passei pelos boxes das outras equipes até o semáforo me indicar a entrada na pista. As cores se alternavam e a sensação inicial era de puro nirvana. Não pude controlar o sorriso ao me ver novamente em uma das minhas pistas favoritas.

Sentia algumas gotas de suor se formarem nas têmporas conforme o carro acelerava. Meu corpo vibrava junto com o motor, que ecoava por toda a pista. O volante permanecia estável, com os apoios em torno do meu corpo em perfeitas condições. Um obstáculo a menos.

— John, pode ir com mais calma nessa primeira volta — Filippo anunciou no rádio.

— Entendido. Só sinto o carro quicando um pouco, e os pneus ainda não pegaram tração suficiente.

— Entendido, John.

Vincent: *Na pista, John Brown testa sua primeira entrada em um carro da Assuero Racing. Alexandre Duarte e Bruno Campos também marcam presença no primeiro treino. Os pilotos da Astoria são destaque no grid e prometem uma boa temporada levando em conta os testes da semana passada.*

Uma, duas, três curvas, e o carro ainda parecia bom. Não estava no meu limite, mas entendia como os mecanismos funcionavam. Apesar de ser um trabalho racional, tornava-se quase memória muscular. Fiz aquilo por tantos anos que me parecia simplesmente natural perceber erros e acertos.

— As retas ainda estão um pouco lentas — Filippo alertou.

Conforme acelerava, o som se avolumava em meus ouvidos. Talvez fosse por isso que não havia abertura para dispersão: o estrondo do lado de fora era tão alto que me impedia de pensar em qualquer outra coisa a não ser no motor do carro, nos pneus maltratando o asfalto e no sol rachando a pista.

Aprumei as mãos no volante e pisei no acelerador; a mudança de marcha era um pouco diferente do outro carro, mas eu consegui me virar.

Vincent: *Ah, não! O primeiro deslize do ano é da Yuèliàng & Martini. Pelo visto tem algum problema com a asa traseira.*

Pelo retrovisor esquerdo, observei Oliver se aproximar. Seu capacete era o único sinal de que havia alguém dirigindo o carro. Balancei a cabeça para afastar a ideia de que ele era meu verdadeiro competidor. Eu era apenas piloto reserva, não estaria ali até o final da temporada.

Vincent: *Mais uma performance incrível de Alexandre Duarte, da Scuderia Astoria. Será que ele está de volta para recuperar seu título de campeão mundial após perder ano passado para Oliver Knight?*

— Boa primeira volta, John. Precisamos melhorar sua curva nove.
— Entendido — respondi prontamente, já revendo todos os pontos que poderia modificar.
Apesar do espaço para melhorias, estava animada. Sabia que aquele carro seria parte de mim pelos meses seguintes. E eu faria o melhor com ele.

— Eu acho que isso não vai dar certo — João suspirou depois de me abraçar. — Essa farsa vai ficar óbvia pra todo mundo...
Arregalei os olhos, pronta para socar meu irmão na traqueia, mas me refreei ao vê-lo sorrir antes de continuar:
— Qualquer pessoa sabe que eu não dirijo tão bem assim.
Abri um largo sorriso e pulei em seu colo novamente. Era estranho em todas as esferas possíveis estar ao lado dele. Nós parecíamos a mesma pessoa, desde a pele até o cabelo. Era como abraçar a mim mesma.
— O carro é... Uau, que carro! — exclamei e desandei a tagarelar. João se sentou na cama enquanto eu caminhava de um lado para o outro.
— A equipe é paciente, e o engenheiro de corrida? Ele é tão tranquilo. Acho que é uma boa combinação, eu já vou causar estresse suficiente.
— Você sabe que sou uma pessoa calma, não é? — João provocou com a sobrancelha arqueada. — Trate de consertar seu gênio estouradinho.
Respirei fundo, sabendo que João estava certo. Ele não xingava, não costumava competir por posições, e quando o fazia era muito mais do estilo defensivo do que do ataque. Eu, por outro lado, tinha orgulho do meu estilo de direção e sabia que talvez agora João passasse a ser considerado *irritadinho* ou, o meu favorito, *dramático*.
— Prometo me controlar, mas não vou deixar de correr como sei que funciona — argumentei.
— Contanto que você seja ética, não me importo.
— Não é porque sou agressiva que seja antiética — rebati com altivez. João levantou as mãos em defesa, depois deu de ombros.

Joguei-me na cama com um suspiro, sorrindo para o teto com tanta força que senti como se minhas bochechas estivessem pegando fogo.

— Eu acho que nunca fui tão feliz na vida.

— Gostou dos treinos? — João perguntou com um sorriso.

— Mas é óbvio! Temos poucas modificações pra amanhã, vamos ver o potencial completo no treino e na corrida em si. Alguns carros estão passando por perrengues piores, espero que não cheguemos a esse ponto.

— Como a Melden? — ele provocou com uma risada.

A equipe do nosso pai tinha enfrentado um problema no motor, o que fez com que o piloto abandonasse o treino logo nos primeiros vinte minutos.

— É, como a Melden. Vou dar um pulo na recepção pra pegar uma encomenda que pedi ontem, você me espera aqui? Vou pedir o jantar no quarto.

— Uhhh, que chique!

Saltei da cama e caminhei rapidamente até a porta. Precisava descontar toda aquela energia em alguma coisa.

— Não quebre nada até eu voltar, hein.

Fui cantarolando pelo corredor, ainda vestida de João.

Estava sentindo certo alívio por tudo ter corrido bem. Eu tentava empurrar para longe a sensação de que, na verdade, tudo estava bem até demais.

Parei em frente ao elevador, com meus pensamentos em contradição. Eu não tinha tempo para duvidar de mim mesma, não quando havia tanto a perder. Arrumei a camisa de gola alta e pigarreei, ainda desacostumada com o contato do tecido no pescoço.

— Você foi bem hoje.

Virei-me para trás e vi Oliver Knight se aproximar. O elevador chegou e, sem encarar Oliver, entrei. Droga, droga, aquilo era proximidade demais. Nem na nossa entrevista de tarde, após o treino, havíamos ficado tão próximos. Uma jaula metálica era receita para perguntas e erros.

— Obrigado, cara, você também — falei, soltando um pigarro quando minha voz quase falhou no final.

Oliver não pareceu notar, apenas apertou o botão do andar térreo e se recostou na parede. Os músculos levemente torneados em seus braços atraíram minha atenção, especialmente as tatuagens, mas fui rápida em desviar o olhar para o chão.

— Escute, nós não conseguimos conversar nenhuma vez desde toda essa confusão com o Andreas, e...

A porta do elevador abriu e um funcionário de outra equipe entrou e parou próximo à porta. Oliver suspirou e voltou os olhos castanhos em minha direção.

— Queria jantar com você, podemos trocar algumas ideias e discutir os próximos passos.

Mantive a boca bem fechada. Aquela era uma *péssima* ideia. Oliver com certeza descobriria meu disfarce se passássemos muito tempo juntos, ainda mais se levasse em conta que eu não estava lá com muita boa vontade em relação a ele desde nosso último encontro na festa. Não, não era eu. Aquela era Petra, eu sou John Brown.

Não sabia se conseguiria me acostumar àquilo, a discernir os sentimentos de duas pessoas que, na verdade, eram apenas uma.

Saímos do elevador juntos, e quando ele me encarou em expectativa, enfiei as mãos nos bolsos da calça de moletom para disfarçar meu desconforto.

— Eu meio que estou com companhia.

Oliver abriu a boca, entendendo o que aquilo queria dizer, e deu de ombros.

— Tranquilo, fica pra outro dia. Só toma cuidado pra não se cansar, amanhã a gente tem que acordar cedo até demais. — Ele riu e deu as costas, caminhando para a saída do hotel.

Do lado de fora, ouvi os gritos dos fãs. Ele havia separado um tempo apenas para tirar algumas fotos. Eu deveria fazer o mesmo, mas seria melhor que João descesse mais tarde e os cumprimentasse. O restante da equipe poderia até não descobrir minha farsa, mas fãs eram um nível muito além. Eles veriam através da minha máscara rapidamente. Então apenas encolhi os ombros e caminhei até a recepção.

Peguei meu pacote com o kit de doces sul-africanos e observei Oliver acenando para os fãs uma última vez, depois peguei o elevador e voltei para o quarto, na expectativa da classificatória que marcaria minha primeira corrida na Fórmula 1.

5. Você é preciosa, você é capaz

Vincent: *Sábado de classificatória aqui no autódromo Kyalami, na África do Sul. Nesta primeira etapa, a Q1, os pilotos terão dezoito minutos para atingir as voltas mais rápidas. Os cinco mais lentos estão fora imediatamente. Os outros quinze continuam para o Q2 e têm quinze minutos para fazer as voltas. Novamente, os cinco mais lentos ficam de fora do Q3, que define as principais posições da corrida de amanhã. Quem é seu favorito para a pole position de hoje, Pauline?*
Pauline: *Ah, Vincent, eu preciso dizer que Oliver Knight tem tudo para a primeira pole da temporada, mas não boto minha mão no fogo por ninguém.*

Eu costumava passar boa parte da vida assistindo a corridas pela televisão. Me lembro claramente da primeira vez que vi um piloto sair do carro comemorando e chorando ao receber seu troféu de P1, a primeira posição.

Naquele dia, decidi que não descansaria até viver a sensação de estar no pódio também, e cumpri minha promessa.

Minha primeira vitória aconteceu na Fórmula 3, depois de uma ultrapassagem faltando apenas uma volta para o fim do circuito. Foi por tão pouco que só percebi que havia ganhado o primeiro lugar quando anunciaram no rádio.

Chorei tanto que me questionei se o piloto que vi comemorar quando era criança tinha sentido o mesmo que eu naquele momento.

No mesmo dia, meu pai anunciou que gostaria que eu parasse de correr. Em suas palavras, eu precisava parar de achar que o automobilismo era brincadeira. Ao saber disso, minha mãe ficou trinta minutos completos xingando o homem de todos os nomes que o vocabulário brasileiro permitia.

Depois dali, mamãe passou a, antes de toda corrida, segurar meu rosto e dizer: "Você é preciosa, você é capaz". E quando ela não estava presente eu fazia questão de olhar para mim mesma no espelho e repetir aquelas palavras.

Naquele dia, deitada na cama separada para mim no estande da Assuero Racing Team, fechei os olhos e repeti o mantra quantas vezes consegui. Baptiste fazia uma massagem em minha panturrilha e repassava alguns alongamentos.

O último treino livre havia acontecido algumas horas antes e nos aproximávamos das classificatórias. Na cabine ao lado da minha, Oliver se aquecia também, cantarolando alguma música estranhamente afinado. Não lembrava que ele cantava tão bem.

A movimentação no paddock era intensa; a imprensa passava de um lado para o outro e os pilotos das equipes se reuniam para gravar entrevistas para as emissoras ou simplesmente para entreter os fãs.

— John? — Augustus colocou a cabeça dentro do pequeno espaço e sorriu para mim. Sentei-me imediatamente, arrumando a gola alta do corta-vento. Baptiste saiu dali e disse que me aguardaria do lado de fora.

— Pode entrar — indiquei para o chefe de equipe, que se moveu devagar.

Ele usava o uniforme da Assuero, uma camisa verde com detalhes em preto e uma calça confortável. Na reunião do dia anterior, ele havia me parabenizado por conseguir controlar o carro e me adaptar rápido, e disse que gostaria de manter o mesmo padrão no dia de hoje.

A reputação de meu irmão estava em jogo e, para mim, acima de tudo, meu orgulho.

— Você e o Oliver têm uma entrevista agora. Quis avisar para te tranquilizar e desejar boa sorte. A assessora vai falar melhor, mas já repassamos os temas proibidos, sua irmã é um deles.

Controlei uma reclamação em minha própria defesa. Eu era João, não Petra. Nunca tiveram esse tipo de cuidado comigo quando eu era apenas Petra. Talvez porque ninguém se importasse. Talvez e talvez.

— Claro, claro.

— E sua sexualidade também.

João me avisou que aquilo poderia vir à tona. Ele não era assumidamente pansexual, como eu era com a minha bissexualidade. Mas não é como se tivesse sido uma decisão minha ser exposta.

Um jornalista descobriu de alguma forma que a minha primeira namorada fora uma piloto da Fórmula 4 Brasil. Aquela foi a primeira vez que sofri assédio da mídia de modo negativo. No fundo, eu desconfiava que tinha sido Andreas que vazara a informação, mas nunca fui atrás para saber.

Na época, fiquei com bastante medo de ser escorraçada do automobilismo. Era isso que teria acontecido, provavelmente, se não fosse o nome do meu pai. Ter essa noção não passava de um toque açucarado de veneno no meio de toda a merda que o automobilismo me fez passar enquanto eu crescia.

Meu irmão, observando o que havia acontecido comigo, preferia deixar que os rumores continuassem sem ser desmentidos nem confirmados. Não importava. Era uma decisão sua quando ia querer falar para o mundo, se quisesse falar. Eu sabia como era difícil ser tirado do armário à força, e não queria que o mesmo acontecesse com ele.

— Certo, obrigado por cuidar disso, Augustus. E boa sorte pra gente, vai dar tudo certo.

Fiquei de pé e apertei a mão estendida do homem em um ato falho. Droga, minhas mãos com certeza eram menores que as de João. Mas Augustus aparentemente não percebeu nada de estranho, apenas abriu a porta para mim e me passou para uma das responsáveis pela assessoria de imprensa e marketing da equipe.

Acompanhei-a pelo paddock. Ao nosso redor, pilotos corriam de um lado para o outro antes das classificatórias. Eu havia desistido do macacão e preferi usar o uniforme do time, com uma adição: o corta-vento.

Já havia sido perguntada pelo menos duas vezes se estava mesmo com tanto frio, e apenas assenti e fiz alguma piada sobre ser um falso inglês. Na verdade, eu era apenas uma boa brasileira sentindo frio quando o termômetro ficava abaixo dos dezesseis graus.

Acenei timidamente para Ivan Nikolaev, chefe de equipe da Astoria, que sorriu para mim de volta. João me informou que ele era bem próximo de Ivan e dos pilotos da Scuderia, então fiz o que pude para disfarçar meu nervosismo ao ver um homem tão importante quanto ele na minha frente.

A realidade é que o automobilismo era a segunda casa dos pilotos. Muitos de nós já nos conhecíamos havia muito tempo, apesar de alguns serem mais próximos de João do que de mim. Porém, quando se tratava dos chefes de equipe, aí era outro nível. Eram os figurões que decidiam quem ficava e quem saía. As brigas que vinham do topo respingavam em nós, meros pilotos mortais, e nos restava recorrer a eles para bater de frente quando alguma decisão não agradava.

— Caramba, que lugar bonito — comentei com surpresa quando chegamos a um espaço aberto com dois bancos vermelhos destinados à entrevista. Diante deles, havia três câmeras e cinco pessoas paradas com crachás, fones de ouvido e rádios. Eram os jornalistas.

— Quem vai entrevistar vocês agora é a *Passion Fair*.

Meneei a cabeça, e a assessora apontou para os jornalistas com sua caneta verde.

— Oliver só está no banheiro, ele voltando vocês já começam. Pode se sentar. — Ela indicou o primeiro banco.

Sorri para a jornalista, que havia se sentado em seu próprio banquinho e ajudava os câmeras a preparar a imagem.

— Olá, boa tarde! — cumprimentei sorridente. A profissional piscou algumas vezes e sorriu de volta, um pequeno rubor se formando em suas bochechas.

Eu havia deixado uma mulher sem graça me passando por João? A sensação que se assentou em meu peito era muito melhor do que eu esperava. Talvez houvesse certo charme no meu cabelo curto — mesmo que eu não fosse assumir para João.

— Boa tarde, John. Esse aqui é seu microfone — ela estendeu para mim o objeto almofadado com o símbolo da revista — e nós já vamos começar. Enquanto o Oliver não chega, diga, está animado?

— Muito — confirmei sem problemas. A assessora estava parada ao lado, acompanhando o andamento da entrevista. — É uma honra correr pela Assuero.

— E isso não criou um clima desconfortável na sua família? — ela perguntou diretamente. A assessora ergueu a sobrancelha e voltou o olhar para mim.

— Não, não mesmo. Não corri como titular este ano na Mendel e fui chamado para ser piloto reserva, então não imaginei que fosse precisar correr, mas estou feliz pela oportunidade até que Andreas volte.

Aquilo era parcialmente verdade.

Eu gostaria que Andreas fosse chutado da Fórmula 1 para sempre, que sofresse até seus últimos dias por ser uma pessoa tão horrível, mas não poderia dizer aquilo em frente às câmeras. Não elevaria minha moral com ninguém.

— Desculpem o atraso, já estou aqui.

Observei quando Oliver correu até sua cadeira, um sorriso radiante em seu rosto perfeitamente esculpido. Foi a minha vez de pigarrear e olhar para o lado.

— Espero que não se atrase desse jeito nas classificatórias, Oliver — comentei antes que pudesse me refrear.

Meu companheiro de equipe semicerrou os olhos para mim e riu.

— Já está tentando pegar o meu lugar, John?

A jornalista encarava nossa interação com olhos tão atentos que era como se estivesse nos dissecando.

— Nunca faria isso. — Balancei a cabeça imediatamente. — Sou leal ao time até o fim.

— Então da próxima vez vamos ao banheiro juntos, cara!

Dei uma risada pelo nariz, sentindo a garganta arder pela rouquidão forçada. Oliver sorriu com os olhos e pegou o microfone estendido pela jornalista, que parecia feliz com nossa brincadeira.

— Vocês são adoráveis. Bom, podemos começar?

— Claro. — Oliver bateu com os pés no chão e apoiou o cotovelo no joelho, o microfone pendendo em seus dedos. — Está pronto pra perder no carisma das entrevistas? — provocou.

Ergui a sobrancelha e fitei a câmera antes de responder.

— Só se você estiver pronto pra apanhar de mim na pista.

A entrevistadora sorriu e começou com uma rodada de perguntas básicas. Eu já estava acostumada a fazer isso desde a Fórmula 3, mas ainda me sentia meio travada, com receio de me jogar de cabeça e ser descoberta.

Oliver, por outro lado, era puro carisma. O homem sorria, passava o polegar no lábio quando estava pensativo, coçava a nuca a cada dez segundos e insistia em dar mordiscadas no canto do lábio. Será que tudo aquilo era maquinado?

— John, quais são os seus planos para quando Andreas voltar? — a entrevistadora questionou, voltando a atenção para mim.

— Ah, você sabe, ir pra praia, chamar o Oliver pra pegar sol comigo quando a temporada acabar.

Oliver assentiu com confiança.

— Claro. Gosto muito de hip-hop, se te ajudar na hora de fazer a playlist de viagem.

Sorri com um meneio e me senti mais leve. Oliver parecia alguém agradável para estar perto. Talvez, apenas talvez, eu não devesse ser tão dura com ele pelo que aconteceu na festa da Melden.

— A verdade é que ainda temos muito o que evoluir — continuou ele. Voltei a cabeça para Oliver, que respondia a uma pergunta. — Quero que outros meninos negros como nós tenham a chance de entrar no automobilismo e não sejam afetados pelo racismo, como nós somos.

Concordei com a cabeça, mas parte de mim, a que não se esquecia, se lembrou perfeitamente de Oliver na festa, apenas puxando seu *amigo* para longe.

Controlei o desconforto e me ajeitei na cadeira, segurando o ímpeto de cruzar as pernas. Oliver acompanhou meu movimento e continuou a responder. Queria correr, extravasar toda aquela energia na pista.

— Obrigada por participarem da entrevista e boa sorte hoje! — a entrevistadora celebrou com um aperto de mãos. Cumprimentei-a e sorri cordialmente. — Nossa, que mão macia... Normalmente, os pilotos têm alguns calos horríveis — ela disparou com assombro quando minha mão pendeu ao lado do corpo.

Na hora comecei a gaguejar.

Que droga, por que João simplesmente não passava a porcaria de um creme hidratante nas mãos?

— John é um cara que se cuida — Oliver respondeu com um sorriso antes de se afastar da plataforma de entrevistas.

Acompanhei-o de perto e caminhamos sem conversar até metade

do caminho para a garagem. Não era estranho ficar em silêncio perto dele, e eu dava graças aos céus por isso. Sentia que poderia me sabotar a qualquer momento e deixar escapar algo como: "O que você pensa de lutar contra o preconceito e não defender uma colega de um ataque xenofóbico? Ouvi dizer por aí que acontece.".

Desviei o olhar para o chão, a fim de evitar que ele visse minha carranca. A última coisa de que eu precisava era parecer raivosa com meu colega, ainda mais como João, o raio de sol ambulante que não sentia raiva de nada. Só de mim, às vezes. Porque irmãos simplesmente são assim.

— Como está sua irmã?

Levantei a cabeça de um estalo com a pergunta de Oliver, saboreando o significado dela antes de responder.

— Petra?

— A própria.

Abri e fechei a boca algumas vezes, sem saber o que dizer.

Quer dizer, eu estava eufórica por correr de novo, mas ele não sabia disso.

— Irritada.

— É, ela parece estar assim o tempo todo.

Controlei-me para não soltar um palavrão, provando que ele estava absolutamente certo, e apenas balancei a cabeça.

— Não é como se ela não tivesse razão, não é?

— Aquele escândalo foi uma porcaria mesmo — ele lamentou, e coçou a nuca.

Observei atentamente o braço tatuado. Havia diferentes desenhos, e um deles marcava uma data. Seu primeiro mundial. Nos pulsos, alguns pingentes mostravam os países pelos quais havia passado, de acordo com o que eu tinha lido em uma revista, e havia três furos em sua orelha, cada um com uma pequena pedra.

Eu podia dizer o que fosse, mas o homem era estiloso demais para o próprio bem.

— Você tem algum conselho? — perguntei de súbito quando avistei nosso estande. Oliver me encarou com surpresa. — Você sabe, de campeão mundial pra aspirante a campeão mundial.

Ele riu com a mão sobre a barriga, destacando os diversos anéis nos dedos, e deu de ombros.

— O meu conselho é não se desesperar. Se der errado, não tem problema, vai ter outra chance. Apenas dê o seu melhor e tente pontuar.

Assenti levemente. Queria perguntar mais, queria dissecar dele o que seus anos de Fórmula 1 ensinaram, mas não havia como fazer isso sem deixar na cara que nunca havia participado daquilo na vida. Eu era, afinal de contas, uma novata. John poderia ser veterano no grid, mas eu não.

— Gosto de você, John — ele destacou antes de entrarmos no box. — E o que acha daquele jantar?

Quase trombei com um dos engenheiros. Pedi desculpas lentamente e voltei o olhar para Oliver, fechando um dos olhos, a fim de evitar que o sol me impedisse de vê-lo.

— Você paga? Eu ainda não sou campeão mundial — disse.

Oliver deu risada e assentiu.

— Gostei do "ainda" — comentou com uma risada e acenou com a mão antes de seguir na direção de Augustus, que conversava com outros engenheiros.

— Boa sorte, Oliver. Te vejo mais tarde.

Então, caminhei até minha equipe, cantarolando como se o peso do maior desafio da minha vida não estivesse nas minhas costas.

6. Oliver Knight é um péssimo conselheiro

Vincent: *Dia de tensão nas classificatórias e equipes divididas no grid. A Assuero Racing tem Oliver Knight largando na segunda posição e John Brown em décimo segundo. Astoria, com um desempenho novamente incrível, tem dois pilotos nas primeiras filas. Quais são as suas apostas para a corrida de amanhã?*

Havia algo mágico em estar completamente lascada.

Quer dizer, lascada era o mínimo necessário para explicar o que havia acontecido naquela tarde desastrosa de classificação. Décimo segundo lugar, com um companheiro de equipe em segundo. Não havia nada pior para mim do que aquilo. Nossos carros eram os mesmos, e eu poderia argumentar que ainda estava me adaptando, óbvio, mas isso não fazia com que eu me sentisse menos irritada.

Saí do veículo com o semblante sério e cansado, sabendo perfeitamente que aquilo poderia ter implicações ruins para o meu irmão. Eu carregava o nome dele. Aquilo ia além do meu orgulho; eu também queria fazer jus ao ótimo piloto que João era.

Mas a magia do desespero é que nada pode piorar. Pelo menos era o que eu pensava.

Passei a mão pelo cabelo curto, ainda me acostumando ao novo visual, e me encarei no espelho. Oliver decidiu escolher aquela noite antes da minha primeira corrida oficial para nosso jantar.

Depois de intensas horas de reunião de estratégia com a equipe inteira, com direito a puxões de orelha por parte de Augustus sobre as saídas da pista, estava pronta para desfrutar de um jantar com Oliver Knight, o homem que tinha tudo para ganhar o pódio no dia seguinte.

Apenas os dez primeiros colocados ganhavam pontos na corrida do dia, e quem tivesse a maior pontuação no fim da temporada é que ganharia o campeonato. Eu esperava pelo menos conseguir pontuar. As equipes também tinham sua própria disputa, o Mundial de Construtores. Conseguir pontos era ganhar para a equipe também. E não pontuar era ridículo em uma equipe como a Assuero. Se fosse João, eu diria: "Calma, você está se adaptando", mas eu não era João — tecnicamente.

Ele estava largado sobre a cama, os olhos fechados enquanto a televisão reproduzia sua playlist para fins de semana de corrida. Meu irmão aproveitava com muita tranquilidade suas férias merecidas após um quase burnout, e, por mais que eu não fosse admitir aquilo em voz alta, talvez sua sugestão para que trocássemos de lugar fosse a última saída para não cair em um abismo. E eu estava mais do que feliz em ajudá-lo, se não fosse isso, talvez eu mesma caísse em desespero.

— Eu gosto muito de me arrumar — comentei para mim mesma no espelho. João balbuciou algo inteligível da cama. — Sinto falta da maquiagem...

— Você pode passar maquiagem — João retrucou em voz alta.

— Você passa maquiagem normalmente?

— Não.

— Eu sou você, então não dá pra passar maquiagem — finalizei com um suspiro. — E preciso passar essa colônia masculina... Argh. Eu gosto de perfume doce!

João se sentou com a expressão cuidadosa.

— Quer que eu vá no seu lugar, Petra?

Fitei pelo espelho os olhos que me analisavam com atenção. João estava preocupado após o resultado da classificação de hoje, e eu sabia que havia certa tensão mesmo enquanto ele tentava me consolar.

Não era como se pudesse dizer "você vai ter outras oportunidades"; nós dois sabíamos que não era o caso. Que, ao fim daquela farsa, eu voltaria a ser Petra Magnólia. Evitava pensar nisso com frequência.

— Não, não precisa — respondi com relutância e voltei-me para ele de braços cruzados. Usava uma camisa de manga longa e gola alta, uma calça jeans com uma leve protuberância na virilha feita com a meia-pênis, como eu e João chamávamos, e um sobretudo. Passaria calor, mas não podia me dar ao luxo de usar nada que denunciasse meus seios, o binder não daria conta sozinho.

Aquela era a parte que omitiam dos filmes sobre troca de irmãos. Algumas coisas eram infinitamente mais difíceis do que outras. Só podia presumir que a Amanda Bynes merecia um Oscar por sua atuação.

— Se você for no meu lugar — continuei ao colocar um relógio no pulso e a ajustar os colares dourados sobre a camisa —, talvez Oliver desconfie. Agora já se acostumou com o novo João. E não só isso, eu preciso praticar estar perto de outras pessoas fingindo ser você, isso vai acontecer eventualmente.

— O que achou da versão adulta e gostosa dele? — João perguntou, levantando da cama com um salto.

Desviei o olhar para o chão e dei de ombros.

— Ele é normal.

João ergueu a sobrancelha e riu.

— Ele é totalmente o seu tipo, sabia?

— Eu não tenho um tipo! — reclamei prontamente, já pegando meu celular sobre a mesa.

— Ele é tatuado e usa brincos. Até colar de cruz já vi usando. Ele é seu tipo.

Revirei os olhos e abri a porta do quarto com impaciência.

— Ele pode ser o tipo da Petra, mas não do João.

Fechei a porta atrás de mim a tempo de ouvir meu irmão berrar:

— Quem disse?

Balancei a cabeça em negativa com uma risada e caminhei até o elevador, mas não sem antes olhar o corredor. Eu sabia que parte da equipe estava hospedada ali, e esperava apenas que João fosse inteligente o suficiente para não sair do quarto sabendo que eu estava jantando com Oliver.

Subi no elevador com o coração acelerado, cogitando os possíveis cenários em que Oliver descobriria nossa farsa e me deduraria para Augustus, levaria meu nome novamente à lama e me faria ser, de uma vez por todas, expulsa das corridas.

Eu e João obviamente pensamos em todas as possibilidades antes de toparmos isso, mas a seriedade das consequências pesava aos poucos, em momentos aleatórios, como aquele.

De qualquer forma, Oliver era uma boa pessoa, pelo menos quando o conheci. Durante a época em que éramos colegas, ou algo parecido com isso, lembrava-me claramente de como ele tentava me proteger dos garotos insuportáveis que faziam piadas sobre meu cabelo, de como os olhos castanhos brilhavam ao ganhar uma corrida e de como ele escondia que gostava de Taylor Swift, mas eu sabia que ele era apaixonado pela loirinha cantando country.

Oliver era um garoto um pouco mais velho, que me dava atenção e sempre sorria para mim, então óbvio que tive uma quedinha por ele. Depois de um tempo, acabamos nos afastando. Eu estava numa fase da adolescência pela qual ele já havia passado, e Oliver estava ascendendo no automobilismo, foi simplesmente natural.

Quatro anos de diferença é muita coisa quando se é adolescente. E minha paixonite nunca foi recíproca, então foi fácil deixar passar.

— Boa noite, sr. Brown — me cumprimentou a *hostess* de cabelos ruivos e olhos azuis na entrada do restaurante. — O sr. Knight já está aguardando.

Acompanhei-a. O restaurante abobadado tinha uma baixa iluminação, poltronas estofadas próximas às paredes, mesas circulares e outras, mais isoladas, para casais. A mulher me levou até um canto do salão, uma área mais quieta.

Oliver esperava com os dedos tamborilando na mesa, olhos fixos no celular na outra mão. Havia uma expressão taciturna em seu rosto escuro, os lábios cheios apertados e as sobrancelhas grossas franzidas. Porém, quando levantou o rosto para mim, um sorriso afastou toda a melancolia estampada nele anteriormente. Guardei aquilo para mim; talvez Oliver não fosse tão espontâneo e aberto como parecia.

Talvez, em momentos de solidão, ele fosse simplesmente alguém que não sorria a todo o instante.

— E aí, cara? — cumprimentei com um aperto de mão e sentei-me à mesa, o mais longe possível.

As luzes baixas — que no início me deram a impressão de que aquilo era um jantar romântico, e não uma discussão de negócios — agora me pareciam perfeitas. Eram menores as chances de Knight perceber que havia algo de estranho em seu colega de corrida.

— Curti o que você fez no cabelo — ele comentou surpreso, virando a cabeça de lado para demonstrar o risco no meu cabelo curto.

— É moda no Brasil — respondi com um sorrisinho.

Convencer João a deixar meu cabelo na régua foi fácil. Afinal de contas, se era para ter um cabelo curto, eu o usaria como quisesse. E não tinha como discutir com o estilo do degradê no meu corte.

— Talvez os britânicos devessem aderir. — Ele riu e guardou o celular no bolso.

Seu sotaque não era tão forte como quando éramos mais novos, talvez porque Oliver, assim como boa parte dos pilotos, passasse mais tempo fora de casa do que no próprio país. As aulas com a fonoaudióloga tiraram boa parte do meu sotaque brasileiro e, agora que eu precisava ser João, um homem criado em Londres, minha forma de falar parecia efetivamente mais apagada.

— Animado com a corrida de amanhã? — perguntei após agradecer à atendente que nos entregou o cardápio.

Passei os olhos pelo menu apenas para evitar que o olhar curioso de Oliver compreendesse o motivo da minha pergunta.

— Eu sempre fico muito ansioso e empolgado antes das corridas. — Ele deu de ombros quando levantei o olhar. — E vi como você parecia cansado e estressado hoje à tarde, depois da classificação. Ainda está se adaptando com o carro, leva tempo.

Escolhi um prato qualquer e abaixei o cardápio para fitar Oliver com atenção.

— Você é realmente tão tranquilo assim sempre? — perguntei. — Nunca se estressa?

Oliver fez uma careta em direção ao cardápio.

— Eu me estresso, obviamente — explicou. Ele só desviou a atenção para falar com a atendente, que veio anotar nossos pedidos. — Vou querer um *bunny chow* de legumes como entrada, o prato principal pode ser esse risoto de pesto e de sobremesa um pudim de malva, por favor.

Queria provar o máximo da culinária sul-africana, então achei melhor pedir a mesma coisa.

Olhei para a garçonete, que sorriu com timidez e se afastou. Controlei um risinho, ainda surpresa com o efeito que um cabelo curto e uma gola alta podiam causar.

— Com o que você se estressa, então? — questionei assim que a mulher se retirou.

— Comigo mesmo, bastante — admitiu ele, com um suspiro. — Toda vez que algum resultado vem abaixo do que eu esperava, só consigo achar defeito em mim mesmo.

Balancei a cabeça em concordância. Sabia perfeitamente o que aquilo significava. Pigarreei para tentar voltar à voz de João e sorri.

— Espero que não esteja dizendo isso como um consolo pelo desastre que foi a minha classificação hoje à tarde — provoquei erguendo a sobrancelha.

Oliver se aprumou na cadeira, dividido entre acreditar que era brincadeira e me consolar. Diverti-me com sua dúvida.

— Bom, na verdade eu quis marcar esse jantar porque acho que nós precisamos nos unir.

Recostei-me na cadeira, me controlando ao máximo para não encaixar os braços sob os seios, como era meu costume.

— Precisamos, sei bem disso — concordei com sua fala antes que ele sequer se explicasse.

Oliver assentiu com um suspiro.

— Tem mais algumas pessoas negras nas Fórmulas 2 e 3 — relembrei.

— E eu e você sabemos que a chance de que todas elas subam pra Fórmula 1 com a gente são quase nulas.

Engoli em seco e desviei o olhar. Eu sabia bem disso, porque eu não era João, era Petra. Me enquadrava exatamente no que Oliver estava dizendo. Aquele escândalo foi apenas uma forma segura de me jogar de escanteio por "justa causa".

A verdade era que, para que o esporte tivesse mais mulheres e pessoas de diferentes etnias, algumas cabeças do alto escalão precisariam rolar e, conhecendo bem o esporte, aquilo não aconteceria tão cedo. Quem está no topo nunca cai.

— Esse jantar é uma tentativa de formar um sindicato negro no automobilismo? — perguntei com uma risada.

— Claro, podemos fazer greves e tudo o mais.

Oliver era um cara legal, era uma pena que eu não pudesse falar tudo o que gostaria, não sem acabar com o disfarce de João.

Um leve amargor tomou minha boca ao perceber que eu precisaria ficar calada acerca de muitos assuntos, exatamente como quando era mais nova. Como todas as vezes que precisei ler manchetes ridículas sobre como uma noite na balada significava que eu era oferecida e desfocada e tive de ficar calada, porque retaliação nunca adiantava.

Talvez, no fim das contas, fosse por isso que eu queria me aproximar de Oliver. Ele chegara ao ápice, e eu precisava saber *como*. Qual foi a fórmula que ele seguiu para atingir um patamar que nem todos nós conseguíamos? Eu não acreditava tanto em sorte; talvez em bons contatos e carisma, mas não sorte.

Pessoas negras no esporte não têm apenas sorte.

— Ontem você me perguntou se eu tinha um conselho — Oliver pigarreou. — Acho que, acima de tudo, eu diria: não se exalte demais.

Ergui a sobrancelha, desconfiada.

— O que é não se exaltar demais? — perguntei, cautelosa.

Oliver se ajeitou, desconfortável, na cadeira.

— Eu sei como é frustrante não conseguir pontuar logo no início com uma nova equipe, você sabe o que é isso. Veio da Melden, já passou por um período de adaptação com uma equipe.

Cerrei os olhos, sem saber ao certo o rumo da conversa.

— O que estou querendo dizer... — ele suspirou — é que nós não podemos nos dar ao luxo de perder a cabeça na frente das outras pessoas, isso pode soar diferente do que é a nossa intenção.

Pisquei algumas vezes, incrédula. Ele estava me pedindo para controlar meus nervos?

— Obrigado pelo conselho — agradeci com um sorriso amarelo. — É bom saber que um dos únicos negros em todo o grid quer que eu abaixe a cabeça diante de todos aqueles brancos apenas para que me aceitem.

Levantei-me da cadeira, encarando Oliver, que respirava fundo.

— Não é o que eu quero dizer.

— Mas foi exatamente o que disse — retruquei.

Acenei para a atendente, pedindo que cancelasse meu pedido antes que Oliver pudesse me impedir.

— Boa corrida amanhã — disse. — Se você chegou aonde chegou

abaixando a cabeça pros outros, o problema é seu — despejei. — Não foi assim que me criaram.

Se o segredo de Oliver era se manter calado e deixar que passassem por cima dele, eu passaria a vez. Já havia feito muito daquilo antes.

Levantei-me da mesa e me afastei, sentindo as batidas descompassadas do meu coração me guiarem, sabendo que estava sozinha e contando unicamente com minha maior antagonista — a sorte.

7. João não fala palavrões no grid, o que é uma pena, porque eu falo

No dia seguinte, enquanto aguardava Solange e Baptiste para irmos ao autódromo, as palavras de Oliver continuavam a ecoar em minha mente. Na primeira vez em que alguém falou abertamente que eu não pertencia ao automobilismo, ele me defendeu.

Acho que eu tinha uns onze anos, em uma das corridas de kart nas férias. Ele se colocou na frente da mãe de um dos pilotos que perguntou em voz alta por que era mesmo que deixavam latinos participarem do kart e passou um minuto inteiro brigando com ela, discutindo feio enquanto os outros observavam. Ele tinha quinze anos.

Aquele Oliver do jantar era diferente do que eu conheci quando era mais nova. Parecia mais... igual aos outros. Igual a todos eles. Incomodada com essa ideia, andei de cara fechada durante todo o caminho até a instalação da Assuero Racing.

— Ansiosa? — Baptiste sussurrou quando me acompanhou para a cama reservada para mim antes das corridas.

— Um pouco.

Deitei-me no colchão e deixei que meu treinador massageasse meus pontos de tensão. Fizemos um alongamento logo cedo no hotel, e agora era a hora de meditar. A meditação me ajudava a não me sabotar com meu temperamento ansioso e explosivo. Nervosismo não era útil para ninguém durante as corridas, e eu precisava de foco.

Augustus já me aguardava no box junto aos outros engenheiros antes de ir para a área reservada aos chefes de equipe, mais adiante. Já com o uniforme e o coração carente de uma água com açúcar, cumprimentei-o de longe, com o boné na cabeça me protegendo do sol sul-africano.

— Sem gola alta hoje? — ele me perguntou com uma risada. — As pessoas já estão fazendo piada com isso nas redes sociais, um ícone fashion das golas.

Gargalhei junto e cruzei os braços enquanto o ouvia dar algumas instruções finais, os olhos fraternais demonstravam carinho pelos pilotos, uma seriedade e firmeza em seus direcionamentos dignas de um chefe de equipe.

— Dê seu melhor lá dentro — ele incentivou antes de me dar um tapinha nas costas.

Caminhei de volta para a garagem mais calma. Poderia fazer aquilo. P12 não era o ideal, mas eu tentaria pontuar, daria o meu melhor naquela primeira corrida. A primeira do ano. Respirei fundo e sorri para Baptiste, que se preparava para assistir à corrida junto com Solange.

Desviei o olhar e observei Oliver abraçado a uma senhora atarracada, de cabelos afro e olhos caídos, uma expressão cansada no rosto bonito. Oliver captou meu olhar e apenas acenei com a cabeça. A mulher nos encarou com curiosidade e voltou a conversar com Oliver, que sorriu para ela e deu um beijo em sua cabeça.

Será que minha mãe estaria ali assistindo à corrida se soubesse que eu e João tínhamos trocado de lugar? Fazia um bom tempo que não vinha nos ver, já que sua pressão sempre subia com o nervosismo ao ver os filhos correndo tão rápido nas pistas estreitas. Apenas quando íamos ao Brasil é que ela nos acompanhava ao autódromo.

Ao longe, observei outros pilotos com suas respectivas equipes. Sorri para Matthew Greene, o segundo piloto da Scuderia Remulo. Nós havíamos corrido juntos diversas vezes na Fórmula 3, e quis ir até ele fazer piadas sobre seu cabelo horrendo, porém João não era amigo de Matthew, então me contentei em ir até Solange e me manter ali enquanto os engenheiros davam os toques finais no carro para a corrida.

— Você está se saindo muito bem — ela comentou de lado.

Sorri e dei de ombros, observando quando Oliver foi até Augustus e enquanto conversava com o chefe de equipe.

— Ouvi dizer por aí que as golas altas estão virando motivo de conversa.

Solange sacou o celular do bolso e abriu a rede social, mostrando alguns posts de fãs falando sobre a nova estratégia de marketing fashion: a gola alta.

Soltei uma risada irônica ao passar os olhos pelo que falavam. Desde comentários perguntando se eu tinha um novo patrocinador até outros dizendo que eu estava instaurando uma ditadura de golas.

— Estamos prontos — um dos engenheiros anunciou.

Respirei fundo e me despedi de Solange com um sorriso de conforto.

Alguns engenheiros foram junto comigo até o carro, cujas rodas permaneciam cobertas até o início da corrida. Atrás de mim, diversos pilotos caminhavam pela pista, todos focados em seus próprios desempenhos. Um pouco à frente, Oliver assentia para a equipe, que o instruía antes de entrar no carro.

Ajustei a balaclava e o capacete no rosto e me aproximei com o volante já em mãos. Entrei no cockpit apertado, as pernas esticadas em uma posição quase deitada. Encaixei o volante e me aprumei até estar confortável.

— Teste, John. Está na escuta? — a voz reproduzida no rádio me chamou.

— Positivo.

Vincent: *Está aberta a primeira corrida da temporada da Fórmula 1. A primeira volta antes de os pilotos se organizarem serve para mostrar os carros ao público. E que carros, hein? Um verdadeiro desfile. Apesar das acusações de plágio do carro Tup 3 por parte da Helk Racing, a FIA, a Federação Internacional do Automóvel, anunciou que não havia fundamento nas acusações das outras equipes.*

Respirei fundo, o sol ardendo na pista. Sentia o coração acelerado em todas as partes do corpo. À frente, um dos engenheiros estendia a mão, indicando a espera. Nas rodas traseiras, outra parte da equipe conferia se tudo estava certo. Aos poucos, todos começaram a se colocar na lateral da pista.

Estávamos a segundos de começar.

David: *Ah, que beleza é esse carro PYT da Assuero, não é, Pauline Burks? Talvez um dos modelos mais bonitos da equipe inglesa, mas será que é eficiente como o do ano passado?*

Pauline: *David, nós vimos um bom número de alterações, e isso pode ser um ponto negativo para este início de temporada, já que os pilotos podem demorar a se acostumar, e as equipes têm o orçamento apertado para fazer mudanças nos carros ao longo da temporada.*

Senti a aceleração do carro, as configurações no volante me indicavam que tudo estava correto. Ao meu redor, os outros pilotos também se preparavam para a volta que nos posicionaria na ordem da largada.

Acelerei com calma, seguindo atrás dos outros carros até minha posição. P12. Atrás dos dois pilotos da equipe chinesa Yuèliàng & Martini e na frente de outros dois, um da Helk Racing e um da Astoria. Teria um bom trabalho pela frente.

Parei em meu lugar no grid, o som dos motores potentes zunindo nos ouvidos, o vento e o sol fortes do fim de verão castigando do lado de fora. Respirei mais algumas vezes, observando aos poucos a contagem regressiva no painel.

A cada bolinha vermelha, meu coração pendia para o desespero e me levava ao ponto de querer gritar e sair acelerando pela minha vida. Meus lábios tremiam e o suor escorria pelas costas.

Isso até o momento em que as luzes se apagaram, e minha mente se concentrou somente no carro e no asfalto. A massa de carros se impulsionou para a frente, e atrás de mim um dos pilotos tentou me ultrapassar logo na largada, mas desistiu ao ver que o espaço não seria suficiente.

Controlei um xingamento de pura frustração. Gostava de falar palavrões dentro do carro, me ajudava a manter a calma e não me desesperar.

Vincent: *Que início de corrida! Alexandre Duarte abre demais na largada e Oliver Knight avança para o primeiro lugar no GP da África do Sul.*

Tudo parecia um borrão. A paisagem lá fora não acompanhava o ritmo do carro, que rasgava o vento com tanta rapidez nas retas que parecia me fazer ser capaz de voar. Fechei as mãos com força no volante, atenta aos meus arredores.

— John, Miller está a três segundos atrás de você.

— Entendido.

A próxima curva se aproximava, uma das mais fechadas do circuito. Se desse bobeira, Miller me ultrapassaria. Acelerei o quanto podia, abrindo distância antes que a curva chegasse. Consegui lutar pelo espaço por pouco tempo, jogando o carro para o lado ao dar de cara com o piloto da frente abrindo espaço para mim.

— Não se desgaste tanto no início, John, estamos em um bom ritmo.

David: *Vale lembrar, Vincent, que já estamos chegando perto do ponto de liberação da asa móvel, que é, como a gente bem sabe, quando os pilotos podem abrir a asa traseira do carro para pegar mais velocidade, já que a abertura diminui a resistência do ar.*

O suor escorria pelas minhas costas, os dedos rígidos denunciavam uma crise de tendinite a caminho, mas só o que importava eram os carros próximos e à frente. Estava na hora de ser mais ofensiva.

— Quanto para ultrapassar? — perguntei no rádio.

— Menos de um segundo. Asa móvel liberada, John.

Com o canto dos olhos, percebi quando um dos pilotos se grudou à minha lateral para a próxima curva. Acelerei, disputando a posição sem ceder. Havia uma reta inteira para batalhar por aquilo antes de tentar a ultrapassagem.

Respirei aliviada quando o perigo ficou para trás e meu foco se voltou unicamente para o carro à minha frente.

— Pode ultrapassar, John — a voz no rádio ordenou.

Abri para a direita, enquadrando o carro e ultrapassando o próximo piloto por dentro. Soltei um gritinho de comemoração no rádio, que foi acompanhado por uma risada do engenheiro.

— Vamos lá, quem é o próximo? — perguntei.

P10. Teria que manter a posição.

Vincent: *John Brown passa para a décima primeira posição. Ele tem um longo caminho até o fim da corrida para pontuar.*

David: *Já estamos na décima quinta volta da corrida, e a disputa continua. Ainda tem muito chão pra esses pilotos. E o que é aquilo? Matthew Greene da*

Scuderia Remulo perdeu a potência no motor e sai da corrida nas primeiras voltas, que situação chata, hein?
Vincent: *Normal, David! Vamos ver se melhoram nas próximas corridas, não é, Pauline?*
David: *Concordo com o Vincent, a Remulo costuma apanhar um pouco no início, mas recupera.*

— Quem é aquele? — perguntei na volta seguinte, observando o carro parado. — Matthew?

— Isso, mas foque na sua própria corrida — confirmou o engenheiro. — John, concentre-se na combinação 4 na próxima reta.

Vincent: *Competição na mesma equipe? Os pilotos da Melden Racing, comandada pelo milionário Howard Brown, estão disputando a sexta posição. O clima não parece nada bom na pista.*

— *Asa móvel*, John — a voz ordenou quando me aproximei do próximo piloto.

Segurei até o último instante antes de abrir a asa móvel, deslizando com o carro para a frente.

— Isso, porra! — gritei ao ultrapassar o próximo carro. — Caralho, é isso!

Ao longe, a bandeira amarela foi balançada. Engoli em seco e aguardei mais instruções no rádio. O que diabos tinha acontecido?

Vincent: *Os dois carros da Melden Racing colidiram, e Peter Everitt roda para fora da pista. O safety car entra em cena até que alguns destroços sejam retirados, e quando isso acontece os pilotos precisam segurar a velocidade e não podem fazer ultrapassagens até a corrida ser liberada. É um momento crucial, porque dá a chance de os pilotos mais distantes se aproximarem e conseguirem ultrapassar os pilotos à frente. Quais as atualizações, Pauline?*
Pauline: *Vincent, Jonathan Casanova parece ter saído danificado do embate com o colega de equipe, é o que diz o rádio da equipe.*

— Safety car? — exclamei indignada, movimentando o carro para um lado e para o outro levemente, para que não perdesse a potência ao ver a bandeira branca.

— Os dois pilotos da Melden tiveram um toque. Mantenha o carro assim, John. Precisamos aquecer os pneus.

Cerrei as mãos no volante mais uma vez, o medo tomando conta enquanto a ficha caía. Atrás de mim, os pilotos se aproximavam sem ultrapassar. Eu poderia usar aquilo como uma oportunidade ou cometer um erro colossal. Manter minha posição e evitar que me ultrapassassem depois da bandeira verde, era isso que precisava focar.

— John, estamos em P7, vamos manter isso.

— Entendido.

Quando as luzes se apagaram naquela volta, indicando a liberação da pista, a corrida retomou. Xinguei baixo quando quase perdi a posição para um dos pilotos atrás de mim. Estava prestes a ser sufocada. Enfiei o pé no acelerador, tentando não desgastar demais o carro.

— Box na próxima volta, John — anunciou Filippo.

Engoli um palavrão. Perderia posições demais se entrasse no box logo após o safety car, mas obedeci. Oliver também aproveitou para trocar os pneus; ele era o primeiro piloto, obviamente o foco seria ele se dar melhor. Atravessei a pit lane e me dirigi ao box. Tive tempo apenas para observar os engenheiros comandando a mudança dos pneus pelos duros e logo estava de volta na pista.

— P10, John.

— Ok, vamos atrás deles.

Vincent: *Faltam vinte voltas para o fim da corrida, e temos altas emoções na pista. Oliver Knight lidera com folga agora que Alexandre Duarte foi para os boxes. O safety car desestabilizou o plano de algumas equipes.*

Duas ultrapassagens. Duas ofensivas que me eram comuns desde a Fórmula 2.

— John, você está em P5. Jonathan aposentou o carro e temos dois no pit stop.

Acelerei, sentindo a potência do motor. Girei o volante para o lado em uma das curvas fechadas e fui pega desprevenida com uma fechada de um dos adversários. Arregalei os olhos e observei de esguelha o carro quase ultrapassar perigosamente.

— Filho da puta desgraçado, ele não me viu nessa porra dessa pista? — gritei no rádio, sentindo a raiva esvair com o perigo de um acidente. — Que porra é essa!

A ultrapassagem seguinte só foi possível por um descuido do piloto, que abriu demais a curva e não segurou a passagem a tempo, então investi.

Vincent: *Estamos nas últimas seis voltas da corrida, e que corrida está fazendo John Brown! Seis posições e com direito a concorrer ao pódio. Será que teremos a primeira dobradinha do ano com a Assuero Racing?*

— Dois segundos para o próximo, John.
— Vou conseguir a abertura da asa móvel ainda? — perguntei, tensa.
— Se acelerar mais, sim.

Concentrei-me em não perder a posição, batalhando para mantê-la enquanto os carros se aproximavam atrás de mim. Abri o carro para a direita, mantendo-me mais próxima da lateral do carro à frente. Segurei a respiração ao ver a curva 5 se aproximando; ela era a mais perigosa e a que mais me preocupava.

Consegui passar por ela sem ser ultrapassada, e fui acompanhada pela diminuição da velocidade do carro à minha frente, que não tinha uma boa tração na saída das curvas.

— Pode ultrapassar, John.

Segurei um urro ao acelerar e pegar a abertura do carro da frente, ultrapassando-o com muito esforço.

Vincent: *A última volta é marcada pela disputa entre John Brown e Mahmood Miller, que estão roda a roda. É inacreditável, John aproveita o espaço da reta e acelera, deixando Miller para trás!*

A bandeira quadriculada se estendeu à minha frente, sem me dar tempo para processar o que tinha acontecido antes de cruzar a linha de chegada, com a equipe gritando na grade da pista quando passei.

Vincent: *Ele vê a bandeira quadriculada a distância, e é dele! São dois Assuero Racing no pódio do GP da África do Sul!*

Não controlei as lágrimas quando vieram, apenas deixei a emoção por conseguir o primeiro pódio da Fórmula 1 se formar em minha mente. Meu primeiro pódio, na primeira corrida.

— Vocês foram incríveis — exclamei pelo rádio, um sorriso imenso no rosto. — Jamais teria conseguido sem vocês, que maravilha.

Vincent: *Vemos um novo estilo mais agressivo de corrida em John Brown, que promete rivalizar com outras equipes do grid. Meu voto para piloto do dia é dele, com certeza. E você, David Marchant?*
David: *Vamos combinar também que vários pilotos saíram da corrida pra ele ganhar. O quanto foi mérito dele e o quanto foi pura sorte? Com boa parte dos principais pilotos fora, duvido que o pódio seria dele de outra maneira.*
Pauline: *Vou discordar do David, Vincent. É estratégia. Ele soube aproveitar os pilotos aposentados e conquistou o pódio. Merecidíssimo.*

Parei o carro atrás do pódio que era meu e pulei do carro sem conseguir esconder a ansiedade. Joguei os punhos para o alto e corri em direção à equipe, jogando-me em seus braços. Gritei, dancei e me permiti comemorar.

Ganhei o terceiro lugar sem abaixar a cabeça para ninguém, fui agressiva e segui todas as regras. Fitei Oliver, e mesmo com o capacete procurei passar uma mensagem: eu não cederia para que me vissem.

8. João vira religioso e usa perucas

No dia seguinte às comemorações intensas do meu primeiro pódio na Fórmula 1, dei de cara com uma visão que me deixou incerta se estava alucinando ou não.

— João, espero que tenha um bom motivo pra estar usando uma peruca ruiva.

Pisquei devagar com a luz do sol entrando pela janela do hotel e a imagem apocalíptica de João à minha frente.

— Hum, essa é a questão complicada. — João coçou a cabeça com um suspiro. — Nosso pai.

— Aaaaaaaaaarh — resmunguei e me deitei novamente. — Pra que falar sobre ele logo depois do meu primeiro pódio? Você me odeia? Estou de ressaca, cara.

João revirou os olhos e estendeu uma caneca de café para mim. Segurei-a como se minha vida dependesse daquilo.

— Ele quer um jantar em família na casa dele.

Como disse, era o horário me fazendo alucinar. Era a única explicação para as palavras que saem da boca de João.

— Eu prefiro sentar no colo do capeta — respondi de pronto.

Levantei-me da cama, ainda com o café nas mãos, sentindo o chão frio sob os pés conforme caminhava para o pequeno sofá disposto embaixo da televisão.

— Agradeça ao nosso pai e diga que não estarei presente.

João gargalhou com a mão na barriga, o som da risada fazendo com que as veias de minha cabeça pulsassem de dor.

— Acho que você não está entendendo. Nós precisamos ir. Ele quer comemorar essa vitória e discutir o próximo jantar beneficente da Melden com nós dois. Nas palavras dele: "Sua irmã pode aproveitar pra fazer algo da vida, em vez de esperar a oportunidade cair do céu".

Fechei a cara em uma carranca.

— Inclusive, achei que ele fosse falar com você, quer dizer, comigo, lá no autódromo — João ponderou após algum tempo.

— Eu fugi dele — comentei com leveza. — Ele perceberia nossa farsa em dois segundos. Pode ser um péssimo pai, mas no mínimo sabe a diferença entre os filhos. — Suspirei. — Quis evitar mais um estresse.

— Mais um? O que mais te estressou?

Desviei o olhar para a cama bagunçada, sem querer mencionar Oliver e o jantar desastroso. Aquele era problema meu.

— Nada, você sabe que sou estressada por natureza.

João murmurou um "eu sei" baixinho e esperou que eu continuasse.

— Quando é esse jantar?

— No próximo fim de semana, já que vai ter o intervalo de uma semana antes do GP na Austrália.

— Ok, vamos jantar com o Conde Olaf — desisti. — E responde de uma vez sobre a peruca.

— Você não vai poder ir encontrar o nosso pai com o cabelo igual ao meu, irmãzinha, então comprei isso aqui de presente.

Segurei a cabeleira e balancei a cabeça.

— Nunca me imaginei ruiva, vamos testar.

Ela é o cara falhou em mostrar como é cansativo ser duas pessoas ao mesmo tempo. Passei tantos dias ocupada em ser John que me esqueci de que Petra Magnólia também existia. E só haviam se passado duas semanas desde o início da temporada.

Numa das noites de calmaria entre uma corrida e outra, fechei os olhos e decidi descansar de verdade. Falhei, obviamente. Minha mente não parava de repassar cenários em que seríamos descobertos e como aquilo prejudicaria nossas carreiras.

Eu sabia que podia ser arrogante às vezes, não era exatamente uma surpresa, e havia uma parte minha em constante cobrança: será que não fui longe demais dessa vez? Que decisão *mixuruca* era aquela... Fingir ser meu irmão por pelo menos três meses?

João, por outro lado, usava seu tempo longe das pistas para investir um pouco mais no que gostava de fazer: estudar a engenharia por trás dos carros. Desde pequeno, seu maior interesse sempre foi nos bastidores, não nas corridas. Eu estava feliz por ele, mas me questionava se a nossa farsa, se descoberta, acabaria com esse seu sonho.

João passou a vida inteira fazendo algo de que não gostava apenas para agradar nosso pai. Eu odiaria que, pela primeira vez na vida fazendo o que amava, ele fosse privado disso por causa de um deslize.

Não é necessário dizer mais do que isso para justificar minhas noites maldormidas.

Inclusive a da véspera da festa de aniversário de Jeremy, um amigo próximo de John, piloto da Fórmula E. Seria a primeira oportunidade de nós dois — João e Petra — aparecermos juntos.

E, junto, aquela peruca ruiva que João comprou.

— Você está...

— Divina — completei a sentença de meu irmão, que sorriu largamente e me abraçou.

— Exatamente.

Me encarei de volta no espelho com um suspiro. João estava deslumbrante em uma calça social com detalhes bordados à mão. Eu decidi apostar em um vestido preto confortável, com as costas abertas e o decote na frente mais recatado. Não queria aparecer demais, e preferia me manter um pouco mais quieta naquela noite.

Em um lapso de autocrítica, me peguei ponderando se não era melhor vestir uma calça e uma blusa mais larga. Talvez aquilo tirasse ainda mais o foco, mudasse a imagem de sedutora que as pessoas ainda pareciam ter de mim. Antes que pudesse disfarçar, João já estava com os olhos afiados em meu rosto, virando-me para ele.

— O que está acontecendo, cabeção? — perguntou com desconfiança.

— Nada. — Me afastei de seu toque. — Nervosa com o jantar de família com nosso pai amanhã, só isso.

Funguei e peguei minha carteira e o casaco sobre a cama do quarto de visitas da casa de João. Estávamos de volta ao clima chato de fim de inverno em Londres, já que tínhamos uma semana extra até a corrida na Austrália. Dali a alguns dias, partiríamos para Melbourne. Baptiste estava me treinando sem dó nem piedade, e as reuniões com a equipe eram praticamente diárias. Havia melhorias a serem feitas no carro, que ainda parecia quicar um pouco e precisava de mais potência no motor.

Por mais que eu não tirasse o meu crédito pelo pódio na primeira corrida, sabia que isso só havia sido possível em parte por causa dos quatro pilotos que saíram da corrida cedo demais e da presença do safety car. Não poderia contar com nada disso nas próximas corridas, mas era bom saber que tínhamos um carro com capacidade para competir pelo título, mesmo que eu saísse antes de lutar pela conquista.

— Vamos? Estamos atrasados — João chamou e cruzou os braços.

O amigo do meu irmão tinha reservado um salão no clube que frequentava para a festa. Eu sabia que estaríamos seguros ali. Por ser um mundo relativamente pequeno, o automobilismo tinha seus meios de garantir a privacidade. Aquele clube era conhecido por muitos de nós, que preferiam fazer festas longe do olhar julgador do mundo externo.

Mas mesmo a certeza da privacidade não foi capaz de tirar a sensação de peso em meu peito. Ali, reunidos, estavam diversos pilotos de diferentes categorias, inclusive alguns da própria Fórmula 1. Sorri educadamente para meus colegas, sendo esmagada em um abraço por um dos brasileiros da Fórmula Indy.

Havia luzes por todo lado, bancadas com bebidas e garçons passando de um lado para o outro. Rodas grandes e pequenas de pessoas diferentes ocupavam a pista de dança, que estava um pouco deixada de lado. Eu não beberia naquela noite, Baptiste era muito rígido durante o período das corridas, e eu era grata por isso. Infelizmente, bem que estava com vontade de tomar um dos drinks coloridos que vi algumas pessoas segurando.

— Irmã, é aqui que nos separamos. — João se afastou com uma reverência ridícula, o que me fez revirar os olhos e empurrá-lo.

— Não aguento mais olhar pra tua cara.

— Eu também, mas falei isso de uma maneira educada — ele retrucou com uma careta. — Você é uma ogra.

— E você é um...

— Vocês vieram!

Minha resposta mal-educada foi interrompida por um garoto de cabelos loiros, que abraçou meu irmão com força. Depois se virou para mim, um sorriso tão grande que parecia explodir em seu rosto. Era Jeremy, o aniversariante.

— Viemos! — respondi com igual empolgação. — Obrigada por me deixar vir com meu irmão.

— Que isso, não poderia deixar Os Gêmeos de fora. Aproveitem bastante a festa. — Ele abriu os braços teatralmente, como se fosse um Hugh Jackman loiro e de um metro e setenta. — Temos opções vegetarianas, veganas e não alcóolicas também. — Então deu um cutucão em João e uma piscadela. — Você bem que precisa se manter em forma pra continuar ganhando pódios. Parabéns por aquilo, cara, foi bom demais.

Controlei um sorriso e desviei o rosto para o outro lado. João agradeceu brevemente e me encarou antes de dizer:

— Nos vemos amanhã na casa do papai, Petra. Não procure por mim ou vai se arrepender do que encontrar.

— O que pretende fazer?

— Brincar de Twister. E vou ficar em algumas posições nada confortáveis. — João se despediu e sumiu.

Em uma ocasião normal, não teria sido difícil me enturmar. Eu gostava de festas, de dançar e de fofocar com as pessoas do meu círculo, mas era difícil fazer aquilo quando talvez o alvo da fofoca fosse *eu*.

Não porque achasse que sou interessante o suficiente pra isso, mas porque a filha de Nico Hoffmann estava ali, conversando com algumas pessoas. Certamente não é a situação mais confortável do mundo ir socializar com a filha do homem com quem você foi acusada de ter um caso, não é?

Peguei uma água aromatizada com uma garçonete e decidi ficar um pouco do lado de fora. Talvez não tivesse sido a decisão mais inteligente ir a um evento desse tipo. Ainda parecia cedo, embora já tivessem se passado alguns meses.

Ali, diante de tantos olhos atentos, vi-me de novo usando aquele vestido florido, sentindo o tecido confortável na pele, com a entrevistadora me encarando, perguntando a marca da peça de roupa e me questionando em seguida se eu lia a revista. Após dizer que lia quando tinha tempo, a entrevistadora, com um sorriso ilustre, decidiu perguntar se eu tinha lido a matéria sobre boas maneiras à mesa e se achava que poderia aplicar aquilo às minhas corridas e, caso funcionasse, escrever um artigo para a revista. "Mostrar como transformar uma brasileira numa britânica, sabe? Testar algo meio Gata Borralheira se tornando Cinderela...", ela havia dito em um devaneio, montando uma pauta enquanto se esquecia da adolescente sentada à sua frente ouvindo aquele absurdo.

Naquele dia, o vestido não fez com que pegassem mais leve comigo, não me deixou mais parecida com as meninas britânicas que apareciam na revista, com suas risadas delicadas, peles alvas e ombros estreitos.

Mas eu não era a mesma adolescente e lidaria bem com aquela situação. Eu sabia que era inocente de todas as acusações, então por que não conseguia me livrar daquele escândalo da mesma forma que havia feito outras vezes? Ignorando tudo e a todos e só seguindo em frente?

Minha psicóloga diria que eu tinha atingido algum limite, que aquela era a maneira de o meu corpo me dizer que estava cansado de ser deixado de lado. E provavelmente estaria certa. Baptiste não sabia daquilo, mas eu não estava comendo direito, e quando comia sentia-me inchada e dolorida. A primeira vez que tive essa sensação foi logo após a entrevista do vestido florido e isso se repetira diversas vezes desde então.

— Jamais imaginei que fosse ver Petra Magnólia Brown sozinha em uma festa.

Virei-me para trás com um sorriso ao reconhecer a voz de Bethany Hopkins, uma das pilotos da Fórmula 2 e minha colega mais próxima em todo o automobilismo. Abracei-a com força, sentindo certo alívio.

— Estava com saudades — comentei assim que me afastei, analisando-a de cima a baixo. — E você está um escândalo de maravilhosa com essa roupa.

Bethany deu uma voltinha, o vestido rodado se movimentando junto.

— Decidi tirar um pouco aquele uniforme e deixar minhas pernas livres. — Ela riu, o cabelo escuro caindo na frente do rosto.

— Com esse frio — apontei com a cabeça para o jardim aberto diante de nós —, eu só queria uma calça, não vou mentir.

— E por que não está lá dentro? — perguntou ela com a mão na cintura.

Desviei o olhar para uma árvore próxima e dei de ombros.

— Só quis tomar um ar rapidinho.

Bethany assentiu, parando ao meu lado em silêncio. Ela havia sido a pessoa com quem mais conversei durante todo o escândalo. Foi até minha casa e passou três dias inteiros comigo. Limpou meu rosto borrado de maquiagem todas as vezes que chorei depois do anúncio de que eu não teria uma nova temporada na Fórmula 2, fez uma canja idêntica à de mamãe para o meu jantar e xingou um repórter que tentou invadir meu apartamento para falar comigo.

— É porque a filha do Nico está lá dentro, não é?

Não a encarei quando assenti, cruzando os braços sob o peito.

— Eu me sinto estranha.

— Não deveria, você não tem culpa.

O chão sob meus pés estava úmido com o sereno já se formando, meus saltos baixos afundando na terra fofa.

— Não tenho culpa, mas não sei se ela acredita nisso — confessei.

Bethany me abraçou de lado e a ouvi rindo.

— E desde quando isso importa? O divórcio dos pais dela não teve nada a ver com você, eles já queriam se separar fazia séculos, mas tem todo aquele negócio de acordo pré-nupcial.

Afastei-me de Bethany com os olhos arregalados, em choque.

— Parece que todo aquele escândalo era exatamente o que a mãe dela estava esperando pra pedir o divórcio — ela finalizou com um dar de ombros.

Não contive uma gargalhada desesperada, encarando o céu sem entender exatamente como eu saí de uma mera piloto para pivô de separações alheias. Se Bethany esperava que eu me sentisse melhor com aquilo...

— O que quero dizer é que muita coisa está fora do seu controle. Inclusive como as pessoas se sentem. Você é inocente, mas sempre vai ter alguém pra dizer que não. Quem te ama sabe a verdade, não é? — ela perguntou com um sorriso, apontando para si mesma.

Balancei a cabeça com uma risada.

— Sabem, eu espero.

— Então está tudo bem — disse, me confortando com mais um abraço apertado. — Agora, vamos para dentro. Não vou ficar aqui nesse frio com você, ou vamos ficar doentes.

Eu odiava admitir, mas Bethany estava certa. A filha de Nico Hoffmann até me cumprimentou quando me encontrou. Não consegui determinar se ela me odiava ou não, mas o fato de falar comigo já era um ponto positivo, não?

— E como está a rotina sem as corridas, Petra? — a esposa de um dos pilotos perguntou, seus olhos brilhando para mim com curiosidade intensa.

Na verdade, eu estou correndo e muito. Até ganhei um pódio. Você deve ter visto, mas eu estava usando o nome de John Brown, já ouviu falar?

— Uma merda — respondi. — Meu lugar é na pista, não tem jeito.

— Espero que consiga um novo contrato pra temporada do ano que vem. — Bethany me deu um tapinha no ombro e sorriu. — Odeio ser uma das únicas mulheres no grid, quero você lá comigo!

Levantei a taça do drinque sem álcool e sorri.

— Quando menos esperar, vou estar correndo de novo.

Era uma promessa vazia, eu tinha noção disso. Não tinha como saber se me contratariam de novo ou não. Quando o grande escândalo explodiu, ninguém se importou com o fato de o jantar em que fui fotografada com Nico Hoffmann fosse uma conversa de negócios. Não importava que meu empresário estivesse ao meu lado a noite toda e só tenha se levantado para ir ao banheiro, e que tivesse sido naquele momento que as fotos foram tiradas. Nada daquilo importava.

No fim das contas, eu era a piloto que tentava dormir com chefes de equipe por um lugar na Fórmula 1.

— Vou ao banheiro — anunciei após alguns instantes ao perceber minhas mãos suadas.

Estava me sabotando, sentindo a ansiedade crispar meu corpo, enrolar-se em minhas pernas e rastejar pelo peito, crescendo até que seria impossível respirar.

Andei rapidamente até a plaquinha indicando o banheiro feminino, mas fui interceptada por alguém saindo da porta ao lado. Oliver Knight me encarava com surpresa, os olhos turvos com preocupação assim que viu minha expressão assustada.

— Você está bem, Petra?

Assenti mecanicamente, sem conseguir falar direito. Estava prestes a ter uma crise pesada e precisava ficar em silêncio por alguns instantes. Estava acostumada a elas, a primeira me veio aos quinze anos, quando um dos garotos que treinava comigo pegou meu celular e viu uma conversa com a minha primeira namorada.

Ele me seguiu por dois meses inteiros, me chantageando para não contar a todo mundo que eu era uma "grande sapatão".

Se fosse agora, eu mesma teria aberto o jogo. Acima de tudo, não teria vergonha. Mas a Petra de antes não conseguiu e sua ansiedade se desdobrou em crises e compulsão alimentar, porque sabia o que viria se as pessoas descobrissem sobre sua bissexualidade.

— E-eu preciso ir — falei com a voz fraca e apontei para o banheiro. Oliver assentiu e bateu à porta. Quando ninguém respondeu, me acompanhou para dentro.

Estava tão assustada que nem me incomodei com a sua presença. Ele se adiantou em pegar algumas folhas de papel e ligar a torneira para mim. Só percebi que tremia quando uma das folhas caiu da minha mão. Oliver prontamente se agachou, pegou o papel e jogou no lixo, pegando outra folha para substituí-la.

Não falou nada por minutos, apenas aguardando enquanto eu lavava o rosto e umedecia a nuca, tentando controlar a crise. Não tive coragem de encará-lo no espelho, somente me apoiei na pia e respirei fundo algumas vezes.

Senti sua mão na base das minhas costas e virei-me para vê-lo com o celular na mão. O visor mostrava um aplicativo com um boneco respirando e um cronômetro ao lado. Era um exercício de respiração. Encarei Oliver com cansaço e apenas segui suas instruções. Dezesseis respirações profundas, duas mais superficiais. Cinco inspirações profundas e duas expirações longas.

— Você tem essas crises com frequência? — ele perguntou quando minhas mãos pararam de tremer.

Parecia que haviam se passado horas ali, mas eu me conhecia bem, devia ter sido questão de minutos.

— Não, elas voltaram depois de... Bem...

— Depois que te acusaram de algo ridículo, com um par de fotos que não significam nada? — perguntou ele com bom humor.

Ri pelo nariz e assenti.

— Eu não poderia ter descrito melhor.

Desviei o olhar de minhas próprias mãos para o rosto de Oliver. Havia compreensão em seus olhos castanhos, ele sabia exatamente pelo que eu estava passando. E eu já estivera na posição dele.

Alguns anos antes, depois de uma das corridas de kart, Oliver teve uma crise no estacionamento. Eu estava esperando meu pai quando o vi chorando. Fiquei mais de trinta minutos ali com ele, e o fato de meu pai estar atrasado tinha sido completamente esquecido. Oliver havia prometido que me recompensaria por aquilo algum dia e, pelo visto, ele cumpria suas promessas.

— Obrigada — murmurei com um suspiro cansado. — Não sei o que aconteceu, só...

— Não precisa de um motivo especial — ele comentou com um dar de ombros e se virou, pondo-se ao meu lado na pia gelada do banheiro. — Certeza de que está pronta pra voltar pra festa?

— Está me usando como motivo pra fugir também, Oliver Knight? — perguntei estalando a língua. Ele arqueou a sobrancelha e cruzou os braços, com uma expressão bem-humorada.

— Jamais faria isso com uma dama tão bela, mas sim...

Fiz uma reverência exagerada, abaixando a cabeça.

— Bom saber que ser uma mulher bonita te ajudou, milorde.

A risada de Oliver preencheu o ambiente.

— Só... — ele começou, mas se refreou em seguida. — Seu irmão está por aqui?

— Está, por quê? — perguntei com desconfiança.

Oliver passou o pulso tatuado pela nuca e deu um risinho sem graça.

— Preciso falar com ele. Fiz uma bobagem e queria me desculpar.

Abri e fechei a boca algumas vezes. Antes que Oliver pudesse sair pela porta, me pus na sua frente. Não havia qualquer justificativa plausível para encurralar o campeão atual da Fórmula 1 contra a parede, e ainda assim ali estava eu.

João não podia saber sobre o jantar. Eu não contara a ele o que tinha acontecido, e preferia que continuasse daquela maneira.

— Petra?

Sua voz deixava muito claro que não esperava aquela minha reação.

— O meu irmão está *muuuuito* bravo pelo que aconteceu na última corrida — disparei prontamente.

Afastei-me com um pigarro, dando um tapinha sem graça no ombro de Oliver ao perceber que estava mais próxima do que o aceitável. Meu Deus, tomara que ele não achasse que eu estava dando em cima dele. Esse seria apenas mais um dos mil problemas que eu já tinha. O mero pensamento me fez dar ainda mais dois passos para trás, certificando-me de que ficasse claro que eu estava apenas desesperada para que ele não falasse com meu irmão, não para que ele me desse um beijo na boca.

Não que eu já tivesse pensado nisso antes.

— John contou o que aconteceu no jantar? — perguntou ele, em choque.

— Claro, somos gêmeos. É como se fôssemos a mesma pessoa.

Oliver balançou a cabeça em um suspiro.

— Você que o conhece melhor, acha que devo pedir desculpas de novo? Ou ele é o tipo de cara que prefere ações em vez de palavras?

Se eu não estivesse tão desesperada com a possibilidade de Oliver ir falar com João sobre o jantar, de cujo resultado meu irmão nem suspeitava, talvez achasse a atitude dele fofinha.

— Eu falo pra ele que você pediu desculpas — afirmei decidida.

Oliver franziu a testa e negou com a cabeça.

— Não, prefiro que ele ouça de mim.

Por que ele precisava ser tão certinho e querer fazer tudo da forma correta?! Para onde tinham ido os trambiqueiros?

— Você é muito certinho.

Oliver cruzou os braços e estreitou os olhos para mim.

— Sou certinho só porque quero pedir desculpas propriamente ao seu irmão?

— Você é certinho em tudo, Oliver.

— Não em tudo — bufou. — Não fui nada certinho ao entrar no banheiro feminino agora há pouco.

Soltei uma risada esganiçada e apontei para mim mesma. Oliver acompanhou o movimento atentamente, com o cenho franzido.

— Você entrou pra me ajudar. Quebrou uma regrinha por um bem maior.

— O bem maior é você me encurralar contra a parede e sorrir pra mim?

A questão é que se fosse qualquer outra pessoa tendo aquele diálogo comigo eu veria como algo passivo-agressivo, mas Oliver continuava com o sorriso ladino, as ruguinhas no canto dos olhos não disfarçavam que se divertia com aquele diálogo tanto quanto eu.

— O bem maior é eu não ter uma crise na festa de outro piloto — respondi. — Pode se sentir honrado por me ajudar.

Observei satisfeita quando ele piscou algumas vezes, então sorriu de volta, imitando a mesura exagerada que eu tinha feito minutos atrás.

— Sempre à disposição, milady.

Abri a porta do banheiro, o som antes abafado da música agora reverberando por cada azulejo. Oliver me acompanhou e deu um passo para a frente.

— Espere aí, você vai estar na Austrália?

— Sim, por quê?

Não, a resposta era *não*.

John Brown estaria na Austrália, Petra Magnólia permaneceria em casa, descansando e pensando em estratégias para correr na temporada seguinte.

— Espero te ver por lá, então, Petra. Precisamos pôr o papo em dia. Você sabe, em nome dos velhos tempos.

— Te vejo lá, Oliver — despedi-me e fechei a porta atrás de mim.

Caminhei pelo corredor, as pernas trêmulas diante dessa nova faceta de Oliver Knight. Ele era charmoso demais, e pelo visto tinha aprendido a flertar.

O mesmo Oliver que me aconselhou a baixar a bola, a não ser vista... Mas ele estava disposto a pedir desculpas por aquilo. E, no fim das contas, o conselho não tinha sido para mim, e sim para meu irmão. Meu irmão que não sabia sobre a pequena discussão que tive usando seu nome.

Voltei para a festa, agora mais calma e decidida a fingir que o pequeno flerte com Oliver Knight tinha sido coisa da minha imaginação. Eu não poderia passar o resto da noite com a imagem daquele homem me virando do avesso. Precisava me concentrar em outra coisa. Focas. Patinhos. Patinhos e focas. Austrália.

Nesse momento, avistei João ao longe dançando com alguns de seus amigos e me perguntei quanto ele me odiaria se soubesse da gafe que cometi com Oliver Knight. Os irmãos farsantes iriam à Austrália! E, enquanto imagens de João me xingando com os piores palavrões em todos os idiomas que conhecia passavam pela minha cabeça, aquilo apenas se mistura às tatuagens no antebraço de Oliver.

Talvez a Austrália tivesse algumas surpresas, no fim das contas.

9. K-dramas e gêmeos britânicos

OLIVER KNIGHT

Havia luzes por todo lado. Foram necessários alguns retoques de maquiagem e certa paciência por parte do diretor para que tudo ficasse pronto no final.

— Oliver, pronto para começar? — perguntou o entrevistador.

Assenti com a cabeça, visualizando o microfone no alto, fora da linha das câmeras dispostas diante de mim.

— Só relembrando, é parte do nosso vlog dos pilotos. Vamos liberar ao longo das semanas, falando das expectativas de cada um para as corridas e tudo o mais.

Suspirei e tentei sorrir, mas estava um pouco difícil. Sabia sobre as perguntas, sabia que poderia apenas gravar minha parte e dar o fora para aproveitar um passeio noturno em Melbourne. Mas a semana inteira pesava em minhas costas, sem deixar espaço para respirar.

Houve problemas com uma alteração no carro, e só veríamos resultados oficiais na corrida de domingo. A reunião de estratégia não tinha sido nada produtiva nesse sentido. O teste do carro naquela semana tinha frustrado a todos nós, inclusive John, que fora incisivo em comentar as diferenças da corrida passada para a atual.

Ter problemas no carro em um circuito com uma curva como a 15 não era a melhor das perspectivas. Tentava me consolar ao pensar que pelo menos não era a 130R no Japão, talvez uma das minhas maiores dificuldades na vida.

— Eu sou Oliver Knight, piloto da Assuero Racing Team — me apresentei assim que o diretor liberou a primeira tomada.

— Oliver, qual é a principal diferença da temporada passada para esta?

Soltei uma risada. Havia tantas diferenças que mal sabia por onde começar. Em primeiro lugar, um companheiro de equipe cabeça-dura; um colega que precisou ficar meses fora por um acidente; a doença de minha mãe; a pressão ampliada por ser o atual campeão; um carro defeituoso e, por fim, mas não menos importante, meu irmão estressado comigo.

Apenas para começar.

— Tenho um novo companheiro de equipe por alguns meses, para início de conversa — disse, rindo. — John e eu estamos nos dando bem.

Aquela era uma saída segura para o que realmente estava acontecendo. Desde que chegamos à Austrália, John vinha me evitando. Com certeza era por causa do nosso atrito naquele jantar, e ele nem sequer havia me dado uma chance de conversar, de me desculpar. Éramos uma equipe, e se ele pretendia não aceitar minhas desculpas, tudo bem, mas precisávamos manter uma relação no mínimo amigável.

— O carro... Vocês já deram uma olhada naquela belezinha que a galera da fábrica montou? — brinquei.

Do lado, uma das funcionárias do marketing acenou com a mão, contente com a resposta.

— E quais são as suas expectativas para a corrida deste fim de semana?

Desviei o olhar para meu colo, brincando com os anéis.

— Fazer o melhor trabalho possível. Temos algumas alterações a realizar, estamos no início da temporada... — Ao perceber que esperavam algo mais de mim, sorri amarelo e dei de ombros. — Um pódio também seria legal, conto com isso.

Saí da entrevista com dor de cabeça e a certeza de que precisaria de uma boa noite de sono antes dos treinos livres, que ocorreriam dali a dois dias. O fuso horário também não ajudava meus esforços de dormir mais e trabalhar menos.

O sol lá fora indicava que o verão havia sido muito quente, apesar de já estarmos no outono. Saí do pequeno estúdio de gravação e dei de cara com uma multidão escandalosa. Acenei para os fãs da equipe que se amontoavam atrás da grade, carregando alguns cartazes.

Observei com surpresa um aumento substancial de gritos e senti alguém me abraçar de lado, dando um apertão forte em meus ombros.

Olhei rapidamente para John Brown, que sorria para mim e acenava para os fãs do outro lado.

— E aí, cara, tudo certo? — ele perguntou, animado.

Franzi o cenho, sem saber ao certo se estava alucinando.

Ele estava emputecido comigo, queria me arremessar pela janela (essa hipótese não era confirmada, mas eu acreditava piamente nela), passara esse tempo todo me evitando e agora estava... sorrindo e me abraçando?

— Vamos lá dar alguns autógrafos e aí você pode ir descansar, está na hora da minha entrevista.

Um pouco mais alto do que eu, ele passou na minha frente e começou a dar autógrafos e a tirar fotos. Eu poderia jurar que tínhamos a mesma altura. Dei de ombros, disposto a deixar o desentendimento de lado, então. Talvez John só precisasse de alguns dias para me perdoar. Talvez Petra tivesse falado com ele.

Petra, que desde a festa de Jeremy de algum jeito se infiltrara nas minhas redes sociais. Apenas fotos dela apareciam em minha timeline, posts seus fazendo piada com seu irmão, outros cobrando posicionamentos do governo brasileiro, alguns outros vídeos de dança de vez em quando.

A mulher estava em todo canto.

— Vai dar um passeio por Melbourne mais tarde, cara? Tô querendo extravasar — John perguntou quando voltamos ao lado do meu carro estacionado.

Baixei a cabeça, ainda confuso com a mudança abrupta de atitude.

— Acho que vou ficar mais quietinho hoje, no máximo dar uma corrida na esteira. Estou apanhando feio de uma dor de cabeça.

John assentiu e acenou para mim antes de entrar no estúdio.

— Melhoras, cara, a gente se vê!

A música clássica no rádio do carro embalou meu caminho até o hotel. Parte de mim ainda se questionava se eu tinha perdido algo. John parecia diferente. Será que era o fuso horário?

Sem tempo a perder, saí do elevador direto para a academia do hotel. A dor de cabeça seria sanada com algum tempo na esteira enquanto assistia minha novela. Não havia nada mais terapêutico.

O drama da vez envolvia Cha Do-Young, um CEO milionário (obviamente) que precisava de uma esposa para garantir a herança do conglomerado familiar após a morte do avô. A personagem principal, Kang Bo-Ra, era uma funcionária antiga da empresa. Mas ela tem uma irmã gêmea, que topou a insanidade no lugar dela. As duas fazem uma troca e fingem ser a outra. Dezesseis episódios de puro drama, era disso que eu precisava.

No meio do segundo episódio, quando o interesse amoroso da personagem principal quase a viu junto com a irmã, observei uma movimentação na entrada da academia. Com o canto de olho, acompanhei John Brown caminhar até uma esteira próxima. Estava olhando para o celular e por isso não me viu.

E ele estava de... casaco? Naquele calor?

Balancei a cabeça para mim mesmo. Cada um com suas manias.

— Desistiu do seu passeio por Melbourne? — perguntei em voz alta.

John soltou um grito de susto e me encarou com os olhos arregalados.

— Passeio por Melbourne? — questionou, confuso.

— Sim... Você me falou hoje na entrevista que precisava extravasar.

Meu colega de equipe assentiu e subiu na esteira, alongando os braços.

— Nada melhor do que um bom cardio, acho.

Então voltou a olhar para o celular. Parecia exatamente a pessoa de dias atrás, não a daquela tarde. Voltei a correr, querendo saber como Bo-Ra e sua gêmea sairiam daquela situação. Me parecia complicado demais trocar de lugar com alguém, coisa de filme, porque na vida real jamais daria certo.

Com certeza alguém descobriria uma farsa assim, era impossível pensar em outra opção. E era tão *óbvio*, como ninguém percebia que a Bo-Ra era muito mais fechada que sua gêmea? Ou os momentos em que eram claramente duas pessoas diferentes?

Ao fim do episódio, o suor já empapava minhas costas, minhas pernas tremiam e minha respiração ofegante me dava os ares de quem tinha corrido uma maratona. Estava exausto, mas era justamente o que precisava para conseguir dormir tranquilamente à noite.

Ronan, meu irmão, com certeza adoraria me dar um bom remédio para dormir. Uma boa surra.

À minha frente, John continuava a correr, a nuca pingava de suor. Talvez ele estivesse se adaptando também.

Quando estava prestes a sair, voltei-me devagar. Talvez eu pudesse me divertir um pouco durante a semana ali, sem pensar na minha família caótica, nos meus próprios problemas.

Apoiei-me na esteira de John, deixando que as palavras saíssem antes que a prudência me impedisse.

— A sua irmã está por aqui?

Meu colega de equipe parou de correr, ainda ofegante, e tomou um gole d'água antes de me encarar.

— Por aqui você quer dizer...

— Melbourne.

— Por que quer saber?

Engoli em seco diante de seu olhar perspicaz.

— Eu... emprestei algo a ela na festa da semana passada — menti, sem conseguir buscar uma saída. — Preciso pegar de volta.

John fez uma careta. Será que havia percebido minha mentira deslavada?

— Ela está por aqui, sim. Só não neste hotel. Manda uma mensagem, vai que ela responde.

Então voltou a correr, fingindo que eu não estava ali.

Balancei a cabeça enquanto seguia para o elevador. Decidi responder a alguns e-mails, esperando minha respiração se acalmar antes de subir ao quarto.

Entrevistas, convites para festas, alguns jantares beneficentes e uma caixa de entrada específica da ONG que coordenava com outro piloto. Nas notícias do dia, nada de novo. As coisas estavam surpreendentemente calmas, pelo menos no mundo automobilístico. Isso até ver a última notícia de uma página de fofoca qualquer. Nico Hoffmann havia oficializado o divórcio e aparentemente estaria só esperando o momento certo para anunciar um namoro com Petra.

Por mais que eu não conhecesse Petra intimamente, eu sabia que aquilo era uma palhaçada sem tamanho.

Abri o Instagram e a primeira foto a aparecer foi dela. Da demônia de sorriso imenso e olhos esverdeados. Ela estava abraçada ao irmão e à avó, com a legenda: "Londres com os meus dois favoritos". Abri um sorriso e curti a foto, os dedos se apressando para comentar algo, mas me refreei.

Não tínhamos mais aquele tipo de intimidade havia muitos anos, e eu não sabia precisamente por que tínhamos nos afastado. Na época eu era um pouco mais velho e dividia meu tempo entre o automobilismo e bater punheta de manhã. Simples.

— E aí, cara? Te encontrei de novo.

Virei-me para o lado, os olhos arregalados ao ver John Brown parado ali, de banho tomado e sorriso enorme no rosto. Por Deus, como ele havia se arrumado tão rápido? Bloqueei o celular e o enfiei no bolso, tentando disfarçar que estava stalkeando sua irmã sem vergonha alguma apenas segundos antes.

— Você já tomou banho? Não sabia que tinha vestiário aqui embaixo — perguntei, estupefato, quando a porta do elevador se abriu e John entrou comigo.

— Do que está falando, cara? — perguntou com uma risada, me dando um tapa leve no ombro, como mais cedo.

— Eu acabei de te encontrar na academia. Tipo, cinco minutos atrás.

Uma expressão de surpresa tomou o rosto dele, e John soltou uma risada sem graça.

— Ah, você sabe como é, precisava voltar logo e me arrumar.

Apertei o botão do meu andar, apenas um acima do de John e sua equipe. Permanecemos em silêncio por poucos instantes, antes que minha voz preenchesse a pequena cabine.

— Eu preciso te pedir desculpas pelo jantar.

— Você precisa ser mais específico. — John mudou o peso de uma perna para a outra, parecendo desconfortável.

— Por tudo aquilo que falei sobre a corrida... Eu não deveria ter dito nada daquilo. Não é porque a forma que eu encontrei de lidar com a minha negritude tenha funcionado para mim que isso vá servir pra você também. E... acho que me expressei mal. Acontece bastante comigo. Me desculpa.

John apenas assentiu quando a porta do elevador abriu em seu andar.

— Você está absolutamente perdoado. — Ele sorriu com os polegares para cima. — Agora vá tomar um banho e descansar, temos uma corrida pra vencer.

Quando as portas fecharam, me senti tão perdido quanto os personagens do drama que tinha acabado de assistir.

Paddock News
Escrito por Susan Hopkins

O GP da Austrália foi cheio de emoções. Em uma reviravolta, tivemos o primeiro pódio da Melden Racing! Jonathan Casanova atravessou a linha de chegada em terceiro lugar. Por outro lado... a Assuero Racing sofreu uma perda considerável. John Brown teve que aposentar o carro após bater na traseira do colega de equipe Oliver Knight. Apesar do incidente, Oliver ainda conseguiu pontuar para a equipe britânica.

Será que o clima na Assuero Racing é de tempestade? O que sabemos é que pilotos irritados podem ficar uma graça pras câmeras, e Oliver e John protagonizaram alguns cliques com expressões sérias, dignas de arrancar suspiros após a corrida.

Quem diria que a raiva poderia deixar pessoas bonitas, não é?

10. Não há nada nos regulamentos da FIA sobre matar um companheiro de equipe

Carro aposentado.

Aquele era o fardo que eu carregava. Um carro aposentado, sem pontuação e sem qualquer dignidade.

E, para piorar, um acidente. Com Oliver Knight.

Soltei um urro de frustração, passando a mão pelos cabelos curtos.

Caralho, porra. O que foi aquilo?

Estava aguardando em minha própria saleta. Oliver e eu acabamos disputando uma posição, mas, como não recebi informações para deixá-lo passar antes da hora, acabamos os dois sem ceder. Teria sido tranquilo se não estivéssemos perto demais de uma curva. Nossos carros se encostaram, e eu rodei para fora da pista.

Oliver continuou e acabou em P5. Por muita sorte, eu diria. Mas eu estava mais próxima à área de escape, então rodei e retirei o carro.

Após o choque inicial, quando meus órgãos pareciam querer saltar do corpo, saí xingando Deus e o mundo, mas principalmente Oliver. Que irresponsável!

Quando a porta abriu e Oliver Knight entrou de uniforme, levantei-me da cama, pronta para uma hora ininterrupta de discussão, se fosse necessário.

— Qual é a porra do seu problema? — praticamente gritei. — Você me viu na curva.

— E você também me viu, por que não cedeu? — perguntou, frustrado. — Poderia ter causado um acidente feio.

— Você é que deveria ter cedido, Oliver! Que caralho, não estava conversando com a porra da sua equipe pelo rádio?

Precisei passar a mão no rosto. Minha voz estava saindo do controle, e não poderia arriscar, não depois da semana infernal que tive. A festa, meu pai, os problemas do carro, agora isso...

— Meninos, essa discussão não vai levar a nada. — Augustus entrou pela porta, sua expressão firme pondo um ponto-final definitivo em nossa briga. — A que eu vou começar com vocês agora, sim. Não achem por um segundo que vou tolerar esses confrontos *stupides* em nossa equipe.

Desviei o olhar para Oliver, que parecia tão resignado quanto eu.

— Milhões de dólares, vocês entendem? E diante de todas as câmeras... — Xingou em francês, o idioma se perdendo diante da própria frustração. — Deem um jeito de lidar com isso, não me importa um caralho quem causou isso, contanto que nunca volte a se repetir.

— Augustus... — tentei começar a falar, mas fui interrompida por seu dedo em riste.

— Vocês dois vão precisar aprender a conviver. Façam uma dessas porcarias que as empresas fazem pra levantar o moral da equipe.

— Pedir demissão? — perguntei, assustada.

— Não — Augustus repreendeu rapidamente. — Vão viajar juntos, fumar maconha, não me importa. Escolham uma dessas semanas de intervalo entre uma corrida e outra e façam qualquer coisa que ajude a lidar com essa tensão entre vocês. Não ligo pro que escolham, contanto que funcione.

Abri a boca para retrucar, mas Augustus já havia ido embora. Oliver me encarou com reticência antes de sair e fechar a porta atrás de si com força.

Me joguei na cadeira, frustrada e cansada. Aquilo não era bom, não mesmo. Eu era apenas uma piloto reserva, não poderia me dar ao luxo de *colidir* com o carro do meu colega de equipe. E, por mais que eu não precisasse ter cedido daquela vez, deveria pedir desculpas. Não a Oliver, eu não poderia me importar menos com esse babaca. Mas a Augustus.

Saí do quartinho após vestir minha camisa de gola alta e o binder por baixo, mesmo no calor australiano. Suor escorria pelo pescoço, e nem mesmo a umidade em minhas mãos conseguia me refrescar.

Ao longe, no paddock, observei meu pai rir com um de seus colegas após o fim da corrida. Como ambos os pilotos da Melden pontuaram, ele era só alegria. Sorriu para mim ao me ver, mas eu não conseguiria retribuir. Não depois daquele jantar.

Eu e João havíamos chegado juntos, braços dados e prontos para encarar os olhares julgadores de nosso pai. João estava acostumado, e mais ainda, ele era tão bom em fingir que cresceu como nosso pai queria, que parecia até outra pessoa perto dele. Uma versão apagada de si próprio para agradar o homem que deveria nos amar incondicionalmente.

Como mamãe havia se casado com ele? Será que sempre tinha sido assim?

Meu pai foi direto ao ponto: o que eu estava fazendo da vida agora que havia acabado com a minha carreira? Coisa que, ele insistiu em relembrar, nunca apoiou, porque bem imaginava que algo assim pudesse acontecer.

João — ou melhor, John, porque aquela era a sua faceta britânica, se encolheu. E eu, atirada às garras do homem que deveria me proteger, apenas dei de ombros e disse que estava por aí tentando engravidar de um homem rico para dar um golpe, assim como a família dele achava que minha mãe havia feito.

Foi isso que deu início a uma discussão épica. Howard Brown, com toda a sua altura e postura de machão, me levou ao limite ao dizer que eu deveria agradecer a ele por tudo o que havia conquistado e que, no fim das contas, só se preocupava comigo.

Como se ele, desde o início, não fosse o meu maior empecilho.

— Você está sendo infantil e ingrata. Eu tento te preparar para a vida como ela é e você insiste em ficar sonhando com o impossível e atrasando seu futuro — ele gritou a plenos pulmões em certo momento. O rosto branco estava vermelho até o pescoço, a mão firme ao redor de uma taça de vinho.

Eu já havia abandonado meu copo de suco havia muito tempo e precisei me controlar para não enfiar o dedo na cara dele.

— E é por isso que não uso seu sobrenome e nunca usei — praticamente cuspi, já com a minha bolsa em mãos. — Eu prefiro nunca mais correr na vida do que carregar qualquer legado seu.

— Você não precisa se preocupar com isso, nunca fez questão de ser parte desta família, de qualquer forma — desdenhou. — Você e sua mãe...

— Não, minha mãe, não — interrompi-o. Meu maxilar doía pela força dos meus dentes trincados, sentindo toda a frustração guardada ao longo dos anos dominando meu corpo. — Não somos sua família. Você fez questão de deixar isso claro quando me deu as costas depois que decidi correr. Agora acha que tem algum direito de se apossar de parte da minha carreira? — Bufei. — Por favor, você nem consegue manter seus pilotos na sua equipe, quanto mais...

Fui interrompida pelo som da sua mão atingindo o tampo da mesa, tal qual uma criança birrenta. Meu pai se recusava a ouvir o que eu tinha a dizer.

— Se você pensa por um segundo que vou aceitar ser desrespeitado por uma garotinha mimada, está muito enganada, Petra!

Senti o gosto amargo na boca ao vê-lo com os olhos inflamados de raiva, exatamente como os meus ficavam. E o maldito nariz franzido.

— Obrigada pelo jantar, pai — desdenhei, caminhando até a porta. — É um prazer, como sempre.

Peguei a chave do carro, encontrei João na saída da casa e avisei que precisava ficar sozinha. E consegui, até chegar à Austrália. João foi com a equipe, já que seu nome estava na passagem oficial, e eu fui por fora, mas fiz o check-in em seu lugar no hotel, e ele, usando a minha reserva. Para qualquer curioso, éramos apenas dois irmãos juntos nas corridas, mesmo que eu só saísse para minhas reuniões com Solange, a fim de tentar fechar com outros patrocinadores e buscar um assento ou uma vaga em alguma equipe no próximo ano.

Mas, naquele momento, enquanto me preparava para levar mais uma surra gigantesca da equipe de engenheiros por ter causado danos desnecessários ao carro, eu só gostaria que fosse meu irmão ali, e não eu.

Na realidade, eu gostaria de poder eu mesma me defender. Eu, Petra. Aquela era uma das frustrações em ser outra pessoa. Às vezes, só gostaria de dizer que era eu que estava correndo.

A Fórmula 1 não era um esporte somente masculino, estava tentando provar alguma coisa para alguém ao participar ali sob uma identidade falsa?

Foram minutos intensos discutindo internamente até me lembrar que não, o motivo para eu estar ali não era para tentar conquistar algo para mim mesma, mas para ajudar João.

Ele estava mais feliz do que nunca longe das pistas, e eu vivia para correr. A combinação perfeita. Mas, ainda assim, parecia errado. Queria correr como Petra Magnólia, queria poder discutir com Oliver Knight olho no olho e sem medo de que minha voz me entregasse. Queria ser eu mesma. E me doía saber que não havia mais espaço para mim ali, principalmente porque alguém supôs que eu era uma oferecida que dormiu com um chefe de equipe.

— Todo mundo tem seus momentos ruins, cara — Filippo me consolou, dando tapinhas em minhas costas. — Apenas não deixe que se repita.

Em certo ponto, após caminhar um pouco pelo paddock, apenas desisti e aguardei até que um dos carrinhos de produção passasse por perto para pegar carona.

A volta para o hotel foi uma tortura ainda maior.

No carro, Solange conversava comigo sobre reestruturação de imagem e sobre como a corrida de hoje tinha afetado o moral de João com os torcedores. Talvez João não se importasse, mas não sabia exatamente se isso poderia ser um gatilho para sua ansiedade, e milhares de comentários pedindo para que saísse da equipe e acabasse com sua carreira de piloto não podiam ser saudáveis.

Ao chegar ao quarto, decidi desmaiar na cama e fingir por alguns instantes que nada no mundo existia, que o fiasco daquela semana não havia acontecido. Lá fora, a lua brilhava, a luz prateada preenchia cada canto do quarto, banhando o chão com uma claridade suave.

Pela primeira vez em dias, fiquei em silêncio, apenas observando, sem pensar, sem inventar nenhum plano mirabolante, simplesmente existindo. Aproveitei cada segundo, porque minha paz se esvaiu assim que uma batida na porta interrompeu meu sossego.

Me levantei da cama com relutância, ainda cogitando fingir que não estava ali. Se fosse João, não teria coragem de encará-lo, não com os erros incontáveis da corrida mais cedo.

Ainda precisava de um tempo para aceitar que havia decepcionado meu irmão, que não tinha sido uma boa piloto.

E, no fundo, pensava que talvez não devesse mais correr, que talvez o escândalo tivesse mostrado o que eu verdadeiramente era. O que meu pai sempre pareceu pensar de mim. Talvez eu realmente fosse tudo aquilo.

Para a minha surpresa, não era João. Oliver estava parado à soleira da minha porta.

— Veio terminar o segundo round? — foi a primeira coisa que perguntei.

Ainda bem que não havia trocado de roupa. Uma gota de sorte em todo aquele dia terrível. Como John Brown, precisava apenas tentar ser mais gentil. Menos palavrões, mais palavras de afirmação. Aquele era meu irmão.

Eu, por outro lado, teria usado palavras de afirmação apenas para xingar Oliver Knight e mandá-lo à merda.

Ele se confundia demais com as palavras, depois pedia desculpas somente para fazer outra besteira em seguida? O que ele achava que eu era? Uma palhaça?

— Entra, não vamos falar no corredor — murmurei e dei as costas, caminhando para o interior do quarto.

Acendi a luz e olhei pela janela, dando de cara com uma Melbourne pintada de todos os tons de amarelo.

Oliver não estava para brincadeira, o rosto sério carregava uma ferocidade que eu vira poucas vezes nos últimos anos.

— Eu vim entender por que você continua agindo como se não fosse parte da nossa equipe.

— Porque não sou — respondi de imediato. — Sou o piloto reserva.

Oliver passou a mão pelo rosto em cansaço.

— Essa é a maior palhaçada que já ouvi.

— Eu não faço parte disso tudo, Oliver. Quando Andreas voltar, aí sim você pode vir com esse papo de equipe unida, família e tudo o mais — despejei, a fadiga sobrepujando qualquer bom senso.

Era, em parte, mentira. Não importava se eu correria por uma ou três semanas, isso ainda assim era um trabalho em equipe. A diferença é que Oliver parecia verdadeiramente apegado ao conceito de união. Eu não poderia me importar menos com aquilo no momento.

— Você tinha uma equipe — ele pontuou. — Por que trocou algo tão sólido por uma vaga de reserva? Você pilotou como quem ama correr, isso não faz o menor sentido. E eu sei que tinha mais um contrato com a sua antiga equipe, John.

— Não vejo como minhas decisões contratuais afetam o fato de que o acidente de hoje foi uma estupidez sem tamanho — vociferei, determinada a voltar ao foco da discussão.

Eu jamais falaria com Oliver Knight sobre João e sua saúde. *Nunca*.

Oliver estava fazendo perguntas demais, se metendo demais. Eu precisava acabar com aquilo, nem que significasse deixar de ser um *colega* para ser apenas um conhecido distante com quem ele tinha reuniões de vez em quando. Não colocaria ainda mais a perder, não com a saúde de João e a minha carreira em jogo. Minha família sempre viria primeiro. E eu faria absolutamente qualquer coisa para tirar Oliver Knight do meu caminho. Não importava por quais meios necessários.

— Óbvio que foi uma estupidez, mas talvez não tivesse acontecido se simplesmente tivéssemos uma relação de equipe, não de rivais — retrucou ele com impaciência.

Ele tinha um ótimo argumento, e um que eu provavelmente usaria se estivesse no lugar dele, mas não havia uma boa saída para aquela situação.

— Não somos uma equipe, Knight — encerrei. — Não importa o quanto você tente me comprar com jantares, pedidos de desculpa ou esse papo de *coach*.

Precisei desviar o olhar ao ver a raiva surgindo em seu semblante.

— Não me culpe por ter tentado, então — vociferou. — Saiba que está sendo egoísta, um verdadeiro imbecil. Até Andreas voltar, você é parte da equipe, lide com isso de uma vez. Fazer essas besteiras só vai prejudicar sua carreira. E eu não vou sair no prejuízo só porque você não consegue lidar com o próprio ego.

Arregalei os olhos e uma risada esganiçada escapou da minha boca antes que pudesse me refrear.

— Ah, você quer falar sobre ser imbecil? Que tal começarmos por como tratou minha irmã na festa da Melden, hã? E que tal falarmos sobre o jantar? — O semblante endurecido de Oliver apenas fez com que meu sorriso aumentasse. — Ah, sim, você foi apenas um poço de amor nesses momentos, não é? Porque você, Oliver Knight, o queridinho do paddock, o senhor de todo o otimismo do mundo, não é tão fofinho como as pessoas acham, não é?

Sabia que havia exagerado. Mal tive tempo para me retratar antes que Oliver estivesse com o dedo apontado para a minha cara, os olhos cheios de cólera virados para mim.

— Faça a porra do seu trabalho e me deixe em paz, Brown.

Aquela era a primeira vez que ouvia Oliver falar um palavrão, talvez em todos os anos que o conhecia. Pisquei algumas vezes, atordoada, acompanhando-o abrir a porta do quarto e fechá-la novamente atrás de si.

Meu sangue fervia pela discussão, as palavras não ditas queimando em minha mente.

Que ótima maneira de participar do time, não é?

Permaneci parada em frente à porta por tanto tempo que foi somente com o som da notificação do celular que finalmente me movi. Peguei o aparelho e desbloqueei a tela, sentindo meu coração apertar ao ver a nova mensagem.

Ei, gostei de te ver na festa da semana passada. Ainda está em Melbourne? Pensei em darmos um pulinho na praia antes de viajar amanhã à noite, o que acha?

Ah, é o Oliver :)

11. Se o Shrek tivesse um primeiro encontro com um piloto de Fórmula 1

— Oliver Knight me odeia? — João perguntou com a voz esganiçada, os olhos ansiosos correndo de um lado para o outro enquanto eu arrumava as malas para o próximo destino.

— Veja bem, odiar é uma palavra muito forte — corrigi calmamente. — Ele só te abomina. Muito.

João arremessou uma calça jeans em minha cabeça, da qual me desviei por pura sorte.

— Ah, entendi o seu jogo. — Meu irmão riu e se levantou com o dedo em riste. — Você está fazendo ele odiar o John e se apaixonar pela Petra.

Peguei a calça jeans de volta do chão e a joguei direto no rosto de João.

— Para de ser imbecil, eu não tenho a menor culpa se ele gosta de mulheres que o ofendem um pouco — balbuciei.

— O que não é um problema, porque aparentemente você o ofendeu como John também.

Fechei a última mala com um suspiro, mas havia ainda uma roupa do lado de fora. A que eu resolvi usar para me encontrar com Oliver Knight.

Decidi firmemente pôr uma barreira entre nós dois como João e faria o mesmo como Petra. Aquele pequeno flertezinho da festa acabava ali. Oliver nos rondava muito nos últimos dias, e a situação já era suficientemente estressante, não via outra opção a não ser agir da pior forma possível naquele encontro. Não que fosse difícil, levando em consideração nossa última discussão.

Parte da vida é aceitar algumas de nossas falhas e tentar melhorá-las. Uma das minhas, eu precisava admitir com muito pesar, era falar demais e me arrepender depois. Não que eu achasse que estava errada em bater de frente com Oliver, mas talvez, apenas talvez, não precisava ter atacado o homem tão diretamente.

Talvez.

E ali estava eu, xingando Oliver Knight enquanto me preparava para um encontro com ele.

A Petra de catorze anos estava me socando internamente, dizendo que me odiava e que eu era o motivo de tudo em sua vida dar errado. *Ele é um garoto mais velho, tem até um brinco na orelha, é tããããoo diferente dos outros meninos que eu já vi nos meus grandiosos catorze anos de vida.*

Mas a Petra de agora precisava segurar todos os ímpetos de paixonite adolescente e aceitar que, na vida adulta, nem tudo é como queremos.

Usaria a atual desavença com Oliver como desculpa para manter a distância. Meu segredo estaria ainda mais seguro se ele não tivesse qualquer interesse na minha vida. Quer dizer, na de João.

Meu colega de equipe se tornou um risco, e eu precisaria me livrar de qualquer perigo, não importando quão bonito e charmoso ele fosse.

Tão bonito e *tão* charmoso...

E tão *estúpido*.

— Você está fazendo careta pra sua mala — João comentou com uma cotovelada de brincadeira em minha barriga.

— Estava pensando em como te enviar de volta pra Londres com um chute.

Na hora combinada, me encontrava parada, com óculos de sol, apesar de ser noite, uma peruca ruiva e um vestido confortável. Usava salto alto, contra toda a minha vontade, mas seria uma forma de negar qualquer pedido para caminhar na areia da praia com Oliver.

Eu havia me preparado para todos os cenários.

Caso ele perguntasse algo sobre João e toda a pataquada da Austrália, eu arrotaria.

Se tentasse me beijar, morderia sua boca até sangrar.

E o pior de tudo, se tentasse ganhar meu coração, eu diria que precisava vomitar e que estava com uma diarreia lascada fazia dias.

Meu arsenal não poderia ser mais variado contra Oliver Knight e, por isso, sair derrotada não era uma opção.

Quando o vi caminhando na minha direção, tênis confortáveis nos pés, boné na cabeça e um sorriso imenso no rosto, porém, me senti inclinada a adicionar outra opção: me jogar no mar e ir nadando até outra cidade, só para ficar longe do ardor na pele quando sua mão se apoiou no meu quadril ao me cumprimentar.

— Você está...

— Cansada? — completei, colocando em jogo meu plano infalível.

Oliver apenas sorriu e negou com a cabeça, me avaliando com delicadeza.

— Eu ia dizer estonteante.

— É, você devia ver as bolhas no meu pé.

Quase me dei tapinhas nas costas ao vê-lo perder um pouco o sorriso. Estava indo bem, só precisava ser um pouco mais desagradável e estava no papo. Talvez, no fim da noite, falasse mal do nome dele. Ah, melhor ainda, da *roupa* dele. Oliver era estiloso, deveria ser sensível a isso, não?

Contudo, eu precisava admitir que a mídia estava certa sobre uma coisa: ele era extremamente simpático.

Desde o primeiro momento, fez perguntas sobre mim, algumas piadas sobre nossa época correndo juntos, até mesmo se lembrou do nome da minha mãe e perguntou como ela estava. Parando para pensar, eu não sabia quase nada da vida dele. Nada além de que a senhorinha que foi vê-lo na África do Sul era sua mãe, que ele tinha um aplicativo para crises de ansiedade, usava um perfume muito cheiroso e entrava em banheiros femininos para ajudar donzelas indefesas.

— E você já tem planos pra voltar a correr? — ele perguntou enquanto me acompanhava lado a lado na orla da praia.

Eu tomava um sorvete e, de propósito, estava toda lambuzada, sentindo a massa melecada sujar a peruca e a roupa. Oliver tentou disfarçar, mas percebi a olhadela confusa que fez quando eu arrotei após tomar um gole d'água, para rebater o doce.

Bom, pelo menos a minha fama de comedora de casados talvez fosse substituída por *cosplayer* de Shrek.

Mas Oliver era cavalheiro demais para me dar um pé na bunda assim que se cansasse. Ele parecia o tipo do cara que ainda te levaria em casa mesmo se odiasse tudo, e depois mandaria uma mensagem perguntando se está tudo bem. Alguns dias depois, diria que não estava interessado, mas que eu era uma *ótima* pessoa. Simplesmente porque era impossível para Oliver magoar alguém de propósito. Ou era o que eu pensava.

Não era a Petra de catorze anos, e Oliver não era o mesmo adolescente de antes.

Agora até mesmo falava palavrão quando ficava com raiva.

Na linha do horizonte, o sol já tinha sumido. Era segunda-feira e as pessoas estavam saindo do trabalho, o clima úmido colando as roupas aos corpos dos transeuntes. Alguns poucos ainda surfavam, mas a maioria estava dentro dos carros ou de casa. Tínhamos privacidade suficiente para conversar sem chamar atenção.

O que foi um alívio, porque não tinha mais a menor condição de outra foto duvidosa minha com algum membro da Fórmula 1 sair rondando pelas redes sociais. Minha psicóloga não tinha mais horários disponíveis em sua agenda para me ajudar a lidar com aquilo.

— Eu... Ai! — exclamei de dor ao sentir meu salto afundar de mau jeito em uma brecha arenosa do calçamento.

Oliver foi rápido e me segurou pela cintura, seus dedos firmes fazendo mais pressão do que o necessário para lidar com uma pequena queda. *Rá*, então aquele era o método dele de conquista? Torcer para que mulheres indefesas tropeçassem?

— Não quer tirar o sapato? — ele ofereceu. — Eu te daria o meu, mas acho que não calçamos o mesmo número.

Eu queria *tanto* tirar o salto, mas aquilo significaria ceder, e o objetivo era fazer Oliver me considerar a pessoa mais desprezível do mundo.

— Esses saltos custaram caro demais — comentei com um tom propositalmente enfezado. — Vou continuar com eles.

Então voltamos a caminhar em silêncio.

Aquilo estava ficando incômodo demais até para mim, mas Oliver simplesmente não cedia.

Por que ele precisava ser tão cabeça-dura? Por que simplesmente não era um babaca e me dava um perdido?

Poderia dizer que ia dar uma nadadinha no mar, então ir para o outro lado e depois me mandar uma mensagem dizendo: "Achei meus amigos peixes, resolvi dar uma nadadinha com eles. Você volta pra casa sozinha?".

Mas ali estávamos. À direita, o mar se estendia glorioso, com pequenos pontos nas orlas, à esquerda os bares e restaurantes à beira-mar davam um ar tão agradável àquele lugar com gosto de Brasil. Apesar de todas as diferenças, ainda me sentia mais próxima de casa ali do que em Londres, a cidade fria e sempre cinza.

Precisei controlar o ímpeto de tirar os saltos e caminhar pela areia, correndo entre os grãos até me perder e me esquecer de que meu lar estava do outro lado do mundo.

— Eu fui insensível, Petra.

Oliver chamou minha atenção. Encarei-o, atenta a cada um de seus movimentos, das sobrancelhas aparecendo por trás dos óculos escuros à mão que pendia perto demais da minha.

O corpo inteiro dele me tornava subitamente consciente de tudo, do ar denso pela maresia, de como sua pele tinha pontinhos de brilho, de seus lábios cheios. Ele era bonito, eu precisava admitir.

— Te chamei pra sair logo depois daquele fiasco no circuito, e eu sei que seu irmão te conta tudo... Você tem todo o direito de não querer aproveitar essa noite comigo.

Estava prestes a concordar com ele e pedir para ir embora. Ele me deu a oportunidade perfeita, então não deveria ser tão difícil simplesmente me despedir, mas era. Estava curiosa para ouvir o restante.

Oliver voltou o rosto para mim, os lábios abertos em um sorriso ao ver que eu não estava tentando me afastar. Sua mão alcançou a minha, fazendo pequenos círculos na palma.

Tentei me lembrar da colisão de nossos carros, de que Oliver deveria ser meu rival, que meu futuro estava em jogo e meu cabelo estava sujo de sorvete, mas ele tinha um sorriso lindo, e eu tinha um fraco por homens bonitos como ele.

Maldição, eu era uma garota fútil que caía no papo de sorrisos tortos e tatuagens no corpo todo.

— Mas eu quero ter uma chance de te mostrar que podemos nos divertir juntos — ele finalizou, levando minha mão aos lábios. — Nem que pra isso eu precise me ajoelhar diante de você.

— Oliver... — Minha voz fraquejou ao vê-lo começar a se agachar, então gargalhei, puxando-o pela camisa. — Não vai se ajoelhar pra mim desse jeito, tem hora e lugar pra isso.

Ele ergueu a sobrancelha, o calor do sorriso malicioso em seu rosto se alastrando como uma labareda pela minha coluna e trilhando um caminho perigoso até meu ventre.

Não, não, não era isso que eu queria dizer!

— E qual é a hora e o lugar que você gosta que os homens se ajoelhem diante de você?

Tentei me afastar, mas ali estava de novo o maldito sorriso.

— Quando eu ganho deles em uma corrida — comecei a enumerar, com o indicador para cima, criando uma distância segura entre nós dois. Oliver assentiu e se ajoelhou mais uma vez. Estava prestes a pedir que se levantasse, até perceber que ele queria tirar meu salto.

— O que mais? — perguntou enquanto deslizava um dos sapatos por meu tornozelo, seus dedos resvalando na minha pele.

Ele não teve pressa, tirou o outro e permaneceu me encarando diante de meus olhos atentos.

— Quando me pedem perdão, e eu posso brincar de rainha misericordiosa — brinquei assim que meus pés estavam enfim no chão.

Ah, que alívio.

Oliver não me devolveu os saltos, mas os segurou com uma das mãos e me puxou para a areia.

O toque gostoso dos grãos sob meus pés me fez sentir mais próxima do Brasil do que nunca. Caminhamos afundando na areia fofa até nos aproximarmos do mar. Àquele ponto, não havia ninguém além de nós dois naquela parte da praia, apenas algumas pessoas a distância.

— E por último... — eu disse enquanto caminhávamos próximos à água. Oliver me fitou com curiosidade, nossos braços resvalando um no outro ao sentir o mar gelado nos alcançar — quando eles tiram o meu sapato porque querem andar comigo na areia.

Aquela era uma péssima decisão. Horrenda. Eu não deveria dar corda para Oliver, todo o motivo deste encontro maldito foi afastá-lo, não deixá-lo acreditar que eu flertaria de volta.

Mas foi o que eu acabei de fazer, não é?

— Bom saber — ele respondeu com um sorriso imenso, que parecia quase rasgar seu rosto.

Desviei o olhar, sem saber como encarar um homem que sorria tanto para mim, aparentemente sem motivo algum. Como poderia alguém ficar tanto tempo sorrindo daquele jeito? Não sentia dores nas bochechas?

— Você pode devolver meus sapatos, se quiser — brinquei ao chutar um pouco de água em suas canelas.

— Eu vou jogá-los no oceano, se jogar água em mim de novo — provocou.

Semicerrei os olhos em sua direção antes de chutar a água novamente. Só tive tempo de gritar antes de Oliver jogar meus saltos na areia e correr atrás de mim.

Achei que me refugiar na água seria a melhor escolha, mas Oliver me seguiu após deixar seus tênis na areia. Gargalhei quando o mar extremamente gelado atingiu minhas coxas e Oliver me alcançou, jogando água em mim.

O riso sumiu quando Oliver tropeçou e caiu. Dois segundos procurando-o no escuro foram o suficiente para tirar minha atenção e ser surpreendida por sua mão em meu tornozelo.

Berrei com toda a potência concedida por Deus, e somente tive tempo para ouvir sua gargalhada antes de correr de volta para a areia. Apoiei as mãos nos joelhos, tentando controlar a risada escandalosa misturada ao frio do mar gélido. Eu não deveria estar rindo com Oliver Knight, e sim ir embora, postar um story com um cara aleatório para fazê-lo achar que estava com outro.

Mas eu estava ali, observando-o sair do mar em toda a sua glória.

Ainda abaixada, assisti à camiseta grudada a seu corpo esguio ao sair do mar, o peitoral delineado pela água salgada. Gotículas escorriam por suas maçãs do rosto proeminentes, o maxilar trincado pelo frio, e mesmo assim ele sorria.

Na mais escura e gelada das noites de fim de verão, Oliver Knight sorria para mim.

— Acho que você precisa de uma toalha — comentei quando recuperei a voz.

Oliver balançou os cabelos afro e passou a mão pelas madeixas. Acompanhei o movimento com atenção, observando a água percorrer cada centímetro de pele arrepiada.

— Você também.

— Eu? — Olhei para meu corpo praticamente seco. — Não, eu não...

E fui atacada pelo piloto de Fórmula 1, que nos derrubou na areia ao tentar me abraçar. Não tive outra reação a não ser me debulhar em gritinhos e risadas, sentindo seu corpo gelado contra o meu.

— Você me paga se eu ficar doente, Oliver Knight! — briguei quando atingi a areia, sentindo seu joelho entre minhas pernas.

Oliver estava ofegante, os olhos brilhavam com a animação de uma criança feliz. Ele estava se divertindo tanto, e eu não poderia admitir, pelo bem do meu próprio plano falido, que eu também.

O cenário era perfeito, as ondas quebrando no litoral, a escuridão do mar nos abraçando, a solitude da areia infinita, a água do corpo de Oliver caindo no meu, tão próximos... E por isso, somente por isso, não desviei quando sua boca se aproximou da minha.

Apertei a areia em meus dedos com a proximidade. Precisava dar um jeito de sair dali.

Ele continuava sendo um estúpido. Mas um estúpido tão bonito...

Estava prestes a dizer que eu estava com diarreia e precisava voltar para o hotel quando o som de passos fez ele se afastar, o boné molhado indo direto para a cabeça e os óculos, para o rosto.

— Acho que essa é sua forma de me dar uma chance? — ele perguntou.

Enchi a mão de grãos finos e joguei em seus pés.

— Eu nunca disse isso.

Me sentei com um arquejo. Estava parecendo um bife à milanesa, com areia na peruca e no corpo inteiro. Teria que entrar pelo elevador de serviço, com certeza.

Dali, observando Oliver sorrir com os olhos, sua postura relaxada, percebi como ele era daquela maneira quase todo o tempo.

Não era uma fachada para os fãs ou para a televisão, como eu achava. Knight era simplesmente alguém que gostava de sorrir, que tentava achar uma saída para todos os problemas e que confiava que as pessoas ao seu redor eram capazes de realizar um bom trabalho.

Se Oliver era tão calmo, devia estar mesmo muito estressado para gritar daquela maneira comigo na noite anterior.

— O meu voo é em quatro horas. Preciso tomar banho, claramente. — Apontei para minhas roupas. — E você precisa ir com a sua equipe para o próximo destino.

— Você vai a algum dos GPS? — perguntou ele ao me pôr de pé. Devolveu meus saltos, mas não soltou minha cintura por um segundo sequer. Afastei-me, então, cada vez mais consciente de que aquele sentimento entre nós não poderia se desenvolver.

— Não, muito provavelmente não.

Eu estaria ali até não ser mais necessária. Até Andreas voltar. Conviveria com Oliver quase todos os dias por mais alguns meses, e ele não tinha ideia disso.

— Obrigada por se ajoelhar diante de mim — foi tudo o que consegui dizer.

— Sempre um prazer.

Caminhamos devagar até a orla, eu novamente com os óculos e Oliver com o boné. Encarava meus próprios pés quando chegamos ao ponto de despedida.

— A gente se vê por aí — despedi-me da maneira mais formal possível. Meu Deus, eu *apertei a mão* de Oliver antes de dar as costas e ir embora.

Sabia perfeitamente que meu plano tinha sido concretizado com sucesso. Não havia chance alguma de Oliver Knight querer algo comigo depois daquele vexame em forma de encontro.

Piloto automático
Transcrição de programa de televisão

Marcos S.: Que clima tenso na Assuero Racing, pessoal. Depois da Austrália, tivemos GP de Imola, na Itália, este final de semana. John Brown e Oliver Knight entraram em um embate por posições, e o campeão mundial foi punido algumas vezes por deixar os pneus passarem da linha demarcada. Ele acabou em segundo lugar, e John Brown em quinto. Até que foi uma boa colocação, apesar desse atrito, mas não pega bem pra equipe...
Caio M.: Augustus Allaire, chefe de equipe da Assuero, não se pronunciou sobre o assunto, assim como os pilotos. Tem muita gente questionando se essa parceria com o reserva, filho de Howard Brown, vai dar certo.
Sabrina G.: Ele é um nepobaby, especialmente saindo de uma equipe em que ele era o principal piloto. A equipe do próprio pai, ainda por cima...
Caio M.: Talvez só esteja na hora de alguém ensinar a ele o que significa ser um trabalhador comum que deve explicações a um superior, assim como todos nós. Ele pode se concentrar mais em correr e menos em inventar moda nos dias de corrida.
Marcos S.: O que sabemos é que a equipe vai precisar domar o gênio dos dois, não dá pra ter uma crise logo agora, no início do campeonato, isso pode tirar o foco do prêmio no fim do ano. Será que os pilotos conseguem segurar o próprio ego?
Sabrina G.: Mas aí você está esperando demais... Sabemos bem como é o ego dos atletas, não é? É isso que dá toda a graça aos bastidores.
Caio M.: Você tem razão, Sabrina, pior que tem razão.

12. Dividir a casa de campo com o rival de equipe não é uma decisão inteligente. Mas Oliver Knight não costuma tomar decisões inteligentes

OLIVER KNIGHT

— Eu não vou acampar com John Brown.

— Peço perdão se em algum momento te fiz pensar que você tinha opção.

Encarei meu empresário sem acreditar.

— Não tenho a menor chance de tomar decisão quando se trata da minha própria vida?

— Não quando o seu chefe de equipe entrou em contato comigo, puto da vida pelo que aconteceu na última corrida com o John — comentou ele com pesar, as unhas curtas batucavam o celular em um ritmo constante. Ele mal me encarava enquanto anunciava uma notícia irritante daquelas.

— E os meus planos de ir pescar antes do próximo GP?

— Leve o John com você.

Balancei a cabeça em negativa e sentei-me no sofá confortável da minha casa. Mais um GP e mais um atrito com John Brown, aquela era a situação atual. Daquela vez, recebi uma punição de cinco segundos por sair pela zebra ao tentar ultrapassá-lo. O prêmio em Imola acabou bem, eu subi no pódio apesar da punição, mas John acabou em quinto lugar.

Não precisava dizer que Augustus ficou irado com nós dois. Uma punição desnecessária, os xingamentos de John pelo rádio. Uma mistura deliciosa para os tabloides, que foram rápidos em apontar uma crise na equipe da Assuero.

Andreas, enquanto isso, estava se recuperando e comentando sobre os GPS no Twitter. E, por mais que ele corresse com um capacete cheio de dizeres de respeito e amor, havia burburinhos nos bastidores sobre um vídeo dele falando que "duas pessoas como John e Oliver obviamente não se dariam bem".

O que só me fez torcer para que o homem quebrasse a outra perna.

Eu tentava controlar esses pensamentos tão cruéis, pois não era de desejar o mal para ninguém. *Ninguém*. Mas Andreas vinha se mostrando um verdadeiro antagonista à minha tentativa de ser pacífico em um esporte tão político.

De qualquer modo, agora era minha obrigação me tornar um parceiro mais agradável para John. E eu não poderia negar que sim, tinha certa parcela de culpa, mas o homem não colaborava... Era tão cabeça-dura!

Sentia-me fora do eixo toda vez que abria a boca, como se as palavras erradas saíssem antes que pudesse refreá-las. No restaurante, ao falar que não podíamos nos dar ao luxo de brigar tanto, queria apenas dizer que precisávamos escolher nossas batalhas, porém tudo que saiu da minha boca foi um discurso vindo diretamente dos anos 1950.

E, sempre que eu decidia me retratar, John fazia algo estúpido como discutir, não ceder. Dizer que não era parte da equipe foi a gota d'água. Era frustrante lidar com ele daquela maneira. Eu já passava por irritação suficiente lidando com oponentes no grid, não precisava do meu próprio colega de equipe sendo um empecilho também.

Dois dias depois da conversa com meu empresário, estava arrumando a mala com um mau humor incomparável.

— Ótimo — bufei para mim mesmo. — Duas pessoas que não querem se encontrar nem pintadas de ouro sendo forçadas a passar o tempo juntas. Que *ótima* ideia.

Contive o pensamento repentino de que a irmã de John talvez fosse uma companhia mais apropriada. Mas ele não sabia sobre a minha quedinha por Petra, e eu preferia que continuasse daquela maneira.

Havíamos conversado mais algumas vezes depois do nosso encontro rápido na Austrália. Voltei para o hotel mais confuso do que nunca.

Ela parecia ter se divertido, rindo e brincando comigo, certo? Mas aí aquelas respostas grosseiras... Será que era só o jeito dela? Mas ela se despediu de mim com um aperto de mão. Aquilo só podia ser um fora. Mas e aquele momento na água, Petra falando sobre homens ajoelhados diante dela...

A imagem me agradava, eu admitiria sem problemas.

Indeciso entre insistir ou cavar um buraco na areia e me enfiar ali até o fim dos dias, decidi apostar na grandiosa cara de pau.

Mandei uma mensagem, perguntei como ela estava. Quando sua resposta chegou, mandei um meme que achei largado na galeria, apenas para ver sua reação.

Quando Petra respondeu com outro meme, imaginei que fosse o sinal verde óbvio para continuar minhas investidas.

Quer dizer, se ela não quisesse, teria respondido de outra maneira, não é?

Se estava em meus planos tentar conquistar Petra um pouco mais, se queria continuar com aqueles encontros, sabia que precisava conquistar seu irmão também. Os dois, nas palavras dela, eram como se fossem a mesma pessoa. Não havia chance de ter algo com ela enquanto o irmão me odiasse.

Respirei fundo, certo de que uma mulher bonita seria a responsável pelo meu fim.

Peguei o celular e mandei uma mensagem para John Brown. Já sabia que ele estava ciente das ordens de Augustus sobre nossa "amizade" forçada.

Vou levá-lo a um chalé a que gosto de ir na Espanha, tem um vinhedo próximo, um lago para pesca e um vilarejo.

— E, se a gente quiser se matar — comentei baixinho, enfiando as camisas na mala —, pelo menos podemos fazer isso longe da civilização.

Encontrei John no fim da tarde no simpático restaurante local que sempre visitava quando vinha para esse refúgio. A dona, Marisol, preparou um jantar bem servido e nos mandou para casa, convidando-nos a repetir a visita no dia seguinte.

Dirigi até o pequeno chalé praticamente em silêncio. Quando chegamos, John parecia ainda mais contemplativo que o normal. Abri a portinha de madeira depois de seguir pelo jardim bem decorado que guiava até a entrada da casa, que tinha suas paredes marrons e pequenos umbrais nas janelas decorados em dourado, remetendo aos vinhedos próximos dali.

Não havia vizinhos por perto, e por isso eu gostava tanto dali. Era seguro, confortável e perfeito para descansar depois de tanto tempo com o som ensurdecedor dos carros em meus ouvidos.

Também era o local perfeito para um filme do *Pânico* ou qualquer coisa que envolvesse um chalé no meio de uma paisagem bucólica e um assassino.

— Como você conseguiu achar este lugar? — ele perguntou, os olhos esverdeados arregalados enquanto entrava na casa.

— Precisei fazer algumas ligações e um grande depósito.

Demos de cara com uma pequena escadaria e um corredor que se abria para os cômodos. À direita, a sala de estar, com sofás confortáveis e uma televisão grande o suficiente para ver os poros de qualquer ator. Do lado esquerdo, o corredor seguia até os quartos. Em frente ficava a cozinha, que dava para a piscina. Além dela, o terreno descampado se estendia até onde a vista permitia, uma mistura de verdes e marrons intercalados com pequenos casebres e alguns animais pastando.

Era um lugar bonito, eu não podia negar. Foi minha mãe que o encontrou, alguns anos atrás. Gostava de levá-la, mas, com sua saúde debilitada nos últimos tempos, tornou-se impossível para ela viajar de avião. Restou-me, então, ir sozinho. Agora, com John Brown e sua cisma de bater em meu carro durante as corridas.

Após mostrar a John o lugar onde dormiria, vi-me sozinho para arrumar as coisas para o jantar e tentar deixar meu colega o mais confortável possível. Abri os armários, peguei os apetrechos e me esforcei em oferecer o melhor. Coloquei uma música de fundo baixinho, apenas o suficiente para me embalar enquanto preparava os pratos.

Kendrick Lamar preencheu a cozinha aconchegante enquanto eu picava o chocolate para os brownies. Servi o jantar de Marisol em dois pratos e só ouvi o chuveiro ser desligado quando o brownie estava entrando no forno.

— O cheiro está bom demais— John comentou após sair do quarto secando os cabelos curtos.

Usava calças largas e um moletom enorme. Ele parecia pequeno demais em uma roupa tão grande.

— Senta aí, cara, o jantar está pronto e o brownie está no forno.

John arregalou os olhos e se sentou à mesa. Gazpacho com pão artesanal e patatas bravas. Senti meu corpo se aquecer com o conforto daquela comida caseira bem temperada.

— Os tabloides nunca falaram que você era fã da cozinha — ele brincou após dar algumas colheradas na sopa.

— Eles não sabem de muita coisa — retruquei calmamente. John levantou a colher para mim como um brinde e gemeu com a comida. — O que me leva... Não estamos numa situação muito boa.

John suspirou e assentiu, mastigando o pão antes de apontá-lo, ameaçador, em minha direção.

— E espero que não diga que é só por minha culpa.

Revirei os olhos involuntariamente. Era aquele tipo de situação que me fazia querer gritar. John era defensivo demais, não conseguia me esperar falar antes de se defender, como se eu fosse ofendê-lo o tempo inteiro. Qual era o problema dele, afinal de contas?

— Uma briga não depende só de uma pessoa — respondi com educação.

— Augustus perdeu a cabeça em Imola... — ele comentou, suspirando. — A gente vacilou.

Assenti devagar, medindo as palavras.

— Você também não queria vir, não é?

John permaneceu fitando o tampo da mesa por alguns segundos antes de me encarar de volta, as sobrancelhas grossas tão próximas que quase pareciam unidas. Já havia passado algum tempo com ele, tínhamos amigos em comum o suficiente para convivermos bastante, especialmente enquanto corria pela Melden. Por isso, naquele momento, questionei-me quando ele tinha mudado tanto.

Mesmo quando corria pela equipe do pai, ele parecia alguém muito mais alegre e divertido do que aquela versão sentada diante de mim, mais séria e contemplativa, comedida e arisca.

Pensei que deveria conversar com um dos amigos dele e dar uma sondada. Talvez ele simplesmente não gostasse de mim, mas eu precisava fazer nossa parceria funcionar, pelo bem da equipe.

Não era como se eu fosse o maior fã dele naquele momento, de qualquer modo.

— Eu só acho que tivemos pouco tempo de adaptação juntos, e somos bem diferentes. — Ele pigarreou. — Não tem motivo pra forçar algo que não existe.

Controlei um bufar baixo. Ele estaria certo se não tivéssemos que conviver tanto, especialmente durante as corridas.

— E você não pode sequer se esforçar um pouco pra fazer isso dar certo?

John fechou a cara em uma carranca.

— Você não tem a menor ideia do quanto eu me esforço, Knight.

Ah, estávamos no nível de sobrenomes, então?

— Não, *Brown*, eu não tenho a menor ideia, porque você simplesmente não se comunica! Como nós vamos resolver toda essa situação se você não se considera parte da equipe, parte de um todo que precisa funcionar em harmonia pra dar certo? É egoísmo e idiotice.

John arqueou a sobrancelha, e precisei controlar meus instintos para não pedir desculpas. Não cederia naquilo. Eu costumava ceder demais para evitar conflitos, mas aquilo era sobre meu ganha-pão, o esporte que eu amava, e ninguém ficaria entre mim e o troféu no fim do campeonato.

Eu sabia como as relações entre homens costumavam funcionar. John só me respeitaria se eu fosse mais firme, se cutucasse seus pontos fracos com algumas brincadeiras para que ele aceitasse que eu era confiável e que poderia ser meu amigo. Pelo menos, foi isso que li num livro de autoajuda.

— Você está certo. Eu deveria falar mais.

Ora, o livro estava certo.

— Então vou falar que você às vezes age como um babaca. Como em Imola, por exemplo. A primeira coisa que fez ao sair do carro, em vez de ir resolver a porra do nosso problema, como Augustus mandou no rádio, foi dar uma entrevista, que *ótima* ideia. Sair na frente por conta própria, achando que sabe as respostas pra tudo, e me deixou em uma posição complicada. Se você quer tanto que sejamos um time, por que não começa a me tratar como parte dele?

Pisquei algumas vezes, sem conseguir responder.

Talvez o livro não estivesse tão certo assim.

Eu não queria ser amigo de John naquele momento, só queria segurá-lo pelos ombros e explicar que falávamos o mesmo idioma, apenas precisávamos nos entender e... forçá-lo a entender que eu estava certo, e ele, errado.

Droga.

— Já tentamos jantar juntos uma vez e deu errado — John comentou e se levantou, o prato já vazio. — Acho que estamos fadados a não jantar nunca mais. Eu vou me retirar, estou cansado. Nos vemos amanhã.

John pôs o prato no lava-louças e sumiu corredor adentro, fechando a porta atrás de si.

Permaneci encarando a parede, tentando diminuir minha frustração, sem muito sucesso, após aquele diálogo explosivo e cheio de acusações. Estava igualmente irritado por não conseguir o que queria e frustrado por perceber que me impor até John aceitar que eu estava certo não seria uma opção.

Talvez John estivesse certo e eu estivesse mesmo forçando a barra com esse papo de ele fazer parte da equipe, mas era só porque eu sabia que nossa vitória dependia daquilo. Para azar dele, eu estava disposto a tudo para integrá-lo à Assuero de verdade e garantir o primeiro lugar. Eu ganharia aquele campeonato a qualquer custo.

BCN
Escrito por Raychelle Willenbring

A Espanha é a casa do Grande Prêmio desta semana, após África do Sul, Austrália e Itália. Com resultados já esperados por jornalistas esportivos, a Assuero Racing mostrou sua força nas primeiras corridas apesar dos problemas entre os dois pilotos, Oliver Knight e John Brown.

A Scuderia Astoria, junto a Scuderia Remulo, vem logo atrás, com carros que apresentaram falhas técnicas parecidas nos motores. Este é o quarto Grande Prêmio da temporada e a pressão nas equipes está crescendo, especialmente com o teto de gastos estabelecido.

13. Oliver Knight fica um gostoso tirando fotos sem camisa

Minha noite foi tumultuada por sonhos confusos, acordando suada e revirando na cama incansavelmente. Aquela viagem era um desastre. João tinha se oferecido para ir em meu lugar e socializar com Oliver, mas era eu quem corria com ele, a briga era comigo, então eu precisava arcar com as consequências.

Já estava arrependida da minha decisão.

E aí veio o jantar.

Oliver Knight achava que sabia o que era melhor, que poderia me convencer a ser parte daquela equipe. E eu *odiava* o fato de que ele estava parcialmente certo, mas não podia ceder. Após o desastre como Petra, restava-me ser bem-sucedida como João.

Eu precisava me afastar o máximo possível do contato com as pessoas, de qualquer proximidade real, mas Oliver era simplesmente um extrovertido nato. Queria me incluir em tudo, conversar, me conhecer melhor. Eu adoraria ser próxima de um extrovertido como ele, porém aquilo também era uma questão de sobrevivência para mim.

Então, minha missão se tornou brochar um extrovertido e fazê-lo entender de uma vez por todas que eu não queria criar qualquer vínculo, que gostaria apenas de fazer meu trabalho e ir embora. Achei que tivesse deixado isso claro no jantar, até que Oliver me recebeu com a mesa de café da manhã posta e um anúncio de que passearíamos pela cidade.

Me perguntei se ele era dissimulado ou ingênuo demais.

— Preciso admitir — João pigarreou do outro lado da linha, quando liguei para ele para pedir ajuda — que esse cara é empenhado.

Bufei e vesti a calça de moletom. Não poderia usar nada além daquilo enquanto estivesse ali, já que todas as outras roupas marcavam minhas pernas e, portanto, meu "pênis". Na verdade, a ausência dele.

Não que Oliver fosse encarar por muito tempo, mas prevenir era sempre melhor do que remediar.

— Ok, Petra. Mas deixa eu te falar... — comentou meu irmão com a voz desconfiada. — Eu nunca convivi muito tempo com ele mesmo... O que te faz achar que ele poderia desvendar toda a nossa operação?

Desviei o olhar para a porta do quarto, sentindo minhas bochechas arderem.

— Talvez eu tenha saído com ele na Austrália.

— Petra! — João gritou com uma risada escandalosa. — Eu bem que falei que ele era o seu tipo.

Balancei a cabeça em negativa e abri a porta do quarto. Oliver não estava em canto algum, então aproveitei a oportunidade para ir até a cozinha pegar uma água antes do nosso passeio matinal.

Nas palavras dele, iríamos até uma pequena pista de terra nos arredores, depois para a vinícola, com uma pausa para provar doces espanhóis.

Talvez o plano de Oliver fosse me convencer a ficar na Espanha e não voltar a correr.

— Você é um palhaço — falei em português. — Eu só saí pra dispensá-lo.

— E funcionou? — ele retrucou em inglês.

João não era muito bom no português, dizia que tinha sotaque demais e as palavras não pareciam naturais.

— Funcionou. — Dei uma risadinha. — Funcionou tão bem que ainda estamos conversando.

Como se invocasse o bendito, recebi uma mensagem. Oliver havia mandado uma foto.

Tremendo de frio, mas com saudade do mar australiano.

Abri a próxima foto. A imagem estava tremida e Oliver tinha um sorriso imenso no rosto.

E talvez um pouco de saudade de brincar no mar australiano com uma brasileira.

Tentei morder o interior da bochecha para esconder o sorriso, mas logo me peguei querendo enfiar a cabeça no travesseiro e gritar até meus pulmões arderem.

Eu nunca fui lá muito romântica, mas Oliver Knight sabia quais pontos cutucar, precisava admitir. O esforço dele pra me levar pra cama era invejável. Tinha certeza de que ele me daria um pé na bunda depois que conseguisse o que queria.

Será que a solução era transar com Oliver Knight?

— Certo — soltei com um suspiro. — Preciso ir, já vamos sair.

Desliguei o celular e voltei a encarar a conversa com Oliver, o teclado do celular me fitava de volta, provocando e questionando minhas opções.

Por mais que eu não fosse admitir, nem mesmo para João, eu me sentia assustada. Estava petrificada com a mera possibilidade de ser descoberta, e não sobre toda a situação *Ela é o cara*.

E quando Oliver percebesse que Petra Brown era, na verdade, uma garotinha medrosa que tinha sido completamente dilacerada pelo último escândalo? Quando ele visse que eu passava noites em claro revendo vídeos das minhas corridas apenas porque, no fim do dia, não aceitava perder?

E então ele iria embora.

Respirei fundo, aliviando a tensão invisível em minhas costas. Um problema de cada vez. A começar pelo piloto no quarto ao lado e sua determinação em me levar para a cama. Se Oliver Knight não tinha sido impedido pela minha grosseria em nosso encontro, será que se eu fosse "dada" funcionaria? Não seria a primeira vez que um homem negaria uma investida minha por ser "atirada demais".

E, secretamente, enquanto a ideia se formava em minha mente, torci para que Oliver não fosse como os outros caras com quem havia convivido.

Oliver, sabe no que eu estava pensando?

Enviei a mensagem antes que pudesse me controlar. A barrinha azul apareceu imediatamente. Ele já tinha lido. Olhei para o corredor; ele ainda estava no quarto.

No quê?, veio a resposta.

Que tem outra ocasião em que gosto de ver homens ajoelhados.

Oliver abriu a porta do quarto sem tirar os olhos da tela, digitando no celular.

Sério? Qual?

Ele estava sorrindo. Sorrindo muito. Controlei uma gargalhada quando digitei o resto da mensagem.

Quando estão com a cabeça no meio das minhas pernas. Interessado?

Fingi estar tossindo quando vi seu queixo cair. Ele travou no meio do corredor, passando a mão na nuca várias vezes antes de digitar.

Eu vou pro Brasil ou você vem pra Espanha, Petra?

Estava prestes a digitar a resposta quando ele levantou a cabeça para mim, o sorriso rasgando seu rosto. Precisei de toda a minha força de vontade para não rir, para não cruzar as pernas também com a possibilidade de realmente tê-lo entre elas.

Era uma gama tão confusa de sensações que eu me sentia prestes a entrar em combustão, o frio na barriga gostoso do flerte somado ao disfarce que me permitia saber exatamente como ele reagia.

— Vamos? — ele disse sem parar de sorrir.

Estava usando uma camisa preta justa, as tatuagens surgindo sob o tecido com tanta elegância que me deixaram tonta só de encará-lo por muito tempo. Meu Deus, desde quando Oliver Knight era *tão* gostoso?

A rota até a pista foi animada. Oliver cantou muito, batucava com os dedos sobre o volante e balançava a cabeça de um lado para o outro, completamente alheio à minha presença.

Uau, aquilo tudo era porque queria me comer?

— Cara, você costuma namorar pessoas fora do nosso círculo? — perguntei em algum momento.

Oliver abaixou o volume do rádio e me encarou de soslaio, com uma curiosidade estampada em seu rosto.

— Você diz fora do automobilismo? — perguntou, ainda batucando com o polegar no volante.

A paisagem passava veloz ao nosso redor, o descampado sumindo e voltando com as árvores na beira da estrada. Poucos carros passavam por nós.

— Não, não muito. É difícil achar pessoas que entendam a nossa rotina, você sabe bem... E querendo ou não é mais fácil encontrar alguém que já conheça nosso mundo e que não saia correndo pra contar aos paparazzi os nossos podres — ele continuou.

Assenti de leve, o polegar sobre os lábios enquanto pensava em minhas próximas palavras. Uma ideia se formava em minha mente. Talvez eu mesma, Petra, não pudesse assustar Oliver, mas se fosse John avisando que não gostaria que ele se aproximasse...

— E é por isso que está dando em cima da minha irmã?

Oliver não desviou o olhar e ficou rígido no banco do motorista.

— Ela comentou algo?

— É como se fôssemos a mesma pessoa — retruquei, sucinto.

— Cara... — ele começou, se embolando com as palavras. — Só queria dizer que não tenho nada além de boas intenções com ela.

É, tipo ficar no meio das minhas pernas.

— Todo mundo fala isso, Knight — respondi, forçando uma cara emburrada.

A verdade é que estava me divertindo muito. Ver um homem como ele gaguejando diante da possibilidade de encarar meu irmão era muito melhor do que eu poderia imaginar.

— Nós nem nos beijamos ainda — ele explicou. — Estamos indo com calma, ainda mais por causa da nossa... situação.

Ergui a sobrancelha, repentinamente curiosa com o andar da conversa.

— Que situação?

— Quer saber? Podemos deixar isso pra outra hora? — Ele me encarou um pouco mais sério. — Nós vamos entrar em mais uma discussão, brigar e aí você vai se isolar e ficar todo estranho.

Arregalei os olhos, surpresa com a audácia dele. O Oliver que eu conheci quando era adolescente não imporia um limite como aquele em qualquer situação.

Achei essa atitude estranhamente atraente.

— Ok, outra hora — cedi.

O plano de chutá-lo para longe ficaria para mais tarde, talvez para a hora do jantar.

Foi aí que chegamos à pista de terra batida. Ela formava um pequeno circuito, com montes amarronzados criando um caminho sinuoso. Arregalei os olhos ao perceber o que Oliver estava planejando.

— Nós vamos correr? — perguntei com um sorriso.

Oliver assentiu e parou o carro em uma pequena inclinação. Lá embaixo, alguns outros carros estavam parados em uma marcação que não consegui identificar, com poucas pessoas ao redor. Me senti em *Footloose*.

— Vi que você já participou de rally antes, então decidi que nosso problema na pista só poderia ser resolvido de uma maneira...

— Na pista — completei.

Saí do carro, o vento gelado castigando meu rosto conforme descíamos pela grama. Oliver acenou para algumas pessoas, falando em um espanhol rápido.

A cada instante, por mais que eu tentasse me controlar, Oliver parecia mais atraente. A boca aberta em um sorriso enquanto fazia alguma piada de tiozão em espanhol, os olhos semicerrados ao ouvir as explicações da mulher responsável pela pista. Ele era um aluno dedicado e atento, e aquilo só o tornava mais charmoso aos meus olhos.

Um babaca charmoso, era o que Oliver estava se tornando.

— Pronto? — ele perguntou ao estender um capacete em minha direção.

Segurei o capacete com firmeza, ainda perdida em meus próprios devaneios. A imagem de Oliver me tomando dentro do carro. Fora do carro. Na terra. No descampado. Em qualquer lugar, àquele ponto.

Decidi concentrar toda a minha energia no veículo após ligar o carro. Senti a potência da embreagem e da mudança de marcha. A ré era um pouco mais dura, mas nada com que não conseguisse lidar. Quando entrei no carro, achei que fosse estar sozinha ou com um desconhecido, então não pude segurar a surpresa ao ver Oliver entrar pela porta do carona.

— Você não vai dirigir? — perguntei, sentindo o volante do carro.

— Na próxima. A gente compete na pista justamente porque estamos em carros diferentes, talvez no mesmo possamos agir de outra maneira. Espera... — ele exclamou e virei-me, curiosa, para ele. — Isso no seu rosto é um sorriso? Eu fiz John Brown sorrir?

Revirei os olhos e liguei o carro, ignorando a risada de Oliver ao meu lado. Dei três voltas de teste no circuito, sentindo o terreno. Era apenas algo para nos divertir, sem a pressão da corrida, e fazia algum tempo que não participava de um rally, então preferia ir com calma.

Bom, isso até a corrida começar.

Estávamos disputando com dois amigos de Oliver, que obviamente eram melhores do que eu, cortando pela pista de terra com facilidade. Mas eu tinha um ponto a meu favor: estava me divertindo.

Oliver gritou quando passei por uma vala e o nosso carro ultrapassou o da frente, depois caiu na gargalhada. Sua voz quase sobrepujava o ruído do motor. Eu apenas conseguia rir de suas palhaçadas, sentindo o peito inflar com uma sensação gostosa toda vez que ele se animava.

Em um acesso de coragem, percebendo que estava sozinha, girei o volante de lado e pisei no freio, sentindo o carro performar o mais perfeito drift da minha carreira. Oliver gritou junto, comemorando quando voltei a disparar pela pista.

— Cara, que tesão de carro! — berrou logo antes que eu atravessasse a bandeira levantada.

Obviamente perdemos, mas foi tão divertido que não havia espaço para lamentar. Oliver trocou de lugar comigo, e logo estávamos correndo de novo. Ele brincava com as rodas traseiras, e em certo momento giramos tão rápido que achei que fosse dar errado, mas éramos dois motoristas treinados e ele conhecia a pista muito bem.

Saímos do carro com sorrisos estampados no rosto, a boca seca de tanto rir e gritar, o corpo reverberando toda a adrenalina possível. Só percebi que encarava fixamente sua boca quando um de seus amigos me deu um tapa no ombro e comemorou conosco.

Ainda havia uma confusão dentro de mim, dividida entre rivalizar com Oliver e deixar que seu sorriso fácil me conquistasse, serpenteando por meu corpo, a memória daquele seu sorriso ao ler minhas mensagens me fazendo perder a cabeça.

Era um jogo complicado, mas do qual eu precisava sair vitoriosa. E, embora esperasse ganhar, por que então já me sentia uma perdedora em meu próprio tabuleiro?

Durante minha infância, minha mãe sempre foi muito clara em afirmar que eu deveria tomar cuidado com o que postava na internet. Havia pessoas mal-intencionadas, hackers internacionais e uma gama imensa de ameaças que a deixavam mais neurótica do que um ser humano deveria ser capaz de ser. Mas aquilo começou a fazer sentido quando o automobilismo virou minha profissão.

Já haviam tentado hackear minhas contas mais vezes do que poderia ser considerado normal, a minha bissexualidade tinha sido exposta contra a minha vontade, e as fotos do escândalo com Hoffmann, que também eram um perfeito exemplo de como tudo poderia dar errado apenas com um clique do celular. Sem contar a vez que tentaram me passar um golpe no celular fingindo ser minha mãe.

Por isso, me questionei três vezes se a foto em meu celular era real ou apenas um golpe muito bem dado. Oliver Knight com uma toalha cor-de-rosa ao redor da cintura. Uma toalha *bem* baixa. O peito nu, gotículas de água escorrendo por seus ombros fortes. Uma combinação tão avassaladora que só percebi que o copo que eu estava enchendo tinha transbordado quando a água escorreu para o chão.

Já estávamos de volta à casa, depois do rally e do almoço. À noite, iríamos ao vilarejo para aproveitar uma noite na pracinha central, onde havia música e vendinhas de doces, o que me daria muito tempo para pensar na foto que Oliver mandara para mim.

Ou melhor, para Petra.

Segurei o celular com força, respirando fundo enquanto avaliava todos os detalhes possíveis. Oliver havia escondido o rosto atrás do aparelho, mas seu cabelo ainda estava à mostra. E ele estava tão perto, a uma porta de distância.

Precisei de todo o meu autocontrole para não ir até lá e expor minha farsa apenas para sentar em Oliver com toda a vontade acumulada dentro de mim. Em vez disso, digitei:

Essa é a sua forma de me convidar para ir à Espanha?

Larguei o celular na bancada, como se ele pudesse pegar fogo em meus dedos.

Essa é a minha forma de dizer que gosto muito de imaginar ficar de joelhos pra você.

Joguei a cabeça para trás, sem chance alguma de redenção para minha pobre calcinha diante das investidas pesadas de Oliver.

Você está tentando começar um sexo virtual comigo, Oliver?, provoquei com uma risada.

Prefiro te foder pessoalmente, Petra.

E ali mesmo fiquei, encarando o celular com a boca escancarada, as mãos trêmulas e o coração batendo tão forte que conseguia senti-lo em todas as partes do meu corpo.

Não havia qualquer chance de eu passar daquela noite sem gritar contra a fronha do travesseiro.

— Ele vai me matar assim — sussurrei sem fôlego.

Peguei o celular e pensei um pouco antes de digitar:

Então hoje à noite cuidarei disso sozinha :(

Da cozinha, ouvi Oliver gargalhar no quarto e não controlei meu próprio sorriso.

Eu também, mas vamos mudar isso daqui a alguns dias, ok? Agora preciso ir, estou com visita e não posso ser um anfitrião que passa o tempo todo sozinho no quarto pensando em comer você.

Só processei as palavras quando Oliver abriu a porta do quarto e saiu com um sorriso e o corpo coberto apenas pela toalha.

Ah, Cristo.

A foto não fazia justiça às gotículas de água escorrendo por seu cabelo, aos braços fortes flexionados enquanto segurava a barra da toalha. Eu queria gritar, sair andando sem rumo até esvaziar o tesão acumulado por vê-lo tão perto.

— Você ri muito — falei antes que pudesse me refrear, tentando afastar o nevoeiro que agora encobria meu bom senso.

Oliver deu de ombros e passou por mim para pegar uma garrafa d'água na geladeira. Sua pele parecia tão quente e confortável, tão...

— Gosto de rir quando tenho motivos pra isso — respondeu simplesmente antes de voltar ao quarto para se vestir, me deixando sozinha e, para o terror do meu orgulho, molhada e sem qualquer perspectiva de descarregar meu tesão naquele dia.

À noite, quando voltamos da praça, eu estava exausta e pronta para me trancar no quarto e ter um pouco de tempo sozinha para lidar com a frustração de ter o homem com quem queria transar no quarto ao lado, mas sem que ele efetivamente *soubesse* disso.

Quando a água tocou meus ombros tensos, gemi baixinho, qualquer toque mínimo era uma explosão de sensações além do meu controle. Oliver estava me deixando completamente perdida.

Apoiei a cabeça na parede, passando as unhas curtas pelos braços arrepiados, e tomei um banho rápido e agradável, o corpo inteiro respondendo a qualquer mísero impulso externo. Uma boa noite de sono resolveria aquilo.

— Boa noite, Oliver! — gritei da porta do quarto.

— Boa noite, John! — ele gritou de volta, a voz abafada.

Fechei a porta atrás de mim e encarei o celular iluminado com algumas notificações. Aproximei-me com plena consciência do que me aguardava.

Boa noite, Petra :) espero que tenha um bom descanso sozinha. ah, e promete que vai gozar chamando meu nome, tá legal?

Balancei a cabeça, sentindo suspiros involuntários escaparem dos meus lábios quando me joguei na cama com o celular em segurança nas mãos.

Eu prometo que vou acabar com você se continuar me deixando desse jeito.

Oliver respondeu rápido:

Desse jeito como?

Molhada, acho.

Nesse caso, pode acabar comigo. Vai ser um prazer.

Bati a cabeça com força no travesseiro, sentindo as pernas se abrirem antes que pudesse me refrear. Fechei os olhos, imaginando as mãos de Oliver, sua risada ao pé do ouvido, seu corpo sobre o meu... Cruzei as pernas, me sentindo tremer inteira.

Tentei me forçar a dormir. Pensei em como Oliver tinha batido no meu carro, que era um babaca, obstinado e muito cabeça-dura.

Não haveria alívio para mim ali. Oliver achava que Petra Magnólia Brown estava em outro país, não na porta ao lado. O desespero para tocá-lo era palpável, mas havia algo que me incomodava na ideia de estar tão perto, me passando por John Brown. E nem mesmo minha meditação guiada me impediu de dormir apenas três horas depois de revirar na cama, sonhando, por fim, com beijos molhados e a risada de Oliver.

14. Sexualmente reprimida, chocha e capenga

Eu estava com uma ressaca moral ainda maior do que a da vez em que assustei uma criança a ponto de fazê-la chorar enquanto eu estava vestida de Ghostface.

No dia seguinte à noite mais *sexualmente reprimida* da minha vida, eu estava de volta em Montmeló para o Circuito da Catalunha, na Espanha.

Meu irmão me ligou naquele mesmo dia. Em uma crise de depressão que quase me fez largar tudo para ficar com ele, preferiu ficar em casa, assim poderia fazer uma consulta com sua psicóloga e avaliar a situação.

As crises ocorriam em momentos inesperados, podendo ser causadas por um gatilho ou não. Era simplesmente como se a força se esvaísse de João e ele não conseguisse reagir a nada nem a ninguém. Eu estava acostumada a ajudá-lo em alguns episódios, porém como faria aquilo de verdade estando em outro país?

Doía mais ainda saber que, depois da corrida desta semana, iríamos para Mônaco, sem intervalo. Não conseguiria vê-lo.

A sensação se misturava ao fato de Oliver estar convencido de que éramos melhores amigos após aquela viagem. Ok, talvez não melhores amigos, mas ele me cumprimentava sorrindo e chegou a marcar o perfil de João em uma de nossas fotos na feira de doces.

Aquilo significava que ele gostava de mim, certo?

E o problema naquilo? A ressaca moral.

Eu estava enganando Oliver, e era muito mais fácil fazer isso quando tinha a certeza de que ele não gostava de mim tanto quanto eu me forçava para não gostar dele. E, por mais que não estivesse com o mínimo peso na consciência por correr no lugar do meu irmão, sentia-me uma farsa me aproximando de Oliver como Petra e o afastando como John.

A cada investida para que me odiasse, ele apenas parecia reagir de forma contrária, buscando mais diálogo e querendo me ver. Ele era como um presidente de classe dedicado, e eu me sentia um aluno encrenqueiro.

— Precisamos ser uma dupla, John — ele havia dito, os olhos atentos na estrada. — Quero ganhar tanto quanto você.

Em certo momento, apenas aceitei. Precisaria pensar em outra maneira de manter Oliver a distância. Ele estava frustrando meus planos em velocidade alarmante, e eu me sentia fora de controle o tempo todo. Uma sensação no mínimo assombrosa para quem está sempre ao volante. Comecei a cogitar, talvez, que não quisesse afastá-lo. Essa foi a parte mais assustadora de tudo aquilo.

Talvez fosse apenas o tesão reprimido, fazia sentido. Eu não era de transar com muitas pessoas e fazia muito tempo que estava sem qualquer atividade sexual. Talvez fosse apenas uma vontade doida de extravasar e Oliver tivesse aparecido como a primeira opção, talvez estivesse no período fértil. Talvez e talvez.

Não consegui pensar muito mais nisso, porque logo estava na academia, sendo massacrada por Baptiste e seus exercícios de fortalecimento, para, em seguida, participar da reunião de estratégia. Oliver estava hospedado no mesmo hotel e participava da reunião pelo computador.

Decidi pegar meu celular, o de Petra, e mandar uma mensagem.

Está na Espanha?, perguntei.

Oliver desviou a atenção da câmera e sorriu.

Não vai dizer que está aqui?

Talvez.

Precisava acabar com Oliver, dar um jeito de falar a ele que não queria mais contato. Agora não só porque eu corria risco, mas também porque ele não merecia ser enganado daquela maneira. Eu podia ser uma megera às vezes, mas não era mau-caráter.

E, mesmo que Oliver quisesse apenas uma noite para matar a vontade e ir embora, ainda assim eu precisaria conviver com as consequências daquilo todos os dias, enquanto Oliver seguiria em frente normalmente, sem jamais saber que a pessoa ao seu lado no paddock era Petra, e não John.

Certo, faria aquilo por nós dois.

No fim de tudo, eu estava sendo honesta, certo?

Certo.

Não acredito que está aqui, quando posso te ver?

Ganhe uma corrida, digitei apressada quando chamaram meu nome. Respondi à pergunta feita na reunião e voltei a escrever, aí talvez eu pague uma bebida pra você.

Combinado.

Voltei a atenção aos meus colegas, o embrulho no estômago crescia ao perceber que Oliver sorria pelo resto da reunião.

Dez voltas para o fim do GP e, à minha frente, Oliver estava acelerando. Cinco segundos de distância, me avisaram pelo rádio.

Cinco segundos que me afastavam do segundo lugar. Atrás de mim, havia uma distância segura, já que o piloto anterior tinha ido para os boxes. Se continuássemos naquele ritmo, estaríamos seguros.

E foi aí que o rádio anunciou:

— John, não ultrapasse o Oliver.

Na hora, em meio à adrenalina, não processei direito o que aquilo significava. Quando finalizei em quarto lugar, sendo ultrapassada no final da corrida pelo piloto que veio dos boxes, também aceitei. Porém, quando me sentei sozinha na cama na área da Assuero, quis gritar.

Estava no direito de sentir ódio. Estava apta a ultrapassá-lo, poderia ter terminado em segundo lugar, porém Oliver estava poucos pontos à frente. Sem surpresa, era novamente o primeiro piloto.

Se eu tinha capacidade para ganhar, por que não me deixavam fazer isso?

Porque sou o piloto reserva, e não o oficial.

Passei a mão pelo cabelo curto, sentindo falta dos cachos cheios. Era frustrante e cansativo o automobilismo, mesmo sendo a profissão da minha vida. Momentos como aquele, em que pilotos respeitavam hierarquias que mais limitavam do que libertavam, eram dolorosos.

Pensava em Peter Everitt, da empresa de meu pai. Ele era um ótimo segundo piloto, não tinha problemas com isso. Não deveria, afinal de contas, era parte do futuro da equipe da Melden.

Mas eu só tinha mais dois meses, no máximo, para correr o quanto pudesse. Por mais que amasse correr, comecei a me questionar: será que precisava mesmo continuar com aquilo? Estava tão cansada, o peso de fingir ser duas pessoas era bem maior do que *Ela é o cara* fazia parecer, sem contar a relação que estava mantendo com Oliver como Petra. Era difícil sentir tantas emoções conflitantes: a frustração profissional, o gosto amargo do resultado da corrida que fazia parecer como se tivesse acabado em vigésimo lugar, não em quarto, e o cansaço pessoal e emocional de tudo aquilo.

A culpa não era de Oliver, obviamente. Ele estava apenas pilotando e fazendo seu trabalho.

Mas eu tinha descoberto algo nos últimos tempos: eu podia me sentir mal por uma situação mesmo que não houvesse *razão* para aquilo. Racionalizar tudo era algo que eu fazia desde criança, mas tinha começado a me dar o direito de ser emotiva, de apenas sentir.

E Oliver queria me ver. O que diria? "Estou puta da vida porque não me deixaram te ultrapassar... Ah, eu não estava correndo? Estava, sim! Sou o John, surpresa!"

Então topei encontrá-lo no terraço do hotel com a desculpa de que ficaria com meu irmão mais tarde aquela noite. Oliver disse para que eu fosse preparada para jantar. Corri pelo quarto, buscando alguma roupa entre as que Solange havia encomendado, assim como uma peruca nova. Nada parecia combinar com um jantar no terraço.

Decidi, por fim, escolher o vestido roxo que trouxe comigo na mala para a Espanha e a peruca ruiva. Passei praticamente uma hora inteira cuidando da peruca, mais quarenta minutos me arrumando. Quando estava pronta, me vi já quase atrasada.

O terraço estava vazio, e me perguntei se Oliver estava de brincadeira com a minha cara. Havia uma imensa piscina ladeada por espreguiçadeiras, além de uma estufa a distância. Semicerrei os olhos, percebendo uma luz vinda da estufa.

Não poderia... Caminhei até lá, o rosto ardendo pelo frio e pelo choque ao ver Oliver circulando a mesa, as mãos nos bolsos da calça social e o terno preto abraçando o corpo esguio.

— Você está de brincadeira comigo — murmurei, chamando sua atenção.

Oliver levantou a cabeça e andou em minha direção. Diante de mim havia uma mesa de ferro fundido em estilo art nouveau. Ao nosso redor, os mais diversos aromas florais enchiam o ambiente. Deveria ser enjoativo, mas a porta da estufa estava aberta, então o vento diluía o cheiro, criando um cenário tão inebriante quanto Oliver e sua mão apoiada em minha cintura, um vago lembrete de que aquilo tudo era real.

— E você está deslumbrante — ele me cumprimentou e deu um beijo na minha bochecha, e não do tipo bochecha com bochecha, mas apoiando a boca diretamente na minha pele, a mão ainda segurando firme minha cintura mesmo depois de se afastar.

Caminhamos até a mesa, lado a lado. Meu queixo caiu ao ver uma mesa lateral com alguns pratos cheios.

— Não precisava ter feito tudo isso — comentei, sem graça, ao me sentar.

Oliver se recostou na cadeira, com o semblante confuso.

— O quê? Um jantar?

— Sabe do que estou falando... — retruquei.

Oliver se virou de lado e pegou o primeiro prato, estendendo-o para mim. Estava coberto e ainda quente.

— Bom, você definitivamente sabe me alimentar — provoquei com uma risada enquanto devorava sem dó o jantar. Baptiste precisaria ficar sabendo daquela escapada no dia seguinte.

Oliver gargalhou, colocando pães sobre a mesa, assim como um potinho de molho. Na taça em frente ao prato, o vinho branco refletia a luz baixa da estufa.

Com assombro, percebi que toda a mágoa do dia tinha sumido. Ver Oliver sorridente diante de mim me fez pensar que não valia a pena guardar ressentimentos, não quando ele estava tão feliz, quando pegava em minha mão e me fazia carinhos suaves. Quer dizer, eu poderia continuar chateada ou poderia aproveitar um jantar delicioso com um homem igualmente apetitoso.

— Como assim, você é viciado em novelas coreanas? — perguntei com uma risada sincera, já levemente afetada pelo vinho.

— Elas são muito boas — ele se defendeu, estendendo o garfo em minha direção. — E a que eu estou assistindo agora é especialmente ótima.

Enfiei outra garfada na boca e tomei um gole de vinho.

— É sobre gêmeas que trocam de lugar.

Quase cuspi toda a minha bebida, engasgando e tossindo. Oliver arregalou os olhos e esperou alguns segundos até que eu estivesse bem.

— Nossa, um negócio meio *Operação Cupido*, né? — perguntei debilmente, meu rosto quente pelo acesso de tosse.

— Nunca assisti.

— Como você nunca presenciou o maior evento midiático do mundo? — questionei, indignada, apertando sua mão ainda na minha.

— Talvez você possa assistir comigo.

Nem morta.

— Com certeza!

Deixei que ele falasse sobre a série, sobre como as irmãs trocavam de lugar e passavam pelas mais diversas situações surpreendentes, quase sendo descobertas a todo instante.

Oliver me encarava sorrindo enquanto eu falava sobre minha infância no Brasil e lhe ensinava algumas palavras em português. Eu era só sorrisos quando ele tentava adivinhar o que eu estava falando em meu idioma materno a partir de seu conhecimento em espanhol.

— Sabe... — Oliver comentou em certo momento — por que nos distanciamos alguns anos atrás?

Dei de ombros, agora atacando a sobremesa. Torta de chocolate. Não havia como errar.

— Você era mais velho, subiu de categoria mais rápido do que eu. Nós chegamos a competir juntos na Fórmula 3, lembra?

— Claro que lembro. — Ele sorriu e balançou a cabeça. — Xingou tanto um garoto que esbarrou em você que fez o menino chorar.

— Ele fez de propósito — murmurei a contragosto. Oliver gargalhou, agora com os dedos completamente entrelaçados aos meus.

Toque físico não era totalmente a minha praia, mas Oliver parecia gostar, e eu adorava como ele mostrava que estava feliz ao segurar minha mão.

— Eu tinha uma quedinha por você — admiti baixinho.

Oliver parecia surpreso, um sorriso convencido se estendendo por seu rosto.

— Ah, é?

Desviei o olhar, me arrependendo imediatamente de contar a ele.

— É mentira. Ignore o que eu disse.

Oliver se levantou da cadeira e me puxou para ficar de pé também. Levei minha taça pela metade junto, sentindo seus dedos se apoiarem na base das minhas costas ao flutuar para perto dele.

— Não precisa sentir vergonha — murmurou, o nariz tocando o meu. — Eu sei que sou irresistível.

Soltei uma risada alta, apoiando a cabeça em seu ombro. Oliver fazia carinho em minha cintura, as mãos espalmadas no meu corpo.

— Você é um palhaço e vai esquecer completamente que eu disse isso.

— Não mesmo. — Segurou meu queixo e puxou para si. — Eu vou fazer questão de me lembrar de que Petra Magnólia já gostou de mim.

Balancei a cabeça em negação, me sentindo leve como não acontecia em dias. Ali não existia João, escândalo, desespero. Éramos apenas duas pessoas jantando.

— Qual é a sua, Petra? — murmurou ao correr o nariz por meu pescoço, depositando beijos leves por onde passava. — Acho que não consigo pensar em outra coisa além de você desde que te vi naquela festa antes da temporada.

Deitei a cabeça para o lado, sentindo suas mãos ainda mais firmes em meu corpo.

— Eu sei que sou irresistível — eu disse, repetindo sua resposta anterior, apertando seus braços com força quando ele mordiscou meu pescoço.

— E a senhorita irresistível cuidou do que precisava alguns dias atrás?

Tentei evitar o suspiro ao senti-lo colocar o joelho entre minhas pernas, o vestido subindo por minhas coxas com seu toque. O vento frio na minha pele me arrepiava e tornava a situação ainda mais desesperadora. E Oliver nem sequer havia me beijado.

— Cuidei muito bem — respondi com a pouca força que me restava quando Oliver segurou meu cabelo entre os dedos, deitando minha cabeça para trás.

Ele respirou fundo antes de passar o polegar pelos meus lábios, sem desviar o olhar do meu.

— E gozou chamando meu nome, Petra?

Assenti levemente, incapaz de pronunciar qualquer palavra. Estava inebriada, desesperada, em busca de qualquer maneira de fugir do quanto Oliver me tirava o ar. Queria gritar, sair correndo pelo terraço, implorar para que acabasse com aquele sofrimento.

— O que acha de implorar por isso hoje olhando nos meus olhos? — Oliver lançou a cartada final antes de pairar sobre meus lábios, nossas bocas quase se encostando, cobertas por uma camada fina de expectativa.

— Eu não imploro — retruquei, sem nem saber de onde tirava ânimo para responder.

— Posso me esforçar para mudar isso.

Estava prestes a beijá-lo, a deixar que aquele homem fizesse de mim o que quisesse, até que uma voz conhecida ecoou pela estufa.

— Ah, cara...

Me virei para trás, assustada, ao ouvir a palavra em português, e antes que eu pudesse me refrear empurrei Oliver com força, observando-o cambalear próximo à cadeira, sua costela atingindo o metal.

Diante de mim, Alexandre Duarte, um piloto brasileiro da Scuderia Astoria, nos encarava com os olhos apertados e braços cruzados.

— Esse é o meu lugar de chorar e vocês estão usando pra se pegar?

Pisquei, atordoada, e respondi em português:

— Desculpa, Alex, a gente só estava...

— Prestes a fazer mini Olivers e Petras? — disparou em nossa língua materna.

— Vocês se importam em falar alguma coisa que eu também entenda? — Oliver perguntou com desconforto.

Engoli em seco. O que será que Alex estava pensando? Será que haveria alguém mais com ele? E se aquilo vazasse?

— Somos só amigos, isso aqui não significa absolutamente nada — afirmei rapidamente em inglês. E então, chegando mais perto de Alex: — Por favor, não conta pra ninguém.

— Relaxa, eu sou a última pessoa que vai falar qualquer coisa. Sei muito bem o que é manter um relacionamento em segredo, eu e meu namorado passamos um tempão escondidos, assim, até me sentir confortável. — Levantei o dedo para retrucar, mas não tive tempo. Alex continuou: — Só tem uma coisa: Andreas está por aqui e sei que ele não é o maior fã de vocês dois, então tomem cuidado. Imagino que você não queira que isso... venha a público.

— Ele está no hotel? — perguntei novamente, agora em inglês. Quando me virei para Oliver, ele parecia prestes a fugir do terraço.

— Sim. Está se recuperando na casa de verão da família enquanto não pode voltar a andar. Veio para o hotel conversar com o Augustus, pelo visto.

O nó na garganta parecia mais forte do que nunca.

Oliver acenou para Alex antes de passar por nós dois, saindo do meu campo de visão em direção ao elevador.

— Obrigada pelo aviso, Alex — agradeci com um sorriso e um abraço rápido.

— Manda um abraço pro John, estou com saudades dele. E vá ver que porra Oliver está aprontando, aquele bundão.

— Pode deixar! — gritei antes de puxar a bainha do vestido e sair correndo para tentar explicar minha reação desagradável ao Oliver. — Ei, espera — pedi quando o vi batucando os pés ao esperar pelo elevador.

Ao se virar para mim, Oliver parecia genuinamente magoado.

— Me desculpa, Oliver.

— Pelo quê? Está tudo bem — desdenhou e se virou de novo para o elevador.

Respirei fundo, pensando em como lidar com aquilo sem revelar os meus receios a respeito de João.

— Eu acabei de passar por um escândalo envolvendo alguém da Fórmula 1, você sabe disso. Eu... reagi sem pensar.

Ele ainda estava de costas para mim, mas com a cabeça baixa, encarando os próprios pés. A porta do elevador abriu, mas antes que ele pudesse entrar, me coloquei à porta para não deixá-lo passar.

— Minha vida virou um inferno nos últimos meses, você não pode me culpar por reagir daquela forma com a possibilidade de alguém transformar um simples jantar em algo muito maior. E se ele fosse uma pessoa mal-intencionada?

Oliver levantou os olhos para mim, o cenho franzido.

— O jantar não significou nada, então?

Pisquei, atordoada.

— Você não está chateado porque eu te empurrei na cadeira e quase quebrei sua costela?

— Aquilo doeu, é verdade — reclamou e coçou a nuca. — Não é culpa sua, obviamente, acho que só estou chateado porque talvez tenha criado mais expectativa sobre esse jantar do que deveria.

Suspirei e o puxei para o lado, na saída da escada de serviço. Fechei a porta atrás de nós, a luz de emergência era a única iluminação no corredor escuro.

— Que tipo de expectativa você criou? — perguntei, a voz ecoando no espaço vazio.

Oliver tracejou meu rosto com os olhos, se demorando na boca.

— Achei que você fosse realmente me dar uma chance e que talvez quisesse... hum... me conhecer melhor. Que tivesse algo entre nós, acho.

Aquele homem milionário e com pose de durão estava ficando envergonhado?

Abri e fechei a boca diversas vezes, aquela talvez fosse a imagem mais fofa que eu já tinha visto em minha vida. Oliver com aquele sorriso tímido.

— Mas eu quero, eu... — murmurei com sinceridade, ignorando por completo o que havia decidido sobre aquele jantar — só preciso que você entenda que acabei de passar pelo pior inferno da minha vida. As pessoas não podem saber, eu não posso me expor daquela maneira de novo. Essa é a minha condição.

Oliver assentiu, em meio aos meus toques por dentro do terno, dedilhando sua pele sob a camisa social. A pele dele estava quente, confortável, do jeito que imaginei que fosse.

— E eu não fiquei chateado com seu empurrão — ele murmurou entre suspiros quando grudei meu corpo ao seu. — Gosto de ser maltratado às vezes.

— Se o plano de vocês é não serem vistos — Alex gritou do lado de fora da porta —, precisam se esforçar mais.

Gargalhei com força, deitando a cabeça no ombro de Oliver.

— Vai se foder, Alex! — Oliver gritou, sua voz forte ecoando em meu peito.

— Quem vai foder são vocês dois, cara — ele respondeu antes de ouvirmos a porta do elevador fechar.

Ficamos ali por alguns instantes, os dedos de Oliver faziam carinho em minhas costas, sua boca repousada em minha orelha, aquecendo meu corpo a cada respiração.

— Agora você acredita que estou te dando uma chance? — perguntei baixinho. Oliver riu ao pé do meu ouvido e deu um beijo na minha bochecha.

— Eu ainda vou te conquistar, Petra — ele disparou antes de se afastar e estender a mão para mim. — E não vou desistir — reiterou, sem qualquer abalo diante dos meus olhos arregalados.

Pisquei várias vezes, processando suas palavras. Ele realmente queria *tanto* me levar pra cama?

— Você nem me beijou e já parece muito confiante de si, Oliver Knight — cantarolei enquanto o elevador nos levava para baixo.

Me dividi entre o assombro e a curiosidade com a audácia dele. Oliver realmente acreditava naquilo?

— Sei o que quero. E eu quero você — comentou com displicência, como se estivesse me dizendo apenas que ia ao mercado. — Não tenho pressa.

A porta do elevador abriu em seu andar. Oliver saiu, olhou ao redor nos corredores antes de me puxar pela mão e me dar um beijo no canto da boca.

E então me deixou sozinha, com o coração martelando e um sorriso incrédulo no rosto. Oliver Knight era um romântico incorrigível, e eu estava tão assustada quanto intrigada.

O elevador abriu de novo em meu andar com um tinir. Caminhei para meu quarto devagar, os lábios pinicando com a sensação da boca de Oliver e a certeza um pouco maior de que talvez não fosse tão ruim assim estar perto dele.

15. Como diria a One Direction: você é insegura

— Você não está falando sério! — exclamei com a boca aberta, a cabeça projetada para a frente em puro choque. João assentiu nervosamente, caminhando de um lado para o outro, sumindo da visão da câmera. Estávamos conversando enquanto eu esperava a hora da entrevista que daria com Oliver mais tarde.

— Ele *me* ameaçou. Não, pior ainda, ele *te* ameaçou — vociferou. — Disse para eu não me acostumar muito com o posto de segundo piloto, que voltaria assim que possível. Você acredita?

Eu acreditava, e muito.

Andreas teve a coragem de fazer uma chamada de vídeo com meu irmão para ameaçá-lo. *Me* ameaçar. Os tabloides diziam com clareza que ele estava bem e em fase de recuperação depois de cair na piscina na África do Sul. Estava aproveitando as "férias" entre a Espanha e a Inglaterra. O cara queria estar presente em alguns GPs. Mais um problema para a nossa lista de preocupações.

— E sorte que ele só decidiu te ligar, imagina se tivesse vindo aqui pessoalmente? — suspirei aliviada, apoiando a cabeça na parede atrás de mim.

Já estava no local da próxima corrida, Mônaco. Um dos GPs mais queridos pelos fãs e mais temido pelo circuito afunilado nas curvas. Era definitivamente perigoso e ao mesmo tempo excitante.

Oliver estava à minha frente por poucos pontos e, por mais que eu não falasse aquilo para ninguém, meu plano com certeza era ultrapassá-lo naquela corrida.

Não é porque eu estava doida para beijá-lo que ele seria poupado da minha competitividade.

— Esse homem é um asno. — Meu irmão bufou, irritado. — E você precisa cortar o cabelo, está ficando grande. Aparei o meu ontem.

— Pode deixar. Mas como você está, de verdade? — perguntei, mais séria.

Mudei de posição na cama para encarar melhor meu irmão. João respirou fundo e fitou algo atrás da câmera antes de responder.

— Não foi uma das minhas piores crises, mas é sempre um saco. Estou bem melhor, os antidepressivos estão funcionando.

— Se você quiser, posso ficar em casa nas próximas semanas e você pode sair pra passear. Vou ter uns dois dias de pausa.

João assentiu, contudo não parecia preocupado com aquilo.

— Não ligo de ficar em casa, o que me leva a outro tópico...

— Você está saindo com alguém? — perguntei de uma vez. João arregalou os olhos e abriu e fechou a boca algumas vezes. — Está olhando para a frente o tempo todo, e eu duvido que a parede seja tão interessante quanto eu.

Ele encolheu os ombros, mas não negou, então apenas sorri quando o observei virar a câmera para um homem muito bonito. Ombros largos, olhos azuis e pele alva.

— Ele é russo? — perguntei rapidamente.

— Você por acaso hackeou a minha vida? — ele retrucou, embasbacado.

Gargalhei alto, negando com a cabeça. A estampa na camisa do homem estava escrita em russo, não foi difícil juntar os pontos. Porém, ao perceber algo, fechei o semblante, carregada de preocupação.

— Contou a ele sobre nosso plano, João? — falei em português.

— Desculpa, Petra, eu confio nele.

Ok, estava na hora de ser a irmã responsável.

— Certo, mas como sabemos que ele é confiável de verdade?

João arqueou as sobrancelhas, uma carranca se formando.

— Eu confio nele, é assim que sabemos.

— João, você sabe que não é assim que a banda toca... — Passei a mão pelos cabelos, buscando palavras que não ofendessem meu irmão e seu namorado. — Isso é importante, não podemos sair contando pra qualquer pessoa assim. Você confia muito nas pessoas, é irritante.

— Eu estou com ele há mais de seis meses.

Foi minha vez de arregalar os olhos, a boca escancarada em surpresa.

— Você não me contou — murmurei, magoada.

João encarou seu namorado do outro lado e carregou o computador para longe, parando na ilha da cozinha.

— Não contei porque não sabia se era sério ou não. Queria ter certeza por mim mesmo antes de contar para outras pessoas.

Mordi o interior da bochecha, sabendo que talvez eu fizesse a mesma coisa, mas ainda assim me sentia mal com aquilo.

Relaxei os ombros, acenando com a mão de maneira displicente. Quando somos adultos, me dei conta, não precisamos falar tudo. Nossa vida se torna só nossa, e de mais ninguém. Contar as coisas aos outros ou não é uma decisão individual. João não sentiu necessidade de me contar sobre seu namorado, assim como eu sentia que não gostaria de entrar em tantos detalhes sobre Oliver.

— Diga pelo menos o nome dele — provoquei, dando-me por vencida.

O sorriso voltou ao rosto de João, que se aproximou da câmera.

— É Nikolai.

— Que nem aquele livro de fantasia?

João assentiu rapidamente.

— E você também está sorridente demais, irmãzinha... — João comentou com desconfiança. — Imagino que seja por causa de um certo Oliver Knight?

Controlei um sorriso à menção do nome dele e apenas dei de ombros.

— Vamos apenas dizer que ele sabe me amansar.

— E tem alguém no mundo que saiba fazer isso? — ele perguntou, assombrado.

— Você.

— Mas eu sou seu gêmeo — ele gargalhou —, é simplesmente meu superpoder.

Despedi-me de João com a promessa de uma folga para que ele pudesse sair por aí o quanto quisesse enquanto eu permaneceria em casa. Talvez chamasse Oliver para o meu quarto e...

Não.

Andreas e sua desconfiança surgiram repentinamente. Estava me descuidando demais. E, enquanto tentava planejar encontros amorosos tão complicados quanto a trama de um livro policial, ouvi as batidas na porta.

— John, está aí?

Oliver.

Pulei da cama imediatamente.

Abri a porta do quarto, afobada. Oliver me encarava com um sorriso, os braços cruzados. Ele estava... deslumbrante. Foi necessária toda a força do mundo para não me jogar em seus braços.

Eu era João, precisava me lembrar daquilo.

— Vim saber se está pronto para a entrevista.

Oliver me acompanhou, fechando a porta atrás de si.

— Você me dá três minutos? Só preciso trocar a camisa, almocei e estava com medo de sujar de comida.

— Dois minutos.

— Feito.

Peguei a camisa dois números maior separada em cima da cama com uma careta. Pareceria o Justin Bieber, mas pelo menos não precisaria usar a meia-pênis.

Uma vitória de cada vez.

Estava quase tirando a camisa, até me lembrar de Oliver. Pelo menos só havia mostrado parte das costas.

— Já volto — anunciei antes de me trancar no banheiro.

Vesti a roupa rapidamente e voltei para encontrar Oliver sentado na cama, balançando os pés. Estava com uma calça folgada e blusa justa nos ombros e no tórax. Eu poderia simplesmente ficar ali analisando-o, mas aquilo era algo para Petra.

John apenas seguiria com ele em direção à entrevista.

Encontramos com a equipe de assessoria da Assuero, minha assessora e o de Oliver, e fomos até o local marcado. Havia algo particularmente desumano em olhá-lo e precisar agir como se a noite passada não tivesse acontecido, como se a voz de Oliver não ecoasse em minha mente toda vez que eu fechava os olhos, como se o sorriso que me escapou enquanto me arrumava não tivesse o nome dele estampado por todo lado.

Por que ele precisava ser tão charmoso com Petra e *tão* cabeça-dura com John?!

Ao chegarmos no lugar da entrevista, surpreendi-me ao ver que os pilotos da Melden também estavam por ali. Antes que minha mente completasse o raciocínio, senti duas mãos fortes em meus ombros.

— Filho!

Fechei os olhos com força, torcendo para que o chão me engolisse, Oliver me desse um soco no nariz sem motivo, qualquer coisa que me impedisse de virar para encarar o rosto sorridente de meu pai. Infelizmente nada disso aconteceu, então apenas afastei-me um pouco e encarei meu progenitor por um milésimo antes de voltar o olhar para o chão.

— E aí, pai?

Será que John falava daquela maneira com ele? Não é como se eu convivesse com meu pai o suficiente para saber da relação dos dois.

— Está fazendo um ótimo trabalho na Assuero, não é?

Mas a pergunta não era para mim, e sim voltada para a chefe de assessoria de imprensa, que sorriu e assentiu antes de voltar a atenção para a equipe da revista.

Oliver já havia sido levado para preparar seu microfone, e os outros pilotos já estavam sendo entrevistados. Não havia para onde correr, então não consegui me afastar quando meu pai indicou com a cabeça o espaço separado aos acompanhantes e me convidou a sentar-me ao seu lado.

Apoiei a cabeça na parede, minhas pernas quicando incansavelmente no chão, engolindo em seco cada vez que ele abria a boca. A expectativa de levar uma bronca colossal do meu pai não deveria me assustar, mas assustava.

Não tinha certeza de que estava plenamente recuperada daquela cena dramática em sua casa, da discussão que sempre nos acompanhava como um rastro quando nos víamos. Doía saber que um homem que devia me amar e cuidar de mim fosse às vezes tão cruel.

Como a vez em que ele foi para a Suíça depois de prometer que me levaria e, na volta, só me trouxe um Toblerone mesmo sabendo que eu era alérgica a amêndoas.

Ele disse que tinha esquecido, mas eu havia chegado a um ponto em que simplesmente preferia não acreditar no que ele dizia. Achava, ainda que erroneamente, que estar sempre preparada para a decepção faria isso doer menos. Às vezes eu ainda agia daquela maneira. Velhos hábitos são difíceis de deixar de lado, especialmente depois de uma vida inteira.

— Espero que esteja pronto pra trazer esses resultados para a Melden ano que vem, filho — ele comentou, apoiando os cotovelos nos joelhos e olhando para o chão. — É bom te ver feliz correndo, não imaginei que fosse presenciar isso algum dia, mas precisamos de você de volta.

Olhei para cima, contendo uma expressão furiosa. Aquela era a relação que João tinha com meu pai? Eles *conversavam*? Meu pai conseguia falar com alguém sem acabar em discussão?

— Pode deixar, estarei de volta — confirmei com um pigarreio, controlando o nervosismo para não deixar escapar a voz de Petra quando John era o protagonista.

— Você está mais magro... — ele comentou com cuidado, perscrutando meu rosto. — E também um pouco mais...

— Ei, cara, vamos começar — Oliver interrompeu. Ergui ainda mais o olhar para encará-lo. Ele estava com a mão estendida para mim, pronto para me puxar. Levantei-me em um pulo e nem olhei para o meu pai. — Olá, Howard, sempre bom te rever.

— Você também, Knight — meu pai cumprimentou com um aceno, os olhos atentos em mim. — Apareça para jantar lá em casa, filho, quero continuar nossa conversa.

Presa entre o desespero de ser descoberta e a mão de Oliver pairando ao meu lado, apenas balancei a cabeça devagar e desviei os olhos para a parede atrás de meu pai.

— Claro, vamos fazer isso.

E fui embora.

Como uma covarde.

Só percebi que minhas mãos tremiam quando me sentei para preparar os microfones e as perguntas da entrevista. Eu estava alheia a tudo, tomada pela súbita consciência de que João possuía uma relação aparentemente *boa* com Howard Brown.

Meu pai provavelmente nunca bateu a mão na mesa porque estava com raiva dele.

De repente, não era mais Petra Magnólia nem John Brown, mas Petra

Brown, que, após o divórcio dos pais, a caminho de volta para o Brasil, ouviu Howard prometer que nunca deixaria de amá-la e que sempre teria um espaço para ela em sua casa. Que viajariam juntos. Que fariam programas bobos de pai e filha. Que passariam tempos juntos, enfim, que ainda seria seu pai.

Funguei baixinho, feliz por todos estarem ocupados demais para prestar atenção em mim.

Menos ele. Nunca ele.

Bati os olhos no espelho, e lá estava Oliver me encarando de volta. Um sorrisinho surgiu em seu rosto, escurecido pela sombra do estúdio, os olhos atentos em mim enquanto apontava para seu próprio celular.

A notificação me assustou em um primeiro momento, mas ao olhar para o aplicativo de mensagens no celular de João, soltei uma risadinha.

Espero que essa cara de tacho seja porque vou te derrotar em Mônaco.

Balancei a cabeça em negativa e digitei a resposta rapidamente:

Estou treinando minha expressão de pena pra quando anunciarem que você perdeu. Preciso fingir que me compadeço, sabe, pelo bem do time.

Oliver deu uma risada estrondosa ao ler minha mensagem. Apenas controlei meu próprio sorriso e encarei as mãos, a vontade de chorar já sob controle.

Quis pegar meu celular verdadeiro e enviar uma mensagem para ele como Petra dizendo que queria vê-lo novamente.

Oliver Knight, que tanto tempo antes era a obsessão de meus sonhos adolescentes, estava muito perto de se tornar a obsessão de meus sonhos adultos. Mas nos meus sonhos eu não mentia, não precisava fingir ser meu irmão para que me aceitassem como piloto, não chorava escondida pelo amor que meu pai me negou e que, aparentemente, tinha de sobra para o meu irmão.

A mágoa me invadiu antes que eu pudesse me controlar, a injustiça dominando meus pensamentos, enevoando toda a lógica, apenas para chegar a uma conclusão final: eu queria gritar com João.

Queria pedir que voltasse a correr, que trocasse de lugar comigo quando eu era mais nova, para que eu pudesse aproveitar um pouco do que ele teve.

Estava agindo como uma garota mimada, mas a verdade é que, por mais que eu quisesse berrar, espernear, não podia. Tinha responsabilidades e meu tempo passara, jamais voltaria a ser a garotinha do papai.

Nada mudaria, porém Oliver estava ali, dizendo que via um futuro em mim. Não sabia se aquelas palavras eram apenas para transar comigo e depois ir embora, mas naquele momento o incentivo foi o suficiente para me fazer levantar da cadeira e caminhar até o estúdio de gravação, onde Oliver me esperava com um sorriso.

— Olha só quem está atrasado para a entrevista desta vez... — provocou.

E com um sorriso comedido torci para que, no meio de toda aquela confusão, Oliver fosse uma distração saudável para o meu caos interno.

Piloto automático
Transcrição de programa de televisão

Marcos S.: Hoje começa o Grande Prêmio de Mônaco! O circuito de rua mais aguardado da temporada.
Sabrina G.: As classificatórias foram positivas para algumas equipes, como a Helk Racing e a Assuero. John Brown larga em quarto lugar e Oliver Knight em segundo, com boas chances ao pódio nesta corrida. Alex Duarte, da Astoria, lidera a competição.
Caio M.: Eu acho válido também comentar a melhora de alguns pilotos. Leo Goldsworthy vai largar em terceiro lugar hoje, o que foi uma grande surpresa. John Brown, a incógnita da temporada, também demonstrou mais estabilidade. Nos treinos, vimos que ele está se adaptando melhor ao freio e não sente o carro quicar tanto, uma ótima notícia pra Assuero... E uma adaptação relativamente rápida pra um piloto de testes.
Sabrina G.: Isso porque semana passada você comentou que ele era mediano, hein (risadas).
Caio M.: Mantenho minha posição, mas não posso ignorar o progresso do garoto. Ele é novo, está pegando o jeito da coisa.
Marcos S.: Como você acha que acaba o pódio hoje, Cornélio?
Cornélio F., ex-piloto de Fórmula 1: Se Alex Duarte não perder posições hoje, acho que o primeiro lugar é dele. Oliver Knight em segundo, com certeza, e em terceiro lugar vou dizer Jonathan Casanova, da Melden Racing. Ele está surpreendendo e sempre beliscando ali os primeiros colocados.
Sabrina G.: Nada de John Brown? Ele está chegando bem perto na pontuação geral.
Cornélio F.: É, mas tem se mostrado um piloto emocional demais, xinga muito e...
Marcos S.: Jonathan Casanova também, ano passado ele saiu na mão com um fã num bar em Amsterdã.
Cornélio F.: Mas isso foi fora da corrida.
Marcos S.: Tem tanta diferença assim?
Sabrina G.: Voltamos depois do intervalo com mais informações sobre a competição de hoje. Até lá, você pode votar no seu pódio dos sonhos para o Grande Prêmio de Mônaco no nosso site!

16. Quando em Mônaco...

Mônaco tinha cheiro de desespero e asfalto. Pelo menos era o que parecia de dentro do cockpit, enquanto os pilotos se preparavam para mais uma corrida. P4, aquela era a minha posição de largada. À minha frente, Oliver largava em segundo lugar.

Naquela semana, o carro havia demonstrado alguns problemas com o peso, parecia mais lento, mas, apesar disso, outros problemas, como o freio, tinham sido corrigidos. Estávamos atentos, já que a equipe seguinte estava a apenas vinte pontos de nós no Campeonato de Construtores. Eu estava em quarto lugar na classificação geral dos pilotos e torcia com todo o coração para que a corrida de hoje fosse tranquila.

As pistas de Mônaco eram uma fonte imensa de entretenimento para os fãs, que se dividiam entre torcer para que o GP chegasse logo ou fosse adiado ao máximo. Não havia meio-termo. O perigo era por ser estreito demais e com curvas apertadas, com uma curva muito lenta e outra rápida demais. Não havia período de calma, e com um carro enfrentando mudanças em pleno andamento de campeonato não era uma boa perspectiva.

A graça se dava justamente porque Mônaco não tinha muita saída. As ultrapassagens não eram fáceis. Por isso, quando aconteciam, a situação era caótica.

Eu ainda tinha cinco ou seis corridas antes da volta de Andreas, e a cada segundo que me restava, dividida entre a euforia por correr e o cansaço por fingir ser duas pessoas, tomava a decisão de aproveitar até o final. Daria o meu melhor, ganharia os pontos possíveis (mesmo que a ideia de Andreas correndo no meu lugar me consumisse como brasa), e seria a melhor piloto que poderia ser.

Com a liberação da equipe, vesti o capacete e adentrei o cockpit, as mãos apalpando meu corpo em preparação. O resfriamento no carro me ajudaria com o motor, e a preocupação para evitar a desidratação também não passava batida. Estava em boas mãos, apenas torcia para que as *minhas* fossem boas o suficiente para aquele circuito.

Ajustei-me ao veículo mais uma vez. O sangue rugindo em meus ouvidos alertava ao resto do corpo que uma situação de perigo estava chegando, mas não entendia por que, em vez de correr para o outro lado, eu estava indo em direção a ele.

Respirei fundo ao ver os engenheiros saindo da pista às pressas. Durante a volta de apresentação, antes de montar a largada, exibi o carro como quem exibe um troféu. Eu fazia parte daquilo, conseguira chegar lá. Tinha um carro competitivo e sabia que P4 era uma ótima posição. Quase não havia chances de ultrapassagem, com a pista estreita dificultando bastante, mas não me conformaria com aquela posição. Tentaria o pódio novamente.

Parada em minha posição, aguardei as luzes se apagarem. O ronco dos motores preenchia minha audição, e pelo retrovisor calculei como seria minha largada. Não poderia ceder posição e tentaria ultrapassar, caso surgisse um espaço.

Em volta, pessoas se acumulavam nas sacadas e janelas, aguardando por um dos mais clássicos circuitos da Fórmula 1. E, com o coração em sintonia com o carro, foi dada a largada.

Vincent: *E começa o GP de Mônaco, aqui em Monte Carlo! Logo na largada, Leo Goldsworthy da Helk Racing é ultrapassado por John Brown, que sobe para terceiro. Na primeira fileira, Oliver Knight mantém a posição. Alex Duarte continua em primeiro. Que largada!*

— Porra... — xinguei baixo ao me ver colocada atrás de Oliver.
— John, boa largada. Vamos continuar — disse um dos engenheiros.
Senti meus dedos se fortalecerem ao redor do volante, meu corpo inteiro vibrando de calor e adrenalina.

Na classificatória, um piloto perdeu o controle do carro naquela mesma curva, então concentrei-me em manter a segunda marcha nos trechos mais perigosos, mesmo que não fosse do meu feitio. Não era hora de ser imprudente.

E eu sabia, tinha certeza absoluta de que João faria piadas comigo sobre a falta de agressividade, mas o que as pessoas falhavam em compreender sobre pilotos ofensivos era que só tomamos decisões quando sabemos que dá para aguentar o tranco.

Perdi as contas de quantas vezes vi comentaristas falando sobre minha imprudência, sobre como eu poderia ser mais defensiva. Isso sem contar tudo o que falavam sobre minha suposta agressividade na vida em geral, em especial depois daquele episódio com o Andreas alguns anos atrás. Mas a questão principal eram os cálculos, era saber exatamente como os outros pilotos funcionavam.

Oliver era mais defensivo, por isso eu sabia que precisava focar quando ele estivesse atacando Alex Duarte para me aproximar. Tudo isso ao mesmo tempo que me defendia de Leo Goldsworthy, atrás de mim.

Obviamente poderia dar errado, mas eu ia tentar mesmo assim.

Duas voltas depois, diante de meus olhos, Oliver Knight e seu pneu com pouca tração saíram da curva. Observei assombrada quando o carro quase bateu na brita pouco antes do túnel.

No fundo da mente, gritos racionais pediam que eu parasse e visse o que tinha acontecido, mas meu pé no acelerador continuava no automático. Conversei com o engenheiro pelo rádio, dividida entre a preocupação e a pista.

— John, se concentre na sua corrida — Filippo disse com firmeza, apesar dos meus pedidos por atualizações. — Oliver está bem, não aconteceu nada. Estão tirando o carro da pista. Safety car.

Respirei fundo, sentindo meu diafragma expandir e retrair. A adrenalina em meus ouvidos foi a única coisa que me impediu de discutir com Filippo por mais notícias sobre Oliver.

Mesmo após a liberação do safety car, consegui sustentar minha posição. A estratégia de equipe na necessidade de um safety car foi bem executada. Coloquei um lembrete para agradecer imensamente a todos eles depois da corrida.

Não consegui ultrapassar Alex, que tinha bons segundos de vantagem na liderança. E mesmo estando feliz com a bandeira quadriculada, completamente consciente da vitória que era conseguir o segundo lugar, não comemorei até que me certificasse de que Oliver estava bem.

Na saleta, aguardando a subida no pódio, sentia meus ombros tensos e o corpo inteiro queimando. Subi na balança de pesagem após a corrida ainda sem acreditar, meu peito ardia com a preocupação que se misturavam ao nervosismo. Ele precisava estar bem, certo?

— Oliver? — perguntei, exasperada, ao ver um representante da Assuero surgir à porta.

— Está bem, não aconteceu nada com ele. Vai dar algumas entrevistas. Foi um problema com o acelerador, ele controlou bem.

Na tela da sala, a imagem da derrapada foi reproduzida. Senti meu coração acelerar e um gosto amargo tomar minha língua ao ver o carro de Oliver rodar, as proteções em volta do corpo que evitavam que fosse arremessado para fora. Ele saiu do carro andando calmamente, sem nenhum arranhão, guiando os profissionais como podia. Não demonstrou tristeza, não chutou a roda do carro. Era contido e só demonstraria sua verdadeira raiva quando estivesse sozinho.

Quando eu era mais nova, invejava aquelas pessoas e tentava ser como elas, mas agora sabia que muitos pilotos agiam assim não porque realmente eram controlados, e sim porque não queriam que a imprensa registrasse suas emoções, para que as pessoas não *achassem* que estavam mal.

E se às vezes eu não conseguia controlar minhas demonstrações de raiva ou tristeza, aquilo me tornava uma piloto pior? Precisava o tempo todo fingir que tudo estava bem?

Mas, naquele momento, quando tudo deu certo e tive a confirmação de que Oliver estava bem, respirei aliviada. John Magnólia Brown acumulava alguns pódios na carreira da Fórmula 1, mas Petra Magnólia ainda estava em seu primeiro ano ali. Meu primeiro segundo lugar. A parte que insistia em me sabotar dizia que o fato de Oliver ter saído me ajudou, que dei sorte na classificação e que aquilo não era normal.

Eu não merecia aquilo, nem sequer era John Brown.

A derrocada dos pensamentos se mesclou a uma dor de cabeça intensa, que não foi apaziguada ao chegar ao pódio. Porém, ao ver toda a equipe comemorando, braços para cima ao me ver gritar, calei a voz inspirada pelo medo e aproveitei o momento.

Corri como nunca havia feito antes, dei meu sangue e suor (muito suor). Merecia aquilo, merecia ganhar, merecia ser feliz e merecia cada segundo daquela conquista. Então por que às vezes era tão difícil aproveitar?

Quando Augustus apareceu em meu campo de visão, as mãos para cima, gritando e comemorando a ponto de o rosto se avermelhar, aceitei de vez que pertencia àquilo e que Oliver estava certo. Éramos uma equipe.

Por isso, me esbaldei em champagne, rindo e gargalhando com meus companheiros, sabendo muito bem que minha vitória era da equipe, e que eu também era um membro importante e valioso dela. E, ao final, quando Oliver apareceu, são e salvo, me cumprimentou e sorriu como nunca, me senti em paz pela primeira vez em muito tempo.

17. Quando Petra Brown entrou na era *Reputation* da Taylor Swift

SEIS ANOS ANTES

Nunca fui muito boa em esconder o que eu sentia.

Por algum tempo, quando lia revistas adolescentes e via artigos do tipo "Como se comportar na frente de um garoto para não levar um fora" ou "Como ser feminina sem forçar", pensava em aplicar essas dicas às corridas. Foi dali que veio a ideia para o vestido florido. Li em um artigo que, de dez garotos entrevistados, oito se sentiam mais propensos a preferir garotas com vestido florido às de moletom.

E, como o automobilismo era um esporte cheio de homens, tanto nas pistas quanto na liderança, imaginei que o vestido me ajudaria. No mesmo dia, joguei três calças de moletom no lixo.

Um dia, decidi usar o vestido para ir até o autódromo. Quando meu pai, acompanhando meu irmão na época, me viu usando o vestido, perguntou por que eu não pendurava um cartaz no pescoço dizendo "Sou oferecida" de uma vez.

No mesmo dia, joguei o vestido no lixo também.

Acho que nunca consegui esconder o quanto aquilo ainda me irritava. Se eu usava moletom, achavam que eu era relaxada e que não merecia atenção. Com um vestido florido, parecia oferecida.

O que eu podia usar, então?

Faz pouco tempo percebi que nunca seria o suficiente, não importava o que fizesse. Roupa, maquiagem, penteado; eu não conseguia me desprender do que as pessoas viam assim que batiam os olhos em mim: minha pele, meu gênero e minha raiz.

Então, se eu nunca seria o suficiente para eles, por que me dar o trabalho de tentar?

E isso por um tempo me levou a uma fase rebelde. Por exemplo, quando estava angustiada, tomava decisões tão estúpidas que me chocavam ao observá-las em retrospecto. Quer dizer, quem em sã consciência socaria o nariz de um colega de equipe com força suficiente para luxar a própria mão?

A resposta era simples: eu.

O dia havia começado tranquilo, com os testes na pista de corrida na Fórmula 3, enquanto aguardávamos outras modalidades testarem os próprios carros no autódromo.

Eu estava com minha equipe na garagem, gargalhando acerca de um dos comentaristas britânicos, que tinha feito uma piada com o nome do piloto da equipe rival e agora havia se tornado o apelido oficial dele entre nós.

— Vai blefar dessa vez no rádio? — um dos mecânicos me perguntou com uma risada baixa, me dando um leve empurrão no ombro.

— Só se precisar.

— Não vem com essa — outra mecânica desdenhou, balançando os cabelos loiros para os lados. — Você adora blefar e dar um susto na gente, Petra.

Tentei controlar o sorriso, mas era verdade. Meu Deus, não havia nada mais divertido do que o automobilismo.

Apesar disso, eu estava parando de fazer essas coisas. As pessoas começavam a perceber e já antecipavam meus movimentos.

Olhei por cima do ombro, para o lado de fora ensolarado, onde alguns pilotos se juntavam na pista para a foto da temporada.

— Estou indo, já volto — comuniquei à equipe, então fui trotando, com o uniforme leve em meu corpo. Pus o boné na cabeça, sentindo a animação por mais uma disputa.

Daquela vez, tinha expectativas interessantes com relação ao campeonato. Estava chamando a atenção de algumas figuras da Fórmula 2 e poderia começar a mudar de categoria.

— E aí — cumprimentei os outros pilotos com um sorriso, cruzando os braços sob o peito. — Acho que faltam algumas pessoas ainda, não?

— Estão falando com Oliver Knight — um dos meus colegas informou.

Virei a cabeça para trás, procurando pela fonte da informação, mas não vi ninguém.

— O quê? Vai dizer que também quer lamber o saco dele, Petra?

Bufei, observando Andreas Kuhn se aproximar com um sorriso ladino. Ele carregava a mesmíssima aura de um lixão abandonado. A gente se conhecia desde que era praticamente criança, e ele sempre foi insuportável.

Para mim, era apenas um babaca estúpido que me fez chorar no meu aniversário anterior, quando derrubou a caneca que meu pai tinha me dado de presente quando veio me visitar pela primeira vez em dois anos. Talvez seu assistente tivesse comprado de última hora, mas pelo menos era alguma coisa, e Andreas pareceu notar a importância que teve para mim.

Então apenas o ignorei e voltei a procurar Oliver Knight, a recente contratação da Fórmula 1.

Torcia muito por ele e queria lhe dar um abraço e parabenizá-lo pessoalmente, não apenas pelas redes sociais.

Com um suspiro, voltei a conversar com meus colegas na roda, ainda meio avoada com a corrida do fim de semana e meu desempenho no carro. Repassava algumas estratégias e cogitava como a mudança de design impactaria na aerodinâmica, mas os engenheiros eram bons. Ótimos, na verdade. Então apenas confiaria neles e faria minha parte.

— Já que essa foto vai demorar — comentei para ninguém em especial —, vou ao banheiro. Volto logo.

Dei as costas, passando pela área da garagem da minha equipe até o banheiro. Estava quase na porta quando Andreas me alcançou, chamando a minha atenção.

— Você não pode entrar aqui — desdenhei com um torcer de nariz.

— Mal falei com você e já está na defensiva? — provocou ele com um sorriso. — O que fiz pra te irritar tanto, Petra?

Arregalei os olhos, uma risada incrédula saindo dos lábios.

— Você quer que eu faça uma lista em ordem alfabética?

Andreas mudou o peso do pé de um lado para o outro, parecendo subitamente desconfortável. Que se dane. Virei-me de costas, mas fui interrompida por sua voz mais uma vez.

— Isso ainda é pelo que falei do negrinho?

Voltei-me para Andreas com a boca escancarada, ainda me perguntando se tinha ouvido direito. Eu tinha, não é?

— O que foi que você disse? — praticamente rosnei, empurrando-o para trás com as mãos. — Repete, porra.

Andreas revirou os olhos e segurou meus pulsos com força, descendo o olhar até se aproximar do meu rosto.

— Está toda sensível assim só porque chamei o Oliver de negrinho? Não estou querendo ofender, é só uma palavra.

Tentei me desvencilhar do seu toque, bufando de raiva.

— Vai se foder, Kuhn. Por que não me deixa em paz?

Quando me livrei das mãos dele, mais uma vez determinada a ignorá-lo, ouvi sua risada baixa. Mamãe dizia que eu não podia ser agressiva, que precisava respirar fundo, contar até dez. Pessoas como Andreas não valiam a pena. Eu tinha que manter a calma. Contar até dez.

Um... dois... três...

— Ah, Petra, é só uma brincadeira — ele tentou de novo, o rosto ainda próximo do meu.

— Aham, estou rindo até agora.

Quatro... cinco... seis...

— Quer saber? — Andreas desdenhou, dando de ombros, mas havia tensão em seu rosto. — Foda-se você.

Sete... oito... nove...

— Vai lá, você e seu negrinho.

Meu punho fechado atingiu o rosto dele antes que eu pudesse chegar a dez.

— Você é louca! — ele berrou, me empurrando de volta com força. Bati com as costas na porta, mas não desisti e voltei para ele, estapeando-o com toda a força em meus pulsos.

— Filho da puta desgraçado! — gritei a plenos pulmões, dividida entre bater nele e chamar alguém para me ajudar.

Nossa briga foi apartada por alguns dos mecânicos que ouviram meus gritos, e só consegui parar de chorar de frustração e ódio quando fui levada até a enfermaria. Os olhos inflamados de ira só apaziguaram-se ao ver o enfermeiro que me encarava com o cenho franzido.

— Você não vai poder correr — ele anunciou após analisar meu pulso, como uma sentença. — Uma semana, pelo menos. Mas vamos te levar ao hospital para alguns raios X.

— De jeito nenhum — retruquei entre fungadas.

— Você não tem opção — advertiu ele de volta.

Chorei mais um pouco, sentindo meus ombros tremerem com a frustração. Andreas estava na enfermaria também, sendo paparicado pela sua equipe. Ele disse, com todas as palavras, que eu era maluca e o havia atacado do nada.

Quando eu informei à equipe do que ele tinha chamado Oliver, a resposta foi simples: "Mas ele não chamou *você* disso, então por que bateu nele?".

Como se eu precisasse ser pessoalmente ofendida para defender os meus iguais.

— Me contaram o que aconteceu lá dentro. — O enfermeiro suspirou enquanto arrumava os instrumentos sobre a mesinha ao lado. Havia limpado os pequenos hematomas, e agora colocava uma compressa gelada em minha mão. — Ainda acho que bateu pouco.

Dei uma risada baixa, sentindo as lágrimas pararem devagar.

— Um amigo meu diz que ele gosta de mim.

Eu não sabia por que estava me expondo a um funcionário que mal me conhecia, mas imaginei que talvez compreendesse. Alguém precisava. Alguém como eu. Ele tinha a pele ainda mais escura que a minha, ombros largos e face rígida. Sério como não via outros enfermeiros por aqui serem.

Permaneci encarando suas mãos ágeis, que organizavam o que era necessário na saleta.

— Garotos às vezes são mesmo uns idiotas quando gostam de alguma menina — ele comentou com uma careta. — Mas o que ele fez não é nada disso. E não é normal demonstrar que gosta de alguém maltratando. Você não pode gostar de alguém *e* ser maldoso com ela ao mesmo tempo, não de propósito.

Assenti devagar, sentindo a cabeça doer.

— Você é uma adolescente, quase adulta, sabe que o que ele disse foi racismo puro — ele continuou, agora com a voz mais calma. — Ninguém tem o direito de te ofender daquele jeito, nunca.

— É um racista nojento — bufei, sentindo o gosto da palavra na boca.

O enfermeiro deu de ombros, como se fosse algo óbvio.

— E você com certeza já encontrou outros a essa altura.

— Absolutamente. — Revirei os olhos, tentando movimentar meu pulso dolorido. — E nem vai ser o último, acho.

— Não mesmo — o homem lamentou, meneando a cabeça. — Eu não posso dizer que foi inteligente socá-lo, especialmente porque você precisa das mãos pra correr. Mas foi o melhor que conseguiu fazer na hora. Algumas pessoas mal conseguem reagir.

— Eu não ia deixar que ele ofendesse meu colega daquela maneira — completei, tentando me livrar da sensação de orgulho que se alastrava pelo meu peito.

Não podia estar orgulhosa de mim mesma por socar alguém, poderia? Minha mãe me mataria se soubesse daquilo.

— Espero que você descubra outras maneiras de lidar com homens como ele também — o enfermeiro sorriu. — De preferência, que não acabem te machucando no processo.

— Tipo passar com o pneu em cima do pé dele? — perguntei com a sobrancelha arqueada, o que arrancou uma espécie de bufada do profissional. Aquilo parecia o mais próximo de uma risada que ele daria.

— Uma semana, Petra, e pode voltar a correr. Da próxima vez, desconte a raiva sendo melhor que ele na pista, e não se colocando pra fora do circuito, combinado?

Desci da maca com um sorriso no rosto, já muito mais calma e pronta para, da maneira que fosse, ser melhor do que Andreas. Tão melhor a ponto de saber que, não importava o quanto ele se esforçasse, a *negrinha* ainda seria melhor que ele.

Porque, no fim das contas, eu começava a entender o meu valor.

E faria com que o resto do mundo entendesse também.

18. Quem muito briga, pouco beija na boca

Dois dias de descanso. Dois dias enfiada em casa enquanto João desfilava pelas ruas de Londres, sorriso no rosto e pele linda. Observei com uma gargalhada a foto que ele havia postado poucos segundos antes no feed com a legenda "passeando por Londres sem minha irmã @thepetra :(então decidi postar essa foto da sorveteria favorita dela pra fazer inveja. amo vc, irmãzinha sz". Eu, por outro lado, estava aproveitando minha folga de uma maneira muito bem merecida: tomando vinho e assistindo a comédias românticas.

Algumas vezes, enquanto crescia, ouvi de alguns garotos que eu não beijava na boca e por isso brigava tanto. Quando atingi certa idade, entendi o que significavam alguns comentários na internet dizendo que eu "precisava transar para relaxar um pouco".

E nunca compreendi muito bem por que ninguém entendia que ser carrancuda nunca me impediu de gostar de assistir Sandra Bullock pedindo Ryan Reynolds em casamento no meio de Nova York.

— Eu amo tanto esse filme — suspirei, sonhadora, ao ver uma chefe mandona e um empregado fingirem ser um casal para que a personagem da Sandra Bullock não fosse deportada.

Era um dos meus filmes favoritos, talvez em parte porque ser amada apesar de ser tão fechada era algo que eu almejava para mim mesma. Queria alguém que visse além do que a mídia e os comentários maldosos diziam, que me aceitasse mesmo com meu jeito mandão e teimoso. Queria alguém que me amasse de verdade.

E talvez por isso não tivesse namorado quase ninguém durante a vida.

Peguei o restante da garrafa de vinho e a balancei em meus dedos enquanto o filme se desenrolava. Mesmo sendo uma das minhas comédias favoritas, no momento apenas servia para me lembrar de que eu não estava nem perto de conseguir alguém como Ryan Reynolds. Pausei a tela e deitei a cabeça para trás com um suspiro.

O automobilismo era uma indústria pequena. Passávamos a vida treinando, então o esporte virava nossa vida. Fiz alguns amigos ao longo do caminho, mas a maioria era da mesma realidade que eu, como Bethany Hopkins, que havia prometido me levar para jantar no meu próximo intervalo nas corridas. Mas, quando se tratava do amor...

Havia pessoas incríveis no esporte, é claro, mas em algum momento eu me deparava com a pergunta: "Você prefere o esporte a mim?". E a resposta era sempre tão óbvia que se tornava impossível não fazer uma careta que entregava meus sentimentos.

Os relacionamentos não duravam muito depois disso.

O que era irônico, porque alguns pilotos que namorei também eram aficionados pelas corridas. Pelo visto, havia espaço na relação para apenas um obcecado pelo automobilismo, e decidiam, sem me avisar, que seriam eles.

Peguei o celular e rolei o feed de uma rede social, estranhando algumas pessoas desconhecidas ali. Somente ao me certificar é que percebi estar na conta do João. Suspirei, deixando o aparelho de lado. Até mesmo sendo Petra eu era John.

Levantei da minha posição imediatamente e mexi no controle remoto, abrindo o aplicativo de streaming. Logo, um idioma novo surgia na tela, carregando uma história completamente nova.

A novela coreana das irmãs que trocavam de lugar.

Se estava cansada de assistir a uma comédia romântica que não lembrava a minha vida amorosa, pelo menos assistiria a algo que remetesse ao meu estado calamitoso atual.

Aprumei-me com o cobertor, o ar condicionado frio simulava um inverno que já havia passado, mas eu queria seguir aconchegada. Criar uma realidade diferente da exterior. Tomei mais um gole de vinho e me concentrei na narrativa.

O primeiro capítulo se desenvolveu com as irmãs se encontrando e decidindo que trocariam de lugar porque uma delas precisaria fingir se casar com o CEO da empresa e a outra, pelo que deduzi, se apaixonaria pelo secretário do moço.

Acabei o episódio confusa, querendo entender mais do motivo para aquelas mulheres de pele macia e sorriso adorável decidirem se enfiar em uma burrada daquelas. Eu estava vivendo aquilo e não era tão fácil quanto as duas faziam parecer.

O trabalho de maquiagem para disfarçar a mandíbula mais protuberante durava uma hora pelo menos, a atenção redobrada para não mostrar meu pomo de Adão ou o pênis-meia...

Brindei sozinha com a televisão ao ouvir uma das irmãs dizer que "se alguém descobrisse, elas nunca mais conseguiriam outro emprego na vida".

Meu medo, precisamente.

Antes que pudesse me segurar, peguei o celular e fiz uma ligação.

— Petra? — Oliver me atendeu em confusão.

— Estou assistindo ao seu k-drama favorito — comentei. — E eu preciso dizer que tem alguns furos *feios* aqui.

Ouvi Oliver rir, então sua voz se afastou quando perguntou:
— Que tipo de furo?

Suspirei e batuquei com as unhas nas bochechas coradas de vinho.
— Qual é o papel do CEO na história? Não poderia ser simplesmente sobre as irmãs?

— Você não gosta de romance? — ele perguntou rapidamente. Ouvi ao fundo o som de panelas no fogão. Oliver estava cozinhando? — Estou decepcionado.

— Eu pareço ser o tipo de mulher que gosta de romances? — retruquei, sentindo meu coração se aquecer com sua risada.

— Você não parece ser o tipo de mulher que assiste a k-dramas bêbada e liga para mim, mas aqui estamos.

Deitei a cabeça nos joelhos, pensando no que dizer em seguida.

— Desculpa por incomodar — falei baixinho, torcendo para que Oliver não percebesse o quanto eu gostava de falar com ele, o quanto sentia que desligar aquela chamada seria horrível.

— Você até agora é absolutamente diferente de tudo que eu imaginei que seria, Petra. — Ele ignorou meu pedido de desculpas. Mais barulho de panelas e o som de comida estalando. — E você não ser nada como eu achei que seria é o que te torna a pessoa mais charmosa que conheço.

Segurei a respiração, aguardando alguma mudança, algum enredo em que aquilo não era real, mas era.

— Você é bonzinho demais, Oliver — murmurei.

Ele riu e sua voz se afastou de novo.

— Te incomoda que eu seja assim?

— Não... — admiti em voz baixa, agora encarando minhas unhas pintadas com uma atenção desmedida. Precisaria retirar o esmalte dali a alguns dias. — É só uma surpresa. Uma surpresa boa.

— Por que é uma surpresa boa, Petra?

— Porque eu sinto que posso falar com você sobre o que eu penso e você não vai sair correndo.

Oliver ficou em silêncio, e cheguei a cogitar que a chamada caíra. Talvez o pessoal da empresa telefônica tivesse se compadecido da minha conta milionária no final do mês.

— Que tipo de pensamentos me fariam sair correndo?

— Eu sou competitiva — comentei. — Sou competitiva, e não me sinto mal por isso.

— Nada assustador — ele respondeu.

— Eu queria que Andreas nunca mais corresse.

— Totalmente compreensível — retrucou antes mesmo que eu terminasse a frase.

Fixei os olhos na parede atrás da televisão e fechei o semblante, sentindo se formar um nó na garganta.

— Eu odeio meu pai às vezes, mas queria que ele me amasse sempre. Também tem isso.

A linha ficou muda de novo, e só percebi que eu estava fungando quando afundei o rosto nos joelhos e comecei a chorar.

— Só saímos duas vezes e eu já joguei uma bomba em você e...

— Petra — Oliver me cortou rapidamente. — Você quis me ligar e me ligou, não se sinta culpada por isso. Eu gostei de você ter ligado.

Assenti devagar, deixando que as palavras se acomodassem em mim.

— Eu tenho uma tatuagem nas costas — continuei. — Esse é meu segredo. Ninguém nunca vê, eu nunca contei pra absolutamente ninguém, revistas, nada. Fiz com dezesseis anos escondida da minha mãe, é uma inscrição em mandarim.

— Ah, não, não uma inscrição em mandarim... — Oliver provocou em tom brincalhão.

— Pois é, eu já tive essa fase. Pelo menos não tatuei um golfinho.

— Eu tenho uma marca de nascença grande na coxa — ele confessou como se não fosse nada. — Ficava bem inseguro com ela.

Assenti para o nada, repousando o pescoço no encosto do sofá.

— Quer conversar sobre o seu pai? — ele perguntou com um pouco mais de cautela. Fechei os olhos com força, arrependida ao máximo por ter aberto a boca.

Oliver não queria saber daquilo, não de verdade. Queria impedir que ele visse meu lado feio. Ele me deixaria. Com certeza. E eu poderia culpá-lo?

Quem ficaria ao meu lado quando eu tinha tanta bagagem pesada? Era coisa demais, dor demais, raiva demais. E Oliver não merecia ter que lidar com aquele peso nas costas de uma mulher que havia acabado de conhecer.

— Não, foi a bebida falando. Está tudo bem.

O silêncio na linha se prolongou por alguns instantes, e por mais que eu quisesse falar nada saía. Não sabia o que dizer, o que perguntar, como sair daquele assunto sem parecer que estava fugindo.

— A coisa que eu menos gosto no k-drama — Oliver começou, pigarreando — é que as personagens complicam as coisas sem necessidade. Entendo que seja porque tem um tempo de duração e que o arco das personagens precisa ser desenvolvido. Mas nem tudo é um grande mistério, às vezes um romance é só um romance, como no caso do CEO. Muita coisa poderia ser resolvida se as personagens simplesmente se permitissem sentir e falar.

— Está usando psicologia para analisar um k-drama, Oliver Knight?

— Talvez. — Ele riu baixinho. — Mas entendo que a vida real não é tão simples.

— Você fala como alguém que sabe o que está dizendo — provoquei, me levantando do sofá e caminhando em círculos pela sala.

— Nós começamos a trabalhar quando éramos crianças e estamos diante do mundo inteiro, Petra. A gente com certeza sabe do que está falando.

Dei uma risada sincera, me sentindo um pouco mais calma. Talvez não estivesse tão sozinha, Oliver também entendia algumas renúncias que eu fiz, compreendia exatamente o peso que vinha com a nossa vida.

— Estou feliz que tenha me ligado, Petra.

Cerrei bem os lábios.

— Obrigada por ter atendido. Estou indo dormir, preciso descansar.

— Bons sonhos, princesa da Fórmula 2.

— Durma bem, Oliver — murmurei antes de desligar a chamada.

Dormi a noite inteira imaginando pela primeira vez como seria dormir ao lado de Oliver, marcando as batidas rítmicas do meu coração com a calmaria desanuviando a ansiedade em meu peito.

Paddock News
Escrito por Susan Hopkins

Rico e estiloso? Howard Brown é visto em iate com amigos poucos dias antes do Grande Prêmio do Azerbaijão. As fotos vazadas por um paparazzi mostram o dono da Melden Racing aproveitando um passeio na marina de Mônaco.

O solteirão ainda está em busca de uma sra. Brown para dividir os fardos da riqueza. Você aceitaria um dos solteiros mais cobiçados do automobilismo?

19. Quando o vilão da Disney é seu pai

Desde criança, sempre busquei ser para minha mãe o que faltava em meu pai. Me esforçava para aprender a consertar janelas enquanto ela trabalhava, a fazer uma massagem cardíaca caso minha avó tivesse algum problema e a cozinhar quando chegava em casa à noite dos treinos e ela não estava.

Nunca se tornou mais fácil vê-la chegar cansada, os ombros curvados e os olhos fatigados. Em uma das diversas noites de competição em que liguei para ela chorando com saudades de casa, mamãe respondia com firmeza que eu voltaria para o Brasil assim que acabasse a temporada, que ela estaria me esperando com meus pratos favoritos e muitos beijos.

Quando minha mãe não aguentou de saudades, largou tudo no Brasil e foi morar comigo na Inglaterra. Permanecemos três anos juntas, até eu fazer dezenove anos e ela voltar ao Brasil para cuidar da vovó. Durante seu período comigo, viajava para ver João correr.

E foi somente o fato de tê-lo em mais alta estima, de saber que ele era a pessoa que eu mais amava no mundo junto à mamãe, que me impediu de socar o nariz dele.

— Como assim eu vou precisar jantar com o nosso pai? — vociferei, braços cruzados e pés batendo no chão com impaciência.

— Eu não consegui nenhuma passagem às pressas, estavam usando o jatinho, e você já vai estar no Azerbaijão e...

— E nada! — berrei. — Ele vai descobrir, João, você não está entendendo, é? Nosso pai é a última pessoa que pode saber dessa troca.

— Você acha que ele faria alguma coisa? — perguntou ele com mais seriedade pelo celular.

Mordi a ponta da unha, agora já sem esmalte. Eu viajaria para o Azerbaijão dali a três dias, mas não sem antes participar de uma ação beneficente nos Estados Unidos. Faríamos um jogo de polo aquático para arrecadar fundos a algumas instituições, e era óbvio para toda e qualquer pessoa que João deveria participar.

— Sim, ele faria — respondi com cansaço. — João, não consegue pelo menos vir para o jogo? Eu estou me sentindo péssima por já não dar tanta atenção assim para seus fãs nas corridas, mas agora furar com um evento beneficente...

João suspirou do outro lado, pensando em alguma solução.

— Ok, vou ver se consigo um voo para hoje à noite.

Assenti, tentando me lembrar de que aquela situação estaria resolvida logo. João iria para o polo aquático, e, em vez de ir para o hotel onde eu estava hospedada, seguiria direto para algum outro lugar. Eu sairia como John até o próximo destino, Azerbaijão.

E o jantar com meu pai... Ele não falou só por falar quando me chamou no dia da entrevista. Dentro de mim algo parecia errado, ele deveria estar desconfiado, e o que eu faria? Diante de um confronto, conseguiria mentir?

— Você parece estressada — meu irmão pontuou com o cenho franzido. — Está tudo bem, Petra?

Desviei o olhar para a janela aberta. Oliver não me mandara uma mensagem sequer desde nossa conversa na noite anterior. Em minha mente, era óbvio que as coisas estavam acabadas. Ele havia se assustado. Não era culpa minha, pensei com um pouco mais de razão. Queria falar com ele, então liguei. Se ele não gostou, não era problema meu.

Pelo menos era o que eu estava dizendo a mim mesma o dia inteiro.

Então por que eu estava tão decepcionada com a possibilidade de deixar de vê-lo, quando aquilo era precisamente o que eu queria desde o início? Afastamento para terminar toda a farsa Petra-John em paz e seguir minha vida?

— Só estou ansiosa pra tudo isso acabar — confessei. — Quero poder me concentrar mais em fazer contatos pra conseguir um contrato ano que vem. Sinto que as minhas pequenas reuniões e aparições não têm rendido, no pouco tempo livre que me resta quando não estou correndo ou me preparando para correr. Duvido que vá conseguir na Fórmula 1, mesmo que já tenha todos os pontos necessários.

— Nem na Melden? — João sugeriu com cautela, como se soubesse que eu poderia explodir com a mera menção da empresa de nosso pai.

— *Especialmente* na Melden. Primeiro de tudo — enumerei com os dedos para cima —, Howard jamais cogitaria essa ideia. Em segundo lugar, o que as pessoas pensariam? Uma garota que destruiu uma família inteira, então correu pro colo do papai e conseguiu um lugar imerecido na equipe? Não, não mesmo. O problema é meu, preciso resolver sozinha também.

João tentou me consolar, mas não havia o que ser dito, então apenas desliguei a chamada e me joguei no sofá, tentando conectar os pontos soltos da minha vida.

Oliver, pelo visto, poderia ser um problema a menos. Passei tanto tempo tentando afastá-lo na Austrália... Se soubesse que era necessário apenas jogar um de meus *daddy issues* no colo dele, teria feito isso antes.

Meu pai, por outro lado, era uma incógnita. Não ter convivido com ele por tanto tempo durante a vida tornou quase impossível prever o que faria. E o fato de que nossas maiores interações acabavam em briga não passava batido. Ele podia muito bem ter me convidado para jantar sabendo que eu era Petra, só para me desmascarar e sair por cima. Sim, o sadismo dele era fora do normal.

Os contratos... Solange estava se esforçando ao máximo para gerir minha carreira e buscar saídas, mas era difícil quando a minha vida toda estava abarrotada de compromissos com as corridas. Não tinha tempo para reuniões com investidores, para ligações de horas e horas com chefes de equipe e advogados. Talvez, quando aquilo tudo acabasse, eu poderia voltar ao meu foco inicial.

Então deixei a mente maquinar possíveis soluções para fugir do meu pai, para lidar com a imprensa caso descobrissem... Queria conversar com alguém sobre isso, mas se João soubesse o quanto a nossa Operação Paddock estava me consumindo, pediria para trocar de lugar comigo, e eu estava determinada a levar aquilo até o final. Meu irmão estava melhor, era o que importava.

Com quem mais eu poderia contar? Bethany jamais poderia saber sobre todo o caos, não era uma opção. Minha mãe, muito menos.

Assim, passei os dias seguintes aguardando o jogo de polo aquático e depois assisti à transmissão ao vivo, evitando ao máximo olhar para o dorso nu de Oliver, o sorriso dele enquanto nadava, a água escorrendo pelo tronco molhado...

Como me concentrar em qualquer outra coisa quando Oliver era gostoso daquele jeito?

Nenhuma mensagem tinha chegado depois do meu desastre emocional, e o desânimo era cada vez mais forte. Estava realmente começando a gostar da presença dele. Acordar, pegar o celular imediatamente e não ver nenhuma mensagem deixou um sabor amargo na minha boca.

Balancei a cabeça, voltando os olhos para meus outros companheiros de equipe competindo na piscina enquanto arrumava a mala. Baptiste havia me mandado o programa de treino novo, concentrado a partir daquele momento em evitar que eu me desidratasse, ainda mais com o verão chegando em vários países em que ocorreriam as próximas corridas.

Na semana anterior, após a corrida, um dos pilotos desmaiou por causa do calor e da falta de hidratação. Sua equipe decidiu diminuir o peso dos líquidos para aliviar o reflexo no carro, mas aquilo custara ao piloto seu bem-estar durante a corrida.

Por estar no pódio, eu não estava presente no momento em que isso aconteceu, mas era só disso que se falava no paddock. A mídia também não teve acesso à informação. Talvez fosse uma das poucas ocasiões no automobilismo em que um pacto de silêncio era feito, porque não prejudicaria uma equipe somente, mas outras que também queriam seguir o mesmo plano.

— Aaaah! — exclamei de frustração ao ver o lembrete da reunião de equipe que ocorreria assim que chegasse ao Azerbaijão.

Meus planos eram fazer o jantar com meu pai naquele mesmo horário, então fui rápida em mandar uma mensagem, da conta de João, para Howard Brown.

Vou ter reunião no dia que combinamos, podemos remarcar?

Pode vir mais tarde. Tudo certo.

Mais uma vez, não pude deixar de estranhar a calmaria. A paz. Meu pai não era uma pessoa calma, muito menos controlada. O que estava acontecendo?

Ainda com a mente enevoada, viajei para o Azerbaijão. Oliver passou a viagem inteira sentado na minha frente, tão disperso quanto eu. Usando um moletom folgado e de barba feita, parecia um deus com os brincos refletindo a luz do sol entrecortada pelas nuvens lá fora.

— Está tudo bem, cara? — perguntei com fingido desinteresse.

Oliver virou os olhos para mim, o queixo apoiado na mão enquanto fitava o mar azul do céu.

— Só estou preocupado.

— Com a corrida?

Me mexi na cadeira, controlando a ansiedade para não dizer: "Por que não me mandou mensagem? Quer dizer, para a minha irmã que na verdade sou eu?".

— Com a corrida, com minha família, com uma garota...

— Ah, problemas com garota — repeti com a voz mais grave que conseguia. — Nem me fale, estou cheio deles.

Oliver arqueou a sobrancelha, curioso. Encarou-me de frente, os braços cruzados.

— A quem pede conselhos quando está com problemas com garotas?

— Ao meu pai — menti descaradamente. Oliver arqueou a sobrancelha, levemente desconfiado.

— Vocês pareciam ter uma relação... complicada.

Balancei a mão displicentemente e dei de ombros.

— Coisa de pai e filho, normal.

Não, nada normal. Nada sobre a minha relação com meu pai era normal. Mas Oliver não sabia daquilo, não inteiramente.

— Quer conversar? — ofereci e desviei o olhar para minha própria mão.

— É só que... — Oliver respirou fundo e passou a mão sobre o rosto. — Eu acho que estraguei tudo com uma mulher. Saímos duas vezes e não tentei nem passar a noite com ela. Deve ter sido burrice, não é? E também acho que talvez a tenha assustado... Fui emocionado demais, sabe?

Controlei uma risada. Aquele era o motivo para Oliver não ter me mandado uma mensagem?

— Podemos parar de fingir que essa mulher não é a Petra, Oliver.

Ele abriu e fechou a boca algumas vezes, arrumando a postura na cadeira.

— Não queria que nada ficasse estranho entre nós, você não gosta muito de mim e...

— Quem disse? — disparei, piscando em confusão.

— Eu achei que... Não sei, não tenho muitos amigos homens. Amigos, na verdade, num contexto geral. É sempre tudo meio superficial, e aí...

— Ei, relaxa — confortei, tentando dar um sorriso apaziguador. — Podemos voltar pro seu terreno seguro. Me diz: você não tentou beijar a Petra porque não quis ou porque não teve a oportunidade?

Cruzes, como era estranho fingir ser outra pessoa daquela maneira. Não pude evitar o leve desconforto, desviando o olhar para o oceano lá embaixo.

— Sendo bem honesto, eu acho que não a beijei porque a situação é complicada.

Recostei-me na cadeira e cruzei os braços, criando uma barreira entre nós dois.

— Ela não quer ser vista comigo — explicou ele —, mas por bons motivos. O problema não é esse. É só que... não gosto de só beijar alguém por beijar. Ou coisas do tipo. E eu quero muito, é só que... — Desviou o olhar para o chão, os ombros curvados. — Eu não sei falar direito sobre essas coisas, foi mal. Fico todo sem jeito.

— É normal, cara — retruquei quando Oliver ameaçou voltar a se calar.

Alguns homens realmente não conseguiam falar sobre seus sentimentos com outros homens, pelo visto. Só me surpreendia que Oliver fosse um deles.

Talvez aquele fosse o motivo para aquela cena no jantar. Ele pediu desculpas mais de uma vez por não ter se expressado direito, por ter tropeçado nas palavras. Evitei um arregalar de olhos ao perceber que, realmente, o problema nunca tinha sido com Petra. Oliver conseguia se expressar comigo, mas quando falava com João a situação mudava.

— E se ela não quer nada comigo agora, tudo bem, mas eu estou pronto pra um relacionamento. Não quero tentar investir em algo que não tem futuro desde o início. — Ele sorriu para baixo e apoiou o queixo na mão. — Mesmo que ela seja tão... ela.

Tossi para disfarçar minhas bochechas quentes, o corpo tremendo violentamente com a confissão de Oliver. E, no fundo, ele estava certo. Para que investir em algo se, desde o início, eu fui clara ao dizer que não queria o que ele buscava? Meu coração afundou, sentindo a injustiça daquela situação inteira.

Eu poderia deixar Oliver se aproximar, vê-lo com mais frequência, levá-lo para conhecer meus lugares favoritos e confirmar se a sensação gostosa no estômago que tinha perto dele me levaria a algum lugar. Mas a verdade é que eu não colocaria minha carreira em risco, nem por ele, nem por ninguém. Não até ter um contrato firmado, pelo menos. Por outro lado, Oliver tinha todo o direito do mundo de não querer passar por aquilo. Ele não merecia ser escondido de ninguém. Eu só não poderia oferecer o que ele queria e saber disso me deixou devastada por alguns instantes.

— Você gosta dela? — perguntei, bem direta.

— Acho... acho que sim.

Tentei evitar a ligeira ardência no estômago.

— E ela gosta de você?

— Parece que sim. Você deve saber mais do que eu, então vou fingir que não estou morrendo de curiosidade pra te perguntar.

— Considere o que vale mais a pena, Oliver. Se você quiser continuar com isso por algum tempo e ver se dá certo, ótimo. Do contrário, ótimo pra você também — aconselhei. — Pessoas são complicadas, e você não precisa se jogar de cabeça ainda. Não ponha pressão demais em si mesmo, Oliver Knight.

Ele meneou com a cabeça e sorriu para mim.

— Quer dizer então que você não me odeia mais e está pronto para ser meu conselheiro amoroso oficial?

Revirei os olhos e arremessei uma pipoca nele.

— Eu ainda não me esqueci daquela encostada de pneus.

Oliver arqueou a sobrancelha, e percebi que alguns outros membros da equipe se atentaram à nossa conversa, como se uma faísca de briga estivesse prestes a surgir.

— Não vamos mais deixar aquilo acontecer, certo? — perguntou com a mão estendida para mim. Levei alguns instantes até esticar meu braço e apertar sua mão.

— Certo.

Voltei a me encostar na cadeira, com plena consciência de que Oliver Knight estava disposto a me dar o que eu queria, mas que eu não conseguiria retribuir. Não agora nem tão cedo.

Piloto automático
Transcrição de programa de televisão

Marcos S.: Azerbaijão é um dos circuitos que menos me atrai em toda a programação.
Sabrina G.: Sério? Por quê?
Caio M.: Porque o queridinho dele não ganhou, pode falar, Marcos (risadas no estúdio).
Sabrina G.: Não foi um resultado surpreendente. Oliver Knight ganhou com categoria. Alexandre Duarte chegou em segundo e John Brown, em terceiro. Que temporada esses três estão fazendo, hein?
Caio M.: A decisão da temporada vai ficar entre Oliver e Alexandre, é meu palpite. E, com a saída de John Brown, não sabemos como será a pontuação de Andreas...
Marcos S.: Para os telespectadores entenderem, quando um piloto é substituído pelo reserva, ele não acumula os pontos do piloto que correu no lugar dele, e sim começa do zero.
Sabrina G.: Imagino que Jonathan Casanova da Helk possa lutar pelo terceiro lugar com Bruno Campos, da Astoria. É uma possibilidade.
Caio M.: De qualquer maneira, o próximo Grande Prêmio da Fórmula 1 é no Canadá, e sabemos que é uma das pistas favoritas da maioria dos pilotos pelo nível baixo de dificuldade. Já na Fórmula 2...
Sabrina G.: Petra Magnólia faz muita falta no grid, Caio.
Caio M.: Discordo. Agora que ela saiu, vejo que há mais chances para outros pilotos. Ela está há um bom tempo na categoria, é legal ver a briga entre os outros agora.
Marcos S.: Você acredita que ela teria chance na Fórmula 1?
Caio M.: Acho que ela não tem o emocional necessário. Fora que está há tanto tempo na Fórmula 2, por que ninguém da Fórmula 1 ofereceria espaço pra ela? Ainda mais com o sobrenome que carrega. Deve ter alguma razão, não acha?
Sabrina G.: Você sabe que não é assim que funciona.
Caio M.: Eu acho que ninguém é expulso da Fórmula 2 sem motivo, e ela deu motivos suficientes.

20. Passar horas com um sobrinho arteiro pode ser um excelente anticoncepcional

OLIVER KNIGHT

O glamour de afundar o pé na lama era subestimado. Pelo menos foi disso que me convenci ao correr atrás da bola que meu sobrinho arremessou próximo ao lago.

— Curti o pisante novo — Ronan comentou com uma risada quando voltei ao piquenique.

Semicerrei os olhos para o meu irmão e devolvi a bola molhada para a pequena criatura correndo entre nossas pernas. Liam tinha a pele escura como a nossa, poucos dentes na boca e um cabelo crespo cheio. Era a cópia idêntica da nossa família.

Apoiei a mão na cintura enquanto tirava os sapatos, sentindo a água lamacenta nas meias.

— Você me deve um tênis novo — resmunguei e me sentei na toalha disposta sobre a grama verde. Ronan me acompanhou, observando o filho correr atrás de um cachorrinho, que havia entrado na brincadeira. A dona do animal ria e acenava para nós, demonstrando que estava tranquila com a situação.

Liam não parava quieto, mas eu adorava acompanhá-los, especialmente porque Ronan e Helen davam liberdade para que ele brincasse e tivesse o máximo de contato com a natureza.

Sempre que vinha ao Canadá para o Grande Prêmio, passava todo o meu tempo livre com eles, hospedado na casa de meu irmão e da família. Liam raramente me deixava dormir cedo e constantemente me acordava às cinco horas da manhã para assistir a algum filme da Disney.

E ali estava eu, alternando entre o tempo no autódromo e treinos e brincar com a criança que eu mais amava no mundo.

— Parabéns pelo Azerbaijão. — Ronan tirou um sanduíche da mochila e me entregou.

— Valeu, cara. Precisávamos daquela vitória.

— Mais um pódio, hein? — provocou entre mordidas no pão, apertando os olhos castanhos para se proteger do sol. — O John é um ótimo piloto. E aquela irmã dele...

Desviei o olhar para meus pés descalços e tirei algumas folhas de grama dos dedos, fugindo do olhar atento de Ronan.

— Ela também é uma ótima piloto.

Meu irmão bufou, o tempo todo com os olhos em Liam, que agora estava sentado com outras crianças. A roupa estava toda suja, mas ele não se importava. Sorri diante de sua doçura.

— Você conversa com a minha esposa sobre sua vida amorosa e espera que eu não descubra? Não seja estúpido. Me fala.

Revirei os olhos e joguei um punhado de grama nele.

— Não tem o que falar.

Ronan deu de ombros e desviou o olhar do filho pela primeira vez desde que chegamos.

— Tá legal. Vamos pra casa, a Helen já deve ter voltado da academia.

Me coloquei em pé num salto e ajudei-o a arrumar as coisas do piquenique, enquanto meu irmão buscava Liam em sua roda de amiguinhos. Ouvi-o chorar quando descobriu que iríamos embora e fitei uma árvore distante, evitando a agonia no peito com o choro dolorido.

Ronan dizia que pais às vezes param de se condoer com alguns tipos de choro dos filhos, mas as outras pessoas se compadeciam muito mais. Eu era um exemplo perfeito. Cada vez que ouvia Liam chorar, um pedaço do meu peito parecia se desprender. Faria tudo que ele quisesse se isso evitasse seu choro.

Meu irmão tinha uma solução melhor: ajoelhou-se com ele e explicou que voltariam na semana seguinte, que ele poderia brincar em casa e, a cartada final, que a mamãe estava esperando. Foi o suficiente para Liam esquecer o choro e puxar a nossa roupa para irmos ao carro com urgência.

— A mamãe vai fazer batata frita hoje! — foi sua exclamação desesperada quando começamos a caminhar em direção ao carro estacionado.

Dei um passo rápido para a frente e o segurei no colo quando vi uma bicicleta se aproximando. Ronan arqueou a sobrancelha para mim, com deboche.

— Vai ficar usando seus superpoderes de reflexo de piloto o tempo todo só pra me deixar com inveja?

Então pegou Liam do meu colo e deu um beijo em sua bochecha fofa. Não controlei o sorriso ao vê-los juntos, tão parecidos. Questionei-me se algum dia teria meus próprios filhos, mas a perspectiva, por mais adorável que fosse, não me chamava tanto a atenção.

Viver com um Liam vinte e quatro horas por dia parecia desesperador.

Sentamos meu sobrinho na cadeirinha e logo estávamos a caminho de casa. A animação por ver Helen começou a me contagiar. Não a via fazia já algum tempo, e apenas trocávamos novidades pelo telefone.

Minha cunhada era, como eu gostava de dizer, meu guru sentimental. Quando as palavras me faltavam, ela conseguia articulá-las com tanto jeito que parecia ler minha mente. Às vezes a invejava por ter uma clareza emocional tão grande.

— Sabe, você pode me contar sobre seus relacionamentos... — Ronan falou acima do som de uma banda infantil que Liam adorava e cantarolava no banco de trás, sua voz fina e desafinada se misturando com a respiração descompassada de alguém que ainda não aprendeu a controlar a respiração.

Encarei minhas mãos, sem saber como explicar que o motivo para não contar sobre minha vida amorosa para Ronan era o fato de não saber *como*. Não fomos criados para conversarmos sobre amor, só falávamos de coisas superficiais.

Quer dizer, eu amava meu irmão. Amava meu sobrinho. Minha cunhada. Minha mãe. Tinha um amor tão grande por eles que faria absolutamente tudo em meu poder para protegê-los. Mas *falar* sobre aquilo ainda era estranho, como se as palavras simplesmente não existissem e, por isso, não fosse capaz de pronunciá-las.

— A Petra é legal — tentei iniciar, assim como minha psicóloga havia me incentivado. Pequenas frases e aos poucos. — Não sei se você viu todo aquele escândalo dela.

— Com o cara de uma das equipes? Vi.

Estacionamos o carro na garagem. A casa de Ronan era familiar, o tipo de lugar que minha mãe sempre quis para nós, e não meu apartamento quase inabitado. Peguei os brinquedos de Liam e o observei correr desembestado até a porta, aguardando que seu pai abrisse a passagem para abraçar a mãe o quanto quisesse.

— Ela não quer ser vista com mais ninguém depois daquilo — continuei a conversa. Da cozinha, senti o cheiro de comida.

— Não a julgo por isso.

Apoiei os brinquedos no canto reservado para eles e logo ouvi a risada de Helen misturada à de Liam.

— Eu também não. A questão é que talvez eu *queira* isso no momento — comentei distraído. — Alguém que possa me assumir, sabe? Faz sentido?

— Faz. Mas, se você já sabe disso, por que continua querendo sair com ela?

— Oliver! — Helen apareceu à porta da cozinha e se jogou nos meus braços, me apertando com força.

— E aí, mamãe urso, como você está?

— Oliver estava me contando agora sobre a Petra — Ronan se intrometeu, dando um beijo nas bochechas cheias de sardas da esposa. Os cabelos ruivos se espalharam quando Liam pediu colo e a abraçou com força, se enfiando no meio dos pais para receber carinho.

— Petra, hein? — Helen provocou ao colocar Liam novamente no chão.

Entramos na cozinha, os sons do fogão e o cheiro da comida preenchendo cada canto do cômodo. Sentei-me na cadeira próxima à ilha e brinquei com meus anéis, tentando escapar da visão aguçada do casal do século.

— Ele disse que a Petra não quer assumir ninguém — Ronan inteirou a esposa, que assentiu e deixou que meu irmão passasse para terminar o almoço.

— Você sabe o que precisa fazer, que é se afastar, mas não quer — ela declarou enquanto arrumava a mesa para comermos. — Já gosta dela, pelo visto.

— Óbvio que gosto da Petra — exclamei com descrença. — Não é gostar do tipo *amar*. A questão é a seguinte: eu não estou envolvido o suficiente e ainda dá tempo de me afastar antes de me machucar, entendem? Ela já disse o que quer e o que não quer, eu já sei o que ela pode me oferecer no momento, e mesmo assim...

— Se quiser algo casual — Ronan comentou após alguns momentos silenciosos, perscrutando os legumes na bancada da cozinha —, acho que é uma boa. Agora, se estiver buscando algo diferente...

Assenti devagar, acompanhando a lógica. Eles estavam certos, e talvez eu pudesse ser somente casual enquanto a conhecia melhor. Petra estava em uma situação complicada, e não sabia se estava disposto a mergulhar naquilo.

Minha vida já possuía suas próprias preocupações.

— Bom, chega disso — declarei, por fim. — Como está a minha mãe?

Ronan trocou olhares rápidos com Helen, daqueles que me faziam invejá-los, e meu irmão suspirou antes de desligar o fogo e se virar para me encarar.

— Ela se esqueceu de mim. — A voz de Ronan mascarava uma dor conhecida por nós dois.

Meses atrás, ao ir me visitar em uma das corridas, ela não sabia onde estava e quem eu era. Foi a primeira vez que o nível mais avançado do Alzheimer se manifestou. A parte mais dolorida era não poder estar com ela sempre. Havíamos decidido deixá-la com uma enfermeira em tempo integral, mas já era hora de cogitar trazê-la para viver com um de nós dois.

A escolha óbvia era Ronan, mas nossa mãe nunca aceitaria. Ela era cabeça-dura demais para isso.

— Não sei quantos anos temos — lamentei, passando a mão pelo rosto com força. Apertei os olhos com os dedos, bufando.

— Eu parei de pensar em anos, pelo menos no estado em que ela está — Ronan retrucou duramente.

— Como vocês conseguem falar sobre isso com tanto descaso? — Helen estava com a boca aberta, alternando o foco entre nós dois com uma careta.

— Estamos nos acostumando a isso, acho — declarei com um dar de ombros. Ronan acompanhou meu movimento. — Não é porque estamos falando com casualidade que não sentimos dor, mas você sabe que lidamos com isso há bastante tempo.

— Acho que quando vivemos com alguém doente e com a certeza de que não há possibilidade de melhora — Ronan iniciou após se sentar à mesa, levando a panela de carne junto —, passamos a lidar com isso de forma mais distanciada. É mais fácil ser cirúrgico sobre a doença da nossa mãe, ou vamos entrar em colapso.

Eu não poderia ter dito em palavras melhores.

Helen suspirou pesadamente e deu um beijo na bochecha do marido, então foi buscar Liam.

— Quer vê-la hoje? — Ronan ofereceu em voz baixa.

Aquilo não seria fácil. A expressão correta talvez fosse *excruciante*. Saber que os pais estão envelhecendo cria uma noção de finitude que só ganha corpo quando vemos quem amamos morrer.

Mas não é porque seria difícil que eu deixaria de ver minha mãe. Se eu sentia dor ao vê-la daquela maneira, mal podia imaginar como ela mesma se sentia. Era minha mãe, e eu queria estar lá, mesmo que não me reconhecesse.

— Você sabe que podemos continuar com a enfermeira — murmurei, já sem a menor fome. — Não posso levá-la pra morar comigo, com todas as viagens que faço por causa de meu trabalho.

Helen entrou segurando Liam, que ria no colo da mãe, levando embora o clima pesado que se instaurou com o assunto da doença de nossa mãe.

A questão é que doenças são injustas. Não há espaço para reclamações. Não havia opção a não ser amar minha mãe até o momento em que o corpo dela parasse de funcionar. E foi a conclusão dolorida de que a morte é algo mecânico que me desmotivou a ligar para nosso pai.

Não conseguiria encará-lo e dizer que sua ex-mulher estava cada dia mais perto da morte, que ela provavelmente havia esquecido dele; não conseguiria dizer que minha mãe, a mulher que eu mais amava na vida inteira, não se lembrava nem de *mim*.

Aquilo era demais para um almoço. Eu precisava de um mínimo segundo de paz, ainda que fingido, para imaginar uma vida em que as pessoas ao meu redor não morriam e que eu poderia simplesmente *viver*.

— Tio, e o presente? — Liam perguntou com a língua enrolada enquanto fazia uma bagunça para comer.

— Ahhhhhhh! — exclamei falsamente, pondo a mão no peito. — Você só gosta do tio porque ele traz presentes, não é?

Liam riu da minha careta e balançou a cabeça com força.

— O tio também brinca.

E, determinado a focar a vida crescendo e não o fim dela, tirei meu sobrinho da cadeira e o abracei com força, enterrando na barba seus braços rechonchudos. Helen brigou comigo, arremessou um pano de prato em minha direção, mas não foi o suficiente para me impedir de mimar meu sobrinho, que gargalhou alto quando o sentei em meu colo e dei a comida em sua boca.

Depois do jantar e de colocar Liam para dormir após o banho, me vi sozinho na sala de estar, deitado em frente à televisão e com a mente cansada. Estava chegando a hora de ir até a casa da nossa mãe, e só então percebi como estava ansioso para aquilo.

O celular vibrando me impediu de prosseguir na trilha de pensamentos pessimistas. O nome do meu pai me levou do ócio à preocupação imediatamente. Me sentei no sofá e atendi à ligação com o coração descompassado.

— Está tudo bem? Aconteceu algo? — perguntei de pronto.

— Eu só posso ligar pro meu filhão se algo estiver errado?

Franzi o cenho e assenti para mim mesmo.

— Sou eu quem sempre liga.

A linha ficou muda por poucos instantes, o suficiente para confirmar que, sim, algo estava errado.

— A sua mãe me ligou.

Fechei os olhos com força, um suspiro exaurido me tomou antes que pudesse refreá-lo.

— Não sabia que ela tinha o seu número.

— Vocês nunca se importaram o suficiente pra passar para ela, não é?

Apoiei o cotovelo na coxa e passei a mão pelo rosto. Precisava lidar com as consequências daquilo.

— Sua esposa morreu há pouco tempo, pai, não queríamos te preocupar.

— E daí? A sua mãe continua sendo importante pra mim, como esconderam que ela estava pior? Acharam que eu não descobriria?

— Pai...

— O quê? Só iam me contar quando ela morresse?

Do corredor, Ronan surgiu de cabelo molhado e shorts. Sua expressão sorridente sumiu ao ver meu rosto. *Pai*, murmurei.

— Só não queremos que o senhor fique mal — justifiquei novamente.

— Eu só vou ficar bem de verdade quando estiver aí.

— Oi? — Levantei-me do sofá e deixei o celular no viva-voz para Ronan, que estava praticamente me batendo para ouvir a ligação. — Como assim o senhor vem pra cá?

— É isso mesmo que você ouviu — reclamou ele. — Vocês estão escondendo as coisas de mim, então vou descobrir *sozinho* e cuidar da sua mãe.

— Pai, para de drama — Ronan ralhou com impaciência. — Como vai cuidar dela se também precisa de cuidados?

— Pois seremos cuidados os dois juntos.

O restante da ligação foi marcada por discussões e, no fim, o cabeça-dura do nosso pai venceu. Estava cuidando da venda da casa atual e se mudaria para a antiga casa que dividira com a minha mãe e que ela se recusava a vender.

Parecia que eu estava vivendo uma grande viagem no tempo. Meus pais morando juntos, as discussões, eu cuidando de toda a burocracia e Ronan servindo de apoio emocional. Me senti com dezoito anos novamente.

Quando fomos visitar nossa mãe, aproveitei o tempo de deslocamento até a casa antiga para digerir as novas notícias. Precisaria contar a ela que meu pai voltaria, e qual seria sua reação? Será que ela sequer se lembrava de que ligara para ele?

Ao abraçá-la, suas mãos meio trêmulas se agarraram à minha roupa, e a apertei com força, dando um beijo em sua têmpora. Minha mãe me deu um beijo na bochecha e sorriu.

— Você está lindo, filho. Vi sua corrida, foi muito bem.

Deixei que um sorriso leve escapasse. Ela estava em um bom dia. Logo em seguida, abraçou Ronan e deu um beijo na bochecha de Helen, que havia deixado Liam com uma amiga antes de virmos.

— Como a senhora está? — perguntei com cuidado ao nos sentarmos.

A enfermeira estava cuidando do lanche da tarde de minha mãe, que tinha horários regrados junto aos remédios.

— Sonhei com o pai de vocês — ela confessou com tranquilidade e tomou um gole d'água. — Ele estava lindo, como no dia do nosso casamento. Como ele está? Não falo com ele há anos.

Ronan trocou olhares cuidadosos comigo, e ficou decidido que eu falaria.

— Mãe, a senhora falou com ele semana passada... E ele disse que vai vir passar um tempo aqui com a senhora. Não se lembra?

Observei com o coração dilacerado quando a confusão se instalou em seu semblante.

— Eu esqueço às vezes. Estou velha, vocês sabem.

De esguelha, vi Ronan fungar.

— Ele quer vir, a senhora quer que ele venha? — perguntei, fazendo carinho em seus cabelos ralos e grisalhos.

Nossa mãe só conseguiu ter filhos depois de alguns abortos espontâneos. Eles chegaram até a desistir por um tempo. Tanto Ronan quanto eu fomos *sorte*, nas palavras dela. Sorte, porque ela já havia desistido quando engravidou de Ronan, e depois de mim.

— Seria bom ter companhia. A dele, digo.

Assenti e dei um beijo em sua mão gelada. De repente, imaginei se, ao morrer, suas mãos teriam aquela temperatura, e um nó se formou em minha garganta.

— Vou ao banheiro — anunciei com falsa tranquilidade.

Poderia estar de olhos vendados e mesmo assim saberia me guiar naquela casa. Nos mudamos da Inglaterra para o Canadá quando eu tinha apenas dezesseis anos. Usamos o dinheiro da venda da casa, em parte, para financiar minhas corridas. E, quando passei a ganhar dinheiro suficiente para sustentar meus pais, minha mãe foi categórica ao dizer que não iria embora. Aquela casa era *dela*, e ninguém poderia tirá-la de sua posse. Dois anos depois, eles se divorciaram, e a casa continuou com ela. Meu pai voltou para a Inglaterra e, três anos depois, conheceu sua agora falecida esposa.

O quarto em que passei tantas noites estava diferente. Agora era o quarto da enfermeira. Passei por ele sem olhar para o lado e entrei no banheiro antes que as lágrimas escapassem. Não sabia o que era viver em um mundo sem meus pais, o mero pensamento me causava falta de ar.

Apoiei as mãos na pia e deixei as lágrimas caírem sozinhas, tentando me livrar delas, já que não conseguia impedi-las. Minha mãe estava lá embaixo, não havia tempo para chorar. Limpei os olhos com um suspiro cansado, e só parei ao ver um papel colado ao espelho. Estreitei a vista para os garranchos, absorvendo as palavras.

Meu nome é Valkyria Knight. Tenho 66 anos. Meus filhos se chamam Ronan e Oliver. Eu gosto de escrever e tenho um relógio azul. Às vezes eu me esqueço disso, então decidi escrever pra lembrar.

Liguei a torneira com força e dei descarga, disfarçando os soluços que irromperam de meu peito.

A letra estava garranchada, diferente de como era antes, e o médico foi claro ao dizer que aquele era um dos sintomas. Minha mãe desenvolveu Alzheimer precocemente, mas, por não termos desconfiado, demoramos a tratar. Ela era nova demais para ter um nível tão avançado da doença, nova demais para passar por aquele inferno. Nova demais.

Ouvi meu celular tocar no bolso, mas só quis ignorá-lo. Ignorar o mundo inteiro lá fora, porque a mulher que mais me amava no mundo precisava escrever recados para se lembrar de si mesma, como se não fosse infernal o suficiente se esquecer dos próprios filhos.

Agarrei o aparelho com uma careta, confuso ao ver o nome de Petra na tela. Tentei respirar fundo e atendi a ligação com um pigarro.

— Oi, Petra, tudo certo?

Funguei baixo, observando meu rosto inchado no espelho. Precisaria esperar antes de sair.

— Oi, Oliver, eu... hã...

Controlei um sorrisinho ao ouvir sua hesitação. Ela ficava adorável toda sem jeito.

— Quer um tempo pra reformular? — provoquei com uma risada.

— Eu quero um tempo pra te levar pra um encontro. Te mandei uma mensagem agora chamando, mas fiquei com tanta vergonha que decidi ligar. Por favor, ignora aquilo, tá legal?

Pisquei algumas vezes, sentindo as lágrimas secarem na bochecha enquanto as risadas enchiam o banheiro apertado.

— Você vai me buscar, me dar flores e abrir a porta do carro pra mim? — perguntei, tossindo um pouco com as lágrimas.

— Sim, e no fim da noite ainda vou fazer questão de te deixar na porta de casa. Te dar um beijo de boa-noite. Ser uma boa dama. E, se eu der sorte, você pode me chamar pra um chá. Do que você quiser.

Sorri para meus próprios pés, balançando a cabeça em descrença.

— Nesse caso, não vejo por que não aceitar. Está aqui no Canadá com seu irmão?

— Ahã, com meu irmão — pigarreou. — O que acha de hoje à noite?

Olhei para a porta lá fora, imaginando minha mãe e Ronan conversando no sofá, as letras manchadas no espelho do banheiro, e percebi que não queria ficar sozinho. Cada vez mais queria estar com outra pessoa, dividir a minha vida, até mesmo os problemas, como os de mamãe.

— Vou te passar o endereço de onde estou ficando.

— Te pego às oito horas, gato.

— Gato? — perguntei com uma gargalhada. — Você fala isso pra todos os homens com quem sai?

— Só para os que já se ajoelharam diante de mim — retrucou e desligou a chamada.

Peguei-me sorrindo para o reflexo e respirei fundo, tentando me acalmar. Voltaria para baixo, ficaria com minha família e depois teria um encontro com Petra Magnólia, a mulher que tinha tudo para ser meu maior erro ou meu maior acerto.

21. Mais um plano (in)falível de Petra Magnólia para preservar seu coração dá errado

Oi, Oliver. Eu queria te chamar pra sair hoje... Talvez você esteja ocupado, não sei como é sua rotina ainda, mas é isso. Bom, estou te chamando pra sair.

E eu não vou dizer para onde vamos. É surpresa! Só preciso encher o tanque do carro antes de irmos, tá legal? Passo aí pra te buscar às oito, me manda o endereço.

Na verdade, cancela. Não estou te chamando pra sair. Estou dizendo que quero sua presença comigo. Melhor, né? Romântico o suficiente? Não sou tão boa nisso.

Eu identificava a maioria de minhas ações como 1) surtos, 2) surtos causados por um bom motivo, 3) surtos sem motivo algum, 4) decisões bem pensadas, mas que ainda assim poderiam ser consideradas surtos de tão absurdas.

Como, por exemplo, mandar uma mensagem para Oliver e chamá-lo para sair depois de ouvi-lo dizer com todas as letras que eu não poderia lhe dar o que ele queria.

O plano era simples. Durante o jantar, ser honesta, falar que não poderia continuar com aquilo sem deixar minhas intenções claras. Diria que só precisava de discrição até assinar um novo contrato. Ele teria a chance de decidir se aceitava ou não e, mesmo que parecesse uma escolha, eu sabia que estava dando uma saída fácil, para que ele não precisasse carregar o peso por algo que não era culpa dele. De certa forma, nem minha.

— Vou meio modesta — pensei em voz alta. — Nada chamativo...

Toquei as roupas na mala, mais uma vez com raiva por não ter pensado muito bem em roupas para João e Petra. Solange estava se cansando daquela separação insana de malas e compras por aí.

Peguei uma calça jeans folgada e uma blusa justa. Usaria um tênis e pronto. Perfeitamente básica. Havia duas opções de peruca para aquele dia, a loira e a preta. Optei pela menos chamativa. Passei um bom tempo da tarde me arrumando, usando as colas e o secador o tempo inteiro para segurar a peruca no lugar.

Quando o relógio marcou 19h40, estava pronta para ir embora, até me lembrar que eu estava ali como João, e não Petra. Travei no lugar, tentando pensar em alguma solução. Não podia tirar a peruca. Desceria de escada até o subsolo.

Ainda sentindo as escápulas suadas, dirigi até o endereço que Oliver me enviou e saí do carro com um sorriso nervoso. O homem era um poço de beleza, charme e perfume caro. Senti o corpo inteiro se transformar em gelatina quando seus braços circularam minha cintura e um beijo leve foi depositado em minha bochecha. Oliver gargalhou quando abri a porta para que ele entrasse.

Contive o ímpeto de beijá-lo, porque ele estava *tão* bonito e cheiroso.

Camisa preta apertada, uma calça jeans preta desfiada e tênis pretos. Observei com uma risada sua orelha furada em mais um ponto.

— Outro furo? — perguntei, fingindo não estar abalada com o toque de suas mãos em meu corpo.

Oliver deu de ombros e virou o rosto para mim, mostrando sua orelha.

— Sempre que eu estou prestes a tomar uma grande decisão, faço um piercing. Acho que é minha forma de marcar meu corpo.

Assenti devagar, sentindo um silêncio pesar sobre nós. Meus carinhos em seu pescoço se misturavam aos seus em meu quadril. Apenas fiquei ali, sentindo o vento frio no rosto e a boca próxima à dele. Oliver me segurou com mais firmeza, seus polegares desenhando círculos na minha cintura.

— Vamos ficar aqui a noite toda? — perguntei com bom humor.

— Eu poderia.

— Mas não vão! — berrou uma voz da porta. Virei-me assustada e afastei as mãos do corpo de Oliver. E se fosse alguém que falaria com a imprensa? A dona da voz era uma mulher baixinha que vi descer pelos degraus da entrada, os cabelos ruivos presos em um coque. — Prazer, eu sou a Helen. Juro que tentei não me meter, mas estão aqui há *séculos* e eu precisei tirar o lixo. — Ela apontou para a sacola na mão e se aproximou de nós.

— Mas o lixeiro não é só am...

Oliver foi interrompido por um tapa no braço. Dei uma risada baixa e estendi a mão, ainda confusa.

— Eu sou a Petra.

— Sou a Helen, cunhada do Oliver.

— É um prazer, Helen.

— Tio!!!!

Olhei para baixo e um sorriso enorme surgiu em meu rosto ao ver uma criança idêntica a Oliver correr em nossa direção. O menino de passos desengonçados e sorriso desdentado era o sobrinho de Oliver.

— E esse aqui é o Liam — ele apresentou, com um sorriso imenso.

Encarei Oliver de lado, sentindo um calor no peito ao vê-lo segurar Liam em seus braços.

— Preciso que o traga intacto, Petra — Helen brincou, indicando Oliver com a cabeça. Oliver se virou para olhá-la, com o sobrinho nos braços. — Ele tem uma corrida para vencer.

— Não se meu irmão for melhor — provoquei, sentindo uma risada honesta se formar ao vê-lo revirar os olhos.

— Você vai ter dois homens no pódio, pode ficar tranquila — Oliver disse.

— Ah, então você é um dos meus homens agora? — provoquei, dando um beliscão em sua cintura.

Helen alternou o olhar entre nós dois, e só pude ficar em silêncio. Conhecer a família, sentir meu coração apertar ao ver Oliver segurando uma criança... Aquilo era demais, perigoso demais e bom demais ao mesmo tempo.

— Não quer entrar pra jantar, Petra? — Helen ofereceu, um sorriso imenso no rosto cheio de sardas. — O Oliver não me contou o que iam fazer, mas podem comer conosco e sair depois.

— Eu pensei em jantar no Ois.

— Está fechado há dois meses. Infestação de ratos, ou algo assim.

— Você ia sugerir um lugar cheio de ratos? — Minha voz subiu pelo menos duas oitavas. Oliver coçou a nuca, sem jeito.

— Eu não sabia, essa é minha defesa. Nós podemos...

— Que bobagem! — Helen exclamou, pegando Liam do colo de Oliver. — Vamos todos jantar.

Ele me encarou em expectativa, deixando a decisão em minhas mãos. No grid ele gostava de ser mandão, mas naquela hora eu que precisava decidir?

— Acho que podemos jantar — comentei sem jeito.

— Já estamos indo! — Oliver gritou para Helen quando ela se virou para entrar na casa. Observei-a fechar a porta e voltei os olhos para Oliver, que me fitava com um sorriso preocupado. — Isso é demais, não é? Mil desculpas, eles só são muito...

— Família.

— Exato. — Ele coçou a nuca e suspirou, olhando para os dois lados da rua antes de sorrir para mim. — Você fica uma gracinha com vergonha.

— Oliver... — resmunguei e deitei a cabeça em seu ombro, prolongando a última sílaba. — Para de ser bonzinho, por favor.

— Por quê? — perguntou, fazendo carinho em meu cabelo. Respirei seu perfume impregnado em meu corpo e suspirei, sem conseguir responder.

Senti a mão de Oliver em minha bochecha, levantando meu rosto para si. Seus olhos me fitavam com atenção, a boca tão próxima que nossos lábios poderiam quase se tocar, então foi o que fiz.

— Petra... — murmurou com seus lábios pairando sobre os meus.

— Hum?

Oliver não sabia no que estava se metendo. Talvez fosse a pior decisão da vida dele. E eu precisaria catar meus pedacinhos depois que ele fosse embora.

Mas aquela era uma decisão dele.

Inclinei a cabeça para o lado, abraçando seu pescoço com as mãos e sentindo o gosto de seus lábios pela primeira vez. Ele embrenhou a mão no meu cabelo, me puxando para perto, se desfazendo em suspiros.

Como se todas as cores se tornassem uma, Oliver me envolveu em seu próprio caleidoscópio. Me agarrei à gola de seu casaco e me derramei em suas mãos, sendo moldada de acordo com seus suspiros, revelando a mim mesma que, no espectro, eu era todas as cores enquanto estava em seus braços.

Ou talvez só estivesse com um tesão desgraçado.

— Os outros britânicos que eu beijei não eram assim. — Pigarreei depois do que pareceram milésimos beijando Oliver, mas eu tinha certeza de que tinham sido pelo menos cinco minutos completos.

Ele me deu um beijo no queixo e voltou os olhos castanhos para mim. Seu sorriso era imenso, chegando até os olhos.

— Você estava beijando os britânicos errados.

Soltei uma risada baixa, mas não consegui deixar de encará-lo. Os olhos escuros, a boca cheia, a barba por fazer que com certeza deixara minha pele avermelhada.

— Oliver... — comecei, acordando da anestesia do beijo para a vida real, em que eu precisava ser honesta com ele sobre o que esperar de nós dois.

— O que você tiver a dizer... — ele me interrompeu com um selinho rápido — espere até o jantar acabar. Helen vai nos matar se demorarmos mais.

Então segurei a mão dele e entrei na casa confortável e cheia de coisinhas sentimentais da família. Fotos de Liam com os pais, de Oliver agarrado ao irmão, outra com o sobrinho no colo na maternidade... Eu me detive, por fim, em uma de todos eles ao redor de uma senhora atarracada, a mesma que tinha visto abraçando Oliver na primeira corrida do ano.

— Minha mãe — ele comentou, ainda sem soltar minha mão. — Ela não consegue mais me ver correr. Mora aqui perto.

Como se aquilo explicasse tudo e não deixasse mais trinta dúvidas em minha mente, Oliver voltou a caminhar comigo. Seu rosto estava mais sério e contemplativo. Dei uma olhada de esguelha para a foto novamente e para o homem ao meu lado. Eram parecidos, mas claramente não a mesma pessoa. Este Oliver ali comigo era mais adulto, tinha responsabilidades que aquele garoto na foto não conhecia.

Por fim, me sentei à mesa de jantar com uma família caótica. Liam cantava Dua Lipa, murmurando as palavras que sabia; Helen me explicava sobre a infância de Ronan e Oliver, que nem mesmo ela vivenciou de perto, mas parecia saber contar bem melhor que eles; Oliver se defendia o tempo todo, gesticulando e, em certo momento, até repetindo uma dança que apresentou no ensino médio apenas para ilustrar a história de Helen; e, por fim, Ronan, que era um pouco mais sério, mas ria de vez em quando do irmão e da mulher.

— Uma vez meu pai estendeu uma lona no chão e a gente passou a tarde deslizando — Oliver relembrou com uma gargalhada. Os pratos jaziam vazios sobre a mesa, e apenas os copos de água e suco continuavam sendo repostos. — Minha mãe ficou louca, disse que a gente ia se machucar...

— E não deu outra — Ronan completou.

Oliver tirou o casaco e levantou a bainha da camisa. Ali, na costela, estava uma cicatriz fina.

— A mulher sabe das coisas — Helen concordou.

Àquele ponto, Liam já estava deitado para dormir. Não havia nada além de nossas vozes na casa, que era um dos lugares mais aconchegantes que já tinha visto. Era tão parecido com a da minha família no Brasil, e ao mesmo tempo tão diferente, que a sensação só me fez sentir mais saudades de casa.

Pedi licença e levantei-me da mesa, caminhando até o banheiro. No meio do caminho, peguei o celular e digitei o número da minha mãe, com o coração apertado.

— Oi, filhota — ela disse em português.

Abri um sorriso imediatamente e desandei a falar em meu idioma materno enquanto observava as fotos expostas nos corredores.

— Estou morrendo de saudades — disse e então expliquei onde eu estava e falei do próximo GP de João. Meu GP.

— Quando vem me visitar? — perguntou ela.

— Em breve, espero. Mais algumas semanas, no máximo. — *Tempo suficiente para Andreas voltar.*

Passei os olhos por uma foto diferente, uma com um homem, claramente o pai de Oliver, e a mãe estava junto. Uma família feliz, quatro pessoas. Nas outras, eles estavam separados.

Continuei a olhar as outras fotos antes de chegar ao banheiro. Em uma delas, a mãe de Oliver parecia pálida e cansada, mas ao lado do filho. Talvez estivesse doente, por isso não conseguia vê-lo correr.

— Mãe, eu te amo, mas preciso desligar — comentei ao notar que estava ausente havia tempo demais.

Mamãe se despediu, porém permaneci ali, encarando memórias que não me pertenciam.

— Você gosta de fotos de família, não é? — Ouvi a voz de Oliver me chamar.

Sorri envergonhada ao vê-lo se aproximar, suas mãos se entrelaçando em minha barriga quando parou atrás de mim e deu um beijo rápido em meu pescoço. Aquilo era confortável, parecia simples. Fácil. Nada complicado.

E eu, tão acostumada a lidar com tudo dando errado, senti que havia um perigo à espreita.

— Acho que precisamos conversar — comentei ao me desvencilhar de seu toque e encará-lo.

— Está tudo bem? Aconteceu algo?

— Nós podemos ir lá fora? — pedi.

— Já volto! — Oliver gritou para a cozinha assim que passamos no corredor.

Logo, o frio gelado atingiu minhas orelhas e enviou arrepios por meu corpo. Oliver cruzou os braços quando nos apoiamos em meu carro. Lado a lado, cabeças próximas, ouvidos atentos aos sons da noite e ao desconforto em fazer o que precisava ser feito.

— Eu... — comecei, mas as palavras se confundiam na minha mente, girando e tumultuando o sentido do que eu queria dizer. Não parecia o suficiente. — Eu gosto bastante de você, Oliver.

— Não sei para onde isso está indo — ele comentou com o cenho franzido. — Também gosto muito de você, Petra.

Encarei o asfalto e respirei fundo antes de virar a cabeça para encará-lo.

— Eu não posso te dar o que você quer, não agora. Não com minha carreira em risco, e não quero te magoar, assim como fiz no hotel, quando Alex nos viu.

Engoli em seco ao ver Oliver suspirar e abaixar a cabeça, desviando do meu olhar.

— E você sabe o que eu quero?

Sim!

— Oliver... — Bufei. — Você merece estar com alguém que tenha uma vida tranquila, que possa dizer às pessoas que vocês são um casal. Eu não posso oferecer isso. Não agora, não enquanto não tiver um contrato firmado na minha mesa pras próximas temporadas. E eu quero, quero isso, porém preciso que você entenda onde está se metendo.

Permaneci em silêncio enquanto a noite se diluía em uma melodia nostálgica. E eu esperava qualquer reação de Oliver, menos um sorriso.

— Um casal, hã? Já pensou em nós dois como um casal?

Abri e fechei a boca diversas vezes, sem que uma palavra saísse. Oliver, então, caiu na gargalhada, e só me restou acompanhá-lo.

— Não gosto que me deixem sem palavras — murmurei sem graça, dando um tapa em seu braço. — Mas nós estamos saindo muito, conversando demais, e eu só tenho medo de que...

— Sim. — Oliver estendeu a mão e entrelaçou nossos dedos, dando um beijo no topo da minha cabeça. — Mas nós podemos ir com calma. Continuar nos conhecendo melhor, entender para onde estamos indo. Não precisamos contar a ninguém, se isso vai te deixar mais confortável.

Quis gritar, berrar e dizer que não aguentaria mais um segredo. Ser John Brown já me consumia o suficiente, esconder um rolo com Oliver Knight não era o que eu queria. Não era o que eu queria para *nós dois*.

Porque ele se cansaria de mim, de esconder. Então iria se ressentir. E eu não conseguiria suportar aquilo.

— Você está ficando assustada, não é? — Oliver perguntou com um suspiro, então me puxou de lado e deu outro beijo no topo de minha cabeça. — Vai ajudar se dissermos que somos amigos que de vez em quando se beijam?

Ri junto ao seu peito, apertando-o contra mim. O cheiro era tão bom, tão confortável.

— Você pretende me beijar mais vezes, então? — Deitei a cabeça de lado, com falsa curiosidade nos olhos.

Oliver desceu o olhar para meus lábios, com um sorrisinho de canto antes de me beijar de novo. Enfiei os dedos em seus cabelos, com plena consciência de que deixar de beijá-lo não seria uma opção.

— Ainda tenho muitos planos de lugares que quero te beijar, Petra — ele sussurrou próximo ao meu ouvido antes de afastar o rosto.

— Oliver Knight, amigos não falam esse tipo de coisa.

— Criamos um novo tipo de amizade, então — declarou com firmeza antes de roubar um outro selinho. — Agora, vou te fazer companhia até irmos ao seu hotel.

Enquanto o esperava pegar seu casaco, com um sorriso no rosto, despedi-me de Helen e Ronan com um aceno da porta da frente e prometi que traria um pudim para eles assim que pudesse.

O caminho para o hotel foi marcado por cantorias e paradas em lugares desertos para beijos tão intensos que me tiraram do eixo. Em certo momento, senti meu corpo tensionar, implorando por mais contato com Oliver.

— Obrigado pela carona — ele sussurrou ao pararmos duas ruas antes do hotel.

Não queríamos arriscar que alguém nos visse. Por dentro, agradeci por aquela ser uma ideia de Oliver. Ele realmente parecia tranquilo com a situação, eu só não sabia até quando.

— Não se preocupe comigo — ele sussurrou quando perguntei como voltaria para casa, antes de envolver minha nuca com os dedos e me beijar. — Por favor, se preocupe apenas em nunca deixar de me beijar desse jeito. Que mulher gostosa, Petra!

Gargalhei em seu ombro, deixando beijos pequenos pelo pescoço até subir aos lábios novamente.

— Amigos com certeza não falam essas coisas, e mais ainda, amigos não falam o que vou dizer, mas... Quer subir comigo? Você veio comigo e está tarde para pedir um táxi de volta.

Os olhos de Oliver se arregalaram, como se tivesse acesso a um banco com um bilhão de dólares.

— Tem certeza?

— Absoluta.

Éramos amigos, afinal de contas, e que tipo de amigo não transava loucamente com o outro depois do que pareciam anos de provações?

— Como fazemos isso? Em um estilo *Pequenos Espiões*? — questionou com o cenho franzido.

— Eu vou pela garagem e você entra pela frente.

Oliver topou meu plano imediatamente, e eu precisava dizer, havia certa adrenalina naquele plano com ele. Vê-lo empenhado em fazer dar certo. Sempre me questionei se Oliver seria tão dedicado em dar em cima de mim quanto em tudo o mais que fazia.

Ao segurar o volante do carro e vê-lo correr até o hotel, pedi aos céus para que não me arrependesse de deixá-lo, mais uma vez, arruinar meus planos, porque o próximo passo seria *me* arruinar. E Oliver parecia ter cada vez mais poder para fazer algo assim comigo.

22. Alexa, toca as maiores do The Weeknd

Nos filmes de romance, geralmente há uma cena em que os personagens percebem que vão transar, e então corta para eles se atracando. O que os filmes se esquecem é do intervalo entre a decisão e o momento da transa, quando a burocracia acontece.

Oliver me aguardava na porta do quarto, de braços cruzados e sem desviar os olhos de mim um segundo sequer. Acompanhava cada um dos meus passos pelo corredor com calma, como se o momento fosse durar para sempre. Como se fôssemos eternos. Como se ele tivesse todo o tempo para decorar todos os detalhes do meu corpo.

Olhei para os dois lados do corredor antes de me apoiar no batente da porta, encarando-o de frente.

— Eu sou péssima com essa parte.

Oliver inclinou a cabeça de lado e esticou a mão para mim, a outra apoiada nos passantes da calça, então inclinou-se na minha direção, os lábios com gosto de eternidade sobre minha têmpora.

— A gente precisa fazer alguns acordos antes.

Ergui a sobrancelha em desconfiança.

— Um contrato de confidencialidade a essa altura do campeonato?

— Acho que é mais fácil *você* querer fazer um contrato desses do que eu, Petra.

Estava prestes a rebater, mas ouvimos uma porta abrindo no fim do corredor. Saquei meu cartão magnético e o empurrei para dentro, fechando a porta atrás de nós.

— Bom, agora nós podemos...

Oliver não me deu tempo para responder, apenas segurou minha nuca e me puxou para perto. Deitei a cabeça para trás, dispondo-me inteiramente ao seu toque. Segurei seus ombros, torcendo para não cair enquanto suas mãos me despiam com cuidado, subindo o tecido da blusa por meu tronco, as pontas dos dedos formando desenhos que se apagavam antes que pudessem marcar minha pele.

— Esses são os acordos que você tinha em mente? — perguntei, sôfrega, quando seus dentes acharam um ponto particularmente sensível em meu pescoço.

Afastei o corpo de Oliver, precisando de espaço para pensar, ou cederia rápido demais. Se tínhamos a eternidade, por que tudo corria tão rápido?

— Nós vamos ser honestos sobre o que gostamos ou não — começou ele, a voz trêmula quando passei as unhas curtas sob o cós de sua calça.

— Eu sinto cócegas nas coxas — informei com um meio sorriso ao puxar sua camisa, tirando-a pela cabeça. Oliver me puxou para um outro beijo desesperado, segurando meu cabelo. — E uso peruca, então nada de puxar.

Oliver gargalhou e assentiu.

— Sim, senhora.

A pele quente sob meus dedos era macia, tão sensível ao toque que qualquer mero movimento causava-lhe arrepios. Deliciei-me ali, correndo as unhas curtas por seu peito, observando os músculos do abdômen se tensionarem quando espalmei a mão sobre eles, pairando sobre a calça.

Oliver estava apenas de calça e meias, entrecortado pela luz da lua vinda da janela. Era praticamente impossível encará-lo e ao mesmo tempo era tudo que eu queria.

— Tira a calça, Oliver — ordenei, porque, apesar de ele não ter me dito isso com todas as palavras, imaginei que gostasse de receber ordens.

Que gostasse que outra pessoa estivesse no controle.

O que era irônico, porque em outros momentos eu sabia que ele gostava de ter a última palavra, como eu. A diferença, obviamente, era que eu levava aquilo comigo para todas as outras áreas da vida.

Oliver continuou me encarando ao desafivelar o cinto, os braços flexionando com o movimento. Continuou a me fitar também ao descer a calça pelas coxas, mostrando a cueca preta, e somente desviou o olhar quando jogou a peça no divã próximo.

Foi minha vez de encará-lo, sem conseguir esconder o quanto eu queria permanecer ali, para sempre, se isso significasse não tirar os olhos dele nunca mais. Os ombros fortes levavam a braços esguios, mas musculosos, porém o ponto alto era o sorriso.

Aquele era novo, malicioso e caótico, como se carregasse toda a insanidade refletida em meus olhos desejosos. E porra, Oliver tinha cara de quem poderia acabar comigo se eu pedisse. Então, me entreguei à loucura. Minhas roupas estavam no chão antes que eu pudesse pensar com mais calma, as mãos alcançaram o pescoço de Oliver com pressa, prendendo-o contra a parede do banheiro.

Gemidos sonoros me escaparam quando ele decidiu que meus seios mereciam um pouco de atenção. Uma das mãos se encarregou de torcer um mamilo, a boca descendo pelo pescoço e pelo colo com tamanha entrega que sentia a pele arder. Segurei seu cabelo, perdida na visão de sua língua se arrastando por entre meus seios, a barba me arranhando por onde passava.

Abri um sorriso lascivo quando ele olhou para cima, os olhos trocando mil palavras em silêncio, engolidas ao vê-lo morder o bico de meu seio sem desviar o olhar do meu. Era demais para qualquer alma sã, e se tornou insuportável quando os beijos desceram para minha barriga, as mãos caminhando juntas até as laterais da calcinha.

— Estou tão feliz por ter dado em cima de você — ele comentou com assombro ao beijar o local em que antes estava a barra do tecido.

Estava completamente exposta diante de seus olhos atentos, e senti a súbita necessidade de estar no controle, mas Oliver não me deixou fazer nada além de ficar parada, observando seu pomo de adão que subia e descia devagar.

A vida toda, sempre gostei de pessoas com cara de certinhas, e Oliver era exatamente o meu tipo. Responsável, calmo e paciente. Mas o jeito que me olhava agora, com um sorriso descarado e os olhos que prometiam me foder até o esgotamento... Percebi que também gostava daquela versão.

Seus dedos começaram de baixo, subindo pela panturrilha, abrindo caminho até que minhas pernas estivessem separadas o suficiente. Observei com a respiração acelerada quando ele levantou uma de minhas pernas e a apoiou sobre seu ombro, dando um beijo no interior da coxa. Reagi no mesmo instante, rindo alto e com a cabeça para trás, porém fui forçada a engolir a gargalhada quando a sensação de sua língua me deteve.

E Oliver não estava com pressa alguma.

— Calma, Petra — murmurou ele quando forcei meu quadril contra seu rosto, a sensação deliciosa de sua boca me provando aos poucos se espalhando.

Ele sorria, o desgraçado achava aquilo tudo muito divertido.

— Por favor, Oliver — murmurei, segurando sua cabeça, ao ouvi-lo suspirar. Ele se recusava a me dar o que eu queria, e a sensação era igualmente deliciosa e desesperadora.

— Achei que você não implorasse — provocou.

Antes que pudesse responder, Oliver estava em todo lugar ao mesmo tempo, segurando minhas pernas, para evitar que se fechassem. Gemi, desesperada, os olhos incapazes de permanecer abertos. Estava sorrindo para os céus, uma das mãos segurando o parapeito da janela ao meu lado e a outra embrenhada no cabelo de Oliver.

A sensação devastadora se formou na boca do estômago, meus gemidos se tornaram clamores desesperados, e não havia qualquer pudor em meus movimentos contra o rosto de Oliver, tentando buscar o máximo de contato, rebolando contra seu rosto. Me contorci conforme ele ditava o ritmo daquela brincadeira, ora mais lento e ora mais rápido, me levando ao limite somente para me trazer de volta ao mundo real.

Ele riu baixo, afastando o rosto apenas o suficiente para falar. Sua boca brilhava, os cantos dos lábios úmidos.

— Puta que pariu, mulher. — Então me lambeu mais uma vez, demorando todo o tempo do mundo. Deitei a cabeça para trás, ouvindo-o falar de novo. — Você não precisa sentir vergonha. Pode puxar meu cabelo e fazer o que quiser, Petra.

Assenti debilmente, respirando fundo. Minha boca estava seca, e meu quadril se projetava sozinho para a frente, em busca de mais daquele contato gostoso.

— Não quero te deixar sem respirar.

Oliver riu de novo, levando minha mão aos seus cabelos, o nariz resvalando contra mim.

— É exatamente isso que eu quero.

Segurei o ar, sentindo-o me atormentar até o último segundo. Os sons que sua boca fazia se misturavam aos meus gemidos, levando o mundo inteiro ao caos quando me soltei, movendo meu quadril descaradamente contra o rosto dele de novo, ouvindo-o gemer baixo quando xinguei mais alto.

Tive um momento de descanso quando ele se afastou, arfando, então se levantou devagar, beijando minha barriga no caminho com um sorriso lento de quem sabia que tinha conseguido tudo de mim.

— Você é um filho da puta maldito.

— Se está tentando me ofender, não vai funcionar — cantarolou. — Mas sinta-se à vontade pra continuar.

Ele estava prestes a limpar a boca com a mão, mas o impedi, envolvendo-o com os braços e beijando-o, buscando qualquer fricção contra seu corpo. Oliver me agarrou com toda a força e, quando aquilo pareceu insuficiente, caímos para trás, atingindo, por sorte, a cama.

Gargalhei contra seus lábios e afastei-me o suficiente para encará-lo. Estava com os joelhos ao lado do seu quadril, as mãos sem deixar minha cintura por um segundo sequer.

Oliver sorria, despreocupado. Ele continuou fazendo contato visual enquanto voltei a rebolar contra seu quadril, seu polegar traçou todo o caminho do meu tronco até roçar contra o bico do meu peito, circulando-o lentamente, atento a cada movimento. Alinhei nossos rostos, sem desviar o olhar ao segurar seu lábio entre os dentes, sentindo-o afundar os dedos na minha pele. Não havia qualquer som ao nosso redor, apenas a certeza de que confiávamos um no outro. A excitação fervorosa me impedia de desviar o olhar, mesmo quando desci a cueca por suas coxas, sentindo a boca se abrir sem intenção ao vê-lo completamente nu diante de mim.

Não havia som algum no quarto além da nossa respiração, mas eu podia jurar que ouvia nossos corações batendo descompassados, cheios de expectativa. Oliver se aprumou na cama, apoiando-se nos cotovelos, então estendeu uma das mãos para minha bochecha e deitou a cabeça de lado.

— Você pode fazer o que quiser comigo — sussurrou.

Balancei a cabeça em descrença e me sentei sobre seu quadril. Oliver continuou apoiado nos cotovelos, observando meu tronco erguido enquanto eu amarrava o cabelo de qualquer jeito.

— Como você está de testagem?

Oliver fechou os olhos por um instante e suspirou ao sentir a base de seu pênis encaixada entre meus lábios.

— Fiz dois meses atrás com o resto da equipe. Tudo negativo.

— Eu também. — Gemi quando ele estendeu o polegar e pressionou meu clitóris sensível e lambeu seu lábio inferior. — Vou pegar a camisinha.

Com muito custo, saí de cima dele e agachei para abrir a minha mochila jogada no chão. Saquei um dos pacotes e o abri com os dedos, percebendo então como tremia.

Droga, eu já tinha feito aquilo antes, por que estava tão nervosa?

Fui impedida por Oliver, que havia se aproximado e segurou minhas mãos, me puxando de volta para a cama. Ele se sentou com as costas apoiadas na cabeceira e murmurou:

— Relaxa, Petra.

Com toda a calma do mundo, começou a beijar meu corpo, deslizando as pontas dos dedos por minha pele, desenhando caminhos novos e criando figuras inéditas.

Estava arrepiada, não sabia se pelo frio, pelo calor, pelo desespero ou pela necessidade ensandecida de levar meu corpo ao clímax pelo qual ansiava desde o momento em que Oliver me lançou a primeira resposta atravessada.

Um mandão no automobilismo e tão, tão adorável.

Desenrolamos juntos a camisinha e juntos a colocamos, minha boca ainda escancarada de puro deleite. Oliver era paciente demais, e eu não tinha a mesma qualidade. Gostaria apenas de me apoiar em seus ombros e gozar até que meu corpo desfalecesse, mas Oliver tinha outros planos.

— Você não vai me deixar te chupar? — perguntei com curiosidade ao vê-lo subir e descer a mão por toda a extensão do pau.

Tentei me aproximar, mas ele negou com a cabeça, lutando para permanecer com os olhos abertos, a barriga subindo e descendo em movimentos descompassados.

— Vem cá. Quero você sentando devagar, com essa carinha linda, e depois eu vou te comer.

Apoiei as mãos na cabeceira atrás dele, a cabeça pendendo em sua direção quando comecei a movimentar meus quadris. Oliver me encarava com deleite, descendo os olhos para nossos corpos quase unidos.

— Me ajuda? — pedi, manhosa, sem forças para tirar as mãos do suporte de metal.

Oliver segurou a base do pênis com a mão, guiando-a para minha abertura. Fechei os olhos sem conseguir respirar ao senti-lo me preencher por completo, perdida em seus suspiros e no maldito sorriso que não deixava o rosto ao me ver com a cabeça mole, rendida ao seu toque.

O fantasma de um beijo pairou em minha boca, mas somente conseguia processar os sons ao nosso redor, eu estava tão molhada que sentia deslizar sem dificuldade.

— Porra de mulher gostosa — Oliver declamou, já sem conseguir controlar a própria voz. Gemia junto comigo, as mãos se descontrolando em minha cintura, percorrendo meus seios e se perdendo em minhas costas.

Soltei um gemido exasperado ao sentir a ponta de seu dedo circular minha entrada por trás. Tirei uma das mãos do dossel e a espalmei na base do pescoço dele, sentindo-o engolir com força ao me ver sorrindo diante de sua submissão. Oliver revirou os olhos ao sentir a pressão de minha mão, empurrando o quadril para cima.

— Se te machucar, se você quiser que eu pare — consegui dizer —, preciso que me avise. Me pede pra parar.

Oliver assentiu devagar e gemeu mais alto quando apertei seu pescoço com mais firmeza e sentei em seu pau para finalmente me deliciar por completo.

— Você vai me foder agora — sussurrei junto à sua boca, nossos lábios a um suspiro de se tocarem. Oliver já nem parecia me ouvir, tão absorto em seu próprio prazer que poderia me fazer gozar apenas por observar seu rosto, os olhos quase se fechando, o suor na têmpora e os lábios abertos em um gemido silencioso. — E você vai me avisar quando for gozar, Oliver. Está me ouvindo?

Ele assentiu e engoliu em seco, como um bom garoto.

— Olha pra mim, lindo — pedi baixinho. Sem desviar o olhar, eu movimentava o quadril com cuidado, memorizando cada reação, cada mísero suspiro. Oliver sorria, gotículas de suor escorrendo pelo seu pescoço, se mesclando ao meu.

Apertei a cabeceira com a outra mão, usando o apoio para não cair no precipício. Oliver beijava meu tronco exposto, agora quase sufocado entre meu corpo e a parede. E ali estava ele, provocando com um toque sutil minha bunda, sentindo como meu corpo reagia com seus toques.

Oliver estava com a respiração acelerada quando começou a me provocar com mais intensidade, sussurrando em meu ouvido que queria me ouvir gozar, que precisava de mim, que eu poderia apertar seu pescoço com mais força. Que seria meu se eu quisesse.

Abandonei a cabeceira, segurando-me em seus ombros enquanto meu corpo colapsava, as coxas ardiam com o esforço e a solução para não incomodar o quarto ao lado foi morder seu pescoço, imersa em meu próprio gozo. Éramos uma confusão de gemidos, suor e palavrões desconexos. Mais senti do que ouvi a cama batendo contra a parede, nossos corpos se encontrando e desencontrando, os músculos tensos de Oliver implorando pelo orgasmo.

— Petra, eu...

— Eu também.

— Me deixa gozar, por favor? — pediu, sôfrego. — Só se você deixar.

Senti com surpresa a sensação de poder ser substituída pelo prazer puro ao beijá-lo de novo, uma última permissão antes que nos perdêssemos. Apoiei a cabeça em seu ombro quando gozei, meus gemidos descontrolados engolidos por sua boca, que procurou a minha desesperadamente enquanto acompanhou, as investidas diminuindo conforme nossos corpos relaxavam novamente. Abri um sorriso lânguido, aproveitando a sensação que se alastrava pelo corpo inteiro em uma onda de alívio.

— Você ainda vai acabar comigo — Oliver sussurrou, respirando forte e abraçado ao meu corpo, a testa apoiada em meu peito.

Ri no pescoço dele, com a mente leve e os braços apoiados em seus ombros. Joguei-me ao seu lado, a mão sobre o peito marcando o descompasso de minha respiração. Minha cabeça latejava, a vista ainda obscurecida pelo orgasmo potente.

— Eu acho que preciso de uma hora pra me recuperar disso — confessei com uma risada.

Oliver deu um nó na camisinha e a deixou apoiada sobre a embalagem na mesa de cabeceira, então se deitou sobre mim. Seus beijos mais calmos perpetuaram a sensação gostosa no ventre. Soltei um suspiro sôfrego ao senti-lo deslizar a ponta do dedo por meu corpo, de cima a baixo. Então, sem aviso, passou o dedo pelo bico dos meus seios e lambeu um, depois o outro, com calma.

— Você não existe — sussurrei, assombrada, sentindo minha garganta reclamar da falta de hidratação. — Tem água no frigobar. Pega uma garrafa pra mim enquanto eu uso o banheiro?

Levantei-me com calma, a pressão ainda baixa pela intensidade do orgasmo, e caminhei com as pernas bambas até o toalete. Oliver fizera um estrago em mim, e eu estava ansiosa para poder ir com mais calma, explorar um pouco mais o lado submisso dele.

Oliver Knight, o mandão cabeça-dura da pista de corrida, também sabia implorar. E eu adorava cada segundo daquilo.

Ri sozinha enquanto entrava no box, deixando a água quente lavar minha excitação. Estava suada demais para meu próprio bem. Instantes depois, Oliver se juntou a mim.

Senti seus beijos em minhas costas, a mão que insistia em maltratar meus mamilos, em provocar meu corpo sensível. Em algum momento, simplesmente deitei a cabeça em seu ombro, deixando que seus dedos me fizessem gozar de novo. Aos poucos, Oliver se soltava mais, dando ordens e sussurrando impropérios que me escandalizariam em qualquer outra ocasião, menos naquela. Estava cansada demais, completamente esgotada, mas Oliver não se cansava. Sempre que eu achava que meu corpo era incapaz de aguentar, ele me mostrava que eu estava errada.

Foi assim que acabei com a bochecha no travesseiro, gozando contra a boca dele, mãos agarradas ao lençol amarrotado e úmido por nossos corpos. Desabei, com a garganta seca, a certeza de que acordaria dolorida e cansada, mas plenamente satisfeita.

Oliver me virou para cima e me sentou, me dando água na boca. O polegar fazia carinho em minha bochecha, a atenção sem se desviar por um segundo do que fazia.

— Preciso de uma preparação de um mês antes de transar com você de novo — comentei com uma risada ao pegar a garrafa das mãos dele.

Oliver gargalhou e se deitou entre minhas coxas, as costas apoiadas em meu peito enquanto os dedos acariciavam minha perna. Recobrei o fôlego, observando a cidade pela janela com desinteresse. Tudo o que eu queria naquela noite estava ali. Aprumei-me no travesseiro, sentindo o cansaço me invadir.

— Um mês? — Oliver provocou com uma risada, dando uma beliscada leve em meu tornozelo. — Você tem no máximo algumas horas, ainda preciso comer a sua bunda.

— Misericórdia — resmunguei em indignação. — Gostei desse vocabulário, mas, meu amor, você já fez isso.

— Com meu pau, Petra. Do jeito que eu quero.

Tentei responder, mas ele só se inclinou para me beijar.

— Você sabia que fala em português quando está quase gozando?

Apertei os lábios e assenti.

— Um cara com quem saí por um tempo reclamava um pouco disso, dizia que não entendia o que eu estava dizendo.

Oliver franziu o cenho e se colocou sobre mim, as mãos segurando meu rosto enquanto me beijava devagar. Não conseguíamos mais nos manter distantes um do outro. Ele se sentou ao meu lado e me abraçou.

— Eu poderia gozar só de te ouvir falar daquele jeito — disse ele entre beijos. — Estou plenamente disposto a receber um áudio seu monologando sobre queijos em português.

— Queijos? — perguntei com uma risada, aconchegando-me contra seu corpo.

— Você sempre gostou muito de queijo.

— Agora gosto mais de chocolate — confessei, sentindo meus olhos pesarem com o carinho que ele fazia em meu cabelo. — E sou viciada em ouvir música clássica quando estou prestes a entrar no cockpit.

Não consegui ouvir sua resposta, porque já sonhava com música clássica e o sorriso que Oliver Knight reservava apenas para mim.

23. Ninguém nunca ensinou a Petra Magnólia o significado de "teto de vidro"

Estava dolorida e cansada. Minha boca pegajosa e meus olhos remelentos tornaram difícil entender onde eu estava e o que acontecera na noite anterior.

Oliver. Eu. Oliver e eu. Uma das melhores noites da minha vida.

Com um bocejo, espreguicei-me. A lateral da cama estava vazia, e por um segundo achei que havia sonhado tudo. Tateei os lençóis, mas Oliver não estava ali. Cocei os olhos e bocejei novamente, a luz do sol entrando pelas janelas que esqueci de fechar na noite anterior.

— Oliver? — gritei ao me virar. — Que susto!

Ele estava sentado no divã em frente à cama. Me levantei com um sorriso lento e me sentei entre os lençóis. Demorei alguns instantes até ver seu semblante fechado e o pé batendo incessantemente no chão.

Ele estava arrependido.

Senti um nó se formar na garganta e agarrei os lençóis entre os dedos com tamanha força que senti uma pontada de dor. Ali, ele iria embora. E eu ficaria sozinha, numa cama de hotel, em um país que não era o meu, tendo que cuidar do meu coração partido, de novo.

Por favor, que ele não estivesse arrependido.

— Está tudo bem? — Minha voz saiu mirrada.

Mas, se Oliver fosse um escroto comigo, aquilo ainda significaria que eu tinha o que precisava, certo? Poderia me afastar dele, seguir minha vida normalmente.

Contudo, naquele ponto, eu já não queria estar distante. Oliver era um farol de boas intenções, coragem e carinho pra dar e vender. E ele parecia gostar de mim, mas agora...

Estava prestes a chamá-lo para fazermos alguma coisa na cidade, ir a um museu, sei lá, quando vi. Nas mãos dele.

O uniforme da Assuero.

Ao lado dele, a meia-pênis.

Minha mala.

— Procurando por isso? — ele se pronunciou pela primeira vez, jogando para perto de mim a mochila, que atingiu o pé da cama com um baque abafado, o único movimento no quarto inteiro.

Segurei a respiração, os olhos alternando entre a mala e Oliver.

O quanto ele sabia? O que poderia esconder? O quão ferrada eu estava?

— Oliver, eu...

— Eu transei com John Brown ou Petra Magnólia? — perguntou ele em voz baixa, encarando as próprias mãos.

— Não sei do que está falando.

Assim que as palavras saíram da minha boca, eu me arrependi. Oliver levantou o rosto vertido em uma careta que não combinava com ele.

— Seu telefone começou a tocar, e você estava dormindo tão profundamente que eu acordei e decidi desligar pra não te acordar — comentou enquanto encarava o uniforme nas mãos, os nós dos dedos apertados contra o tecido.

Levantei-me da cama e agarrei a camiseta jogada no chão, tentando me proteger do frio que não vinha lá de fora, mas da atmosfera do quarto.

— O som veio da mala. — Ele apontou para o item esquecido aos pés da cama. — E quando eu peguei...

Permaneci em silêncio. Uma das principais coisas que o esporte me ensinara foi a não me comprometer, saber o que falar e o que calar para não cometer gafes em entrevistas, descobrir o quanto os jornalistas sabiam e quando estavam apenas jogando um verde. Doía ver Oliver daquele jeito, observando tudo com assombro, mas, acima de tudo, pensei em João. Em como eu tinha decidido participar daquilo apesar de tudo. Não derrubaria meu irmão, mesmo que isso significasse o fim da minha carreira.

— Eu posso explicar, Oliver — murmurei, mas ele me ignorou.

— Fui tão estúpido — vociferou ao se levantar, jogando o uniforme onde estava sentado segundos atrás. — Desde quando isso vem acontecendo?

Abri a boca para responder, mas Oliver arregalou os olhos e os voltou em minha direção, choque no semblante.

— John nunca correu nesta temporada, não é?

Engoli em seco, balançando a cabeça.

— Oliver, me deixa falar um pouco...

— E pra quê? Pra mentir de novo?

Seu ódio fez com que eu respirasse fundo. Sentia lágrimas indesejadas se acumularem no canto de meus olhos, mas não choraria na frente dele. Oliver Knight já tinha minha vida nas mãos, não precisava lhe dar mais munição.

— Prometo não mentir — tentei novamente, sentindo meus músculos doloridos reclamarem.

— Eu não acredito, não acredito em nada que você diz — disparou. — Você me deu conselhos sobre nosso próprio relacionamento fingindo ser seu irmão. Quem faz uma coisa dessas?

— E o que eu poderia dizer, Oliver? — Finalmente perdi a cabeça, batendo com a mão na lateral do corpo. — Você começou a desabafar, o que eu devia ter dito?

— Meu Deus, então é verdade... — Ele passou a mão pelo rosto cansado, a impaciência tomando seu semblante. O cômodo caiu em um silêncio sepulcral, e eu não seria a primeira a me mover. Não quando tinha tanto a perder.

Arredia, aquela seria a palavra para me descrever naquele momento.

— O chalé na Espanha... — citou. — Caramba, você estava fingindo ser seu irmão enquanto trocava mensagens comigo no celular! Sendo duas pessoas ao mesmo tempo! Isso é doentio, Petra!

— Oliver...

— Eu não sei como não me toquei antes! — cuspiu. — A *porra* da tatuagem. Você tirou a camisa na minha frente no hotel, e eu achei que fosse alguma tatuagem de gêmeos, mas aí, no polo aquático, John estava sem tatuagem nenhuma e... Petra...

Engoli em seco, sem ter noção de como me explicar. Oliver disparava as informações sem parar, sem me dar espaço para retrucar.

— A música clássica antes das corridas... Cara, você nem sequer se deu ao trabalho de mudar todas as informações? — Ele começou a bater palmas, irônico, voltando-se para mim. — E transou comigo mesmo sabendo como eu me sentia. Você me ouviu falar naquele avião que não sou o tipo de pessoa que transa por transar, que gosta de se envolver, e *mesmo assim* fez tudo isso!

— Você vai me deixar explicar ou não, Oliver?

Ele me encarou, o rosto sofrido, e precisei lutar contra todos os ímpetos de me explicar, de contar toda a verdade, de ser honesta. Mas havia João. Havia tanta coisa em jogo.

— João me deixou correr no lugar dele, e eu... eu tinha medo de nunca mais correr. Você sabe como esse esporte é com a gente e...

— Não adianta me colocar nessa narrativa, Petra!

— Mas é verdade! — exclamei em resposta, passando a mão pelo rosto. — Tiraram a minha chance de correr, e sabe o que eu fiz durante todos esses meses? Reuniões e contatos com possíveis patrocinadores e equipes, e o que todos diziam era: "A sua situação atual não é boa". Jonathan Casanova *socou* um homem, Andreas Kuhn traiu a noiva! Qual a diferença deles pra mim? Por que eles podem continuar a vidinha miserável deles e eu não?! E isso porque o meu escândalo nem é verdade! — O desabafo saiu dolorido, minha voz ainda estava rouca pelo despertar abrupto. Eu precisava de água. — Dediquei anos da minha vida a esse esporte. Tentei mudar quem eu era, perdi minha adolescência, enfrentei o inferno pra chegar até aqui... — àquele ponto, estava praticamente chorando — e João me deu a oportunidade de correr no lugar dele. Eu aceitei, porque esse esporte acabou comigo, mas eu... eu não sei se consigo viver sem ele.

O silêncio se estendeu pelo que pareceu uma eternidade. Controlei a respiração, tentando evitar que as lágrimas traiçoeiras escapassem.

— Oliver, não falei a verdade porque não sabia se podia confiar em você. Mas eu sinto *muito* por ter me envolvido com você enquanto fingia ser outra pessoa.

Ele apenas bufou e balançou a cabeça em negativa.

Ali estava a única coisa que realmente pesava em minha mente no momento. Oliver não merecia aquilo, desde o início, nunca mereceu.

— Eu sinto muito — falei com sinceridade, o único pedaço de verdade que poderia dar a ele. — Sinto tanto, Oliver. Mas eu não podia...

— Podia, sim. Podia ter dito que não. Podia ter me afastado.

— Eu tentei! — exclamei, exasperada. Aproximei-me dele, gesticulando ao sentir-me encurralada. — No nosso primeiro encontro, tentei te afastar. No jantar. Várias vezes, Oliver, eu tentei.

— De novo, não consigo acreditar — ele sussurrou. — Eu me arrependo de cada segundo que passei com você, Petra.

Aquela foi a frase que atormentaria meus pensamentos nos dias seguintes, quando Oliver voltou os olhos castanhos para mim pela última vez antes de bater a porta na saída do quarto, sem a promessa de não contar meu maior segredo para todo mundo.

Com o silêncio marcado unicamente por minha respiração incrédula, peguei a mala e o uniforme no chão e os apoiei na mesa. Meu peito pesava com a sensação de ter machucado alguém que se tornara tão importante e, mesclada a isso, a iminência do fim de um trabalho de meses.

Oliver com certeza contaria aquilo para alguém, poderia acabar com tudo, com minha carreira, com a do meu irmão... E o aperto no peito crescia, transformando-se em uma crise de falta de ar que sufocava e fazia o chão girar, o céu sumia ao longe e minha vista escurecia entre as tentativas de deixar o ar entrar.

Oliver vai contar tudo e aí meu pai vai estar certo e tudo vai dar errado e o João vai ouvir tanta coisa e tudo vai dar errado, correr é minha vida, como vou lidar com isso, será que eu consigo trabalhar em outra área, mas todos vão ver o que aconteceu, eu sou apenas uma piloto, sou substituível e...

— Uma coisa de cada vez — sussurrei para mim, tentando afastar o tornado de pensamentos intrusivos que insistiam em me dominar. — Vai dar tudo certo, eu vou conseguir cuidar disso. Eu sou preciosa, eu sou capaz. Preciosa e capaz — repeti mais algumas vezes, sentindo, aos poucos, que os pulmões voltavam a funcionar, que estava no meu quarto e que precisava reagir.

Deitei-me na cama, apenas a camiseta cobrindo o corpo gelado, fechei os olhos e comecei a pensar em uma solução para meus problemas. Oliver sabia sobre mim, que eu era uma farsa.

As lágrimas vieram com força. Os soluços dividiam espaço com os pensamentos confusos, meu corpo se rendendo aos solavancos do choro cansado.

E, no fim, a sensação de que eu estava sozinha.

Ainda não poderia compartilhar com João aquela situação, não sem bolar um plano. Não queria correr o risco de deixá-lo ansioso sem ter uma solução. Foi culpa minha Oliver descobrir, eu deveria ter me esforçado mais para afastá-lo.

Como contaria a Solange e a Baptiste? O emprego deles também estava em perigo.

O aplicativo de mensagens no telefone tocou.

— Alô? — atendi.

— Estou falando com John Brown? — perguntaram.

Tirei o celular da orelha, lendo com espanto o nome de Augustus na tela.

— Sim, sim — pigarreei. — E aí, cara? Tudo certo?

Funguei mais uma vez e deitei a cabeça nos joelhos, aguardando com pesar as próximas palavras.

Oliver já havia contado tudo. Aquela seria a ligação que acabaria com minha carreira de vez.

— Só queria confirmar que horas você vai chegar pro nosso jantar de equipe.

Ah, droga. O jantar.

— Às seis e meia, como combinamos.

Com o ótimo desempenho na temporada, o time tinha decidido fazer um pequeno jantar de comemoração com a equipe que estava presente no Canadá. Isso significava encontrar Oliver. Desliguei a chamada e gritei, batendo com o travesseiro diversas vezes sobre a cama.

— Ah, merda! Que droga, que grande e gloriosa merda! — Enfiei a cara no tecido confortável e berrei até que ficasse difícil respirar, apenas para respirar fundo e gritar mais.

Levantei-me da cama e comecei a dar um jeito em minha vida. Precisava pensar racionalmente. Primeiro de tudo, ir atrás de Oliver e pedir, implorar, que não falasse nada, pelo menos até o fim da empreitada.

Eu podia não disputar mais com Oliver, ser uma companheira de equipe mansa. Talvez aquilo diminuísse sua raiva, ou servisse como moeda de troca; costumava funcionar com outros pilotos. E aí talvez, só talvez, Oliver Knight não acabasse com minha carreira.

Piloto automático
Transcrição de programa de televisão

Caio M.: O que eu falei, hein? O Grande Prêmio do Canadá não foi um dos melhores dias para John Brown. O piloto da Assuero Racing surpreendeu ao ceder seu lugar para o primeiro piloto Oliver Knight sem qualquer instrução da equipe, perdendo duas posições antes do fim da corrida. Nem um gostinho de disputa, Marcos!
Marcos S.: Será que isso foi uma estratégia da Assuero ou apenas um dia ruim?
Sabrina G.: Não faz muito sentido, ele não cedeu posições dessa maneira antes, sem uma indicação da equipe. Obviamente, Oliver é o primeiro piloto, então na hierarquia entre os dois, Oliver é o privilegiado, mas não havia qualquer motivo para ceder a posição ali...
Caio M.: Será que John aceitou finalmente que é segundo piloto e decidiu parar de tentar?
Sabrina G.: Talvez...
Caio M.: De qualquer maneira, não pega bem pra ele, né? Ele é piloto reserva, sabe que vai sair, se decidiu se sabotar a essa altura do campeonato, só reforça o quanto é um piloto mediano.
Marcos S.: Todo mundo tem dias ruins, vamos aguardar os próximos GPs e o que reserva o futuro para John Brown no automobilismo.

24. Claustrofobia não cai bem em pilotos de Fórmula 1

Os gritos dos torcedores e da equipe eram, sem dúvida, uma das melhores partes de ultrapassar a linha de chegada, ainda mais em uma boa posição. O coração acelerado, o alívio no corpo, a sensação de que finalmente acabou o que precisava fazer após tanto estresse. Naquele dia, contemplei ao longe enquanto Oliver vivia aquele momento e eu me dirigia para as entrevistas após a corrida.

— John — chamou o repórter indicado pela assessoria da Assuero.

Ao meu redor, o zunido era ensurdecedor. Câmeras, repórteres falando em diferentes idiomas, os engenheiros e funcionários correndo de um lado para o outro com os carros. Passei a mão pelo rosto suado — o calor na pista era bastante superior ao das outras áreas —, e a garrafa d'água em minhas mãos era um alívio diante da perspectiva do que encararia. Arrumei o boné na cabeça, escondendo meu rosto.

— John, o que aconteceu? — perguntou, com um forte sotaque escocês, o homem de cabelos ruivos e olhos azuis. — Você teve a chance de ultrapassar Oliver Knight, mas, mesmo sem receber orientação da equipe, não apenas criou distância como perdeu uma posição. Isso foi acordado entre vocês?

Fitei o boné do câmera antes de responder, com o tom mais direto possível.

— Hoje não foi um dos meus melhores dias, mas estou orgulhoso do nosso resultado. Foi apenas um deslize meu. O importante é que a Assuero conseguiu pontuar, e ainda por cima subiu no pódio.

Então me afastei, voltando ao ruído infernal. Ao meu lado, as pessoas me diziam o que fazer, para onde ir. Ao longe, observei Oliver dando uma entrevista na frente do seu carro, prestes a subir para o pódio.

Quando se virou para tirar uma foto sem o capacete, consegui sustentar seu olhar por milésimos de segundos antes que ele pudesse entender o que eu havia feito. Talvez se eu deixasse claro que não estava ali para sabotá-lo, Oliver entendesse a seriedade do que estava acontecendo. Ele poderia aceitar aquilo como um pedido de desculpas.

Não, mais ainda, pensei com tristeza: uma barganha.

Exatamente como meu pai fazia comigo.

Estava no esporte há tempo suficiente para saber que ingenuidade não servia de nada, precisava pensar nos interesses dos outros para garantir algo para mim. Oliver não me parecia ser esse tipo de pessoa, mas ainda assim preferia não arriscar.

Era mais fácil supor o pior das pessoas, em todo o caso.

Então apenas caminhei para o box da equipe, me pesei e me preparei para outra rodada de entrevistas, para então irmos ao aeroporto. Entrei no meu pequeno reservado e dei de cara com meu pai sentado ali.

Pigarreei, sentindo o corpo voltar à mesma tensão do cockpit.

— Pai — cumprimentei e segui para pegar minhas coisas apoiadas na mesinha.

Howard Brown estava de braços cruzados e com uma expressão séria, os olhos atentos percorrendo cada centímetro do meu corpo.

— Por que não foi jantar comigo no Azerbaijão e não está respondendo minhas mensagens?

Fitei a parede branca com um suspiro. Precisava me livrar daquela situação de alguma maneira. Como João responderia? O que poderia dizer a meu pai que o convencesse de que eu era, de verdade, seu filho?

— Estou muito ansioso com essas últimas semanas, só isso. Não tive tempo no Azerbaijão. Andreas já vai voltar, então estou aproveitando o tempo aqui para me dedicar ao máximo.

Howard assentiu, os olhos verdes como os meus me analisando de volta. Ele sabia que algo estava diferente, aquilo era óbvio, apenas tentava juntar as peças do quebra-cabeça. Eu precisava sair dali logo. Qualquer passo em falso e eu estaria enrascada.

— Como está a sua irmã?

— Bem, acho. Não falo com ela há algum tempo — menti descaradamente.

— Acho que arrumei um patrocinador pra ela, mas não tenho ideia de como está o trabalho da incompetente da manager dela.

Indecisa entre gritar com ele por chamar minha equipe de incompetente ou questionar sobre o patrocínio, apenas observei-o de soslaio e afastei-me o máximo possível de sua visão, apoiando as costas na parede lateral.

— Patrocínio? Qual?

— Um banco brasileiro está interessado em patrociná-la, com algumas ressalvas contratuais, claro...

Meu primeiro instinto seria dizer não, berrar a plenos pulmões que não trabalharia com meu pai, mas João não teria aquela reação.

— Acho uma ótima ideia — comentei com falsa alegria e arrumei de novo o boné na cabeça, como se, assim como o Clark Kent, usar um acessório me tornasse irreconhecível. — Só não sei se ela vai querer assinar contrato com a gente.

Howard arqueou as sobrancelhas finas e quase inexistentes, uma leve descrença em seu rosto marcado pela idade.

— Com tudo o que aconteceu, ainda acha que ela tem escolha?

Ele poderia ter me dado uma chave de braço e ainda assim teria doído menos do que aquilo.

— Não, ela não tem — confirmei a contragosto.

Durante a semana, em uma conversa honesta com minha equipe direto do hotel, percebemos que a situação não estava boa. Mesmo com as ações focadas em chamar a atenção de patrocinadores, o cenário do escândalo ainda parecia recente para alguns. Se uma carreira impecável já tornava difícil para brasileiros conseguirem patrocínio na Fórmula 2, quanto mais com o peso de um caso amoroso com um líder de equipe. Aquela era a parte difícil. Eu tinha o nome do meu pai, mas não o apoio dele, então de nada servia. Podia frequentar certos locais, ir a alguns jantares, mas isso não garantia nada.

Aquela era, para meu total desespero, a primeira oportunidade concreta. E, por mais desesperador que fosse me dar conta daquilo, precisava da ajuda do meu pai.

— Preciso ir pras entrevistas — desconversei.

Howard se colocou em pé e saiu, não sem antes me dar um tapinha nas costas. Sequer sabia como o deixaram entrar, mas aquela era uma questão para depois. Troquei o macacão pelo uniforme que usávamos no paddock, arrumei a maquiagem no queixo e me dirigi para a sala de entrevistas.

Diversos repórteres estavam enfileirados, as câmeras e os holofotes piscando em nossa direção. Havia um painel com os patrocinadores da Fórmula 1 e algumas cadeiras para os entrevistados. Naquele dia, a FIA decidira que os cinco primeiros colocados seriam entrevistados, e eu estava entre eles. Todos já estavam presentes, para meu assombro, incluindo Oliver. Em vez de distribuírem as entrevistas ao longo da semana, decidiram fazer a conferência logo após a corrida.

Alexandre sorriu para mim com um aceno. Ah, é: ele era amigo de John. Sorri de volta e dei um tapinha em suas costas enquanto caminhava para meu lugar ao lado de Oliver. Observei, com frustração, quando ele se moveu um pouco para a esquerda, afastando-se de mim.

Na sala, alguns assessores das equipes guiavam as perguntas dos repórteres, o som das câmeras acompanhando cada interação.

— John anda muito agressivo — Alex brincou. — Acho que está passando muito tempo com a Petra.

Gargalhadas embalaram os presentes, então forcei-me a rir também, mesmo sem qualquer vontade, porque João riria. Ao meu lado, Oliver permaneceu impassível. A próxima pergunta veio de Poliana, uma jornalista brasileira adorada pelo público, mas não por John. Ela não costumava ser a mais gentil do mundo com meu irmão, especialmente depois que ele disse que não gostava de falar português.

— John, como você descreveria o seu aproveitamento na corrida, ainda mais com um carro igual ao de seu companheiro de equipe?

Cruzei os braços, recostando-me na cadeira. Oliver permaneceu vidrado nas câmeras à frente, os pés batucando ao lado dos meus.

— Não fiz uma boa corrida, acontece. Da mesma forma que não deixo as minhas vitórias passadas me iludirem achando que é uma constante, faço o mesmo com as derrotas. Alguns dias são melhores, outros piores.

— Mas você teve a chance de ter um bom dia — ela retrucou. — O que aconteceu?

Suspirei, tentando ao máximo não encarar Oliver.

— Acho que foi o destino interferindo para que nosso Oliver subisse no pódio, mas prometo que vou ter uma conversa com esse tal Destino e pedir uma ajuda também.

Uma onda de gargalhadas tomou a sala, e permaneci em silêncio até ser requisitado novamente. Oliver comentou sobre a vitória, fez piadas com outros pilotos e, de longe, parecia feliz. Sorridente.

Mas, de novo, não era o sorriso que eu conhecia em seu estado mais honesto.

Foi somente ao sairmos da sala de entrevistas, quando eu me preparava para seguir até a reunião de equipe que percebi sua presença ao meu lado. Caminhava em silêncio, olhando para a frente sempre, e decidi ficar quieta. Não queria dar motivos para que me desmascarasse de graça em um corredor na frente de todos. Não era estúpida daquele jeito.

Mas doía. Queria falar para ele sobre a conversa com meu pai, perguntar como sua mãe estava, discutir sobre o episódio novo do k-drama das irmãs gêmeas. Queria simplesmente *falar*. Só quando Oliver não estava mais presente é que percebi a falta que ele me fazia. Os sorrisos, os olhos alegres, a positividade que faltava em mim e sobrava nele.

Oliver foi se embrenhando aos poucos, deslizando por cada parte minha, lugares que eu insistia em achar que estavam protegidos. Mas a verdade é que as pessoas me viam como uma muralha apenas porque eu insistia que era uma, porém Oliver me mostrou que se tratava muito mais de uma questão de *quem* eu gostaria que entrasse do que um bloqueio.

E eu gostava de tê-lo em meu espaço, mesmo que isso às vezes me tirasse da minha zona de conforto. Seu jeito emocionado me divertia, sua certeza sobre o que queria, e me sentia querida por saber que ele não desistiria de mim sem um bom motivo. Motivo que sem dúvida eu tinha dado.

— Finalmente! — Augustus comentou assim que entramos na sala de reuniões no paddock. Naquele momento, a Fórmula 2 corria, então teríamos tempo para conversar.

Os engenheiros carregavam computadores e grandes fones de ouvido para se comunicar com outros funcionários. Gráficos imensos eram projetados em papéis e telas, e ali se iniciou uma tortura generalizada.

Ouvi sobre o desempenho do meu carro, repreensões sobre a estratégia que não segui, e a todo o momento Oliver continuou olhando para a frente. Não dirigiu a palavra a mim nenhuma vez, nem mesmo quando entraram no assunto de estratégias duplas.

Saí da sala de reuniões com a cabeça doendo, o corpo cansado e implorando por um descanso antes da próxima viagem. Havia quatro corridas no calendário antes da volta de Andreas, dali a um mês e meio.

Depois, assinaria o contrato com a Melden e correria com meu pai. O mero pensamento me causava desespero, mas era a única opção.

Me despedi de toda a equipe, pronta para voltar ao hotel e permanecer trancada lá. Pediria comida no quarto, ficaria assistindo pela nonagésima vez a algum filme com a Sandra Bullock e dormiria fantasiando com Oliver dizendo que me perdoava e queria ficar comigo.

O básico.

Fui impedida de seguir meu plano ainda no estacionamento, de frente para as instalações olímpicas de remo. Estava abrindo a porta do carro quando Oliver a fechou e se colocou ao meu lado. Os olhos queimavam com raiva, a expressão dura e firme.

Nas minhas fantasias, aquela cena levaria a outra coisa, mas Oliver parecia prestes a me arremessar na água, e sem qualquer remo para me ajudar.

— Por que me deixou ganhar? — rosnou.

— Não te deixei ganhar, você só é muito competente.

Oliver permaneceu me encarando, sem desviar o olhar por um segundo sequer. Bufei, derrotada.

— O que espera que eu diga? Você não queria mais falar comigo!

— Então a sua solução é perder de propósito e me deixar ganhar? Essa é a sua forma de pedir desculpas? Me manipular *de novo*?

Abri e fechei a boca diversas vezes, mas nenhuma palavra saiu.

— Acho que sim?

Oliver passou a mão pelo rosto com impaciência e apontou o dedo para mim. Virei o corpo, fugindo de sua expressão acusadora.

— Eu não preciso ser comprado, Petra.

— Oliver, por favor, não conte a ninguém — implorei, sem dar espaço para que meu nervosismo transformasse aquela situação catastrófica em um stand-up de comédia sem graça.

— Por que, Petra — retrucou ele, a voz mais baixa e carregada de puro desprezo —, eu deveria ficar quieto?

Batuquei com os dedos na coxa, o coração martelando dentro do peito, a ansiedade misturada à tristeza. Odiava passar por aquilo, sentia mais raiva ainda por envolver Oliver.

— Não tem motivos racionais para o que estou pedindo. — Pigarreei. — Estou pedindo mesmo sabendo que não mereço.

— Então está buscando benevolência?

— Está mais para misericórdia. Só me diga se vai contar às pessoas ou não, Oliver. Preciso me preparar.

Olhei ao redor, percebendo com alívio que estávamos sozinhos. Oliver sorriu com escárnio, seguindo meu olhar.

— Não, ninguém vai ficar sabendo a farsa que você é.

Desviei o olhar para o chão com um suspiro. Eu merecia ouvir aquilo, merecia toda aquela raiva, mas ainda assim era difícil. Meu coração doía com a confirmação de que Oliver me odiava, ou pelo menos sentia algo parecido com ódio.

— Achei que, fazendo isso, você perceberia que minha motivação para fingir ser meu irmão não era egoísta. Eu só...

— Meu Deus, Petra, quando você vai entender que estou cagando para o que te levou a fazer isso? — exclamou ele em voz alta. — O que importa é que você mentiu pra mim, manipulou a nossa relação. Eu não tenho a menor ideia de quando comecei a me envolver com você ou com seu irmão, que também é você.

— Eu juro que não foi premeditado! Eu gosto de você, Oliver, gosto tanto...

— Não gosta, não — ele me cortou, dando alguns passos para longe. — Eu jamais faria isso com alguém de quem gosto.

— Eu não tinha outra saída! — exclamei, por fim, sentindo o cansaço reverberar em cada uma das palavras.

— Não quero ouvir, Petra, não quero! — Ele passou a mão pelo cabelo, que agora estava trançado.

— Então por que veio atrás de mim? — retruquei com impaciência. — Foi pra me relembrar que me odeia? Porque, adivinha só, eu já sei!

— Vim dizer que não quero sua ajuda. Não é porque você me deu alguns pontos a mais no campeonato que não vou te dedurar — ele praticamente cuspiu. — Eu não vou te dedurar porque não quero me envolver em nada dessa porcaria. Porque, se te descobrirem, os outros funcionários da Assuero vão estar com a carreira em perigo. Porque você não pensou em absolutamente *ninguém* além de si mesma e do seu irmão. Mas que surpresa, tem outras pessoas no mundo que também precisam trabalhar.

Ele foi embora sem dizer mais uma palavra, sem me deixar responder, os passos duros contra o concreto. Abri a porta do carro ainda trêmula e apoiei a cabeça no volante, deixando que lágrimas desesperadas caíssem. Mais do que eu gostaria de admitir, queria minha mãe, meu irmão. Gostaria de não estar sozinha. Gostaria de saber que, fora dali, ainda havia alguém que me amava.

Me sentia idêntica ao meu pai, tentando comprar o silêncio de Oliver.

Digitei o contato na tela e permaneci com o coração martelando ao som das chamadas.

Não poderia mais me isolar e fingir que lidar com tudo sozinha era uma opção.

— Preciso conversar — disse assim que João atendeu e seu rosto preencheu a tela.

— Sorte a sua, porque eu quero ouvir tudo. Quer começar falando do desastre de hoje ou...

— Oliver sabe.

— Ah — João comentou, de sobrancelhas erguidas. — Agora eu *preciso* ouvir tudo. Comece do início.

25. Oliver Knight ouve Taylor Swift quando está de coração partido

— E aí tivemos esse diálogo bacana agora, do lado de fora do meu carro.
— Continuei a chorar, o rosto inchado ao contar para meu irmão desde o início a fatídica derrocada da minha relação com Oliver.

Meu irmão permaneceu me encarando pela tela do celular, suspirando. Deixei-o pensar um pouco mais, assoando o nariz e fungando até me acalmar de novo.

— Petra, você está arrependida do que estamos fazendo? — ele perguntou, a voz baixa e grave diferente do comum.

Apoiei a mão no volante do carro, encarando o espaço para remo no autódromo.

— Não, arrependida não. É delicioso correr, eu amo, mas estou triste. Enganar Oliver, fingir ser duas pessoas é cansativo, saber que você e o nosso pai têm uma relação que eu nunca vou ter com ele...

— Uma coisa de cada vez — meu irmão enumerou, levantando o dedo. — Primeiro de tudo, você conversou comigo o tempo todo falando o quanto pisou na bola com Oliver, que deveria ser mais firme, mais forte... Pela primeira vez, em não sei quanto tempo, você se permitiu gostar de alguém, se envolver. O timing foi o pior possível, mas você não tem culpa de ter se apaixonado, Petra. E, mais ainda, não tem culpa por ter tentado fazer tudo funcionar dentro do que a nossa realidade permitiu.

Assenti, fungando mais um pouco. João inclinou a cabeça com um suspiro triste.

— Você fez o que queria dentro das opções que a gente tinha. Correu no meu lugar porque me ama e porque ama o esporte. Deixou sua vida em pausa por meses pra me ajudar. A vida não é preto no branco, irmãzinha.

— Eu sou mais velha que você — consegui retrucar, com um sorriso triste. João revirou os olhos e apontou acusatoriamente para a câmera.

— Minutos. — Desviou o olhar para algo atrás da câmera e voltou a me encarar. — E sobre nosso pai... Petra, vocês ainda podem tentar uma relação mais amigável, não prometo que vá ser perfeita, eu conheço os defeitos dele.

— Mas do que adianta ter a relação com alguém tão... tão...

— Petra — ele me interrompeu ao ouvir meus soluços de novo. — Eu sei que o que você quer do nosso pai é aprovação e amor. Não tenho uma resposta pra isso, mas se você acha por um segundo que ele me ama mais do que a você...

— A última vez que eu abracei Howard foi no meu aniversário de dezesseis anos — murmurei. — Ele tentou, mas eu estava tão desconfortável... Ele tinha acabado de falar mal do meu vestido florido e... depois tentou me abraçar? Como se eu tivesse que agradecer por ter sido um estúpido comigo porque se preocupa.

João assentiu, com um suspiro pesado.

— Não estou defendendo nosso pai, mas ele só sabe o que é demonstrar preocupação com críticas. Não é certo, obviamente. Dentro da cabeça dele, tem alguma lógica nisso tudo.

— É, mas eu não vou aceitar ser saco de pancada dele.

— E não precisa, Petra, só estou dizendo que a gente pode tentar conversar, sei lá, fazer uma terapia em família?

Revirei os olhos, já ligando o motor do carro. Precisava voltar ao hotel.

— Terapia não faz milagre, por que as pessoas acham isso?

— Não quero uma terapia em família pra vivermos um mundo de comercial de margarina — ele respondeu, meio ofendido. — Só quero tentar fazer vocês dois conversarem em um ambiente seguro. Não sei, Petra! Não é fácil. Nada disso é.

— Eu sei, irmãozinho. — Os pneus amassando cascalho me trouxeram à realidade. — Vamos conversar mais tarde, estou voltando ao hotel. Obrigada pela conversa. Eu te amo muito.

— Também te amo, coisa feia.

Dirigi no modo automático.

Ainda sentia vontade de ir atrás de Oliver e me retratar, fazê-lo entender minhas motivações. Mas sabia que não podia fazer isso, precisava aceitar que nem tudo se resolve. Nem todas as situações se esclarecem. Às vezes, tudo fica mal resolvido. Como a questão com meu pai. E eu precisava lidar com aquilo sem cair em outros hábitos destrutivos como, por exemplo, comer até não aguentar mais no primeiro fast-food que aparecesse.

Encher a barriga de comida gordurosa e nada saudável era repreensível, e gostaria de esconder aquilo de Baptiste. Foi só quando cheguei no hotel, com o coração apertado e a plena noção de que havia comido somente para preencher um buraco, que consegui processar a seriedade da situação.

A ansiedade com a farsa de ser John, com a falta de um contrato à vista, com Oliver... Tudo aquilo estava me levando de volta a hábitos dos quais não me orgulhava. A comportamentos compulsivos. Tapar buracos com comida.

A contragosto, contei para meu preparador físico sobre o ocorrido, lutando contra a vergonha que às vezes surgia quando caía em uma crise de compulsão alimentar. Fazia muito tempo que isso não acontecia. Só respirei aliviada quando Baptiste não me condenou e se ofereceu para conversarmos e pensarmos numa solução para os próximos dias.

Ao acordar no dia seguinte, decidi começar a pensar de verdade. Já havia pedido desculpas a Oliver. Ele estava certo em me odiar, mas eu não levaria aquilo para a pista. Sem sombra de dúvida, deixá-lo ganhar não tinha sido uma decisão inteligente. Foi a única que consegui pensar na hora, mas mesmo assim uma estupidez.

Por isso, decidi seguir em frente. Compreender que havia estragado tudo, me manter distante de Oliver até o fim do meu período na Fórmula 1 e, como sempre, lidar com os problemas. Oliver não fazia mais parte da minha vida, e aquilo doeria por mais algum tempo, mas o que fazer?

— Você está particularmente animada hoje — Baptiste elogiou após nossa hora completa de treino.

O suor escorria por cada poro do meu corpo, levando para longe toda a tensão dos últimos dias. As respirações ritmadas, os exercícios de reflexo, tudo aquilo me ajudava a lidar melhor comigo mesma.

— Estou particularmente empolgada para correr em Silverstone — retruquei ofegante, os braços e costas queimando após os exercícios.

Uma das corridas mais aguardadas, Silverstone era um circuito divertido e meio imprevisível, e ainda havia o extra de ser um ótimo ambiente para estabelecer contatos com patrocinadores. A Grã-Bretanha era a casa de muitos dos pilotos, inclusive de Oliver. Eu sabia, com toda a certeza, que eles estariam dispostos a lutar para ganhar em casa.

E eu estava determinada a tirar a alegria de um europeu de ganhar em casa.

Pensar naquilo me fez sorrir. Criar pequenas batalhas comigo mesma me motivava, e fazia muito tempo que não sentia ânimo para correr daquela maneira. Talvez parte daquilo fosse pelo fato de ter contado tudo ao meu irmão e pela rede de apoio que Baptiste criara para me ajudar com minha crise.

Eu tinha subestimado a importância de ter outras pessoas com quem contar, como sempre. Continuava a apanhar de mim mesma a troco de nada, em uma sabotagem que nunca me ajudou, mas na qual insistia até que fosse tarde demais para voltar atrás.

— Ótimo treino, amanhã vamos continuar com os reflexos — Baptiste anunciou, também todo suado.

Ele não me deixava treinar sozinha, dizia que funcionávamos melhor treinando juntos, e estava certo. O suor também escorria por sua pele ainda mais escura do que a minha, os olhos estreitos fechados pelo sol que atingia nosso rosto.

— Eu vou tentar ganhar neste fim de semana, você sabe, não é? — provoquei enquanto arrumávamos os equipamentos do circuito. Baptiste riu e assentiu, os ombros largos se agitando.

— Não esperaria outra coisa de você.

Tomei uma grande golada de água, sentindo meu peito subir e descer com força. Estávamos caminhando de volta para o pequeno chalé que havia alugado apenas para mim durante a estadia em Silverstone. Ali, na verdade, também se hospedaria João, que decidira passar aquele fim de semana comigo.

Era a ocasião perfeita, já que meu pai insistira em um jantar com ele. Não precisaria enfrentá-lo, para meu alívio, e ainda teria meu irmão comigo.

— Sabe, Baptiste, você pode ficar aqui com a gente — comentei com um leve dar de ombros. Meu treinador me olhou de esguelha e negou.

— Você e seu irmão não se veem há muito tempo, prefiro dar privacidade a vocês.

— Está gastando dinheiro à toa com gasolina — cantarolei com um revirar de olhos.

Após subirmos a colina, observei a casinha. Um chalé de tijolos com arquitetura francesa, um quintal bem cuidado e entrada de paralelepípedos. Ao longe, o campo era de tirar o fôlego, pontilhado de diversos outros chalés. Havia privacidade, mas não estava sozinha. Poderia treinar à luz do dia sem que ninguém questionasse por que eu, Petra Magnólia, usando um top barato e legging, estava treinando, e não John Brown, que no momento roncava na cama.

Quase duas semanas completas haviam se passado desde o último encontro com Oliver, e nossos esbarrões nas reuniões seguiam meramente profissionais. Ele ainda não me encarava, mas um dia o vi sorrir diante de uma piada minha. Considerei uma vitória.

Apesar daquilo, estava começando a me acostumar à ideia de não tê-lo por perto, me mandando mensagens, perguntando como eu estava. Não era o ideal, porém aceitava aquilo aos poucos. Eu estava muito mal-acostumada com ele. Apesar de tentar seguir em frente, às vezes ainda acordava no meio da noite pensando em como ele estaria, se tinha terminado a série das irmãs gêmeas, se tinha visto sua mãe.

Ridícula.

Mas eu gostava de ser ridícula com Oliver, ele nunca me deu motivo para relutar em mostrar meu lado... brega.

Não, brega não é a palavra certa para meu comportamento com ele. Talvez boba, apaixonada. Mais confiante em estar relaxada, em ser a Petra que escondi da mídia por tanto tempo e que foi rechaçada em todas as oportunidades.

— Está tudo bem? — Baptiste colocou a mão em meu braço, me puxando para perto.

— Problemas com um cara.

Meu treinador apoiou as mãos na cintura e suspirou.

— É piloto?

Assenti, sem graça. Baptiste me deu um soquinho no ombro ao entrarmos pela casa.

— Você precisa sair desse círculo, Petra.

— Ah, é, e para onde eu iria? — provoquei com uma risada, arqueando a sobrancelha para ele.

— Jogadores da NBA?

Gargalhei, jogando a cabeça para trás. João abriu a porta do quarto e passou para o banheiro sem nem nos cumprimentar. Ele era um nojo pela manhã.

— Jogadores da NBA são altos demais pra mim — desdenhei.

Baptiste deu de ombros e foi em direção à pia, pegando dois copos d'água, então apoiou-se no balcão, os braços flexionados.

— Vôlei? — tentou novamente enquanto aguardava pela água.

— As mulheres do vôlei são bem bonitas.

Baptiste abriu um sorriso largo, os dentes brancos emoldurando o rosto.

— São, são mesmo.

— Por favor, a Petra gosta desse pessoal sem graça do automobilismo. — João bocejou ao entrar na cozinha, os ombros encolhidos ao se espreguiçar.

— Não é porque você tem aversão ao esporte da minha vida que eu também preciso ter, especialmente pelos profissionais — resmunguei, ignorando-o para tomar minha água em paz.

Baptiste brindou comigo e permaneceu ao meu lado enquanto João discorria sobre a beleza de namorar pessoas fora do automobilismo. Eu discordava. Havia algo mais tranquilo em estar com alguém que entendia minha realidade, mas compreendia o ponto do meu irmão.

— Quer ficar pro almoço? — perguntei a Baptiste quando a conversa se encerrou.

O treinador prendeu a língua entre os dentes e sorriu, desarrumando meu cabelo com as mãos imensas.

— Depois disso, é bom que você fique e faça o almoço — briguei, mas tive em resposta apenas um beliscão no braço e um sorriso de lado vindo de uma das pessoas de quem eu mais gostava na face da Terra.

Assim passamos o restante do dia, conversando sobre o Grande Prêmio da Grã-Bretanha, discutindo algumas estratégias montadas com a equipe e avaliando as expectativas, especialmente com o problema na asa móvel do meu carro, um contratempo que surgira no último GP.

— Não posso reclamar tanto — comentei em certo momento, quando o sol já tinha baixado e o frio se instaurava. — Não sou a piloto oficial, só tenho mais três corridas depois daqui, não adianta pressionar.

Baptiste estava sentado comigo nos fundos da casa, as pernas estendidas nas cadeiras de descanso, o crepitar da lareira externa nos embalando. Tomei mais um gole de chá e aprumei-me em meu moletom.

— Como se sente ao saber que o Andreas vai voltar a correr?

O pensamento me fez arquear a sobrancelha, desgostosa com a ideia de que o piloto alemão voltaria logo.

— O que me irrita mesmo é ele ser um racista de merda e ninguém perceber. E quem percebe finge que não é nada. — Suspirei pesadamente. — E Oliver ainda aguenta tudo calado...

— Não aguenta, não — Baptiste cortou-me. — Uma vez, enquanto eu estava com você em um dos GPs da Fórmula 2, vi Oliver e Andreas discutindo muito feio.

Permaneci encarando minha caneca, fingindo um súbito interesse nas ervas boiando.

— Ah, sobre o quê?

— Foi naquela vez que Andreas fez um comentário meio estranho sobre pilotos sul-americanos não serem tão bons quanto os europeus.

Apenas a lembrança me fez bufar. Baptiste acompanhou minha revolta, fazendo uma careta.

— Ouvi Oliver brigando com ele — Baptiste continuou. — Eu me lembro porque fui eu quem impediu que Oliver batesse em Andreas.

— Oliver Knight batendo em alguém? — Uma risada inevitável escapou. Ele não parecia ser capaz de machucar nem uma mosca.

— Só acho que talvez ele seja o tipo de cara que prefere lidar com as coisas nos bastidores. — Deu de ombros e bebericou mais um pouco do próprio chá. — Não é como você, que fala tudo e não tem medo de fazer provocações na frente de todo mundo.

— Eu estou vivendo bastante nos bastidores ultimamente — retruquei com uma risada sem graça.

Baptiste apoiou sua caneca na mesa e se levantou, estendendo a mão para mim. Segurei-a e usei o apoio para me colocar em pé. Meu treinador pegou minha caneca e deixou ao lado da sua.

— Isso tudo vai acabar, Petra — prometeu-me, segurando minhas mãos. Assenti com um suspiro, levando sua palma aos lábios e lhe dando um beijo tímido.

— Você está carinhoso demais, isso é porque me viu chorando alguns dias atrás? — provoquei com um cutucão na barriga dele. Baptiste gargalhou e me puxou para um abraço, envolvendo-me com seu corpo parrudo. Abracei-o de volta, sentindo seu carinho em um ato tão pequeno para ele e tão imenso para mim.

Afastei-me devagar, sorrindo, e foi no mesmo instante que ouvi o estrondo da porta de vidro. Estava pronta para fazer uma piada com João por ser tão desastrado, mas, ao me deparar com os olhos castanhos de Oliver, uma confusão pura me invadiu.

— Eu... — ele tentou se explicar, o polegar apontado para a cozinha.

Pisquei algumas vezes, atordoada. O que Oliver estava fazendo ali?

— Seu irmão... Ele... — tentou novamente, então se virou de costas e começou a ir embora, sem dar mais uma palavra.

Baptiste me encarou com o cenho franzido. Corri atrás de Oliver, observando-o passar pela porta da frente. No sofá, João estava com um balde de pipoca na mão e a boca suja de chocolate, tão perdido quanto eu.

— Ele disse que precisava falar com você — justificou-se, em confusão.

Fechei a porta atrás de mim e dei uma corridinha até alcançar Oliver, que não era tão mais alto que eu, mas mesmo assim parecia ter pernas quilométricas andando tão rápido assim.

— Posso ajudar? — gritei quando correr parecia complicado.

Oliver estancou no lugar e se virou devagar. Estava vermelho, mesmo sob o luar e a luz da minha varanda.

— Andreas está aqui — disse ele simplesmente, sem me encarar.

Aproximei-me devagar, tentando captar sua atenção, mas Oliver não estava disposto. Respirei fundo ao chegar mais perto, observando-o minuciosamente. Estava com a barba por fazer, a boca ressecada e os ombros curvados.

— Você veio até minha casa para dizer que Andreas vai assistir ao

GP? — perguntei com uma risada esganiçada, observando o ar se condensar diante de meus lábios.

Oliver enfiou as mãos no bolso do moletom e balançou a cabeça.

— Você estava ocupada, não?

Aquilo era ciúme na sua voz?

Cruzei os braços, uma sobrancelha arqueada para ele.

— Estava. Estava muito ocupada com meu amigo e treinador.

Oliver assentiu, e o silêncio se instaurou. Mas eu não cederia. Se Oliver Knight estava lidando mal com os próprios sentimentos, problema dele.

Aquilo não era mais sobre a minha farsa. Se ele estava disposto a me ignorar e fingir que eu não existia, eu lidaria com aquilo, contanto que seguisse a sua intenção inicial.

Eu não criaria qualquer expectativa porque ele parecia sentir um pouco de ciúmes do meu treinador.

— Ouvi Andreas falar que achava estranho não te ver mais por aí, sendo que você vivia se exibindo pelos cantos, nas palavras dele, claro.

— Você não acha que eu ficava me exibindo pelos cantos?

Não pude evitar a provocação, observando-o abrir um sorriso de canto e dar de ombros.

— Acho, mas não é ruim.

Estalei a língua no céu da boca, tentando lembrar que aquilo não deveria acontecer. Oliver ainda se ressentia, e eu não poderia me colocar naquela posição. Se queria superá-lo, não seria daquela maneira.

— E o que tem de mais o Andreas achar isso? — retomei o assunto com um pigarro.

— Ele também disse que não vê você com John já faz muito tempo.

Mudei o peso de um pé para o outro, desconfortável. Aquilo era preocupante. Será que ele desconfiava de algo ou estava apenas sendo um intrometido? Não havia como saber, fomos cuidadosos.

— Por que se importa com isso? — perguntei de súbito, tentando afastar a noção de que talvez Andreas Kuhn me tivesse em suas mãos. — Por que veio aqui dizer isso, Oliver?

Pela primeira vez em semanas, ele me encarou de verdade. E vê-lo tão de perto foi o suficiente para que a saudade apertasse meu coração, esmagando meu peito com tamanha ferocidade que quase me vi sem ar.

— Porque acho Andreas um mau-caráter, não sei o que ele faria com isso. E prejudicaria nossa equipe.

Assenti devagar, com um suspiro. Claro, a equipe.

Meu peito martelou com expectativa ao vê-lo olhar por cima de meu ombro. Segui seu olhar, enxergando Baptiste ao longe com João.

— Só achei que você merecia saber e fazer o que quisesse com essa informação.

— Obrigada, Oliver — comentei baixinho, a voz misturada à brisa suave. — Você... hã... está bem?

— Estou.

Apertei os lábios, controlando a vontade de chorar. Ele estava tão perto e tão distante, uma imensidão entre nós dois marcando o que poderia ter sido o início de algo verdadeiro e infinito.

— Vou voltar pro meu hotel, só vim te avisar — ele disparou, desconcertado, e voltou devagar até o carro estacionado próximo à entrada do quintal. Acompanhei-o com o olhar, o coração acelerado, os braços cruzados e a perna quicando no chão.

Senti mãos em meus ombros, e era Baptiste. Abracei-o de lado ao observar o carro de Oliver sumir na noite escura. Me encolhi no tecido confortável do moletom de Baptiste, evitando que minha mente me levasse a cenários em que Oliver voltaria e me envolveria em seus braços. Mas ele não voltou, e eu fui para casa com um buraco no peito na forma de seu sorriso.

26. Dirigindo com as janelas abertas em uma estrada escura, exatamente como em um filme de terror — ou em um clipe da Selena Gomez

OLIVER KNIGHT

Oliver, como está?
    A mamãe está piorando bastante nos últimos dias... Quando consegue voltar pra casa? Estamos com saudades e Liam não para de perguntar de você.
    Se cuide, estou acompanhando suas corridas daqui.
    Esses dias, ouvi duas garotas conversando na rua dizendo que querem casar com você. Petra é uma mulher de sorte, acho que ela está um passo mais perto disso do que as meninas hahahahaha enfim, se cuida. xx

Não havia nada diante de mim a não ser a estrada escura, e o vento gelado invadia o carro através das janelas abertas. Passei a mão sobre a boca, a outra segurando o volante, sem realmente saber para onde ia, apenas com a sensação ridícula de que tinha sido uma estupidez sem tamanho ir atrás de Petra.

    O que eu esperava encontrar? Os olhos cansados de quem não dormia, assim como eu? Talvez um sorriso de felicidade por me ver, mesmo que fosse loucura? Não havia motivos para Petra sorrir para mim. Quer dizer, eu nem deveria imaginar Petra sorrindo.

    Batuquei insistentemente com os dedos no couro do volante. Mesmo com o rádio desligado e o velocímetro indicando cento e quarenta quilômetros por hora, me senti andando em câmera lenta, com os sons ensurdecedores das vozes da minha cabeça me atormentando. Não conseguia parar de pensar em como fora péssima minha decisão de ir vê-la.

    Mas, quando se tratava de Petra, eu não tomava boas decisões, ou pelo menos não as que tomaria normalmente.

Ultrapassei um carro, ouvindo o ruído do vento que atingia direto minha pele.

Estava congelando de frio, mas não queria ligar o aquecedor. Aquela parecia uma maneira adequada de lidar com a situação: deixando que o ardor do frio me mantivesse atento à estrada.

E então me veio à mente de novo o sorriso de Petra ao seu treinador. Sabia que não havia nada entre eles, mas não pude deixar de pensar em como gostaria de receber os sorrisos e abraços dela.

E o tamanho dele... Aquilo não deveria ser um motivo de insegurança, certo? Quer dizer, eu não era baixo, mas o homem parecia uma muralha!

— Caralho, Petra... — xinguei, irritado, sentindo a pele queimar com a memória dela envergada na cama, os olhos pesados após gozar em minha boca, lábios partidos em um gemido silencioso e o corpo relaxado.

Bufei com irritação e me aprumei no assento do carro, desconfortável comigo mesmo.

Então me lembrei do exercício que minha psicóloga me passara na semana anterior, para falar o que queria: gravar uma mensagem de voz e apagar em seguida. Apertei o botão de ligação do carro, ouvindo a ligação chamar diversas vezes e cair na caixa postal.

— Eu te odeio, Petra — iniciei, sentindo-me estúpido por falar sozinho com a antiga caixa de mensagens da minha mãe, um número esquecido que eu tinha começado a usar havia algum tempo.

Ela já não usava mais o telefone fixo, que se tornou o receptáculo de minhas mensagens na última semana. O aparelho ficava escondido no sótão e toda vez que eu ia para lá deletava as chamadas. Era uma maneira de fingir que falava com alguém, talvez melhor do que assumir que eu preferia falar sozinho enquanto dirigia no meio do nada.

Toda vez que quis gritar e xingar Petra e a doença de mamãe, liguei para aquele número e falei até que o bipe indicasse que o tempo da mensagem estava esgotado.

— Eu te odeio por ser tão difícil de esquecer. Quer dizer, com certeza outras mulheres usam o mesmo xampu que você, mas ontem eu senti o cheiro dele na rua. Virei tão rápido que assustei uma moça, mas não era você. Isso não é insanidade? — Encarei os retrovisores, certificando-me de que não havia ninguém por perto para ver meus olhos embaçados. — Você me superou tão rápido, não deve nem se lembrar do cheiro do meu cabelo. Não que eu queira, é só que... isso me faz pensar... será que eu significo alguma coisa pra você? Será que você se lembra desses pequenos detalhes que só percebemos quando estamos perdidamente apaixonados por alguém? Porque eu prestei atenção em você sempre. Acho que gostei de como você enfrentou o Andreas, de como me enfrenta também. Você é briguenta, gosto disso.

Respirei fundo, contemplando a estrada se abrindo diante de mim em sua escuridão.

— Por que você precisou mentir? — murmurei, agora mais para mim do que para o destinatário fantasma de minha ligação. — Entendo que tenha sido pelo seu irmão, mas... Que inferno, eu não podia ter aceitado quando você tentou me afastar no nosso primeiro encontro? Sinto tanto sua falta agora que chega a ser ridículo. Eu, um homem de quase trinta anos, sentindo saudades de uma mulher que passou a perna nele...

Balancei a cabeça, em assombro.

— E mesmo assim, talvez devesse ter deixado você se explicar. Ontem à noite, fiquei pensando se eu faria o mesmo pelo meu irmão, e cheguei à conclusão de que sim. É como quando perguntam o que você faria ao ser assaltado, se reagiria ou não. É fácil falar, mas na hora é outra coisa. Acho que estou passando um pouco por isso agora. Queria entender seus motivos, mas é tão difícil, Petra, é tão difícil gostar tanto de alguém quando não sei lidar com isso. Meus pais nunca me ensinaram a lidar com sentimentos, como enfrentar um coração partido, e é horrível aprender sozinho. Até nisso queria que você estivesse aqui, talvez dissesse algo engraçado, como "Coração partido? Isso é coisa de gente que não tem tempo pra ganhar em Silverstone", e eu riria, mas sabendo que você entendia. Porque você me entende. E eu te odeio mais ainda por ser tão importante pra mim, por ter ocupado um espaço tão grande no meu coração que sequer consigo te imaginar fora dele, nem agora. Mas eu te odeio de verdade por não conseguir te odiar nem mesmo se tentasse.

Funguei com mais força, desacelerando conforme a cidade se aproximava, as luzes colorindo o asfalto. O bipe da chamada foi a única coisa a quebrar o silêncio. Continuei encarando a estrada, sem opção senão continuar. Me sentia pior do que antes, tão exposto diante de mim mesmo, desconfortável com a consciência de todos aqueles sentimentos. Sentimentos que estavam fora do meu controle.

Petra era assustadora porque era algo que eu não podia controlar. Porque ela era gigante por si mesma, e meus sentimentos por ela são tão avassaladores.

Mas agora já era tarde, e não por culpa minha. Eu faria o mesmo pelo meu irmão, sim, e por dentro imaginava que não devia ter sido fácil tomar aquela decisão.

Como alguém que ama tanto um esporte se coloca em uma furada dessas, com tanto a perder? Petra falou que seria sua última chance de correr, mas talvez houvesse algo mais. Havia outras categorias, Petra sabia disso por experiência própria. O que mais poderia ter feito ela tomar uma decisão tão arriscada?

Interrompi meus pensamentos. Aquilo já não era mais da minha conta. Por mais que eu pudesse entender um pouco melhor o que havia acontecido, fui enganado e estava triste. Meu único consolo era saber que esse sentimento ia passar e que eu teria companhia até lá. Meus pais não me ensinaram a lidar com um coração partido, mas me mostraram que eu nunca estaria sozinho, que teria sempre um lugar para onde voltar quando tudo parecesse impossível de enfrentar.

Apertei o botão de ligação do carro novamente, sorrindo ao ouvir um xingamento do outro lado.

— Que hora de merda pra me ligar, Oliver! Liam acabou de dormir e você quase acordou o menino. Tem noção disso?

Ri alto, balançando os ombros em contentamento com a raiva de Ronan. Apoiei o cotovelo na janela, sorrindo para a estrada vazia.

— Não, me conta mais, irmãozinho. E não poupe detalhes, tenho todo o tempo do mundo pra te ouvir.

27. Aquela cena de fanfic quando os personagens vão para a balada e sentem ciúmes, com o detalhe de que Petra Magnólia odeia dançar *e* ir para baladas

João, diferente de mim, gostava de sair. Adorava aproveitar o máximo possível de sua juventude em baladas e bares com os amigos. Amava dançar e se empolgava com a alegria dos outros.

E foi somente por vê-lo animado que topei ir a uma balada após a corrida. Minha mente ainda martelava com a tensão. Meu carro teve problemas com as rodas dianteiras, e foi por pura sorte que consegui fazer voltas rápidas e acabei em sexto lugar nas classificatórias. Não era a melhor posição, mas lidei com aquilo da melhor maneira possível: em uma sessão de duas horas com minha psicóloga.

Na corrida do domingo, com sangue nos olhos e a competitividade à toda, consegui o terceiro lugar após uma estratégia falha de uma outra equipe. Precisei ser rápida ao pensar em uma saída, e deu certo. Ouvi muitos rumores de que tinha sido escolhida como piloto do dia, já que foi a minha estratégia com a equipe que garantiu um pneu com bastante durabilidade e uma distância segura dos outros pilotos para fazer a troca e manter a posição. Oliver terminou em segundo lugar, e a pole position ficou nas mãos de Alex Duarte, que até o momento era o maior concorrente da Assuero.

Ainda estávamos em primeiro no Construtores, e Oliver permanecia em primeiro no campeonato, mas por pouco. Eu estava em terceiro, e pretendia não perder a posição, embora o quarto colocado estivesse a apenas dez pontos de distância.

Depois da corrida, nas coletivas, tentei me lembrar de que poderia melhorar, que ainda tinha três corridas para pontuar, que se caísse para o quarto lugar no campeonato não seria tão ruim. Apesar disso, a competitividade continuava sendo minha melhor amiga e pior inimiga, e não consegui deixar de lado a sensação desconfortável de perder.

Minha psicóloga também ouviu sobre isso por um bom tempo, desde que entrei na van da Assuero para minha sessão. A cláusula de confidencialidade foi a única coisa que me permitiu abrir o jogo sobre ser João e Petra ao mesmo tempo, logo no início dessa empreitada.

Se eu ainda não tinha dado com a língua nos dentes e entrado em colapso, era por causa do apoio dela.

— Você voltou com alguns comportamentos compulsivos, não é? — ela perguntou, os cabelos crespos presos sob uma bandana.

— Sim, acho que estou voltando a comer compulsivamente. É tanto estresse que acabo descontando na comida... Em compensação, semana passada, acho que só comi duas vezes por dia durante uns três dias. Foi horrível.

O resto da sessão foi marcado por exercícios para lidar com esses episódios de compulsão, que anos antes tinham se tornado um transtorno alimentar. Levei muito tempo até entender que o motivo para eu ser sempre tão intensa em minhas escolhas (comer sempre muito ou nada, dormir muito ou nada, trabalhar muito ou nada) era a compulsão.

Agora, anos depois, já não costumava ser compulsiva em todas as áreas da minha vida, mas todo o estresse com a troca com João, as mentiras para Oliver e meu pai, e o escândalo... Era coisa demais para aguentar, então a solução foi correr para comportamentos antigos.

Felizmente, eu sabia, conseguiria melhorar.

Já mais otimista e lidando com a minha competitividade desenfreada, topei ir com João a uma comemoração dos pilotos em Silverstone antes da próxima corrida. No início, foi apenas porque meu irmão estava animado e Baptiste também dissera que gostaria de ir, mas então ouvi dizer que Andreas estaria por lá. Seria a oportunidade perfeita para mostrar Petra e João no mesmo lugar.

Não que eu tivesse que provar algo a ele, mas o alerta de Oliver acendeu algo em minha mente. Realmente, passamos de irmãos que estavam sempre juntos para nunca estarmos no mesmo lugar.

Por isso, pus um vestido, a maldita peruca — estava me cansando das perucas — e marchei para a balada que João prometeu com todas as palavras ser uma das melhores.

— Não é Mônaco, mas é uma boa forma de extravasar — ele havia dito a caminho do lugar. — E estou muito animado que você finalmente vai conhecer o Nikolai.

Sorri para ele e me arrumei no banco, batucando com as unhas nas coxas desnudas.

— João, posso te fazer uma pergunta?

— Claro, diga — respondeu ele com um sorriso.

— Por que não se assumiu pansexual? Quer dizer, imaginei que, com tantos pilotos assumidos no grid, isso aconteceria mais cedo ou mais tarde.

João desviou o olhar para a estrada, uma expressão contemplativa no rosto.

— Você sabe mais do que ninguém que eu não tenho problema nenhum com minha sexualidade, e outros pilotos LGBTQIAP+ são assumidos no automobilismo. Você, inclusive.

Assenti, acompanhando seu raciocínio conforme a cidade aparecia no horizonte.

— Por favor, não me julgue pelo que vou dizer... — pediu com a voz mais baixa e envergonhada. — Vi o que aconteceu com você, como decidiram que, por saberem sua sexualidade, sua privacidade simplesmente não existia mais. Tudo que sei é que pessoas hétero não precisam se assumir, então também não quis fazer isso. Nikolai é o primeiro namorado realmente sério que tenho, e por isso me sinto confortável em apresentá-lo pra vocês. As outras pessoas vão ver e podem tirar todas as conclusões do mundo, mas isso não importa pra mim. Eles vão saber que eu gosto de um cara, e acabou.

— E você não pensa em falar sobre isso publicamente? As pessoas vão perguntar, com certeza.

João suspirou com cansaço, batucando com os polegares no volante.

— Talvez. Já pensei nisso antes, que levantar bandeiras significa se impor também. Ao mesmo tempo, significa abrir mão da minha privacidade, mesmo que seja errado... Meus colegas héteros não fazem isso, não deveria ser uma obrigação, e sim algo partindo de mim. Não duvido que em algum momento eu fale abertamente sobre isso, mas por enquanto estou satisfeito assim.

Abri um sorriso de canto e suspirei.

— Estou orgulhosa de você, de verdade.

João sorriu, tirou uma das mãos do volante e a apoiou sobre a minha.

Já dentro da boate, as luzes se alternavam em cores diferentes, corpos balançando na pista, rostos conhecidos. Percebi que todas as pessoas que estavam ali eram famosas e que estaríamos protegidos. Alguma fofoca até poderia sair, mas se trataria muito mais de rumores do que algo real. Eu poderia me aproveitar daquilo. Talvez espalhar por aí que Andreas não lavava o saco ou qualquer coisa do tipo.

O pensamento me fez rir sozinha enquanto atravessávamos a pequena multidão, acenando para conhecidos e sorrindo para amigos antigos. Quando chegamos à mesa que João reservou para nós, me afundei no banco ao lado de Baptiste e suspirei.

— Acho que isso não vai prestar — resmunguei em português para meu irmão, que fez careta.

— Emprestar?

— Prestar.

Sem determinação suficiente para uma aula de idiomas, peguei o cardápio e comecei a avaliar as bebidas. João aproveitou para ir com Baptiste pegar drinques direto no balcão e buscar Nikolai na porta.

Estava indecisa entre suco e água com gás, mas senti a mão de alguém em meu ombro assim que decidi que queria um chá gelado de hibisco.

— Edu? — exclamei em voz alta, largando o cardápio na mesa e me levantando em um salto. Joguei-me nos braços de um dos caras mais legais do mundo dos esportes, rindo e gargalhando ao sentir o calor de seu corpo.

— E aí, Petra? Decidiu dar as caras depois de tanto tempo?

Edu Oliveira, jogador da NBA pelo Dallas Mavericks e um dos únicos brasileiros da liga, se tornara próximo, quase um amigo, quando fizemos uma entrevista juntos, dois anos antes, para a *Sports Illustrated*.

Nós acabamos a noite depois da entrevista comendo numa churrascaria brasileira em Nova York e depois continuamos mantendo contato da forma que conseguíamos — pelas redes sociais ou, quando estávamos na mesma cidade, saindo para jantar.

Não sabia que ele estava ali, ainda mais durante os play-offs da NBA.

— Eu vim ver meu irmão correr, mas o que você está fazendo fora dos Estados Unidos? — provoquei, dando um passo para trás para encará-lo.

Edu, assim como boa parte dos seus colegas de esporte, tinha mais de um metro e noventa, e falar com ele de pé era uma tortura. Por isso, fiz com que se sentasse ao meu lado, observando os dreads que emolduravam seus traços fortes, a mandíbula marcada, os olhos grandes e curiosos.

— Lesão — justificou com simplicidade, dando de ombros. — Você não viu? Estou decepcionado, Petra... Achei que acompanhasse minha carreira.

Abri um sorriso arteiro, empurrando-o pelo ombro.

— Sinto muito por isso, grandão. Veio assistir ao GP, então?

Ele olhou ao redor, estendendo o braço por trás dos meus ombros, aproximando-se um pouco para falar.

— Quis ver seu irmão correr... e Oliver, claro. Não tem como não ver esse cara.

— E o que achou? — perguntei, como quem não quer nada, mas estava extremamente curiosa para saber sua opinião acerca do meu desempenho. — Do João correndo, digo.

— Que ele tem a mesma garra que você. São gêmeos até na corrida?

Dei um sorriso ladino.

— Basicamente.

Ao longe, observei João voltar com Baptiste e outro homem ao seu lado. E, quando Nikolai chegou à mesa, o sorriso no rosto branco, os olhos claros reluzindo de amor e beijando João com carinho, percebi que era o suficiente. Se ele estava feliz, eu estaria também.

— É um prazer — cumprimentei-o com um sorriso, mas conversar com ele se tornou quase impossível com a música alta.

João desistiu, em certo momento, e levou o namorado para dançar. Eu permaneci ali com Edu, que também não era o maior pé de valsa do mundo, mas ótimo de conversa.

Desde o primeiro momento em que nos conhecemos, ele disse que tinha uma pergunta de teste para seus amigos atletas: "Você ama o que faz?".

Ele a repetia às vezes, do nada, quando se lembrava. As respostas mudavam ao longo do tempo para diferentes pessoas, e eu não escapei do seu questionamento em nosso primeiro jantar.

— E aí, Petra, hora da fatídica pergunta — ele iniciou, bebericando um pouco de cerveja. — Você ainda ama o automobilismo?

— Às vezes — respondi honestamente, observando João dançando com Nikolai.

— É uma resposta diferente da última vez — alfinetou ele, mas sem perder o sorriso brincalhão. — Como foi que você disse mesmo?

— É como respirar. Se não corro, não respiro — citei com um suspiro.

— O que mudou?

— Muita coisa.

O escândalo, mas ainda mais: como as pessoas ao meu redor lidaram com isso. A injustiça que se seguiu. Porém, no fim do dia, eu sabia que o que importava para aquele pessoal não era a verdade, e sim o que queriam ver.

As pessoas seguem uma lógica simples de moral e ética. Para certas figuras do automobilismo, o mais grave do meu escândalo não foi eu ter supostamente transado com Nico Hoffmann, e sim ter sigo pega. Para outros, foi ter saído com ele, ponto-final. E para outros ainda foi a arrogância, não o ato em si — foi o que acreditavam ser minhas motivações.

No fim das contas, com escândalo ou não, várias narrativas foram criadas de acordo com o que é mais valioso moralmente falando.

E minha moral estava baixíssima em todos os cenários.

— Eu sinto que esse esporte, não o ato de correr em si, mas tudo que está envolvido nele, falhou comigo. — Fui honesta, suspirando ao tomar mais um gole do chá. — E ainda estou tentando me recuperar.

Edu assentiu, seguindo meu olhar para a pista de dança.

— Podemos ir dançar um pouco, que tal? Vai te animar.

Estava prestes a dizer que só dançaria se ele fizesse um dueto comigo, mas entre um pensamento apressado e um gole na bebida, eu vi Oliver.

Ele estava apoiado no bar, uma cerveja nas mãos e conversando com alguém. Seu cabelo agora estava com tranças decoradas com argolas, uma camiseta de academia justa me dizia que ele não viera pronto para aquele programa. Usava uma calça vinho que marcava bem as coxas e combinava com a pele negra. Ele estava divino, e eu precisei me controlar para não suspirar como uma boba, sentindo meu corpo inteiro tremular com a mera visão dele.

— Está fazendo um ótimo trabalho em superá-lo — murmurei para mim mesma, imersa em meus pensamentos traidores.

Edu seguiu meu olhar até chegar em Oliver Knight. Ele abriu um sorriso radiante.

— Oliver? Sério? Você caiu no clichê do amigo do seu irmão?

Revirei os olhos, empurrando-o com força para fora do banco.

— Somos só colegas. Vai, vamos, vou te apresentar a algumas pessoas.

Sorri ao ver alguns colegas acenando em minha direção, me chamando para a pista de dança. Levei alguns instantes para lembrar que ali eu era Petra, e não João.

Às vezes ainda era confuso entender quem me conhecia melhor como eu mesma ou como meu irmão.

— E aí, meus amores? — cumprimentei com um sorrisão ao abraçá-los. — Não vejo vocês há tanto tempo.

— É. — Leo Goldsworthy, da Helk Racing, foi uma das primeiras pessoas a me acolher quando corremos na Fórmula 3, sorriu, me abraçando com força. — Não precisava sumir, hein? Estou de olho.

— Esse é o Edu Olivera! — apresentei com um aceno, me misturando ao grupo quando conversar ficou difícil e todos começamos a cantar as músicas de 2013.

Estava rindo e me divertindo, aproveitando a noite de uma maneira diferente. Normalmente, preferia passeios mais calmos e com menos estímulos, mas era bom experimentar coisas novas.

Quando o cansaço bateu, o banheiro pareceu a saída mais óbvia para respirar um pouco, então disse aos meus colegas que logo estaria de volta e caminhei determinada até a pequena entrada guardada por um segurança. Estava ajustando minha peruca em frente ao espelho quando ele surgiu.

Oliver me encarou pelo reflexo e, sem qualquer aviso, disse:

— Precisamos conversar.

28. Quando o DJ bota uma playlist pra molhar a calcinha e aquecer o coração

As mãos apoiadas na pia, os ombros tensos com sua voz, mas sem coragem de me virar para encará-lo e sem conseguir abrir a boca para responder. Era assim que estava havia alguns instantes.

— Sobre o quê? — minha voz finalmente saiu, rouca.

Eu parecia estar há séculos sem falar, e não segundos.

— Você foi bem na corrida hoje — pigarreou.

Ergui a sobrancelha ainda de frente para o espelho, sem ter certeza do rumo da conversa. Aonde Oliver queria chegar?

— Semana que vem pretendo acabar com você — confessei dando de ombros.

Oliver sorriu, assentindo. Todas as coisas não ditas formavam uma barreira impossível de ultrapassar entre nós.

— Era só isso? — perguntei, reunindo forças e lavando as mãos para evitar que ele visse como tremiam. — Não sei mais o que dizer. Quer dizer, nada além de que você está no banheiro errado.

Estiquei-me para secar as mãos e Oliver se recostou na pia, parecendo extremamente desconfortável.

— Você, hum, veio acompanhada?

Enrolei mais do que o normal com o papel-toalha em mãos, sem encará-lo.

— Oliver, fale o que quer dizer de uma vez. — Suspirei, jogando o papel no lixo e cruzando os braços para fitá-lo.

Desejei não ter feito isso.

Oliver era uma mistura de tensão e apreensão. O rosto expressava uma seriedade que vi poucas vezes durante nossa convivência. Parecia estar quase com raiva.

— Edu Oliveira não é o cara mais legal do mundo — alfinetou, imitando meus braços cruzados.

Dei uma risada bem alta e sarcástica.

— Sério, Oliver? Sua estratégia é realmente dizer que não gosta do cara que estava sentado comigo? Quantos anos você tem?

Oliver fechou a cara, mas não se mexeu.

— Eu só não gosto dele.

Inclinei a cabeça para o lado, sem acreditar.

— E com base em quê, senhor juiz? Me diga o que há em Edu que te faz achar que ele seja uma pessoa ruim.

Ele cruzou os braços, o cenho franzido com uma expressão de desconforto.

— Não sei, ele é alto demais.

Uma risada incrédula escapou antes que eu pudesse refreá-la.

— Ok, nesse caso posso presumir que LeBron James está na sua lista de ódio mortal? Talvez Giannis Antetokounmpo? Nem vou começar a falar do Lucão do vôlei e...

Oliver revirou os olhos, impaciente, mas eu estava começando a me divertir.

— Agora, você tem algum motivo real para esse surto ou posso voltar para a companhia dos meus colegas?

Observei com atenção quando ele passou a mão pelo cabelo, as argolas das tranças se moveram junto. Oliver encarou a parede ao falar:

— Não gosto que ele te toque daquele jeito.

Abri e fechei a boca diversas vezes, sentindo a irritação se misturar àquela sensação de quentura no peito, algo que me esforcei muito nos últimos tempos para superar. Meu Deus, a última coisa na qual eu deveria pensar era em Oliver me prensando contra a pia, em seu coração que eu poderia ouvir bater se ele só se inclinasse um pouco mais de onde estava.

Eu já havia me esquecido do terceiro lugar no GP, da vontade de socar Oliver por ser tão inconstante. Naquele momento, enquanto seus olhos buscavam uma resposta, senti saudades.

— De novo e pela última vez... — falei, mas já sem muita firmeza na voz. Soltei um pigarro e continuei: — Não é da sua conta.

Ele se aproximou ainda mais, os olhos ardendo em chamas invisíveis.

— Não é da minha conta, mas eu não consigo me controlar, Petra. Porra, eu gosto de você, muito. Não sei por que entrei aqui, não sei o que eu queria, mas... Que merda, eu me preocupo com você.

— Então para de se preocupar! — respondi com impaciência. — Você disse que não me queria, disse que sentia *nojo* de mim, que se arrependia de estar comigo. — Desviei o olhar, percebendo o quanto repetir aquelas palavras em voz alta doía, ainda mais quando ditas na sua frente. Eu precisava voltar para a mesa, me afastar dali, da sensação desesperadora de que ser desprezada por Oliver era mais do que eu conseguiria aguentar. — Se sente nojo de mim, se não quer ver minha cara, para de me fazer sentir saudades suas, Oliver. Você não tem o menor direito de fazer isso comigo!

O banheiro pareceu parado no tempo. Ali, entre as paredes que nos sufocavam, o ar girava, louco, semelhante aos meus pensamentos. Passei a mão pelo rosto, frustrada com a minha incapacidade de superar Oliver antes que me magoasse mais uma vez.

Se tivesse me afastado antes, talvez não estivesse sofrendo daquela maneira.

Mas também não estaria trancada em um banheiro com Oliver Knight, e aquele era o máximo de contato que eu tinha com ele em semanas.

— Você está com saudades? — perguntou ele, a voz abafada pela música do lado de fora. Desviei o olhar e bufei, revirando os olhos.

Ele me faria dizer em voz alta de novo que sentia sua falta? Que queria falar com ele todos os dias, que às vezes, antes de dormir, lembrava do toque dele na minha pele e ficava minutos sem fim me revirando na cama sem conseguir esquecê-lo? Por mais que tudo aquilo fosse verdade, eu não sabia se gostaria de dizer aquilo a ele.

Talvez expressar tudo o que sentia tornasse a situação mais real. Mais decepcionante. Menos como uma superação e mais uma recaída aos sentimentos que lutava para esquecer.

— Não fique se achando — desdenhei, arqueando a sobrancelha. — Eu também sinto saudades da One Di...

Mas não fui capaz de terminar a resposta atravessada. Antes que eu percebesse, Oliver estava com a boca na minha, as mãos apertando minha cintura e segurando meu cabelo com força, sem me dar espaço para respirar. Finquei as unhas em suas costas, sentindo todo o seu desespero ao me empurrar contra a pia.

Agarrei a bainha da camisa dele, deixando que sua boca me levasse ao céu e ao inferno ao mesmo tempo, meu corpo tomado por calor e calafrios. Espalmei a mão na base de seu pescoço, fazendo força, e o ouvindo gemendo baixo sob meus lábios.

— Oliver — chamei em um lapso de consciência, mas me rendi, puxando a gola da camisa dele quando sua boca atacou meu pescoço. Beijos e lambidas em minha pele sensível, eu estava à sua mercê.

— Nós vamos combinar uma coisa — ele murmurou, e apenas balancei a cabeça, submissa a seus toques. — Isso não é uma sessão de resolução de conflitos. Nós não vamos resolver nada com sexo.

— Está me prometendo uma grande briga depois disso?

Oliver riu baixo, mas negou.

— Você é briguenta, como eu gosto.

Afastei-me dele alguns centímetros para encarar seu rosto novamente, os olhos cheios de deleite e a boca inchada.

Senti quando suas mãos me puxaram para perto, levantando meu vestido. As beliscadas em minha cintura quando afundou o rosto em meu colo, mordendo a pele exposta, suspirando pelo contato de nossos corpos.

— O que você quer fazer, Oliver?

Movi os quadris para mais perto, implorando para que seu joelho continuasse criando fricção com meu corpo desejoso.

— Senta na pia, Petra.

— Você não manda em mim, sabe disso, né?

— Senta na porra da pia — ele ordenou, os lábios entreabertos. — Agora, Petra.

Abri a boca, sem saber como responder. Levantei o quadril e subi na pia, sem deixar de encará-lo, e não poderia desviar o olhar mesmo se quisesse.

Oliver se aproximou, apoiando uma das mãos ao lado do meu tronco e arrastando a ponta do polegar por entre meus seios, sem pressa.

Depositou beijos lentos até chegar perto do meu ouvido e mordiscar minha pele.

— Ah, sabia que agora ia obedecer. E sabe por quê? Porque você sabe que eu sei te comer como você gosta — sussurrou. Um arrepio crepitou por minhas pernas, que tentaram se fechar, mas ele foi rápido em segurá-las abertas ao redor de seu tronco.

Deitei a cabeça para trás, rendida em suas mãos quando sua língua circulou meu mamilo rígido, dando uma mordida leve ao passar de um para outro.

— Porque você pode manter essa pose de durona o quanto quiser. — Mais uma mordiscada em meu seio sensível, enquanto a mão se projetava para a base do meu pescoço. — Mas eu sei do que você gosta, sei que ama ser desmontada toda vez que estou dentro de você. E você sabe que não tem nenhum outro merdinha por aí que vá te foder como você merece. — Ele se afastou para me encarar, seu polegar fez carinho em meu lábio, puxando-o levemente para baixo.

Senti quando sua calça achou o ponto perfeito de fricção com meu clitóris sensível sob a calcinha. Estava tremendo, os lábios abertos pelos suspiros desesperados. Então continuei a me esfregar contra ele, observando-o abrir um sorriso sacana para mim quando gemidos desconexos me escaparam.

— Já te comeram no banheiro, Petra? — perguntou ele contra minha boca, engolindo minhas exclamações pedindo por mais.

— Não, mas tem uma primeira vez pra tudo — brinquei como se estivesse no controle, uma tentativa de me enganar e fingir que não estava totalmente à mercê de Oliver naquele momento.

E então ele ia devagar de novo, beijando meu pescoço com calma, friccionando seu joelho com toda a parcimônia do mundo. Voltei o olhar para o seu rosto, perdendo o juízo ao senti-lo puxar minha calcinha para o lado, os dedos gelados me tocando com tamanho cuidado que quase acreditei poder quebrar em suas mãos.

Estava praticamente escalando contra seu tronco, rendida à loucura de senti-lo me provocando. Ele não me penetrava, apenas fazia um carinho suave que me fazia implorar.

— Oliver, por favor — pedi, a consciência se desfazendo pelo prazer de tê-lo ali, tão próximo. Seu corpo se projetava sobre o meu, as bocas no mesmo nível, seu pau já duro e delicioso dentro da calça. O que diabos ele estava esperando para acabar comigo?

Então, apelei para a única coisa que faria Oliver ceder. Comecei a me movimentar devagar contra seus dedos também e levei minha mão ao seu rosto, segurando as bochechas entre os dedos e virei o queixo dele em minha direção. Deixei que visse todas as minhas expressões, meu rosto contorcido de prazer somente com seu toque.

— Abre as pernas — ordenou, e obedeci de bom grado. — Que ódio, Petra, eu quero tanto você. Tanto.

Precisei me controlar para não fechar os olhos ao senti-lo me foder com os dedos, então me agarrei ao seu pescoço, torcendo para não cair, para não ceder com o corpo contra o dele. Oliver me beijou de novo e de novo, até que eu estivesse prestes a colapsar, tão molhada em seus dedos que sequer os sentia. Meu vestido caía pelo meu corpo a cada movimento mais descontrolado, toda a parte inferior abarrotada contra minha cintura. Foi aí que ele se afastou para abrir a braguilha da calça. Minha boca se encheu de água ao vê-lo por completo. Tão caótico e cheio de tesão quanto eu. Mas não havia tempo a perder para nenhum de nós dois.

— Me diz que você tem uma camisinha — pedi com impaciência. Oliver riu e abriu sua carteira, colocando o preservativo no pau.

Observei com deleite, permanecendo de boca aberta diante da visão dele. Não sabia se algum dia me cansaria de Oliver, de como seus olhos se fechavam toda vez que eu pedia que fizesse algo.

Oliver tirou um tempo para me analisar, sentada sobre a pia, com as pernas abertas para ele, o vestido embolado em torno da cintura, os seios de fora. Então se afastou com um sorriso.

— Dá pra *ver* como você está molhada — sussurrou, absorto em seus pensamentos, então abri um pouco mais as pernas, baixando a mão para me tocar. — Não faz isso, Petra...

Dei de ombros e deitei a cabeça para trás com o toque de meus dedos, sentindo-os molhados e deslizando devagar, com uma calma que não combinava com meus pensamentos. Oliver se cansou de ser paciente e agarrou minha nuca, a boca na minha quando acabou com minha tortura. A sensação de ser preenchida era inebriante. Ele sabia o que estava fazendo ao me beijar para abafar o som dos gemidos altos, de nossos corpos se encontrando, dos palavrões em meu ouvido.

— Petra, não temos muito tempo hoje — informou ele com um gemido sôfrego, apertando minha nuca com força, investindo contra meu corpo entre gemidos deliciosos, que escapavam como confissões.

— Como se eu fosse durar muita coisa — murmurei entre beijos dispersos, sem conseguir controlar o êxtase crescendo em meu ventre. Ambos suspiramos ao descermos os olhos para a visão de nossos corpos se encontrando, e com aquela imagem apertei seu pescoço novamente, a boca em seu ouvido. — Você vai gozar chamando meu nome e só vai sair de dentro de mim quando eu mandar.

As minhas palavras foram a gota d'água: ele afundou a cabeça em meu pescoço, desenfreado em seus movimentos, gemendo alto contra meu corpo. Agarrei-me a ele por completo, meus músculos ardendo pela tensão, implorando para que o alívio chegasse. Apertei sua bunda, desesperada por contato, por algum motivo para não me render ao caos.

— Não tem ninguém além de você, Oliver — murmurei entre suspiros exasperados, puxando seu rosto para me encarar.

Ele abriu a boca em deleite, fechou os olhos e jogou a cabeça para trás. Até que nós dois nos desmanchamos em pontos de luz, na mais pura desordem. O orgasmo me tomou com tamanha força que senti a pressão cair, a visão turva e a respiração ofegante.

Oliver, como mandei, não parou de se mover, mas estava sem forças e cansado, tão incrivelmente lindo. Ele beijava meu ombro e suspirava no pé do ouvido.

— Você é tão obediente... Pode sair — sussurrei, sentindo o suor de minhas têmporas na camisa dele. Oliver apenas riu e se afastou, tirando a camisinha e a jogando no lixo. — Volta aqui.

A pia gelada era incômoda, mas eu não me importava. Oliver se aproximou, enlaçando-me em um abraço. Apoiei a cabeça em seu peito, sentindo seus batimentos se acalmarem junto com os meus.

— O que estamos fazendo? — perguntei baixinho, tão tentada a manter aquela ilusão, mas consciente o suficiente para saber que, quando saíssemos por aquela porta, estaria ainda mais confusa.

— Não sei, Petra — admitiu ele, fazendo carinho em meu cabelo. — Não tenho a menor ideia.

— Senti a sua falta.

A confissão saiu estrangulada, uma tentativa de trégua, de mostrar que, acima de tudo, eu não tinha um coração de pedra. Eu gostava de Oliver. E queria que ele soubesse. Respirei fundo, me afastando dele.

— Está pronta para me contar a história desde o início? — perguntou, o polegar acariciando minha pele. — Podemos conversar, acho.

— Preciso que você me prometa que vai confiar em mim, que vai acreditar que vou te dizer tudo e que é verdade — adicionei, tentando capturar seus olhos.

Quando Oliver apenas suspirou e desviou o olhar para o chão, senti a realidade me abater. Ele não estava completamente pronto. Com o máximo de dignidade que consegui reunir, ajeitei o vestido, cobri o corpo e desci da pia.

Caminhei até a saída do banheiro, lutando contra o corpo ainda mole pelo orgasmo, e o encarei com um suspiro, determinada a não desistir daquilo. Dele.

— Você ainda vai ser meu. Sabe disso, né? — repeti as palavras dele em nosso segundo encontro. — E eu não vou desistir de você, Oliver. Então, quando estiver pronto para conversar, estarei aqui.

Abri a porta, voltando para a confusão de luzes, com a certeza de que meu coração ficara para trás com o homem que tinha meu futuro nas mãos.

Paddock News
Escrito por Susan Hopkins

O mundo da Fórmula 1 não é brincadeira, não é? Após a corrida em Silverstone, os pilotos favoritos do grid foram vistos comemorando em uma balada pelas ruas inglesas. E John Brown pareceu bastante íntimo de um desconhecido charmoso. Com certeza a internet não vai demorar a descobrir a identidade do bonitão.

Esse foi o terror dos fanfiqueiros, que ultimamente perceberam a aproximação entre Brown e Oliver Knight, também da Assuero, e estavam torcendo por um clima de casal ali — mas, pelo visto, não vai rolar.

Você pode conferir um compilado de entrevistas para te fazer gargalhar mostrando que J&O são os pilotos mais carismáticos do grid. Talvez a amizade dos dois tenha se fortalecido desde as batidas.

Oliver Knight, que é amigo próximo de Alex Duarte, da Scuderia Astoria, também só se aproximou de verdade do piloto depois de uma série de rixas e uma colisão na pista na Espanha, ano passado.

Voltamos em breve no Grande Prêmio da Áustria, com mais fofocas do ano — até agora.

29. Petra Magnólia e Oliver Knight inauguram uma categoria na Wattpad

Os testes durante a semana eram um momento entre vários da minha agenda corrida enquanto eu fazia parte da vida em equipe da Assuero. Mesmo sendo apenas o piloto reserva, as pessoas estavam sendo cativadas, como Solange me dissera, tanto pelas golas altas quanto por minha relação com o primeiro piloto.

Aparentemente, Oliver e eu tínhamos conseguido mudar a percepção pública, que agora era de uma química muito boa. Se as pessoas soubessem da nossa pequena cena no banheiro da balada, com certeza concordariam ainda mais. E por isso eu estava ali, enfurnada na gravação do documentário sobre a Fórmula 1, no momento em que rolavam os testes na pista da Áustria.

Enquanto isso, a mídia se dividia com a "nova personalidade" de John Brown, que agora era mais agressivo, não ia tanto até os fãs tirar fotos nos hotéis, e sem muita paciência com jornalistas. Tentei ser mais amistosa, sorrir mais e ser mais parecida com meu irmão, mas ele era simplesmente um raio de sol, como Oliver, e eu não entendia de onde vinha tanta energia para interagir com as pessoas.

Sem falar nos autógrafos. Um dia antes, na porta do hotel, em uma das poucas ocasiões em que me arrisquei a interagir de perto com torcedores, uma fã gritou, alto o suficiente para que o mundo inteiro ouvisse, que queria que eu autografasse seus seios. Não sabia como John reagiria naquela situação. Assinar? Não assinar? Em resposta, sem saber o que dizer, apenas balbuciei algo como "mas peitos são tão privados", e a garota ficou vermelha imediatamente. Quando contei a John sobre a situação, ele gargalhou tanto que quase caiu da cama, mas enfim disse que não assinava peitos. Fiquei feliz por ter acertado naquilo, pelo menos.

Meu carro foi o primeiro da Assuero a ser testado. A presença dos pilotos principais não era obrigatória, mas naquele dia especialmente, gravaríamos algumas chamadas para o documentário oficial da Fórmula 1. Por John estar no grid durante boa parte da temporada e ser filho do dono da Melden, decidiram me inserir no documentário também, mesmo sendo piloto reserva — o máximo que alcançaria naquela modalidade se dependesse de encontrar novos patrocinadores para Petra Magnólia.

Apesar disso, um lado meu, aquele que queria competir de verdade, só desejava gritar. Ser piloto reserva, infelizmente, não era algo no qual eu era muito boa. Tinha algumas ferramentas para lidar com minha competitividade desmedida, mas às vezes me dava o direito de querer *fazer algo*.

Seria mesmo tão ruim querer competir de verdade?

— Ei! — Jonathan Casanova se aproximou, seu rosto vermelho ao voltar do teste.

— E aí? — cumprimentei-o com um aperto de mão e um abraço rápido. Já havia me acostumado àquela maneira estranha que os homens tinham de se cumprimentar. E o aceno de cabeça. Aquilo ainda era meio confuso. Por que acenavam com a cabeça em diferentes direções? — Boa sorte no próximo GP, cara.

O piloto sorriu e me deu um tapinha nas costas, abraçando-me de lado. Precisei controlar uma careta. Ele era amigo do meu irmão, não meu. Maldito John e sua linguagem do amor de toque físico.

Observei de soslaio quando Oliver veio em nossa direção, um sorriso fácil nos lábios e o corpo perfeitamente delineado no uniforme da equipe. A beleza dele me deu vontade de chorar. Os ombros, os braços, até as coxas... Ah, eu queria ser esmagada no meio daquelas coxas e...

— E aí, caras? — ele cumprimentou, uma risada quase escapando da boca ao perceber que meu olhar cravado nele tinha intenções nada cristãs. — Vim encher um pouco o saco de vocês.

— Sinta-se à vontade. — Jonathan se afastou para cumprimentar Oliver, os olhos quase se fechando com sua animação. — Estava prestes a chamar John para jogar basquete depois da corrida.

— Vamos ver, cara, e pretendo ganhar, só pra você saber — retruquei com o nariz empinado, mesmo sabendo que eu perderia. Óbvio. — Pode ser que eu faça algumas enterradas.

Eu bem que queria que Oliver fizesse umas enterradas em mim.

De novo.

— John — Baptiste me chamou, com um crachá no peito e os olhos escondidos por um óculos de sol. Oliver seguiu meu olhar, encarando com indiferença meu treinador. — Você e Oliver vão agora.

Despedi-me com um aceno e caminhei até o cômodo separado para as gravações.

— Se o seu objetivo é não ser descoberta — Oliver sussurrou ao meu lado antes que entrássemos no cenário de gravação —, então precisa ser mais discreta. Está me comendo com os olhos, Petra.

— Pensei que não estivesse falando comigo.

— Posso ficar em silêncio, se quiser.

— E você é capaz disso?

Oliver gargalhou alto e deu de ombros, cumprimentando em seguida toda a equipe de filmagem. Dei sorrisos calorosos que pertenciam a John Brown, não a Petra Magnólia.

Um funcionário nos encaminhou para uma saleta adjacente, onde havia alguns petiscos e bebidas gostosas. Aguardaríamos ali até sermos chamados. Recebemos diversas instruções da equipe de filmagem, que se desmanchava em risadas todas as vezes que Oliver fazia alguma piadinha.

Oliver, sentado ao meu lado, estava tomando sua água em grandes goladas, o pomo de adão subindo e descendo com rapidez. Eu o estava encarando, sem sequer conseguir disfarçar.

— Por favor, John, estou prestes a te denunciar por me encarar demais — ele provocou com uma risadinha.

Estar sozinha em uma sala com Oliver era perigoso demais para minha sanidade, então peguei o celular, a fim de me manter presente e não ser carregada por seu perfume ou seu sorriso bonito. Assim que a tela desbloqueou, não pude controlar um susto. Oliver acompanhou meu olhar e com um movimento rápido pegou o aparelho de minhas mãos antes que eu tivesse a chance de reagir.

— *Joliver?!* — ele exclamou, e deu uma risada estrondosa. Apertei os lábios e me estiquei para pegar o celular de volta, sentindo o pescoço avermelhar com a vergonha. — Você está lendo fanfics?

— Que merda, Oliver! — reclamei em um sussurro. — Devolve.

Mas ele apenas estendeu a mão para impedir minha aproximação.

— Isso aqui tem quase um milhão de leituras e só foi publicado... Cruzes, há dois meses? — ele se esforçou para falar baixo, incrédulo.

— Os números de fanfics desse... ship... cresceram muito nos últimos dois meses e meio.

— Desde que você veio para a Assuero — completou ele com um sorriso. — As pessoas gostam de nós dois — e então abaixou o braço e se aproximou —, mesmo sem saber que é na irmã dele que eu penso o tempo todo!

A minha sorte era que não tinha ninguém por perto. Do contrário, qualquer um veria em meu rosto que eu queria beijar Oliver Knight até que o ar desaparecesse de nossos pulmões.

— Será que tem alguma fanfic minha e sua? — perguntou ele com naturalidade, como se não tivesse feito meu coração perder duas batidas no último segundo. Ainda atordoada, segui seus olhos quando ele digitou nossos nomes no campo de busca do site.

Petra e Oliver.

Duzentos resultados.

— Duzentas pessoas acham que seríamos um bom casal? — O choque era óbvio em meu rosto, mas Oliver apenas deu de ombros.

— Eu já li uma.

Pisquei, atordoada, sem saber se ele estava brincando ou não. Para minha surpresa, Oliver não sorriu, apenas continuou fuçando meu celular.

— Você já leu uma fanfic nossa? — perguntei, ainda sem acreditar. Oliver assentiu e deu uma olhada ao redor antes de se voltar para mim.

— E a mente da autora era *muito* fértil.

— Sobre o que era?

— É um clichê incrível — comentou com animação e devolveu o celular. Em minhas mãos havia uma página com diversas fanfics sobre o ship *PetrOliv*. Que nome horrendo. — Eu sou o melhor amigo do John, eu e você nos aproximamos e uma noite você declara seu amor por mim enquanto está bêbada.

— Eu jamais faria isso — resmunguei.

— Você já me ligou quando estava bêbada.

— Continue a história, Knight.

Oliver bufou e apoiou os cotovelos nas coxas.

— No dia seguinte, eu bato na porta da sua casa e transamos como loucos.

— Bom, isso é bem verossímil — comentei com um dar de ombros, já voltando a olhar as fanfics. — O hot era bom?

— Acho que em algum momento eu tinha três mãos, uma estava na sua bunda, outra no seu peito e a outra no seu pescoço.

Gargalhei alto, sentindo mais uma vez tudo aquilo que sempre sentia quando Oliver estava comigo. Um calor no peito, o sorriso fácil e o corpo mole. Uma romântica, é o que eu havia me tornado.

Assustada com a gama de sentimentos que me tomavam cada vez que pensava sobre Oliver, soltei um pigarro e rolei a tela do site, lendo as sinopses.

— Nesta aqui, você é um espião do governo britânico e eu sou filha de um político corrupto que você precisa prender — disse, e Oliver aproximou a cabeça da minha para olhar o site.

— Eu gostei dessa outra... Você me fode com um dildo.

— Você gostaria de fazer isso? — perguntei em voz mais baixa ainda, sem saber o caminho que aquela conversa poderia levar em um local tão público.

Oliver levantou os olhos e deu de ombros.

— Acho que sim. Mas não vou negar que eu também gostaria muito de te foder com um dildo. Enquanto dá pra mim. Ao mesmo tempo.

Pai amado.

Cruzei as pernas, sentindo as costas pinicarem com as palavras sedutoras de Oliver, tão casuais. Então, apesar do que o bom senso me dizia, voltei a olhar as fanfics.

— Esta aqui — falei sem jeito — é uma *enemies to lovers*. Somos rivais de equipe e nos apaixonamos.

Oliver ficou em silêncio, então o observei de soslaio, sem saber como reagir.

— Nos apaixonamos, hein? — repetiu, a voz um pouco mais séria.

— Não precisa levar tão a sério — argumentei imediatamente, mas não sabia por quê. Oliver arqueou a sobrancelha, curiosidade em seu semblante. — É só uma fanfic, né?

— É, acho que sim.

Bloqueei a tela do celular e descruzei as pernas, tomando um susto quando um dos funcionários da Assuero entrou na saleta.

— Oliver, você entra em três minutos.

Ele se levantou assim que a porta foi fechada, passando os olhos ao redor da saleta.

— Animada pra entrevista, *pímêinntchinha*?

Semicerrei os olhos em sua direção, surpresa com a voz em um português arrastado, o sotaque mais puxado para o espanhol.

— Você nem sabe do que está me chamando, Oliver!

O piloto alargou o sorriso, dando de ombros.

— Perguntei a um fã brasileiro que veio me ver no GP passado. Ele disse que pimentinha é como vocês chamam uma pessoa que não para quieta, vive arrumando confusão e é meio cabeça quente. Você é uma pimentinha.

Abri a boca em puro choque. Oliver havia tirado o dia para me deixar tonta, completamente perdida e fora de eixo.

— Não gostei disso — disse, mas isso apenas fez o sorriso de Oliver se alargar.

— Você gostou, não gostou?

— Não — murmurei, controlando a vontade de rir.

Oliver levantou meu rosto e me deu um beijo rápido.

— Sei que não deveria estar te beijando e que precisamos conversar — disse ele, resfolegante. — Mas não consigo evitar, esse seu sorriso é gostoso demais.

Aquilo era para ser um consolo?!

— Espere um minuto antes de sair, *pimentinha*.

Então fiquei sozinha ali, sem pensar em entrevistas, corridas ou até mesmo na minha autopreservação e no medo que estava de alguém nos ver. Naquele momento, eu só conseguia pensar que me apaixonar por Oliver Knight não parecia mais opcional: era inevitável.

30. Como diria Charles Boyle, cuidar do cabelo de quem amamos é o maior ato de amor possível

OLIVER KNIGHT

Antes de todos os fins de semana em que havia corrida, eu costumava fazer algo de que gostava muito. Podia ser comer um lanche, fazer um treino especial, jogar meu videogame favorito ou simplesmente passar uma tarde inteira nadando na piscina e lendo. Variava muito de acordo com meu humor.

Naquele dia, com o sol na cabeça, uma camiseta de corrida, a música tocando no máximo nos fones de ouvido e uma trilha inteira diante de mim, me permiti uns momentos sozinho enquanto fazia minha sequência de treinos na Áustria.

Minha respiração se tornava ofegante. Quanto mais pesado o treino, menos minha mente se voltava a Petra e seu alter ego, John.

Descobrir sua mentira foi uma das maiores decepções que sofri nos últimos meses. O que mais me perturbou foi pensar em todas as vezes que Petra havia se passado por John de forma tão realista. Eu acreditei piamente que estava conversando com uma pessoa, mas na verdade era outra.

Enquanto eu achava que John me odiava e Petra se abria para mim, qual era a verdade: Petra fingindo que me odiava ou fingindo que queria me conhecer melhor?

Ela me deu conselhos sobre si mesma simulando ser outra pessoa. Viajou comigo como se fosse o irmão e, do quarto ao lado, flertou comigo.

Será que sentia algum peso na consciência? Será que se arrependia? Será que achava normal agir daquela maneira comigo?

E ainda havia mais uma questão, uma que ainda me deixava inquieto: Petra estava cometendo uma infração em níveis tão estratosféricos que eu duvidava haver qualquer regulamento na Fórmula 1 sobre aquela situação.

Afinal de contas, quem esperaria que aquela mulher enganaria milhões de pessoas daquela maneira? E o pior de tudo, com tanto sucesso?

A música em meus fones foi interrompida por uma chamada estridente. Era Alexandre Duarte.

— E aí, cara?

— Tô mudando pra vídeo, aceita — ordenou. — Pronto, eu só queria saber como você está, mal tenho te visto.

Passei a mão pelo cabelo trançado e respirei fundo, ainda recuperando o fôlego do esforço pesado.

— Bem, o primeiro treino livre é amanhã, os carros estão testados e tudo vai dar certo. Admita que está ligando pra saber a estratégia que minha equipe vai usar pra subir no pódio, Duarte.

Peguei minha garrafa d'água do chão e voltei a caminhar pela trilha plana até o hotel. A área externa estava vazia e dava de cara para a floresta. O relógio marcava 17h, e quase ninguém estaria por ali. Depois da entrevista para o documentário e da última reunião antes do GP, precisava de uma distração.

— Ah, com certeza, a mesma estratégia que fez com que nossos carros batessem ano passado, né?

Gargalhei alto, já sentindo o vento gelado me acalmar depois dos exercícios. Alex Duarte e eu nos dávamos bem desde a temporada anterior, quando colidimos em um dos GPs. Enquanto os tabloides insistiam que éramos inimigos declarados, que havia uma rixa entre nós, a batida apenas fez com que nos aproximássemos. Não chegamos a ser grandes amigos, mas eu diria que somos colegas próximos.

— Cara, aproveitando pra perguntar... E a Petra, hein? Nunca mais presenciei nenhum jantar em telhados de hotéis — perguntou ele como quem não queria nada, mas via em seus olhos pura curiosidade.

Ele era um fofoqueiro, isso sim.

— Acho que a gente meio que terminou.

Alex piscou algumas vezes em confusão. A pele marcada pelo sol tinha um aspecto saudável, e pequenas ruguinhas de sorriso se formavam em sua boca. Talvez ele estivesse simplesmente feliz demais nos últimos dias.

— Como assim, terminaram? Da última vez que nos falamos, você me disse que estava interessado nela de verdade.

— Isso foi antes de... hum... eu descobrir algumas coisas.

Os olhos de Alex se arregalaram imediatamente, aproximando o rosto da tela com tamanha rapidez que quase me assustou.

— Pode contar *tudo*.

Balancei a cabeça em negativa, dando uma risada sem graça. Não contaria nada a Alex. Aquele segredo de Petra era tão grande que eu o guardaria até o fim.

— Foi mal, cara, não posso.

— Ela te traiu?

— O quê? Não.

— Ela tem algum gosto estranho na cama?

— Sim, mas isso nunca foi problema — resmunguei. Alex arqueou a sobrancelha em curiosidade. — O negócio é que eu queria que desse certo, e ainda pode dar, mas está na mão dela.

— Vocês já eram exclusivos ou namorados, algo assim? Você parece bem chateado com toda a situação. Cara, nós precisamos sair para conversar um pouco mais sobre isso. Você é todo fechadão e te conheço bem o suficiente pra saber que só precisa de um tempo pra conseguir falar com calma.

Voltei o olhar para a tela, sentindo o peito apertar com a consciência de que ele estava certo.

E, apesar de querer muito me abrir com Alex, não conseguia deixar de lado aquela sensação de que deveria saber lidar com aquilo sozinho, que relações eram simples e práticas. Era frustrante querer dizer muito e não conseguir falar nada. Talvez Alex até me entendesse, no fim das contas, mas colocar em palavras era mais difícil do que parecia.

— Eu topo. Podemos jantar depois da classificatória — propus com um pouco mais de ânimo.

A realidade é que eu queria mesmo ficar sozinho até o GP começar. Pensar um pouco sobre meus próximos passos após a corrida, avaliar algumas estratégias. A equipe estava contando comigo para manter a liderança no campeonato, e toda a questão com Petra não podia me desviar do objetivo final: ser campeão mundial novamente.

Um título era ótimo, foi a maior conquista da minha vida, mas eu queria mais. Continuar correndo bem, permanecer alcançando bons resultados, até melhorá-los. Era o que eu vinha fazendo por anos a fio.

Mas ainda havia meus projetos fora das pistas, aqueles que me faziam continuar quando me cansava demais do esporte que era parte da minha vida desde os sete anos. Por exemplo, ter uma família. Alguém para quem voltar no fim do dia, construir um relacionamento duradouro. Intimidade. Eu queria tudo aquilo, e por alguns instantes, achei que seria com Petra.

E, o pior de tudo, eu ainda queria que fosse com ela. Queria que a gente se acertasse, que ela explicasse tudo para mim e que a situação não passasse de um mal-entendido, mas a realidade era que Petra tinha mentido, tinha me manipulado e enganado. Como poderia criar uma relação com alguém que fez aquilo?

— Ok, mas fora a minha vida amorosa miserável... — comecei, agora deixando um sorriso crescer mais. — Consegui a aprovação comercial para a sede do Instituto.

Um ano antes, enquanto conversava com Alex no GP da França, fiquei sabendo sobre algumas iniciativas de estudantes de medicina sul-africanos, brasileiros e cubanos para o tratamento do Alzheimer. Alex participava de uma das instituições que pesquisavam a doença que afligia minha mãe, e foi então que tive a ideia de criar um instituto voltado a financiar essas pesquisas. Ele levaria o nome da minha mãe, Valkyria Mabuza Knight.

— E toda a questão de impostos? — Alex perguntou, genuinamente curioso. Gostava dele por isso. Quando estava interessado, realmente demonstrava.

— Meus contadores estão cuidando disso, ainda vai levar um tempo pra conseguirmos funcionar totalmente. Já é uma vitória ter um espaço físico definido.

Eu não podia salvar a pessoa que eu mais amava, retardar o processo inevitável de degeneração do Alzheimer de minha mãe, mas outras pessoas poderiam manter seus familiares saudáveis por mais tempo. Usar meu tempo útil fora das pistas para dar um apoio à pesquisa e ao tratamento de Alzheimer foi exatamente o que me motivou a correr com mais afinco, vislumbrando um futuro para mim no horizonte, na aposentadoria.

Despedi-me de Alex, prometendo atualizá-lo sobre o andamento do Instituto, e caminhei com passadas doloridas até meu quarto. Parada na frente da porta, os braços cruzados em uma camisa folgada, estava Petra, vestida como John. Eu sabia que era ela, porém, porque o sorriso não era tão parecido assim com o do irmão, as mãos eram menores, as sobrancelhas se aproximavam quando me encarava de perto. Ela era tão absurdamente diferente de John que me irritava não ter percebido antes.

— O que está fazendo aqui? — perguntei, sem jeito.

O que era melhor? Abraço? Um aperto de mãos? Beijo na bochecha? Sem saber o que fazer, apenas coloquei o cartão magnético na porta para a gente poder entrar.

— Acho que está na hora de resolver todas as nossas pendências. Eu preciso te contar toda a verdade.

Apontei para a cama de casal em frente à televisão e pedi que se sentasse. Fui até o frigobar e me demorei pegando duas garrafas d'água, tentando disfarçar meu nervosismo.

— Falei com meu irmão hoje cedo e... — Ela pigarreou, as mãos sobre as coxas. Parei em frente a ela, os braços cruzados para me proteger do quanto sua voz me afetava. — Eu vou te contar tudo, só peço que ouça até o final e... não sei... só...

— Prometo ouvir até o final, Petra.

Ela respirou fundo, passando as mãos pelo cabelo que aos poucos crescia como o meu. Quando eu e meu irmão éramos crianças, costumávamos trançar os cabelos um do outro quando estávamos brigados, porque nossa mãe dizia que no silêncio poderíamos pensar com calma e não falar besteiras. Talvez só um abraço e uma conversa fossem o suficiente. Eu podia questionar o método dela, mas não a eficiência. Ronan e eu raramente passávamos muito tempo brigados depois de uma sessão de tranças nagô.

— Senta no chão — pedi e apontei para o espelho atrás da porta. Petra me encarou em confusão, as sobrancelhas tão juntas que pareciam uma.

— Eu vou ficar com torcicolo.

— Senta, Petra. — Dei uma risada baixa e peguei uma cadeira, puxando seu pulso. — Pode contar a sua história enquanto eu tranço seu cabelo.

Petra abriu e fechou a boca algumas vezes, me encarando pelo espelho de corpo inteiro. Então desistiu de argumentar e assentiu, sentando-se no chão acarpetado.

Fui até minha mochila de viagem e peguei a pomada, algumas ligas pequenas e o pente-fino, e caminhei em sua direção. Petra continuava sem reação, apenas me encarando com incredulidade.

— Vim aqui pedir desculpas e você vai trançar meu cabelo? — perguntou em voz alta, como se tentasse se convencer de que não estava alucinando.

— Minha mãe dizia que eu e meu irmão só nos perdoávamos quando estávamos trançando o cabelo um do outro — expliquei ao me sentar na cadeira, virando seus ombros para ficarem de frente para o espelho. Petra não desviou os olhos do meu reflexo, a atenção presa em cada palavra que saía da minha boca. — É o que eu estou fazendo.

Ela apenas assentiu e me deu um leve aperto na panturrilha, agradecendo.

Então Petra começou a falar. Explicou a depressão do irmão, a infância com o pai autoritário, que forçava John a correr, mesmo que não gostasse, e como guardar aquilo por tanto tempo foi gatilho para muitas crises.

Quando ele soube que teria que assumir como piloto reserva depois do acidente de Andreas, a ideia veio do irmão enquanto assistiam *Ela é o cara*. Àquele ponto, senti que estava acompanhando uma novela. Como eles planejaram cada passo, cada viagem, a troca de equipe, tudo.

Caramba, aquilo era melhor que o k-drama das gêmeas.

— E aí você apareceu — ela concluiu com um suspiro, fazendo uma careta quando cheguei à metade de sua cabeça e puxei um fio errado. — No nosso primeiro encontro na Austrália, meu objetivo foi ser o mais desagradável possível, para ver se você me deixava em paz.

— Bom, você conseguiu — comentei, atento a uma das curvas da trança. — Eu achei que você me odiasse durante metade daquele encontro.

— E por que não desistiu?

— Porque você ainda não tinha me visto sem camisa.

Petra abriu a boca em descrença e soltou uma risada fraca.

— Estou falando sério, Oliver.

Fitei seus olhos esverdeados pelo espelho e relaxei os ombros um pouco, já voltando a atenção para seus cabelos. Meus dedos começavam a doer, mas estava disposto a ir até o fim.

— Eu ia te pedir desculpas no final daquele encontro pelo que aconteceu na festa da Melden, por isso ignorei suas *grosserias* — murmurei. — Devia ter arrebentado a cara do Andreas pelo que falou, mas só dei uma bronca nele depois. Eu deveria ter te defendido na frente dele.

— Tudo bem, já passou — ela comentou baixinho. — Eu achei bem feito ele cair na piscina.

— Também achei.

Levei a mão livre até o queixo dela e levantei sua cabeça, para que não ficasse com dor no pescoço com a trança.

— Bom, depois da Austrália começamos a conversar e foi ficando cada vez mais difícil te afastar. Mas eu tentei! Só é difícil, você é tão... — ela se interrompeu, me encarando pelo espelho.

— Ah, a culpa é minha por você não conseguir se afastar de mim? — perguntei com bom humor.

— Você é gostoso demais para o seu próprio bem — ela declarou com um sorriso largo. — Mas eu te peço desculpas, Oliver. Nunca foi meu objetivo te enfiar nessa confusão, me desculpa por mentir. Eu não podia te contar, mas escolhi continuar com essa farsa, mesmo sem ser honesta com você. Me desculpa por ter abusado da sua confiança.

Terminei a trança seguinte em silêncio. E a outra também. Petra não falou mais, ficou com a cabeça abaixada e puxando fiapos do carpete do chão, a respiração pesada no quarto silencioso.

Ela havia feito o que eu pedi, falar a verdade. Prometi que conversaríamos. Aquilo era o que ela podia me oferecer, e agora estava em minhas mãos decidir o que fazer.

Pensei no que eu queria, em minha idade, no que planejava para o futuro. Poderia imaginar Petra comigo, tentar construir algo com ela.

Se qualquer pessoa me contasse sobre aquela situação, eu daria minha opinião sem titubear: não havia justificativa. Porém, mesmo que a contragosto, eu precisava admitir que entendia suas motivações. Eu faria o mesmo pelo meu irmão, sem pensar duas vezes. Morreria e mataria por ele. E não só isso... O mero pensamento de ter uma última chance de correr, mesmo que fingindo ser outra pessoa... Não poderia ser hipócrita a ponto de dizer que agiria diferente.

Petra não tinha intenções ruins, eu que fui um pobre azarado por me envolver em tanta confusão. Nada daquilo era preto no branco, tantas nuances permeavam nossa relação que era impossível chegar a uma conclusão simples. Dependia de mim decidir como eu me sentia e o que queria fazer com aquilo tudo.

Somente quando acabei as tranças nagô e observei o resultado no espelho me permiti respirar fundo e encará-la de volta na superfície refletida.

— Nós somos exclusivos?

Petra inclinou a cabeça, curiosa.

— Não entendi.

— Agora que tudo está às claras entre nós dois, somos exclusivos? Eu não sei se quero te dividir com outra pessoa.

Petra se virou para mim com um sorriso malicioso. Agora, encarando-a de frente, percebi que minha mãe estava certa. Às vezes, só precisávamos de algum tempo em silêncio com quem gostamos para perdoar e entender um pouco melhor.

— Tipo quem? — perguntou ela, com o semblante confuso.

— Aquele altão com quem te vi em Silverstone, o Edu... — Passei a mão pela cabeça, subitamente envergonhado. — Vocês pareciam próximos.

Petra gargalhou, dando um beijo em meu joelho.

— Ele é só um colega meu. E a namorada dele é muito divertida.

— Ah.

Encarei minhas mãos, pigarreando antes de dizer:

— Eu não estive com mais ninguém desde que começamos a sair.

Petra mordeu o interior da bochecha e se levantou devagar, me puxando junto.

— Quando eu falei pra você um tempo atrás que não queria me envolver, que não podia, não estava mentindo. Todo aquele escândalo com Nico Hoffmann foi horrível e transformou minha vida em um inferno.

Assenti devagar, passando o polegar por sua bochecha ao me aproximar. Petra fechou os olhos, aceitando a carícia.

— Amanhã, depois do treino livre, vou falar com o meu pai. Como Petra. Ele me propôs um contrato.

Foi a minha vez de encará-la em confusão.

— Mas você e seu pai...

— Eu sei — disse ela, e se afastou de mim, andando pelo quarto com a expressão cansada. — Mas ele é minha única saída. As outras equipes da Fórmula 2 já estão montadas para o ano que vem, e consigo competir pela Fórmula 1, só não tenho o contrato. Não tenho escolha: ou faço isso ou não corro.

Balancei a cabeça em negativa e segurei a mão dela, puxando-a para um abraço. Petra respirou fundo em meu peito e apertou minhas costas.

— Você não precisa mais ficar guardando isso sozinha — murmurei com os lábios tocando sua cabeça. Petra assentiu e fungou. Ouvi seus soluços antes de as lágrimas molharem minha camisa.

— Eu vim aqui para me desculpar e é você que está me confortando — ela reclamou, com uma risada chorosa. — Odeio que me vejam chorar.

— Que pena — comentei ao afastá-la, limpando as lágrimas com os polegares. Com os olhos vermelhos e o queixo trêmulo, Petra era tão claramente importante para mim que chegava a doer vê-la daquela maneira. — Estou aqui sempre que precisar chorar, está me ouvindo?

Ela assentiu, voltando a se afundar em meu peito, me abraçando com ainda mais força.

— É tão bom falar disso com alguém que me entende — ela sussurrou. — Minha psicóloga também é uma ótima ouvinte, mas você *sabe* o que estou sentindo, é...

— Sim, eu sei. — Então a abracei de volta, fazendo carinho em sua cabeça até que ela estivesse mais calma. — Petra, como você vai falar com seu pai amanhã se vai participar dos treinos livres?

— Ainda não sei como vou fazer essa mudança de roupa e identidade toda no paddock, mas...

— Eu te ajudo — me prontifiquei sem titubear.

Petra se afastou e negou com a cabeça, limpando os últimos resquícios de lágrimas das bochechas.

— Não quero te meter nisso.

— Acho que é tarde demais, Petra.

Ela não riu, apenas voltou a caminhar ansiosamente, a atenção vidrada no chão.

— Oliver, você não entende. Se alguém descobrir que está me ajudando, vai ser expulso, perder patrocínios...

— Petra...

— Não! — ela me interrompeu com firmeza. Não quero te envolver nisso. Se você tiver algum problema por minha causa, eu...

— E só você pode decidir isso? — retruquei. — Não vou te acobertar, posso só ficar de olho na porta enquanto você se troca. Podemos dizer que você foi ao paddock falar com o seu irmão, mas que ele saiu, não sei.

Petra suspirou profundamente ao me encarar, batendo o pé.

— Você é um cabeça-dura, Oliver Knight.

— Ah, e você não, *pimentinha*?

Petra apertou os olhos em minha direção, mas já havia uma sombra de sorriso em seu rosto.

— Agora posso dizer que estou competindo com o meu namorado?

Gargalhei, jogando a cabeça para trás, sem controlar a felicidade, o carinho e a paz que tomavam meu peito toda vez que Petra me fazia rir. A mulher era um perigo.

— Podemos deixar isso interessante, sabia?

— Ah, é? Como? — perguntou em voz baixa, já novamente em meus braços, a boca se aproximando da minha e o corpo apoiado no meu.

— Se você ganhar de mim no domingo, *o que não vai acontecer*... — Recebi com uma risada o tapa que me deu no peito. — Então eu prometo te comer até você esquecer o próprio nome.

— Nossa. E o que eu levo se ganhar?

— Uma bela foda do mesmo jeito.

Petra riu alto, mordendo de leve meu lábio antes de me dar um beijo lento, sem pressa alguma. Era tão natural, tão gostoso e cheio de carinho. Queria viver ali para sempre.

— Passa a noite comigo? — pedi baixinho.

— Eu adoraria — Petra comentou com um suspiro —, mas minha equipe chega cedo, a sua também. Se alguém nos vir juntos, vai ser difícil explicar...

Gemi em sofrimento e me joguei na cama, a cara enfiada nos travesseiros. Petra deu risada e se ajoelhou em cima de mim. Senti sua respiração em meu pescoço, as mãos levantando a camisa para beijar minhas costas.

— Mulher, se você não vai transar comigo, então não provoca assim.

Petra apenas deu risada e colou a boca na minha orelha, passando os dentes pelo lóbulo e então se deitou ao meu lado.

— Já que você não vai me foder, eu posso fazer isso com você.

Virei a cabeça rápido demais, batendo nossas testas. A pancada foi forte o suficiente para me deixar vendo pontos pretos e brancos.

— Ai, caralho — ela xingou e passou a mão no local da batida, sentando-se na cama. — Eu falei algo errado?

Passei a palma da mão na testa e praguejei, sentindo a cabeça latejar.

— Você quer tipo... hã... me foder usando um dildo ou algo assim?

Tentei disfarçar a vergonha se alastrando por meu corpo, ainda misturada com a tontura pela batida forte. Eu havia deixado a possibilidade no ar mais cedo, mas não sabia que ela levaria a sério.

Quer dizer, não deveria ser nada vergonhoso, mas a primeira vez que sugeri para uma mulher que gostaria de tentar ela me perguntou se eu era gay e parou de responder às minhas mensagens. Foi de uma homofobia tão grande e descarada que desisti da ideia.

— Eu só achei que talvez fosse algo que você gostaria de fazer, por causa da fanfic e...

— Ah, mas você quer, Petra?

Como saímos de um pedido de desculpas para choro e então uma conversa sobre dildos em menos de duas horas?

— Quero — ela sussurrou. — E eu quero que você se sinta bem.

Respirei fundo, sem saber como reagir àquilo. Ela era simplesmente...

— Oliver? — alguém berrou da porta.

Petra me encarou, assustada, pulando da cama e quase caindo no chão.

— Quem é?

— Leo Goldsworthy!

Petra saiu correndo para o banheiro e se trancou lá dentro. O piloto da Helk Racing me esperando era um dos caras do grid de quem eu mais gostava. Éramos colegas desde novos, e passamos por maus bocados juntos até chegar à Fórmula 1.

Quando abri a porta, ele estava de roupas casuais e um sorriso tímido.

— Leo, como posso te ajudar? Estou um pouco ocupado e...

— Claro — disse ele, balançando as mãos em frente ao rosto. — Pode deixar que vou direto ao ponto. — Então, bateu palmas uma vez, nervoso. — Eu queria chamar Petra pra sair, mas não tenho o contato dela. Estava a fim de bater um papo com o John, só que não somos próximos. Você por acaso tem o número dela?

Foi necessário muito controle para não rir e depois chutá-lo do quarto. Como assim ele queria o número da Petra? Desde quando Goldsworthy era atirado daquela maneira? Estava louco? Petra, ainda por cima?

— Cara, você fez uma cara... Por acaso está de rolo com ela? — ele perguntou, uma expressão surpresa em seu rosto. — Se for o caso, eu saio fora. É que ouvi dizer por aí que ela está solteira e...

— Ahã — pigarreei, sem saída. — Não tenho nada com ela, não, é que eu bati a cabeça agora há pouco e ainda estou meio tonto. Não tenho o contato dela, cara, foi mal. Mas pede pro John, ele pode te passar.

— Valeu, cara. — Com os ombros curvados e o sorriso meio triste, Leo se despediu com um aceno.

Petra saiu do banheiro assim que fechei a porta, gargalhando.

— Olha só, pelo visto eu estou fazendo sucesso no grid, não é?

Semicerrei os olhos para ela, mas Petra não se moveu, apenas cruzou os braços e levantou o queixo para mim. Aproximei-me com calma, encurralando-a contra a porta.

— Podemos combinar que você faz todo o sucesso do mundo lá fora — murmurei, dando um beijo no canto de sua boca. — Mas fico feliz de saber que aqui dentro é só minha.

Petra segurou minha cintura e suspirou.

— Não sabia que você era tão territorialista, isso é muito medieval — provocou ela com uma risada quando belisquei sua cintura.

— Não posso ficar feliz por ter uma das mulheres mais desejadas do grid? — sussurrei antes de puxá-la para um beijo, me sentindo derreter com a percepção de que Petra Magnólia estava comigo. Que era tão minha quanto eu queria ser dela. E aquilo fez com que meu corpo se acendesse o suficiente para não deixá-la ir embora do meu quarto até esgotarmos um ao outro.

31. Contratos abusivos e pais comerciais

Não havia nada pior do que começar um fim de semana indo mal no treino livre.

— Vai dar tudo certo, John — Augustus me consolou quando fui cumprimentá-lo e aos outros engenheiros.

Dei um tapinha em suas costas e tentei sorrir, mas havia uma sensação incômoda no meu estômago que não coincidia com toda a tranquilidade dos últimos dias.

— É, acho que temos alguns ajustes a discutir na nossa reunião — comentei para tranquilizá-lo e voltei para o box, preparando-me para pôr em ação o plano de que Oliver, contra a minha vontade, insistiu em participar.

Ele trouxera em sua mochila a minha peruca mais curta. Eu usaria com o capuz jogado por cima. Oliver conseguiu o crachá para Petra Magnólia como convidada da Assuero. Isso foi ideia dele, que, para minha surpresa, parecia dedicado a enganar o mundo inteiro comigo.

Ele me aguardava em frente ao meu quartinho, um sorriso fácil no rosto que não chegava aos olhos. Estava preocupado.

— Você vai ter que ir por trás. Se sair do nosso box assim, vai ser óbvio. Eu vou tentar distrair o pessoal e você vai, ok?

Encarei-o sem entender e entrei no espaço reservado para mim ao lado de Oliver. No meu celular, Tchaikovsky tocava baixinho, tentando harmonizar aquela cacofonia em meu peito com os instrumentos da orquestra.

— Como assim, distrair, Oliver? Não quero que se meta em problemas.

— Confia em mim, *pimentinha* — garantiu com um beijo em minha testa. — Estamos juntos nessa.

— Vou botar um anel de compromisso no seu dedo qualquer dia desses — murmurei com bom humor, mas Oliver apenas deu de ombros e abriu uma fresta da porta.

— Depois te passo minhas medidas, fica tranquila. — E piscou, prestes a fechar a porta atrás de si. — Conte exatamente cinco minutos antes de sair, vá por trás e não deixe a mochila com as coisas aqui. Leve nas costas, se precisar.

Troquei de roupa com rapidez, checando a cada instante o cronômetro em meu celular. Quando o relógio marcou quatro minutos e cinquenta, ouvi alguns gritos e exclamações do lado de fora.

O que Oliver estava aprontando?

O despertador indicou os cinco minutos completos, e, quando abri uma fresta da porta, o local estava praticamente vazio.

— Chamem o médico! — Ouvi uma voz gritar, mas não me deixei ficar ali.

Corri para o lado de fora, segurando o capuz com força na cabeça. Teria algumas horas até o próximo treino livre, então precisava ser rápida com meu pai.

No paddock, as pessoas conversavam, mas ninguém parecia tão interessado em mim, já que estava com a camisa da Assuero que Oliver arranjara para mim e roupas discretas.

Ao chegar em frente à área da Melden, fechei a jaqueta e tirei o capuz, ajustando a peruca como podia. Saindo, surgiu Andreas Kuhn, com um sorriso convencido no rosto e ombros relaxados.

— Olha só — disse ele ao me ver, assim que subi alguns lances de escada. — Gostei do cabelo novo.

— O que está fazendo na Melden, Kuhn? — perguntei, desconfiada, alternando o olhar para ele e para as pessoas atravessando o paddock.

— Vim bater um papo com seu velho. Gente fina, não é? Tenha um bom dia, Petra!

E então ele foi embora, assobiando e ainda mancando um pouco, com a muleta de apoio. Segui-o com o olhar por um tempo antes de entrar na sala apertada.

No andar de cima, tomando um café, estava Howard Brown, os ombros largos e eretos prontos para me dar uma bronca, exatamente como quando eu era mais nova.

Estranhei não ver mais ninguém além de nós dois ali, nem mesmo funcionários preparando os cafés, já que meu pai insistia em tomar quatro xícaras por dia.

— Oi, pai — cumprimentei com um pigarro, tentando me preparar pelo que viria pela frente.

— Quer um café? — perguntou, tão sem jeito quanto eu.

Era sufocante estar perto dele. Não porque eu sentisse medo do meu pai, mas porque havia tantos anos de mágoa e dor entre nós que qualquer palavra parecia petrificada na garganta, incapaz de ser proferida no meio de tantas outras que deveriam ter sido ditas, porém foram desperdiçadas.

— Estou bem, mas preciso voltar para meu hotel logo, tenho uma live importante. — Pura mentira. — O que gostaria de conversar comigo?

Howard Brown se aprumou na cadeira, apoiando os antebraços fortes no tampo da mesa. Tinha os mesmos olhos claros e o mesmo nariz que eu, a boca fina estava crispada em seriedade e os dedos batucavam uma pilha de papéis e uma pequena pasta de papel pardo.

Ali estava o meu futuro, pelo visto.

— Quero oferecer uma proposta.

Engoli em seco, sabendo perfeitamente o que seria proposto. O que eu precisaria aceitar.

Meu pai levantou os olhos e foi direto ao ponto:

— Quero que venha para a Melden na próxima temporada.

— Ok, estou ouvindo.

O único sinal de que Howard ficara surpreso foi um leve entreabrir de lábios. Nada além disso.

— Sei que ninguém mais te ofereceu uma vaga, então quero que seja minha piloto. Anunciaremos o contrato firmado em um mês, assim conseguimos lidar com os patrocinadores que não ficarem muito felizes com a aquisição até a próxima temporada.

— Espera aí — interrompi, uma risada se formando na base da garganta. — Você está me chamando de "aquisição" e dizendo que só está me oferecendo uma vaga porque ninguém mais me quer?

Howard teve a decência de parecer chocado.

— Não seja tão sensível, Petra, você não é assim.

— Bom, nenhum outro contratante me chamou de "aquisição" antes.

— Na sua frente.

Recostei-me na cadeira e estendi a mão, com um sorriso cansado.

— Continue, por favor.

— Teremos *first option* em renegociações, um contrato de dez anos e...

— Dez anos? — Ergui as sobrancelhas. — O que te faz achar que eu toparia um contrato de dez anos com a Melden?

— Ah, por favor, Petra. — Howard bufou, claramente indignado. — Eu estou salvando a sua carreira e te protegendo, e você continua agindo como uma garotinha mimada!

— Estou aqui para conversar com o dono da Melden, não com meu pai — respondi em voz mais baixa, já perdendo a pouca paciência que tinha com ele.

Durante meus anos no esporte, aprendi que ceder para quem te provoca é cavar a própria cova. Mesmo sendo estressada, sabia que, com Howard, precisava me manter calma. Não porque ele não merecesse todos os meus gritos, mas porque ele estava certo.

Minha carreira estava em suas mãos, e ele era a melhor opção naquele momento, então só me restava engolir meus impropérios.

— Está certa. Vamos aos negócios, então. — Howard pegou a pasta de papel pardo e, sem pressa, retirou sete fotografias, pousando-as à minha frente. Segurei os braços da cadeira com força, sentindo os nós dos dedos empalidecerem. — Só preciso saber se estou falando com John ou Petra, por favor.

32. Quando repetimos comportamentos dos nossos pais que juramos jamais cometer

Viver em um lar conflituoso me tornou uma criança que sabia precisamente como manipular meus pais para obter o que queria. Afinal de contas, no meio de uma disputa judicial, todo pai quer ser o mais amado pelo filho.

No meu caso, mesmo que meu pai oferecesse todo o conforto do mundo, insisti em ficar com a minha mãe. Eu tinha certeza de que qualquer outro juiz teria determinado que João e eu ficássemos juntos. Separar dois irmãos, ainda por cima gêmeos, seria inconcebível.

Traumas e mais traumas. Como se eu já não tivesse o suficiente.

Nunca declarei isso em voz alta, mas às vezes me questionava se meus pais (ou talvez só ele) não subornaram o juiz para que cada um ficasse com um filho. Um pedaço de orgulho que sobrou de um casamento quebrado.

E, enquanto eles batalhavam entre si, João e eu ficamos para trás. Nós crescemos sozinhos em alguns aspectos, em outros fomos privados de uma vida normal. Minha mãe nunca me deixou andar de transporte público, por exemplo. Insistia em sempre me buscar de carro, porque queria passar o tempo comigo. Em compensação, eu era a pessoa que falava com meu pai sobre férias, mensalidades da escola e dinheiro para competições.

Veja bem, conscientemente eu não culpava minha mãe por isso, mas sabia que não era meu dever negociar questões de dinheiro com meu próprio pai. E, conforme eu crescia, passei a sentir que havia me tornado um problema monetário. A cada vez que meu pai atendia a uma ligação minha e seu sorriso parecia um pouco menor do que a vez anterior, eu me retraía e decidia atacá-lo antes que ele pudesse me dar uma resposta atravessada ou perguntar: "Quanto essa palhaçada vai me custar?".

Não deixava de sentir que, ao longo dos anos, "palhaçada" se tornara outro nome para mim. Quanto *eu* custava para meu pai.

E, depois de tantos anos me convencendo de que eu era mais um fardo do que uma bênção para meu pai, isso acabou se tornando verdade.

No fim das contas, era difícil não me sentir puxada de um lado para o outro numa disputa, e João se sentia do mesmo jeito. Eu corri para a comida, para as compulsões, para a vida arisca de alguém que precisa resolver tudo sozinha. João se enfiou em seu próprio mundo, tornou-se uma sombra de quem sempre sonhara ser e, por isso, seu corpo e mente cobraram o preço.

Por mais que na vida adulta tenhamos aprendido a lidar com nossas dores e com os resquícios de uma família destruída, não me lembrava de ter sentido tanta dor quanto naquele momento, com fotos minhas em diferentes pontos dos últimos meses.

Uma delas, reconheci, me mostrava com Oliver na casa de seu irmão, no Canadá. Na segunda, eu estava entrando com meu carro no hotel. Em outra, Oliver também estava comigo, mas foi no dia em que brigamos no autódromo e eu tive uma crise de choro com João ao telefone. Poderia parecer uma foto de John e Oliver, se não fosse por outra foto minha, saindo do carro, enfiando a peruca na mochila. Eu estava com o uniforme da Assuero, completamente vestida como John. A mais recente, percebi com espanto, era de mim entrando no banheiro da balada, e outra foto de Oliver entrando logo em seguida. Eu poderia argumentar que aquilo era circunstancial, até fitar as duas últimas fotos: em Silverstone, logo antes de ir para a corrida com Baptiste. João estava se despedindo de mim na porta do chalé, me abraçando com força. Na foto seguinte, estou entrando no carro com Baptiste, enquanto João volta para casa. Nós dois vestidos como João, na mesma foto.

— Como... — balbuciei, sem conseguir encará-lo.

— Recebi essas fotos — ele explicou. — Tudo fez sentido, toda aquela enrolação com o jantar, e então o John agindo de uma maneira tão estranha comigo... Vocês realmente acham que sou estúpido?

No lado esquerdo do peito, uma pontada de dor me incentivou a olhá-lo nos olhos. Aquele era meu pior pesadelo, e a sensação de estar encurralada só se acentuou ainda mais ao vê-lo relaxado, alternando o olhar entre as imagens e meu rosto transparecendo pânico.

Não havia escapatória.

— Eis o que vamos fazer — ele começou, com um pigarro, aprumando-se na cadeira. — Você vai assinar o contrato de dez anos com renovação automática com a Melden. Podemos conversar sobre cláusulas contratuais com mais detalhes depois, mas teremos uma específica: em caso de afastamento da Melden, só poderá assinar com uma lista reduzida de outras equipes. É para o seu próprio bem. E do seu namoradinho também.

Apenas levada pela dormência, segurei os papéis que meu pai estendeu para mim. Logo em seguida, ele apontou para todas as cláusulas absurdas que eu nunca assinaria, em nenhuma circunstância.

Aquele era um contrato abusivo, completamente inadequado. E ainda assim...

— O que acontece se eu não assinar? — perguntei em um fio de voz.

Howard pareceu minimamente desconfortável, mas eu sabia que, mesmo se em algum momento seus "instintos paternos" aparecessem, ele os deixaria de lado pelo seu lado empresário.

Porque, afinal de contas, eu sempre fui uma moeda de troca.

— Não consigo garantir que as fotos não sejam vazadas. Essa é a melhor opção para assegurar que você possa continuar correndo. Me vejo obrigado a dizer que é a única opção, na verdade.

— "Obrigado?" — vociferei, já sentindo a dormência se converter em pura e visceral raiva. — Se sente obrigado a acabar com a vida da sua filha também?

Passei as mãos pelo rosto, sentindo todos os meus órgãos internos implorarem por uma pausa. Por um respiro.

Meu pai com certeza não estava fazendo aquilo só para o meu bem. Não, ele tinha os próprios objetivos. O patrocínio do banco brasileiro, provavelmente.

— Sequer sabe por que eu e João fizemos isso?

Howard estava prestes a responder, mas peguei as fotografias e as arremessei na direção de meu pai, torcendo para que uma delas o levasse embora. Queria gritar, subir em cima da mesa e espernear, mas aquilo não resolveria nada.

— Por sua culpa, porque você sempre achou que a sua opinião sobre a nossa vida era a única válida, João sequer conseguia entrar num cockpit sem receber atendimento psiquiátrico depois. Destruiu a nossa vida ao ponto de não termos confiança em nós mesmos, de não sabermos lidar com outras pessoas. Você *acabou* com seus filhos!

Levantei-me da cadeira, observando os olhos inflamados de indignação de Howard.

— Não fale assim comigo, ainda sou seu pai.

— Isso não importou quando aquele escândalo sobre mim explodiu, não é? Então por que importaria agora? — Cuspi as palavras, sentindo o gosto amargo na boca quando peguei a mochila em cima da mesa.

— Você tem até o fim do circuito da França para me dar uma resposta, Petra. Se não, vai ser tarde demais.

Não tive forças para dizer mais nada, apenas desci as escadas com passos automáticos e mal percebi Andreas acenando para mim quando passei reto por ele, já na saída da área da Melden.

— Seja bem-vinda à equipe, segundo piloto — cantarolou e se afastou, sem mais uma palavra.

A única coisa que consegui foi ligar para Baptiste e pedir que me ajudasse a me trocar de novo. A voltar à farsa descoberta de John Brown mais uma vez.

33. A Grande Família na terra da princesa Diana

OLIVER KNIGHT

— Filho! — papai gritou da porta. — Me ajuda aqui.

Dei uma corridinha, afastando-me de meu irmão e de sua família, e entrei na casa. Na sala, papai tentava mudar a televisão de lugar para encaixar sua planta nova ao lado do móvel. Tudo estava agitado e novo, especialmente com a mudança dele para a casa de mamãe. O velho decidira ir em frente, contrariando todo o bom senso. Mas o lado positivo era que Ronan estava por perto e poderia ajudá-los com muito mais facilidade do que eu.

— A mamãe vai gostar disso aí? — perguntei com desconfiança, mas ele apenas desdenhou de meu questionamento e apontou para que eu ajudasse. — Obrigado por vir ficar com ela, pai.

Ele se virou, um sorrisinho no rosto negro como o meu, então apenas deu de ombros e ajustou a planta no lugar.

— A sua mãe é importante.

— Mas não é mais sua esposa.

— Eu sei. — Ele suspirou. — Só que isso não me impede de querer cuidar dela. Até que a morte nos separe também pode servir pra amigos, sabia?

Dei uma risada baixa, notando como meu pai se tornara falante nos últimos anos. Meu irmão brincava que sua falecida esposa era uma poeta, e por isso meu pai aprendera a declamar em versos os sentimentos que nunca conseguiu dizer.

Minha mãe dizia que a mulher oferecia muita maconha para meu pai. Talvez os dois estivessem certos.

O ponto é que, de uns anos para cá, se tornou um pouco estranho estar perto daquela nova versão do meu pai. Como se um lado novo tivesse aparecido, um que eu não conhecia tão bem.

Ele me criou a vida inteira para ser fechado como ele, associar o silêncio à força. Agora, já adulto, vê-lo desconstruir tudo o que me ensinou era um soco na garganta. Quer dizer, ele me moldou de uma maneira apenas para dizer que estava tudo errado? Aquilo significava que tinha algo errado *comigo*?

— Pai, como o senhor conseguiu parar de ser tão... fechado? — perguntei enquanto conferia se não havia pó no tapete da mamãe, apenas uma desculpa esfarrapada para não encarar o rosto curioso do meu pai. — Foi sua ex-esposa que fez você mudar ou algo assim?

Ele riu alto, balançando a mão em desdém.

— Me fez mudar? Sua mãe tentou isso por anos, nunca deu certo. Acho que eu só percebi que precisava falar, ou perderia minha segunda esposa também. — Então se sentou na poltrona, que também havia trazido, esticando as pernas com um suspiro satisfeito. — Era difícil no começo, mas ficou um pouco mais fácil. Por quê? Está com dificuldade para falar com mulheres?

— Acho que é mais com homens... É estranho falar sobre sentimentos e essas coisas.

— Ah! É sobre isso, então — ele comentou com um pouco mais de ânimo. — Filho, você não precisa ser um livro aberto com seus amigos, mas é bom poder falar sobre o que te preocupa.

— Eu nunca tive muitos amigos homens — comentei, coçando a nuca naquela mania irritante que já tinha feito Helen me estapear. "Caspa", ela disse, "isso vai te dar caspa". — E eu tenho alguns de quem eu gosto muito agora.

— Espero que Ronan seja um desses — provocou meu pai com uma risada grave. Revirei os olhos, mas assenti.

— Ronan, Alex e mais alguns amigos do automobilismo, mas toda vez que chega na hora de *falar*, sabe? Fica tudo tão...

— Empacado? — ele completou com carinho. Assenti, me sentindo envergonhado por falar daquilo com meu pai. — Você só vai se livrar dessa sensação quando falar se tornar algo normal, filho. Prometo que fica mais fácil. Começar é a parte mais difícil, mas depois vai ser difícil parar.

— Promete?

Ele me deu um tapinha na coxa e assentiu.

— Prometo. Agora, veio conversar comigo sobre isso sem motivo ou tem a ver com o seu irmão vindo me perguntar se eu sabia alguma coisa de uma tal de Petra?

Semicerrei os olhos, como se pudesse enviar a Ronan todo o meu ódio via conexão telepática entre irmãos. Dedo-duro!

— Eu ainda não estava pronto para falar dela com vocês...

— Pois é, mas seu irmão não consegue falar com você diretamente, então vem me fazer perguntas. Está na hora de abrir o bico, não é?

— Ela sumiu há uns três dias, a Helen disse que pode ser só o jeito de ela lidar com as coisas e...

— Vocês brigaram?

— Não.

— E você sabe o que aconteceu?

— Não.

— Oras, se você gosta dessa menina e ela também gosta de você, está sumida há três dias e você está preocupado, por que não vai atrás dela para descobrir o que aconteceu? Não vejo problema nisso.

— É complicado, pai...

— Vocês é que gostam de complicar tudo. — Ele bufou. — Chega uma idade em que as coisas parecem tão óbvias, mas vocês, jovens, são burros demais para entender.

— Claro, você já passou por tudo isso! — exclamei, indignado. — Essa é uma das primeiras garotas que eu amo.

— Ama, é?

Abri e fechei a boca algumas vezes, as palavras saíram tão rápido que mal pude impedi-las. Meu pai estava com um sorrisinho no rosto, mas se virou para ligar a televisão.

— Sai da minha frente, está atrapalhando meu programa — ele reclamou, mas eu sabia que era uma chance de me dar espaço, porque dizer que amava Petra era algo inteiramente inédito.

Nós só estávamos saindo havia pouco mais de três meses, pelo amor de Deus. Como se ama alguém em tão pouco tempo?

Quer dizer, Petra com certeza não me amava de volta. Por mais que eu tivesse dito que ela ainda seria minha e ela tivesse brincado sobre colocar um anel no meu dedo, eu não sabia o quanto daquilo era real. Para mim, era muito. Se não fosse, eu não arriscaria meu pescoço para ajudá-la a se trocar no meio do paddock. Se não fosse, eu não teria ido atrás dela daquela maneira.

Uma vez, Ronan brincou dizendo que só percebeu que estava apaixonado por Helen quando cogitara casar com ela poucos meses depois de começarem a namorar. Ele disse que pesquisou casas para eles naturalmente, quis ter filhos com ela naturalmente. Meu irmão havia dito que se apaixonar era natural, não uma grande revelação, como nos livros.

Naqueles poucos meses, eu começara a amar Petra sem perceber. Tão natural e fácil, e por isso doeu tanto quando descobri sua mentira. Talvez tenha sido por isso também que busquei entendê-la e aceitei suas desculpas.

Saí da sala e peguei meu celular, pensando com calma antes de apertar o botão de ligar.

— John? Eu sei que já perguntei antes, mas você tem certeza de que não sabe onde Petra está? Me parece impossível... Por favor, eu só quero conversar com ela, saber como está... Sério? Ótimo. Vou tentar pegar um voo e chegar aí ainda hoje.

Desliguei a chamada com o coração acelerado e a certeza de que algo muito ruim estava acontecendo com ela.

34. É impossível ser a Kat de *Dez coisas que eu odeio em você*, mas nada impede Petra Magnólia de tentar

Não consegui sair da cama por dois dias inteiros.

Dois dias chorando, ora agarrada ao travesseiro, ora dormindo, ora torcendo para que a cama me engolisse.

Queria reagir como uma das mocinhas das comédias românticas de que tanto gostava. Gostaria de agir como a Sandra Bullock em *A proposta*, queria ser como a Kat de *Dez coisas que eu odeio em você*, e almejava do fundo do coração ser mais parecida com a Queen Latifah em absolutamente todos os filmes que fazia. Não havia ninguém maior do que Queen Latifah.

Porém, no momento, eu era apenas uma garotinha assustada, cujo segredo foi descoberto e que agora precisava decidir entre aceitar um contrato leonino com um homem que nunca acreditou nela ou se envolver em mais um escândalo, que poderia me levar a uma multa milionária e, a depender do humor do comitê da Federação Internacional do Automóvel, à cadeia.

Expliquei a João toda a situação assim que contei por alto que nosso segredo estava nas mãos do nosso pai. Meu irmão veio ao meu apartamento e passou o dia inteiro comigo, apenas saindo do quarto para pegar água e uma vez para atender a uma ligação.

E ali estava eu, devorando mais uma comédia romântica, movendo apenas os olhos, porque meu corpo inteiro já tinha desistido.

Não queria falar com ninguém, apenas ficar quieta. Estava acostumada a passar por situações do tipo sozinha, já sabia o modus operandi das minhas crises compulsivas.

Não havia o que fazer. Eu estava enrascada. Tudo pelo qual João e eu tínhamos lutado por meses para manter em segredo estava nas mãos da última pessoa que deveria nos chantagear.

— Ele não vai fazer isso, não com o nome da Melden na linha de frente — disse João, tentando me consolar quando as lágrimas voltaram. — Por que seria benéfico para ele?

— Não acho que seja, parte minha só acha que ele quer uma piloto fácil, com um trunfo pra me chantagear quando quiser. — Funguei.

Meu irmão assentiu, processando a informação aos poucos. Havia um vinco formado em sua testa, talvez houvesse o mesmo vinco na minha, então permanecemos em silêncio por algum tempo, apenas ouvindo Adam Sandler se declarando para Jennifer Aniston em *Esposa de mentirinha*.

— Oliver está preocupado, ligou várias vezes — João comentou em voz baixa. — Eu disse onde estamos, ele já deve estar vindo. A última vez que me mandou mensagem, estava entrando no avião.

Sentei-me na cama com pressa, me livrando da inércia apenas para socar meu irmão.

— Eu disse que queria ficar sozinha!

— Eu sei! — ele brigou de volta, devolvendo alguns socos em meu ombro. — Mas ele também precisa saber, Petra, a carreira dele também está em jogo.

— Sei disso — resmunguei. — Só queria pensar em uma solução antes de avisar a ele qual era minha decisão.

— Avisar? — João perguntou, incrédulo. — Você está planejando tomar uma decisão pelos dois? Tem fotos dele ali também!

— Sim. Eu e você sabemos que vou aceitar a proposta do nosso pai.

— Não sabemos, não — protestou, os olhos arregalados. — Você realmente vai ceder? Vai cair na chantagem dele?

— Não tenho outra opção — murmurei com um fungado. — Não vou arriscar o seu pescoço nem o do Oliver.

— Petra...

Meu irmão estava prestes a continuar a discussão, mas uma notificação em seu celular nos interrompeu.

— Oliver está chegando — ele informou. — Vou ficar em um hotel, ok? Vocês têm que conversar, mas não dá um gelo no pobre do homem,

Petra. Ele gosta de você e quer ajudar. Não tente tomar uma decisão por ele, não é justo. Você não precisa carregar todo o fardo do mundo nas costas.

Assenti, cabisbaixa, enquanto João saía do apartamento, a porta fechada mantendo o silêncio do ambiente, completamente oposto aos pensamentos descarrilhados que perpassavam a minha mente.

Me arrastei para fora da cama, fechando os olhos quando a luz do sol ardeu em minhas retinas. Estava um caco, como a imagem no espelho fez questão de mostrar. Olheiras profundas, rosto inchado, corpo fraco e uma vontade imensa de sair comendo tudo que estava na geladeira. Foram necessárias três horas de ligação com minha terapeuta para que eu não comesse até passar mal.

E, mesmo após tudo isso, mesmo sabendo que eu gostaria que Oliver estivesse ao meu lado, que pensasse comigo em maneiras de nos livrar daquela situação, escolhi ficar sozinha. Porque não queria envolvê-lo nos meus problemas, porque sabia que ele era bonzinho demais para se meter com o furacão Petra, porque gostava tanto dele que não queria que visse a completa confusão que era minha vida.

A Petra das redes sociais, a Petra de fala rápida, a Petra que o tirava do sério... eu não era aquela mulher. Naquele momento, era apenas a Petra assustada, que não passava de uma covarde. Que tinha tantos problemas que mal sabia por onde começar a resolvê-los.

Aquela Petra não deveria estar com Oliver, o raio de sol que me fez abrir o primeiro sorriso em dias somente com o pensamento de sua existência.

Aquele Oliver merecia paz e tranquilidade. Eu não ofereceria aquilo a ele, por mais que tivesse tentado. Por mais que quisesse.

Não lembro quanto tempo fiquei sentada no sofá da sala, encarando a cidade lá fora, mas foi somente quando o sol começou a se pôr que ouvi uma batida na porta.

— Petra? — a voz abafada de Oliver me chamou.

Levantei-me do sofá e, ainda reticente, abri a porta, observando-o com o semblante preocupado e a respiração errática.

— Você veio correndo até aqui? — perguntei, atordoada. — Você é um piloto, Oliver, não sabe dirigir?

— Subi as escadas — respondeu, ofegante. — Dezessete andares é muita coisa.

Dei passagem para ele e fui atrás de um copo d'água, encarando a geladeira com desconfiança. Respirei fundo, tentando me distrair. Comer não era uma opção, Oliver estava ali. Um passo de cada vez.

Ele virou a água em goladas rápidas e depois apoiou o copo no balcão. Havia um silêncio desconfortável no ar, uma expectativa não dita que estava me corroendo.

— Você quer me contar o que houve? — ele começou, pigarreando. — Podemos conversar e resolver o que quer que tenha acontecido, Petra.

— Você quer resolver as coisas no diálogo? — brinquei e peguei o copo d'água, lavando-o com muito mais força do que o necessário. — Mas aí não sobra história para o nosso enredo romântico. Se estivéssemos em um k-drama, os fãs reclamariam porque não há conflito entre nós dois.

Oliver fez uma careta indignada e caminhou em minha direção, tirando o copo das minhas mãos.

— Os telespectadores podem achar outro motivo de conflito, porque eu e você vamos conversar e resolver isso.

Olhei para ele de soslaio, sentindo as mãos tremendo antes que as palavras chegassem à boca.

— Meu pai descobriu tudo, Oliver — sussurrei, minha voz ecoando por todo o apartamento. Era a primeira vez que eu falava sobre a situação com calma, sem despejar frases confusas e nervosas. — Ele me ofereceu um contrato e logo em seguida me mostrou as fotos.

Oliver piscava, atônito, mas ainda distante. Queria abraçá-lo, pedir carinho, que ficasse comigo, que dissesse que tudo era mentira.

— Que fotos, Petra?

— Fotos minhas, vestida de John — expliquei, tentando manter a voz estável. — Uma nossa no Canadá, na casa do seu irmão, uma no banheiro da balada em Silverstone, e uma nossa discutindo, depois outra minha com a peruca na mão. E... duas fotos minhas e de João nos despedido antes do prêmio de Silverstone também. Aquilo foi... foi bobagem minha, eu deveria ter prestado mais atenção.

Oliver ficou boquiaberto, confuso, claramente pego de surpresa pelo motivo de todo aquele sumiço.

— Se eu não fechar o contrato, acredito que ele vá vazar as fotos — continuei, sentindo a garganta se fechar com as lágrimas. — Eu falei que não queria te meter nisso, mas aqui estamos... Eu não aguento mais, Oliver.

Funguei, sentindo o corpo inteiro desabar com o cansaço. Apoiei as mãos no balcão, sentindo o vazio ser preenchido com Oliver abraçando minha cintura, sua boca depositando beijinhos em meu pescoço exposto.

— Eu continuo aqui — sussurrou. — Se você acha que vou desistir só porque seu pai decidiu te ameaçar, está muito enganada.

Girei em seu abraço, encarando-o de perto.

— Eu já tomei minha decisão.

Oliver arqueou a sobrancelha, com uma frustração óbvia em seu semblante.

— E não ia me contar sobre essa situação? Não é justo.

— Não é justo, Oliver, nada disso é — reclamei, já me afastando de seu toque para caminhar pelo apartamento. — Eu e você já somos sabotados por quem somos... Eu não posso ser mais um item na lista de motivos que as pessoas podem usar pra te derrubar.

E ali estava o motivo que me corroía. Não que a cor de Oliver fosse o principal, mas eu sabia bem que o mundo não funcionava de acordo com as regras para pessoas como nós dois. Não importava quantos títulos Oliver tivesse nem quantas corridas eu ganhasse; as pessoas ainda esperariam apenas um deslize para apontar em nossa cara que éramos inferiores.

— Petra, pelo amor de Deus — ele me chamou, se aproximando. O desespero estava claro em seus olhos castanhos, ainda mais emotivos enquanto ele segurava meu rosto. — Preste atenção no que está dizendo, você realmente acha que vai ser a responsável por me tirar da Fórmula 1? Já tentaram me boicotar tantas vezes e continuam, não vão parar, você sabe disso.

Assenti, sentindo o corpo inteiro tremer com calafrios.

— Se descobrirem que estamos juntos, que eu te ajudei a se disfarçar de John... — ele continuou, mais sério do que nunca. — Isso é algo com o qual vamos lidar. Eu não vou ser nem um terço tão afetado quanto você, entende? E, mesmo que você assinasse o contrato, o que impediria seu pai de me ameaçar no futuro quando quisesse? Até mesmo John! Ele vai continuar tendo as fotos, e eu vou continuar na mão do seu pai também, de qualquer maneira.

Permaneci em silêncio, limpando as lágrimas fugitivas com mais força do que o necessário.

— Você é bonzinho demais — sussurrei, voltando a soluçar. — Eu odeio isso. Não precisava estar aqui agora.

— Não odeia, não. Você só odeia o fato de que não vou cair nesse papo que está tentando usar para me afastar — recriminou. — Vou te levar para deitar, você vai descansar, e amanhã cedo a gente resolve o que fazer.

— Ainda são sete da noite — comentei baixinho, mas sem reclamar quando suas mãos passaram por baixo de minhas coxas, me levando no colo pelo corredor.

— Você parece estar com febre, já tomou um banho?

— É emocional — comentei. — Acontece quando minha ansiedade e compulsão atacam.

Oliver assentiu devagar, me guiando até o banheiro. Me sentou sobre a tampa da privada e tirou minha camisa com calma, largando-a no chão.

— Não sabia que você tinha compulsão — comentou enquanto tirava meu shorts e minha calcinha. Logo em seguida ligou o chuveiro e sentiu a temperatura da água. — Tem algo que eu possa fazer pra ajudar na crise?

— Me distrair. Não quero pensar em comida. Eu consigo lidar com essas crises sozinha, mas hoje está sendo difícil.

— Vamos tomar banho e depois deitar, podemos conversar um pouco, então.

Então Oliver segurou minha mão e me ajudou a entrar no chuveiro, com a roupa encharcada ao me colocar debaixo da água morna. Senti o corpo inteiro se arrepiar entre calafrios com o contato da água na nuca. Gemi alto, agradecendo pelas gotículas limpando minha pele, logo após uma onda de calafrios.

— Você está ensopado — comentei, lânguida, ao olhar para Oliver pegando o xampu da prateleira.

— Eu deveria ter tirado a roupa antes, né? — brincou com uma risada e lavou meu cabelo, esfregando os cachos com as pontas dos dedos.

Enquanto eu enxaguava o cabelo, observei-o tirar a blusa e a calça jeans, abandonando-as no chão. Ele me puxou pela mão, então afundei o rosto em seu peito, envolvendo-o com os braços. Ficamos ali por vários minutos, a água lavando minha ansiedade e substituindo alguns de meus medos por conforto. Por paz. Oliver fazia carinho em minhas costas, arrastando os dedos na pele sensível.

— Sei que tudo está um caos — Oliver comentou —, mas não me arrependo. Gostar de você é muito fácil, Petra, mas a nossa vida é difícil.

— É estranho dizer que você é uma das poucas partes pacíficas da minha rotina?

Oliver riu, e o som ecoou pelo ouvido que estava encostado ao seu peito, reverberando pelo meu corpo. Era tão gostoso ouvi-lo rir.

— Você é uma pimentinha, mas não é estranho. Hoje eu estava conversando com meu pai e... Eu gosto muito de você, Petra. Muito.

Levantei a cabeça, a água me impedindo de enxergá-lo por completo. Oliver desligou o chuveiro, e nossas vozes abafadas se misturavam ao ar.

— Eu não queria te meter na minha confusão, Oliver.

— Eu sou uma confusão tão grande quanto você, Petra — ele retrucou, levantando meu queixo, mantendo contato visual.

— Duvido.

— Vamos te secar e te conto um pouco sobre a loucura da minha família, que tal?

— Sempre a família — respondi com uma risada, já me sentindo um pouco mais leve.

Deixei que Oliver me secasse, que cuidasse de mim, que me levasse para a cama e penteasse meu cabelo. Permiti que ele fosse de intruso para convidado na minha vida caótica. Uma noite sem pensar nas ameaças de meu pai, no peso de nossa pura existência, apenas para ouvi-lo rir e falar dos pais, de como era nunca ter tido muitos amigos homens e de como estava de saco cheio daquilo.

Oliver falou sem parar, nós dois deitados lado a lado, encarando o teto como se fosse o céu estrelado na ilha de Notre-Dame, em Montreal.

— Eu também tenho um pouco de dificuldade de falar sobre meus sentimentos — confessei. — Se você me acha fechada agora, devia ter me visto antes do acompanhamento psicológico.

Oliver riu e me deu um beijo lento, com gosto de noites quentinhas e conforto.

— Sabe que eu vou te apoiar em qualquer decisão, não é? — ele sussurrou, a boca na minha. — Se decidir correr com a Melden, se decidir deixar que ele vaze as fotos. Eu não me importo. Já tomei minha decisão. Tome a sua pensando unicamente em si mesma, ok?

Fechei os olhos, sentindo a ansiedade sumir e o sono calmo me tomar.

— Você vai ser o primeiro a saber, Oliver. Sempre o primeiro — prometi antes de apagar em seus braços.

35. Oliver Knight, chás e amor em lágrimas

Acordei sentindo o mundo voltar a girar, o cansaço dos últimos dias já não pesava tanto, e meu corpo inteiro se alegrava depois de uma boa noite de sono. Senti falta do corpo de Oliver imediatamente. Mesmo tendo acordado diversas vezes de madrugada, já que não tinha o costume de dormir com outras pessoas, gostei de ficar grudada nele.

Oliver roncava baixo, falava enquanto dormia e tirava as meias durante a noite. Guardei cada um dos detalhes que podia.

Ao vê-lo preparando sanduíches para nós dois na cozinha, de costas, com uma perna estendida e a outra dobrada e apoiada na coxa oposta, formando um triângulo com o corpo, me dei conta de que Oliver era a síntese da normalidade.

— Bom dia! Comprei algumas comidas saudáveis, vi na internet que, depois de uma crise, seu estômago pode estar sensível. Está com fome?

Apoiei o queixo na mão, sentando-me na cadeira em frente ao balcão.

— Estou faminta. Costumo tomar chá depois das minhas crises de compulsão, ajuda bastante.

Oliver começou imediatamente a esquentar a água, errando alguns armários até encontrar a chaleira. As costas definidas, o semblante sério, os olhos atentos focados em cada ingrediente do sanduíche... aquela cena me arrancou um imenso sorriso, que virou uma risada. Como era possível ele ser tão sério e ao mesmo tempo tão fofo? Coloquei a mão sobre a boca quando Oliver se virou para me encarar, o cenho franzido em confusão enquanto segurava uma fatia de queijo na mão e o molho na outra.

— Você por acaso está tendo um surto? — perguntou com um sorriso de canto, já se voltando para o prato.

Balancei a cabeça em negação, sem desviar o olhar de cada mínimo movimento. Das mãos firmes, dos ombros envergados em concentração, de seus assobios baixos, de Oliver por inteiro. Ele por si só era digno de toda a minha atenção. E sem saber se por sentir tanto ou se por pura insanidade, meus olhos arderam de amor e se derramaram em palavras não ditas. Funguei um pouco, me sentindo boba por ter uma reação tão descomunal como chorar ao ver Oliver fazendo simples sanduíches.

Me levantei da cadeira, pronta para ir ao banheiro e me trancar lá dentro, mas Oliver se virou no instante em que eu limpava as lágrimas, desesperada. Sua expressão se transformou imediatamente, confusão e preocupação estampadas no rosto.

— O que aconteceu, Petra? Está se sentindo mal de novo? Teve algum novo gatilho, foi culpa minha?

Então se aproximou, pôs as mãos em meu rosto conforme mais lágrimas insistiam em se declarar em idiomas estranhos, em sentenças corridas e frases desconexas. Mas, quando chorei em sua mão, sem que isso o abalasse, a tradução perfeita de todas as palavras em meu peito criou um idioma muito claro para mim.

— Eu acho que nunca senti tanto na minha vida, então essa é a forma de dizer o que eu sinto, acho, quer dizer, eu não sei — murmurei, fungando e gesticulando demais com as mãos.

Oliver suspirou, com uma risada incrédula, e segurou meu rosto com mais força.

— Você está se declarando pra mim, Petra Magnólia? — perguntou em voz baixa, os olhos refletindo o mesmo desespero que minhas lágrimas lhe haviam contado. Deitei a cabeça de lado, sentindo o conforto de seu corpo contra o meu.

— Se você não estiver assustado com uma mulher chorando de amor porque você está fazendo sanduíches, então acho que sim.

Assim que as palavras saíram, ainda que causadas por pura loucura, pareceram normais. Confortáveis.

— Quem diria... — cantarolou Oliver, já beijando cada rastro de lágrima ainda em meu rosto. Abri um sorriso por entre seus beijos, tentando me virar para que ele parasse logo de enrolação e acabasse com meu tormento. — Realmente conquistei você, hein?

Gargalhei com força, mas a risada foi interrompida pela mão dele na minha nuca, a boca na minha e o amor exasperado em meu peito.

— Queria ter te dito isso ontem — ele confessou com um sorriso tímido. — Mas tudo ficou tão caótico, não queria te assustar dizendo que te amava nem nada do tipo.

Deitei a cabeça de lado, respirando fundo.

— Agora somos exclusivos, você me ama... Qual é o próximo passo?

— Ainda quero o anel de compromisso no meu dedo — ele brincou, me dando mais um beijo.

Abracei-o de novo. Abraçar Oliver era viciante, o homem era puro conforto.

— Até que gosto de você, Oliver — murmurei, sentindo o gosto das palavras na boca.

Passei a mão pelo cabelo dele enquanto seus dedos dedilhavam a curva da minha coluna.

— Também até que gosto de você, *pimentinha* — ele respondeu de imediato.

Ouvimos a chaleira apitar alto, chamando nossa atenção. Oliver correu até o fogão antes que eu pudesse confessar que, perto dele, eu não me sentia mal em ser uma *pimentinha*. Porque ele decidiu me amar como eu era. E aquilo era o suficiente.

A vida adulta me ensinou que grande parte dos nossos anos após a adolescência são voltados a fazer coisas de que não gostamos tanto, mas precisamos, porque é nossa responsabilidade.

Por exemplo, eu queria estar em qualquer lugar que não em uma sessão de fotos para uma revista, mas ali estava eu. Tentando reconstruir minha imagem, nas palavras de Solange.

O figurino era bufante e espalhafatoso, colorido demais para mim, mas muito glamoroso. O sol queimava minha cabeça no campo a céu aberto reservado para nós por mais duas horas antes de voltarmos ao estúdio para as internas.

Um homem com uma câmera me entrevistaria depois, algo como uma entrevista gravada durante o photoshoot. Era uma nova moda, pelo visto, e por mais que meu coração não se livrasse da sensação de que dariam um jeito de me sabotar usando minhas próprias palavras, estava animada.

— Estou ficando suada — comentei em uma das pausas. — Acha melhor retocar o pó?

A maquiadora correu em minha direção, os pincéis pendendo da cintura. Deu pequenas batidas para selar a maquiagem, acenou para o fotógrafo e as fotos recomeçaram.

Mãos de um lado, cabeça para o outro. Até mesmo saltei de um banquinho para dar a ideia de que flutuava entre as flores coloridas.

— Óbvio que sinto falta de correr — respondi ao jornalista, que nos gravava enquanto eu andava pelo set de fotos. — Mas espero que isso mude logo.

— Algum contrato em vista? — perguntou, arteiro.

Ah, jornalistas. Raça de víboras.

— Você sabe que essas informações são confidenciais, né? — brinquei, mas se me conhecia bem ficaria óbvio na gravação que havia um fundo de ameaça em minha voz.

— O que você gosta de ouvir antes de uma corrida?

— Música clássica, sempre.

— Seu favorito?

— Tchaikovsky.

— Indo com o clássico dos clássicos, inteligente.

Uma pausa para trocar de roupa antes de seguirmos para o estúdio. Me enfiei em um moletom azul, calcei os tênis e lá estava ele de volta, a câmera em meu nariz, gravando nossa ida até o estúdio para as últimas fotos.

— Você tweetou esses dias que ama ler fanfics, já leu alguma fanfic sobre você? — o entrevistador voltou a perguntar, após dar uma geral no carro com a câmera.

Tentei controlar o sorriso de esguelha ao me lembrar de Oliver lendo comigo as fanfics sobre nós dois.

— Já, já li — respondi, optando por ser sucinta e controlando uma gargalhada. — Você não acreditaria no tipo de coisa que postam por aí.

— E com quem shipparam você na história?

— Com Oliver Knight. Mas não conta isso pra ele, ok? É segredo.

— E então pisquei para a câmera, sabendo pelo sorriso do entrevistador que aquilo com certeza não ficaria só entre nós.

E era uma ótima jogada.

Não sabíamos se meu pai publicaria as fotos ou não, se ele desmascararia a Petra vestida de John ou a Petra que estava de rolo com o queridinho do grid.

Se meu pai achava que me ameaçar me faria desistir, estava enganado. Se o homem pretendia expor meus segredos, eu daria um jeito de fazer aquilo primeiro, nos meus termos. E que começasse com uma fofoca em uma entrevista. Eu não me importava.

E Oliver também não, porque a ideia tinha vindo dele, pouco antes de eu sair de casa. Ele já iria para a França, para os primeiros testes antes da corrida. Eu só viajaria no dia seguinte.

Ele tinha passado mais dois dias comigo, agarrado a mim no sofá. Só nos levantamos para fazer alguns exercícios, tudo isso a mando de Baptiste, que conseguiu arrancar algumas risadas de Oliver depois de alguns minutos de conversa.

— Petra está ficando fora de forma — Baptiste brincou. — Ela mal consegue fazer burpees sem parar pra tomar água.

— É que o Oliver está secando toda a água do meu corpo — retruquei de mau humor. — Dá pra você parar de olhar pra minha bunda e fazer a porra do burpee?

Oliver riu, passando a mão pelas tranças já se desfazendo. Estava sem camisa, apenas com um shorts que roubou do meu armário e tênis de corrida. Enquanto eu brigava com ele por não se concentrar, eu mesma tentava não ceder à tentação de encarar sua barriga, seus ombros, suas costas suadas.

As costas, que se tornaram minha parte favorita dele. Os músculos que se flexionavam nas escápulas, criando a impressão de que ele poderia carregar um carro. E os braços cheios de tatuagens, que pude observar com calma enquanto ele me contava histórias de sua infância com Ronan.

— O diagnóstico de Alzheimer da minha mãe veio quando eu já

estava fora de casa — confessou ele em certo momento. — Às vezes, sinto inveja de Ronan por estar por perto, mas ao mesmo tempo alívio, porque não sei se conseguiria ver todos os dias minha mãe deixar de ser, bem, minha mãe.

Somente consegui responder segurando sua mão e pedindo para que falasse mais de Valkyria Knight, de seus anos dançando zouk todo sábado à noite e da criação ferrenha que deu aos filhos.

Enquanto Oliver se desmanchava em memórias, eu construía novas. A primeira vez que deixei que um homem ficasse mais de um dia comigo, a primeira vez que deixei qualquer um além da minha família presenciar minhas crises de compulsão, a primeira vez que consegui dizer que amava alguém sem achar que estava cometendo um erro.

Oliver estava estrelando algumas memórias importantes em minha mente, e por mais assustador que fosse também era divertido. Estar na posição de ser cuidada era reconfortante. Talvez até um pouco demais, porque, tendo passado apenas um dia longe dele, já queria pedir para que cancelássemos a corrida apenas para ficarmos em casa vendo filmes de basquete dos anos 2000.

O próximo, Oliver prometeu, seria *Coach Carter*. O Denzel Washington estava uma maravilha no filme, pelo que ele me disse enquanto cozinhava nosso jantar.

Outro aspecto interessante: Oliver gostava de cozinhar. Enquanto eu era uma total negação na cozinha, abominando todos os ingredientes em minha casa que levassem mais de dez minutos para ficarem prontos, Oliver tinha paciência, se demorava nas receitas e ficava cantarolando enquanto batia massa de bolo.

— Vi que os brasileiros comem muito bolo no café da tarde — ele comentou, distraído, enquanto preaquecia o forno, alheio aos meus olhares ferozes em direção à sua bunda virada para mim. — Você gosta de comer também?

— Sim, mas tem algo que eu queria comer mais.

Ele se levantou de supetão, me encarando em choque.

— Petra, são quatro da tarde.

— Já estou com fome. — Dei de ombros. — E você é muito gostoso, está me matando aqui.

Oliver balançou a cabeça em negativa, jogando o pano de prato sobre o ombro e batucando com os pés no chão.

— Sou apenas um pedaço de carne pra você, é isso?

Revirei os olhos e desci do banco, aproximando-me de seu tronco desnudo — o homem não conhecia a palavra camisa?

— Em sua defesa, é um pedaço de carne maravilhoso.

E então me sentou sobre o balcão, me atacando com beijos e cócegas até que eu desistisse de cobiçá-lo para apenas estapear seus braços, buscando alívio para aquelas risadas escandalosas.

— Petra, esta é a última troca de figurinos e encerramos por hoje — declarou o fotógrafo, impedindo que minha mente voltasse mais uma vez para Oliver em meu apartamento.

Solange acenava com um sorriso, incentivando que eu me soltasse mais. Ela andava de um lado para o outro, conferindo como as fotos estavam saindo e como corria o trabalho do pessoal.

Quando parei para beber água, avistei o entrevistador voltando e tratei de botar um sorriso na cara, acenando para que se aproximasse.

— Um apelido de que você gosta muito?

— *Pimentinha*.

— O que isso significa?

— É alguém espevitado, muito briguento e cheio de energia.

— Um apelido que você odeia?

— *Pimentinha*.

O entrevistador gargalhou, e apenas pude piscar para a câmera, torcendo para que Oliver assistisse àquilo.

— Petra, última pergunta dessa parte da entrevista de hoje: qual é o seu maior sonho como atleta?

— Essa é fácil — respondi de imediato, sabendo perfeitamente o que dizer. — Mais mulheres na Fórmula 1, mas não como enfeite, fazendo parte do esporte e que não sejam descartáveis como sei que somos tratadas hoje em dia.

Ele assentiu, desligando a câmera e apertando minha mão com firmeza.

— Espero voltar a te ver a correr logo, Petra, sou muito seu fã — admitiu enquanto o fotógrafo pedia para que tirássemos as fotos finais.

— Você pode me ajudar a voltar a correr — confidenciei. — Talvez daqui a alguns dias.

Caso outro escândalo surgisse.

Caso minha carreira acabasse de vez.

Caso tudo fosse para os ares.

Eu pelo menos tentaria cair mostrando que não estava errada, no fim das contas.

36. O último fim de semana de uma vida inteira

A França tinha um cheiro diferente. Não aquele estereótipo de mau cheiro nem nada do tipo, mas sim um cheiro novo, a sensação que temos ao visitar um lugar completamente desconhecido. As residências são estranhas, as ruas são um caos completo e, acima de tudo, nada tem o cheiro de casa.

Nova York cheirava a São Paulo, a Gold Coast tinha o mesmo cheiro do Rio de Janeiro, mas *nada* cheirava igual à França.

Ou talvez fosse a minha ansiedade castigando o olfato.

Faltava apenas uma semana para o fim do prazo dado pelo meu pai. Uma semana para a decisão que impactaria minha vida permanentemente. E eu aprendi a lidar com situações estressantes, se não, não teria sobrevivido por tantos anos no automobilismo.

Mas aquela, em especial, doeu ainda mais quando cheguei ao hotel. Havia certo burburinho no lobby, na confusão entre os pilotos e equipes chegando ao mesmo tempo. A Assuero, a Melden e a Astoria decidiram hospedar suas equipes no mesmo lugar, o que teria sido perfeito para mim, não fosse a presença de Andreas e os olhares atentos de Alexandre. Alex me cumprimentou na entrada do hotel perguntando como estava meu namorado, e minha primeira reação, esquecendo o papel que interpretava, e o fato de que ele e João eram amigos, foi responder: "Que namorado?".

Só depois me lembrei de Nikolai, e passei a fugir do brasileiro com toda a minha força, com receio de que minha boca grande demais e minha mente distraída me sabotassem mais uma vez.

E os malditos burburinhos que não passavam. Olhei ao redor, procurando por Oliver, mas ele não estava em lugar nenhum.

— O que está procurando?

Quase gritei de susto ao ver Alexandre parado ao meu lado.

— Hã... — Pigarreei. — Oliver.

— Ué, você não está sabendo? — disse. — O Oliver chegou ontem com o resto da equipe, hoje foi sair com o carro e alguém tinha escrito "macaco" na lataria.

Encarei a multidão caminhando pelo hotel, as rodinhas das malas se arrastando no chão, as risadas e conversas, os equipamentos sendo carregados em carrinhos. Porém, no fundo, uma voz insistente me lembrava de que aquilo seria apenas o começo se Oliver ficasse ao meu lado durante todo aquele escândalo.

— Já acharam o culpado? — perguntei para disfarçar o nervosismo.

— Sim, ele foi detido. A mídia está ensandecida com isso, acho que Oliver está prestando depoimento na delegacia.

Passei a mão pelo rosto, bufando com raiva. Queria saber como ele estava, ir até a delegacia e encher o responsável de porrada. Passar com um carro por cima dele e...

— Você está bem? Está ficando pálido — Alex perguntou, os olhos atentos em mim. — Você está muito estranho, John, o que está acontecendo?

— Nada, eu... — Desviei a atenção para Baptiste, que entrava no hotel com suas malas. — Preciso ir falar com uma pessoa, a gente conversa depois.

E saí em disparada, fugindo do olhar inquisidor de Alexandre Duarte. Baptiste me recebeu com a cara fechada e um vinco na testa.

— Você já ficou sabendo, não é? — perguntou, com um tapinha nas costas.

— Já, mas não tenho nenhuma notícia. — Bufei. — Acha que consegue descobrir mais alguma coisa pra mim? Não queria fazer perguntas demais.

Baptiste assentiu e me entregou as malas, que levei até nosso andar com a ajuda de um funcionário.

Entrei no quarto reservado para mim e sentei-me na cama, sentindo a cabeça latejar. Será que Oliver estava bem? Tinha sido agredido?

O bipe em meu celular indicou uma mensagem de Baptiste.

Está tudo bem, Marselha está cheia de repórteres, então ele deve ficar mais tempo na delegacia até a polícia liberar para ir para o hotel. Não está ferido.

Mordi a ponta do polegar, sentindo o peito se expandir com o mero pensamento de Oliver precisar se submeter a ir uma delegacia para denunciar um caso absurdo de racismo.

E, com a compreensão que atinge qualquer corpo negro em algum momento da vida, percebi que Oliver e eu nunca nos livraríamos daquilo.

Peguei o celular, observando o contato de meu pai piscando na tela, uma sensação de impotência que me levava a digitar uma mensagem simples.

Eu topo, escrevi, mas apaguei imediatamente.

Se fizesse aquilo, não teria volta. Eu estaria presa a um contrato abusivo. Um que Edgar, meu advogado, decididamente negou. Disse que era absurdo, que eu não deveria assinar. Mas ele não sabia da minha farsa, não sabia das fotos que meu pai tinha, não sabia, inclusive, que Andreas Kuhn também estaria na equipe.

Para meu horror, após alguns dias que tive para me acalmar, lembrei-me de Kuhn saindo da área da Melden, onde estava meu pai. De sua frase para mim quando pus os pés na rua: "Seja bem-vinda à equipe, segundo piloto".

Não questionei meu pai sobre aquele papo estranho, mas não foi necessário. A notícia veio pouco tempo depois em um tabloide. Andreas Kuhn cotado para a Melden no ano seguinte, com uma vaga ainda aberta para segundo piloto.

Eu, aquela era a minha vaga, e os jornais já começavam a especular. *Seria Petra Magnólia a próxima filha de milionário a conquistar um lugar no grid apenas por ser uma nepobaby?*

Bom, eu sabia muito bem que era uma ótima piloto, mas ainda doía pensar que, se aceitasse, aquele seria meu rótulo. A filhinha de papai que, ao se envolver em um escândalo, correu para as asas bondosas do progenitor para salvar sua carreira.

Mais do que isso, eu sabia que aquela era a narrativa que meu pai buscava. A cada dia se tornava mais claro que, de uma maneira sádica, ele esperava que eu ficasse agradecida. Que dissesse que ele salvara minha carreira. Que não teria conseguido sem ele.

Minha mãe me disse uma vez que meu pai gostava de se sentir útil, de saber que era o responsável pela vida de outras pessoas, que ele era *O Bonzão*. Que, por mais que eles se amassem, as brigas se tornaram tão constantes que o casamento foi ficando mais frágil, mais cansativo, menos parecido com um casamento e mais com um campo minado.

Agora, anos depois, sentia na pele o desespero que ela devia ter sentido. Saber que estava sem saída, porque meu pai sabia manipular situações e pessoas melhor que ninguém.

E eu sabia que ainda precisaria de bons anos de terapia para terminar de destrinchar o quanto aquela dinâmica familiar havia destruído meu equilíbrio psicológico, mas não havia tempo.

Uma semana.

O relógio me lembrou, algum tempo depois, que eu precisava fazer meus treinos de agilidade e que participaria de um jantar com Augustus e Oliver, que tinha muitas responsabilidades, mas bem pouca noção do que era mais importante.

Com uma decisão tão grande no horizonte, o resto parecia pequeno. Menos Oliver, menos a agressão que ele sofrera de graça.

— Com tudo que aconteceu hoje — Augustus comentou quando o encontrei no elevador algumas horas depois, indo para uma sala de jantar privativa que o hotel reservara —, achei melhor comermos em um lugar mais calmo.

Acompanhei nosso chefe de equipe, que se sentia em casa falando francês com todos e deixando que o inglês ficasse carregado pelo sotaque familiar. Era sempre um prazer ver um falante voltar ao seu país nativo, as diferenças nos trejeitos eram óbvias.

Augustus, por exemplo, estava relaxado na cadeira, conversando comigo sobre amenidades até que Oliver chegou, vestindo moletom, com o cabelo úmido e um sorriso triste.

Acompanhei-o, tensa, até que se sentasse ao meu lado, o joelho encostado no meu com leveza, mas o suficiente para que eu respirasse um pouco mais aliviada.

— Quase perdi o controle — Oliver disse com um suspiro antes que alguém conseguisse se pronunciar. — Na delegacia, o homem riu quando eu o chamei de racista. Falou que era apenas uma brincadeira esportiva e que eu estava sendo sensível demais.

Mordi o interior da bochecha, querendo dizer tudo e nada ao mesmo tempo.

— Estou bem — assegurou ele a Augustus.

— Preciso saber o que aconteceu. Sei que deve estar cansado, depois de contar tudo isso na delegacia, mas quero saber o que a Assuero pode fazer agora, e mais do que isso, o que *eu* posso fazer pra te ajudar.

Oliver suspirou, encarando o tampo da mesa com o cenho franzido.

— O cara é hóspede do hotel, viu que estávamos aqui e decidiu fazer "uma brincadeira inocente". — Usou os dedos para fazer as aspas, o rosto se contorcendo de raiva. — Eu cheguei assim que ele havia acabado de riscar, conseguimos ver nas câmeras, e chamei a polícia. Mas aqui na Europa o racismo em si não é reconhecido como crime, a lei só reconhece crimes de injúria racial, mas não é propriamente racismo. É como se fazer piadas racistas não fosse uma injúria, e sim uma brincadeira. Nem todos veem como algo criminoso. Eu só... Precisei ir até a delegacia explicar o que havia acontecido e ouvi um dos policiais perguntar se era realmente motivo pra tudo aquilo. Se uma queixa no hotel não seria suficiente.

Estiquei-me para a frente quando nosso jantar chegou em um carrinho e aproveitei a distração de Augustus com o garçom para apertar o joelho de Oliver, buscando-o com o olhar em uma tentativa de apoiá-lo.

Ele entrelaçou os dedos nos meus e dei um aperto firme, fazendo carinho com o polegar na palma de sua mão.

— Não quero jogar isso pra baixo do tapete, Augustus — afirmou Oliver sem titubear. — O que podemos fazer?

— Então — começou Augustus entre garfadas. Larguei a mão de Oliver e voltei o olhar para o francês, que nos incentivava a comer. — Vou participar de uma coletiva amanhã assim que eu tiver o retorno da nossa assessoria e da gestão de crise. Precisamos ser firmes no nosso posicionamento.

— Não acha que algumas pessoas lá de cima vão se irritar com isso? — Oliver perguntou, um vinco na testa diante da frase tão certeira de Augustus.

— Talvez. — O homem deu de ombros. — Mas nenhum piloto da minha equipe sofre um ataque racista e eu fico calado. *Jamais!*

Oliver abriu um sorrisinho e deu um tapa leve no ombro de Augustus, assentindo.

— Obrigado, cara.

— Você só precisa se preocupar em correr — ele informou com um sorriso paternal. — Do resto, cuido eu.

— É, cara — me intrometi. — No pior das hipóteses, nós podemos passar com o carro em cima do cara.

— John! — ralhou Augustus. — Isso não é coisa que se diga, que conduta completamente antidesportiva.

— Tem razão, Augustus. — Estalei a língua no céu da boca. — Conduta desportiva é a que vimos hoje.

E então comemos em silêncio, meu peito flamejando com a indignação por toda a situação com Oliver e mais ainda por saber que nós poderíamos sofrer violências, mas jamais responder a elas na mesma moeda. Sempre abaixando a cabeça e sendo "a pessoa melhor".

Foda-se ser uma pessoa melhor. Nos matam todos os dias e eu preciso fingir que uma coletiva de imprensa é o suficiente para compensar toda a agressão?

Fui embora do jantar quase sem comer, querendo gritar, esmurrar as paredes e simplesmente extravasar toda a raiva dentro de mim. Alegrei-me quando vi que Oliver não estava tão diferente, os ombros tensos e a mandíbula travada.

— Quer correr? — ele perguntou quando nos despedimos de Augustus em seu andar, antes de subirmos para o nosso. — Eu preciso sair daqui e...

— Claro — concordei na mesma hora, sem pedir explicações.

Oliver sabia que era uma droga. Eu sabia exatamente o que ele sentia. Não havia o que dizer, somente deixar que a raiva saísse de alguma maneira que não nos consumisse no meio do caminho.

Então vestimos nossas roupas de corrida, pegamos um carro de aplicativo e fomos até um parque que permanecia aberto vinte e quatro horas. Àquela hora, havia pouquíssimas pessoas. O relógio já marcava quase meia-noite, mas não me importei.

Enfiei o capuz na cabeça, em uma tentativa de esconder nossa identidade, e começamos a correr. Oliver e eu não trocamos uma palavra sequer durante quase uma hora. Nossos corpos suados e as respirações ofegantes deixavam no ar tudo o que queríamos dizer, mas não sabíamos como. Em certo momento, eu o ouvi fungar e secar os olhos, mas não o encarei. Deixaria que ele chorasse quanto quisesse.

Minhas pernas já ardiam e meu corpo inteiro reclamava do exercício, porém não consegui parar. Somente quando Oliver parou para beber um pouco de água eu me permiti suspirar de cansaço.

— Você não vai fazer nenhuma pergunta? — Ele quebrou o silêncio sem me encarar, sentado na grama bem aparada do parque.

Sentei-me ao seu lado, soltando um arquejo ao esticar as pernas.

— Quero que fale se sentir vontade — respondi, limpando o suor dos olhos.

— Minha cunhada disse que eu me curo perto de pessoas — comentou após alguns momentos silenciosos. — Achei que ela estivesse falando sobre conversar, o que achei irônico, já que eu não sou a melhor pessoa do mundo em expor meus sentimentos, mas... Acho que ela estava querendo dizer simplesmente estar com outras pessoas.

Assenti devagar, esperando que ele finalizasse seu pensamento.

— Correr com você aqui foi melhor do que qualquer consolo.

Sorri lentamente, empurrando seu ombro.

— Pra quem não é muito bom em falar, você se saiu muito bem.

— Sério? — Seus olhos brilharam com um pouco de animação. — Não acha confuso?

— Um pouco, talvez — concordei, dando de ombros. — Quer dizer, alguns meses atrás, achei que você estivesse me dizendo pra abaixar a cabeça e ser mansa. — Oliver riu baixinho. — Mas estou começando a entender melhor. Só precisei de um tempinho pra me adaptar.

Ele piscou devagar, a respiração voltando ao normal.

— Gosto de você. — Então deu um peteleco na minha mão, que pendia ao lado do meu corpo.

— Também gosto de você, bobo.

Permanecemos em silêncio por algum tempo, observando uma ou duas pessoas que passavam por nós de bicicleta ou correndo. Oliver estava murmurando alguma música baixinho, sua voz melodiosa se misturando às árvores.

— Você sempre canta quando está nervoso? — perguntei com a cabeça inclinada. — Já te ouvi cantar várias vezes.

— Canto para me distrair — confessou, coçando a nuca com a mão.

— E que música é essa?

— "Gorgeous"... da Taylor Swift.

Deitei a cabeça para trás, gargalhando.

— E por que precisa se distrair agora, Oliver?

Ele jogou as pernas para a frente, deitando-se até se apoiar nos cotovelos.

— Porque só você tem vivido na minha cabeça nos últimos dias — respondeu, envergonhado. — Preciso me forçar a pensar em outras coisas.

Empurrei seu cotovelo, para disfarçar minha falta de palavras, e Oliver se desequilibrou e caiu de costas na grama, rindo junto comigo.

— Sinto muito pelo que aconteceu hoje, *pretinho* — comentei quando encará-lo por tempo demais se tornou ridículo.

— O que significa *prêtchhinhu*? — ele imitou minha voz, o sotaque britânico óbvio ao falar.

Apoiei-me no cotovelo, deitando-me de lado para observá-lo de cima.

— É um apelido carinhoso para pessoas negras — murmurei, como se fosse um segredo. — Já vi muita gente usar pra falar do namorado.

— Namorado? — provocou com um estalar de língua. — Ainda não vi o anel no meu dedo...

— Está dizendo que só podemos namorar quando eu te der um anel?! — exclamei, embasbacada, ao vê-lo dar de ombros.

Oliver levantou a mão e apontou para o anelar.

— Vai ter que botar um anel na minha mão pra ficar comigo, garota.

Deitei a cabeça no peito dele, deixando que nossas risadas embalassem a noite tranquila.

— Você já sentiu que não é o suficiente? — Oliver perguntou, novamente fungando. Naquele momento decidi encará-lo, com os olhos cheios de lágrimas e uma careta. — Desculpa por chorar, é só que...

Inclinei-me para ele, dando um beijo em sua bochecha, então outro no canto do olho, por onde uma lágrima escorria, traiçoeira.

— Já, já senti — respondi de volta. — Muitas vezes. Às vezes ainda me sinto assim.

Oliver assentiu, distraído, encarando o céu lá em cima, mas era óbvio que sua atenção não estava nas estrelas.

— Não importa quão longe eu chegue, o quanto me esforce, o quanto eu esteja em posições de autoridade, sempre tem algum branco que acha que eu valho menos por ser negro.

Engoli em seco, sem parar com o carinho do meu polegar em sua barriga, agora encarando-o com mais seriedade ao ver as lágrimas escorrerem.

— E enquanto eu estou aqui, chorando no meio de um parque, ele está sendo aclamado por alguns idiotas na internet que pensam da mesma forma. Eu estou sofrendo, e ele acha que está certo. Isso é tão injusto. Por que *eu* preciso sofrer?

Encarei a grama ao nosso redor, sem uma resposta boa o suficiente.

— Eu sei — sussurrei.

Ele assentiu, suspirando.

— Ele não criticou minha corrida, não é como se fosse um ataque à minha profissão, a um jogo ou qualquer coisa do tipo. Foi minha cor. A primeira coisa que as pessoas veem quando eu apareço, uma das únicas coisas em mim que não posso mudar, e nem mudaria.

— A gente nunca vai ser o suficiente pra eles, Oliver — finalmente desabafei. — Nunca. E nem precisamos tentar. A gente já conquistou tanta coisa. Estamos em um dos esportes mais racistas do mundo e mesmo assim chegamos tão longe. Você é campeão mundial. Eu fui vice-campeã da Fórmula 2. Chegamos aqui mesmo sem o apoio desses caras.

— Sabe — ele começou, agora com um sorriso um pouco mais animado —, eu descobri esses dias que uma escola fez um dia do esporte, e várias crianças negras foram vestindo meu uniforme.

Entrelacei nossos dedos, um risinho baixo me preencheu enquanto Oliver suspirava, mais aliviado.

— Preciso me lembrar de que isso vale a pena — continuou, sem desviar os olhos dos meus. — Que, se a gente não se colocar nesses lugares desconfortáveis, quem vier depois não vai ter chance. Dói, mas me consola saber que a próxima geração vai sofrer um pouco menos, eu espero.

— Nessas horas, vale a pena não ficar quieto — concordei, abraçando-o com mais força. — E eu tô com você pra nunca deixar de falar. Nunca.

— Obrigado por estar aqui comigo — sussurrou próximo ao meu ouvido. — E saiba que, independentemente do que escolher até sexta-feira, vou estar aqui do mesmo jeito.

Assenti lentamente, sem saber como dizer a Oliver que já havia tomado minha decisão.

37. Capacetes coloridos e vibradores fofinhos

Quinta-feira. Um dia antes dos treinos livres para a minha última corrida. Andreas receberia sua alta oficial para voltar a pilotar no domingo. O burburinho no paddock estava maior do que nunca. Kuhn iria mudar de equipe porque queria ser primeiro piloto em um time que o valorizasse.

Pelo menos era o que ouvíamos pelos cantos.

A questão é que era cedo demais no campeonato para tudo aquilo. Como resultado, Andreas terminaria a temporada correndo em uma equipe que realmente não o teria mais como prioridade. E eu não me sentia mal por aquilo.

Que Augustus o chutasse da equipe, era o que minha consciência pedia.

Minha mãe brigaria comigo se me ouvisse falar aquele tipo de coisa. "Combata o mal com o bem", ela dizia com um sorrisinho sábio de quem sofreu demais.

E, por mais que sua visão romântica do mundo me comovesse, eu não me sentia tão bondosa. Nem sempre conseguia controlar a sensação de ódio que me tomava toda vez que olhava para o piloto alemão.

Jamais faria nada para ferrá-lo por livre e espontânea vontade, apenas torcia para que ele pagasse por todo o bullying que fazia comigo, por todas as falas racistas e xenofóbicas que disparava por aí em alto e bom som simplesmente porque sabia que ninguém o enfrentaria.

Talvez fosse bom que ele estivesse na equipe do meu pai, para mostrar ao velho o que significava viver com alguém tão escroto quanto ele próprio.

— E aí, cara? Me vê uma limonada, um queijo quente e um muffin de blueberry, por favor — pedi ao atendente da área da equipe, que na hora serviu meu pedido, embora com um questionamento silencioso no rosto.

Ele não parou de me encarar em confusão e um pouco de revolta quando equilibrei a comida nas mãos e nem quando me preparei para sair do estande.

— Uhhh, estava dando uns amassos de novo no carinha da festa de fim de ano do Jonathan? — Alex Duarte me interceptou assim que saí da saleta. — Achei que você fosse monogâmico, querido Brown.

Ah, porra.

— Sou comprometido, Duarte — retruquei com a minha tentativa mais forçosa de imitar João.

— Ahã, e eu também — cantarolou.

Dei um sorriso ladino, sabendo que Alex poderia ser um ótimo amigo. Caminhamos juntos até a garagem da Astoria, onde os mecânicos nos cumprimentaram com sorrisos concentrados.

— A gente se vê, cara — despedi-me com um aceno, voltando a caminhar sozinha, cantarolando algumas orquestras que estavam presas em minha cabeça a semana inteira.

— Senti sua falta — Baptiste comentou assim que entrei na minha sala.

— Precisamos arranjar uma namorada pra você.

Meu treinador deu uma mordida imensa no muffin e deu de ombros.

— Aceito um namorado também.

Ergui a sobrancelha, bebericando meu suco novamente.

— Pode deixar que vou postar a vaga no LinkedIn.

E então voltamos a conversar sobre os preparativos para a corrida. Meu capacete, em cima da mesa, estava decorado de maneira diferente, como Oliver e eu pedimos aos engenheiros e designers. Uma homenagem aos heróis da luta antirracista. No dele, o nome de Martin Luther King Jr. estava estampado em tons de amarelo, e no meu, Conceição Evaristo em traços em azul e amarelo.

— Esteja pronto em dez minutos — Augustus ordenou depois de bater na porta da sala.

Baptiste terminou os exercícios de respiração e alongamento e me liberou com tapinhas nas costas.

— Último fim de semana, como está se sentindo?

Dei de ombros. Estava fingindo que não teria que dar uma resposta para aquilo.

Mais tarde, alguns pilotos se reuniriam para uma ação contra o racismo na Fórmula 1. A FIA não estava nem um pouco feliz com a decisão, mas o que poderiam fazer diante da violência sofrida por Oliver poucos dias antes?

A condição foi que não atrapalhasse o fim de semana, então alguns pilotos aproveitaram a quinta-feira para participar da iniciativa.

Não me surpreendi ao ver que algumas figuras conhecidas não estavam por ali.

— O que acham de uma boa farra hoje à noite antes de voltarmos? — Alex brincou quando todos os pilotos presentes se aproximaram, devidamente uniformizados.

— Temos treino livre amanhã — Oliver respondeu com o cenho franzido.

— Não precisamos voltar tarde — respondi.

Oliver me olhou de soslaio, dando de ombros.

— Ok, então.

— Está na hora de arranjarmos uma namorada para o Oliver. — Leo Goldsworthy entrou na conversa, causando risadas nos outros pilotos.

— Precisamos mesmo — reverberei a opinião popular. — Ele está solteiro demais.

Não precisei encará-lo para saber que Oliver ria.

Um raio de sol.

O resto do evento foi tranquilo, com algumas fotos, poucas entrevistas e diversas postagens para as redes sociais de cada piloto.

Eles estavam empolgados, e aquele foi um pequeno consolo. Sabia que para outros pilotos também era uma forma de se posicionarem contra o racismo sofrido durante a carreira no automobilismo, especialmente os asiáticos e os latinos.

Para fechar com chave de ouro, saímos do circuito direto para Marselha, que ficava a apenas cinquenta minutos de carro de onde estávamos. O hotel próximo ao circuito estava lotado, pelas equipes e pelo público, que já se preparava para acompanhar o fim de semana.

Precisávamos achar um lugar mais privado, e em Marselha havia o bar perfeito. Um local reservado para membros do automobilismo há quarenta anos, tão secreto que só se ouvia falar dele após alguns anos no esporte.

O grupo entrou no espaço comemorando, as risadas se sobressaindo à televisão que exibia algum jogo de baseball. Não era muito fã do esporte.

— Um brinde — um dos pilotos da Remulo sugeriu — ao nosso melhor fim de semana.

— Amém! — Oliver berrou, e brindamos com nossas águas, refrigerantes, sucos e apenas uma cerveja.

No bar, algumas pessoas conversavam em outras mesas, as vozes se misturavam às nossas, mas não demorei a interceptar uma mulher de olhos muito bonitos nos encarando. Mais especificamente, encarando Oliver.

Ele estava na minha frente, completamente alheio à presença da mulher.

— Porra, Oliver, para de dar mole e vai falar com aquela gostosa que está te encarando há séculos, por favor? — um dos pilotos recriminou de brincadeira.

A atenção do grupo, como um bando de adolescentes, se voltou para a moça, que havia desviado o olhar para pedir uma bebida ao garçom, espremendo os seios contra o balcão.

Ela era linda, mas Oliver deu de ombros e tomou mais um gole de sua água com gás.

— Não estou a fim, cara, valeu.

Apertei os lábios, acompanhando seus movimentos.

— O que foi? É bom pra extravasar — outro piloto questionou.

— Por acaso está apaixonado, bonitão? — Goldsworthy alfinetou.

Oliver deixou escapar uma olhada de esguelha para mim, que foi captada imediatamente por Leo.

— Mentira, é a Petra?

Abri a boca imediatamente para responder, mas Oliver se adiantou.

— Não, não é nada disso.

Aquilo era difícil. Sabia que Oliver estava seguindo o que eu pedi, que mantivéssemos aquilo só entre nós dois até decidirmos o que fazer, mas não tornava menos dolorido.

— Então vai, cara — incentivei, observando um vinco se formar entre as sobrancelhas dele.

Oliver assentiu devagar e saiu da mesa. Esperava que ele entendesse que era apenas uma forma de livrá-lo da encheção de saco dos outros pilotos. Não consegui parar quieta ao vê-los conversando, Oliver claramente sem jeito, a mulher parecia mais do que feliz em vê-lo ali.

Em certo momento, apontaram para a nossa mesa, um sorriso no rosto de ambos. Cruzei os braços, atenta à interação.

Era ridículo que eu estivesse com uma pontada de ciúmes, né? Quer dizer, eu falei para ele ir. Oliver tentou recusar. A verdade é que eu estava cheia de ciúmes.

Inclinei a cabeça quando ela pôs a mão no pulso de Oliver, rindo de algo que ele disse. Por que ele precisava ser tão charmoso o tempo todo?

Contive um sorriso quando ele se afastou com um aceno e foi até o banheiro. Meu celular vibrou no bolso no mesmo instante. Peguei meu aparelho, observando o nome de Oliver brilhar na tela.

Você poderia ao menos fingir que não queria me estapear, ele digitou.

Foi impressão sua, garanto.

Impressão? Acho que nunca te vi tão séria na vida.

De novo, impressão sua. Essa é a minha cara normal.

Gostei da sua cara emburrada, Petra.

Contive um sorriso ao morder a bochecha.

Vou te ignorar agora, Oliver.

Sabe, eu estava contando pra ela que meus amigos estavam perturbando meu juízo, mas que tinha uma pimentinha me esperando em casa.

Desviei o olhar e, de longe, observei Oliver apoiado na parede ao lado do banheiro, me encarando com atenção. Tinha um sorriso no rosto, a postura relaxada de quem sabia do poder que exalava. Usava o boné para trás, assim como eu, a boca carnuda cerrada enquanto deixava a mão pender no bolso da calça.

Que dó dessa mulher, ela deve sofrer muito na sua mão.

Oliver sorriu para a tela e voltou a digitar.

Queria fazê-la sofrer um pouco mais hoje.

Meu peito se apertou ao voltar a encará-lo, o mesmo sorriso maldito no rosto, mas os olhos reluziam a ponto de me fazer juntar as coxas.

Abre um pouco as pernas, Petra, digitou.

Segurei o celular com força, mas obedeci imediatamente. Encarei Oliver de esguelha, que ainda digitava, mas agora sorria abertamente para o celular.

Você vai dizer que vamos embora, vai inventar qualquer desculpa que seja, e vai me deixar te foder como eu quiser.

Engoli em seco, assentindo devagar, torcendo para que Oliver percebesse.

— Pessoal — chamei a atenção dos outros pilotos, que estavam entretidos demais na própria conversa para prestarem atenção no joguinho entre mim e Oliver. — Augustus está nos chamando para o hotel. Precisamos ir.

— Já? — um deles perguntou, mas não percebi qual. Estava completamente concentrada no casaco da equipe que Oliver tinha colocado em frente ao corpo para esconder a ereção se formando.

— Ahã — desconversei. — Vocês cobrem a nossa parte? Te passo o dinheiro amanhã, sem falta.

Mal encarei Oliver ao sair do bar em direção ao carro que dividimos até ali.

— Eu dirijo — comentei esbaforida, entrando no carro com as mãos tremendo e o rosto corado.

Oliver se sentou ao meu lado, um sorriso contido no rosto bonito. Estava batucando no próprio joelho quando peguei a estrada.

Segurei o volante do T40 ao sentir a mão de Oliver em minha nuca, fazendo carinho. Suspirei alto, sem conseguir controlar o movimento involuntário da minha cintura, ansiosa por ele.

— Tudo bem? — perguntou ele, lânguido.

Oliver sabia perfeitamente o que estava fazendo, plenamente consciente de que a mão que agora descia por minha barriga e se apoiava na coxa não pararia ali.

— Não posso bater o carro, Oliver.
— Então, para.

Ri, incrédula. Estávamos saindo da cidade, e Oliver parecia ter se esquecido de que éramos pessoas públicas.

— Não vou parar o carro — retruquei.

— Você que sabe.

E então a mão, por baixo da minha blusa, começou a me beliscar até chegar ao binder que cobria os seios. Ele puxou o tecido para baixo e tive que me esforçar para não fechar os olhos ao senti-lo torcendo o mamilo entre os dedos gelados.

Apoiei a nuca no encosto do banco, apertando o volante. Oliver subiu a mão para meu pescoço, dedilhando a pele com calma, sem qualquer intenção de me deixar em paz.

— Para com isso, Oliver — resmunguei, mas minhas palavras soaram mais como um gemido desesperado. Ele sorriu e se afastou, praticamente colado ao vidro da janela.

Revirei os olhos, ligando a seta para ultrapassar o motorista à frente. Gostaria de parar em qualquer lugar e passar a noite inteira no colo de Oliver, e que qualquer pessoa que nos visse, soubesse o quanto éramos bons naquilo.

E porra, Oliver era muito bom em me enlouquecer a ponto de querer ser vista por qualquer pessoa passando numa estrada.

— Por que você está tão longe? — perguntei a contragosto, sabendo que ele esperava a pergunta. O sorriso esperto em seu rosto foi resposta suficiente.

— Você pediu pra eu parar. Eu parei. Sou obediente, linda.

Desviei o olhar para a estrada, tentando controlar a sensação se alastrando por minhas coxas, atravessando minha coluna. Saber que Oliver me obedeceria, que ele confiava em mim o suficiente para decidir o que fazer...

— Se toca na minha frente — disparei ao ultrapassar mais um veículo.

Oliver arregalou os olhos, mas não se opôs. Ouvi o zíper da calça sendo aberto e o gemido aliviado de Oliver ao finalmente movimentar a mão para cima e para baixo na extensão do pau. Desviei o olhar, sentindo a boca salivar ao vê-lo ali, com as pernas estiradas abaixo do porta-luvas, os olhos quase fechados, a boca aberta e a barriga subindo e descendo devagar.

— Mas não pode gozar até chegarmos ao hotel — ordenei quando os movimentos aceleraram. Foi a primeira vez que Oliver pareceu desgostoso, me encarando com os olhos alarmados.

— Mas ainda vai levar trinta minutos.

Ri baixo, dando de ombros.

— Isso não é problema meu, é?

Oliver não facilitou nossa viagem até o hotel. Entre alguns gemidos desesperados e beijos no meu pescoço, fiquei surpresa de não ter perdido a entrada. Estacionamos o carro, e Oliver teve de usar o casaco para cobrir o quadril enquanto pegamos o elevador — precisei listar todas as razões por que agarrar meu companheiro de equipe ali era uma péssima ideia.

A caminhada até o quarto pareceu uma maratona, e só respirei aliviada quando entramos no quarto. Oliver se recostou no batente da porta do banheiro, jogando o casaco na cama. O tecido caiu em cima de alguns pacotes, que chamaram minha atenção.

Ele acompanhou enquanto eu girava as embalagens entre os dedos, um sorriso crescendo no rosto ao vê-lo tirar a camisa. Desembrulhei o plástico que cobria o dildo azul, não grande demais, sem perder de vista as roupas de Oliver caindo no chão. Quando ele parou na minha frente na cama, não usava nada além de seu sorriso mais preguiçoso, como se soubesse que eu não teria qualquer reclamação a fazer sobre o presente.

— Posso usar em você? — a pergunta saiu sussurrada de meus lábios, quase uma súplica.

Oliver passou o polegar por minha bochecha, assentindo silenciosamente. Me ajoelhei na cama, abraçando seus ombros e beijando-o sem pressa alguma. Oliver deitou minha cabeça para trás, mordendo e beliscando a pele por onde passava. Minhas roupas se perdiam entre os beijos, sua risada criava seus próprios caminhos entre meus suspiros.

— Aquele nosso momento no banheiro foi ótimo — ele murmurou enquanto eu tirava as roupas da cama e deixava apenas o vibrador, um lubrificante, as camisinhas e dois géis que Oliver comprou. — Mas eu gosto muito mais quando a gente vai com calma.

Oliver não me esperou, se aproximou de mim e me puxou para

perto, pele contra pele, as mãos firmes em meu pescoço e a boca voraz na minha. Ele tinha cheiro de sândalo e gosto de cassis. Movia-se lentamente, como se tivesse todo o tempo do mundo.

Deitei-o na cama, traçando beijos do maxilar até a cintura. A cada suspiro e gemido baixo, meu corpo despertava mais. Dei um beijo lento em sua coxa, na marca de nascença que fez tantas outras pessoas se afastarem, e sorri. Meu. Todo e inteiro meu.

Senti-o deslizar entre meus dedos devagar, o pau melado, a cintura se projetando para cima, a fim de compensar a minha lentidão. Levantei o olhar para encará-lo, observando o tronco tatuado vibrar em espasmos, os olhos presos aos meus.

Não esperei qualquer indicativo antes de colocá-lo na boca, suspirando audivelmente quando Oliver xingou baixinho, totalmente absorto em seu próprio prazer.

Eu passaria horas daquela maneira, vendo-o exaurido, completamente desesperado para gozar, o deleite de saber que eu estava causando aquilo. Era bom que Oliver soubesse o quanto ali, naquele espaço, ele me pertencia, porque eu cuidaria dele. Mesmo que, no caminho, eu o torturasse um pouco.

Mas não é como se meu piloto não gostasse daquilo.

Desci a boca para seu saco, abrindo suas pernas com delicadeza, sem querer assustá-lo. Oliver se apoiou nos cotovelos, os lábios escancarados ao me ver com o vibrador nas mãos. Peguei o lubrificante, espalhando o líquido gelatinoso e masturbando-o sem pressa.

Oliver deitou a cabeça para trás, expondo o pescoço. Estava sorrindo quando liguei o pequeno aparelho, o vibrador tremia em minha palma escorregadia. Percorri a sua pele com o pequeno objeto, descendo pelos braços até a cintura, parando por fim logo abaixo do pau, sentindo-o ficar tenso com o toque.

— Caralho, Petra — ele gemeu sonoramente quando passei o vibrador pela glande, e seguindo com minha língua.

Acompanhei-o, satisfeita, até que estivesse com o lençol do colchão embrenhado entre os dedos, exasperado.

— Quer virar de costas? — sussurrei, observando-o engolir em seco e se virar devagar, apoiando-se de quatro no colchão. Assisti à cena com os olhos brilhando, sentindo o peito apertar com a sensação de tê-lo à minha mercê. — Eu sou a mulher mais sortuda do mundo.

Oliver gargalhou e levantou o pescoço, então me estiquei para beijá-lo devagar, passando com o vibrador pela coluna, percorrendo cada centímetro até a bunda. Usei o polegar para espalhar o lubrificante, sentindo-o tremer com o toque delicado.

— Se você sentir dor, se quiser que eu pare... — alertei, me posicionando atrás dele. Ele se apoiava nos cotovelos, uma das mãos se movendo no pau e a outra ao lado cabeça caída no travesseiro.

— Porra, Petra, vai de uma vez.

Ri baixo e dei uma mordida na sua bunda antes de introduzir o vibrador. Oliver tensionou, exasperado, com as pernas tensas.

— Você precisa relaxar só um pouco, meu amor — orientei, já voltando a beijar sua pele. — Só vou colocar mais quando você se sentir confortável.

— Pode ir — ele sussurrou.

Levei todo o tempo do mundo, os arquejos se transformando em gemidos quando pedi para me deitar embaixo dele, a virilha alinhada ao meu rosto. Oliver xingava baixo ao foder minha boca, murmúrios desconexos enchendo o quarto conforme seu quadril se movia. Gemi audivelmente ao me masturbar junto com ele, o corpo tremendo violentamente ao sentir o prazer de Oliver.

— Petra, para com isso, quero te foder também.

Neguei com um resmungo, acelerando os movimentos da mão ao redor do seu pau e ouvindo-o gemer mais alto.

— Estou dizendo que pode gozar na minha boca, Oliver.

Ele riu, e mal consegui mantê-lo na boca enquanto ele gozava, o gemido se transformando quase em um grito, a respiração acelerada e o corpo tremendo sobre mim. Senti seu gozo escorrer por minhas bochechas e me afastei, esperando que ele se acalmasse. Oliver saiu de cima de mim, completamente ofegante e já com o vibrador nas mãos.

— Como as pessoas vivem sem isso?

Passei a mão na bochecha com uma risada.

— Boa pergunta.

Oliver tirou minha mão do rosto e me puxou para si, sentando-

-me em seu colo. Ficou me observando em silêncio, cada contorno de meu rosto suado. Senti sua mão guiar minha cintura, pressionando meu clitóris sobre sua coxa. Encarei Oliver, surpresa, ao vê-lo pegar o gel e aplicá-lo no bico de meus seios, fazendo uma bagunça enquanto lambia e chupava, sem parar por um segundo de me mover contra sua coxa.

Segurei o rosto dele, beijando-o devagar. Minha língua pinicou, gelada, depois quente. Meus seios ardiam, uma sensação gostosa na pele, e Oliver se deliciava com meus gemidos.

— Seja boazinha e goze se esfregando em mim, Petra — ele ordenou com um meio sorriso.

Gargalhei e me movimentei com mais rapidez, sentindo-o usar o lubrificante para me foder com os dedos por trás. Deitei a cabeça no ombro dele, com gemidos tão longos que poderiam até parecer de dor.

Mas não havia nada de doloroso em ouvir Oliver sussurrando no meu ouvido, pedindo pra eu gozar, os tapas estalados na bunda enquanto me esfregava nele como se estivesse na porra do cio, a ponto de chorar apenas para acabar com a deliciosa tensão.

— Petra, você vai acabar comigo... — ele murmurou quando dei um beijo molhado em seu pescoço.

— Podemos parar, se quiser — cantarolei, e foi o tapa estalado em minha bunda que me deixou séria novamente.

— Nem pense em dizer isso de novo.

Sorri com a língua entre os dentes e o abracei, buscando mais contato. Achei o ponto ideal, e mal controlei a voz ao ouvi-lo gemer dolorido quando mordi seu ombro, apertando com força. Deixei-me ao relento quando senti Oliver colocar o vibrador entre minhas pernas. Segurei seu rosto com a mão, virando-o para mim.

O som de nossos corpos apenas me impelia a gemer mais alto, sem conseguir controlar os espasmos. Foram tantos estímulos simultâneos que me restou apenas implorar por mais. Que Oliver me segurasse, que sua mão apertasse meu pescoço, uma pressão leve e deliciosa que se alastrou por todo o meu corpo.

— Petra... — Oliver implorou, sua respiração ficando mais alta, os gemidos se misturando uns aos outros.

— Continue assim — sussurrei, sem desviar nossos rostos um do outro. Inclinei-me em sua direção, um fantasma de beijo ao gemer contra sua boca.

Estávamos ficando sem controle, Oliver movia o vibrador contra meu clitóris de maneira cada vez mais desordenada, e os corpos trêmulos. Senti o corpo inteiro tensionar antes de abraçar Oliver, apertando sua coxa enquanto gozava, a voz quebrada ao dizer que o amava vez após vez. Oliver se agarrou às minhas costas, me segurando para evitar que eu caísse na cama.

Continuei largada em seu peito, tensa com o vibrador ainda ligado, sentindo o relaxamento após o orgasmo se prolongar e acumular para um outro. Permaneci em silêncio, sem conseguir me mover. Via estrelas, constelações e outras realidades, tudo ao mesmo tempo.

Oliver estava tão descompensado quanto eu, o peito subindo e descendo. Ele mal me encarava, os olhos fechados em puro deleite. Observei enquanto ele tirava o vibrador do meio das minhas coxas e o desligava.

— Preciso de uma hora e dois litros de água, Petra.

Gargalhei, dando beijos em seu tronco desnudo. Detive-me em seus mamilos, circulando as protuberâncias com a ponta da língua, ele segurando minha cabeça e de olhos atentos a cada movimento.

— Você tem só até eu me recuperar.

Oliver arregalou os olhos, me deitando na cama e pairando sobre mim.

— Que pique é esse?

— Não acredito que vou dizer isso e alimentar seu ego — murmurei contrariada. — Mas estou viciada.

Havia um sorriso dissimulado em seu rosto, mas sem vergonha alguma.

— No quê?

— Você sabe.

— Petra...

— Na porra do seu pau — confessei. — É isso, estou viciada em sentar em você.

Oliver gargalhou, me dando vários beijos seguidos antes de vir para cima de mim e colocar a camisinha.

— Leo estava certo, sabia? — ele comentou ao enterrar seu pau em mim, a boca imediatamente perdida em meu pescoço, sem me dar qualquer descanso. — Eu realmente precisava extravasar.

38. Sexta-feira de treinos do último fim de semana de Petra Magnólia

Estava muito quente quando saí do carro após o segundo treino. A perspectiva era ótima. O carro estava em perfeitas condições, agora era só torcer para fazer uma boa corrida.

O calor no uniforme só foi amenizado quando tomei uma água gelada, sentindo o canudo com o líquido aliviar toda a ansiedade do treino livre.

Meu pai tentara me ligar duas vezes durante o dia. O prazo que ele tinha me dado se estendia até o dia seguinte, e o relógio corria contra mim.

Revirei na cama até as quatro da manhã e consegui dormir apenas duas horas antes de ter que me levantar. Cogitei tomar um remédio para dormir, mas corria o risco de ficar molenga demais durante o dia. Então tomei um café bem reforçado, que quase pus para fora tamanha a ansiedade, e fui com Baptiste e Solange até o local do circuito.

Eu ainda não havia contado a Solange o que estava prestes a acontecer, não até que estivesse oficializado. Ela sabia da proposta de meu pai, mas quase nada além disso.

— Você não está soltando o pé nas curvas, John... — advertiu Augustus quando nos encontramos.

— A tração estava ótima.

Augustus apenas arqueou a sobrancelha, sabendo que aquela seria nossa décima discussão sobre o assunto e que eu não desistiria da minha estratégia. Eu era boa em pensar sob pressão quando estava dentro do carro. Aos poucos, aprendia como atacar cada piloto, apesar de alguns serem particularmente bons na defesa.

Naquele GP, minha maior ameaça seria provavelmente Jonathan Casanova. Estava torcendo para que não largássemos perto um do outro, isso causaria dor de cabeça. Ele sabia me interceptar bem e segurou uma fileira de carros na corrida passada antes que eu retirasse o carro do circuito.

Com a mente ainda na corrida e nas estratégias que íamos pôr em prática no fim de semana, peguei o celular, observando o chat com meu pai aberto, a ansiedade crepitando em meus dedos.

Aceito.

Apagar.

Enfie esta porra de chantagem no meio da sua bunda, velho insuportável.

Apagar.

Odeio essa droga!!!!!!!!!!!

Apagar.

Respirei fundo ao informar à equipe que gostaria de dar uma volta pelo paddock após as entrevistas com os repórteres. E, por mais que eu quisesse responder quais eram minhas expectativas para a volta de Andreas, não havia nada a dizer. Mal respondi aos jornalistas com o falso bom humor de John antes de ir embora.

Naquele dia, estava particularmente cansada de fingir ser outra pessoa.

Somente quando encontrei Oliver na área da Assuero para pegar um sanduíche foi que consegui dar um sorriso. Ao lado dele, seu sobrinho, Liam, brincava com os cabelos agora já sem tranças. Helen e Ronan conversavam, cumprimentando vez ou outra um conhecido. Estava feliz por ver a família dele visitá-lo em outro país e peguei-me desejando minha mãe ali. Apenas mantive certa distância, respeitando a privacidade deles. Liam agora dava tapas estalados nas bochechas de Oliver, que arregalava os olhos e fingia sentir dor.

— E você sabe, quando a gente cresce no automobilismo sendo uma criança negra, acaba suportando muita coisa sozinho. Eu aprendi a me virar desse jeito, e agora é difícil quebrar o ritmo — ele dissera na noite anterior enquanto conversávamos na volta para o hotel.

Ninguém mais do que eu entendia o que era aquilo.

E vê-lo tão sorridente, próximo de sua família e em *paz*, me encheu de algo não muito diferente de culpa.

Eu acabaria com aquilo se decidisse negar a proposta de meu pai. Seria a responsável por virar a vida de Oliver de cabeça para baixo.

Peguei o celular e digitei de uma vez a mensagem.

Eu aceito, quando podemos conversar?

Meu pai me aguardava com um sorriso afiado feito uma adaga e uma taça de vinho para selar o pacto com o diabo. De blazer, calça jeans, tênis confortáveis e uma peruca fajuta, caminhei na direção do meu mercador.

— Fico feliz que tenha aceitado a proposta — foi a primeira coisa que ele disse, assim que me sentei.

A luz baixa disfarçava meus olhos cor de esmeralda ansiando por socá-lo. Por agredir o homem que me colocou no mundo. Mas eu não tinha coragem, talvez por alguma necessidade absurda de, apesar de tudo, agradá-lo. Por algum resto de respeito.

Não, por temor.

Howard Brown tinha meu mundo em suas mãos, e aquilo me assustava mais do que tudo.

— Aceitei porque você me ameaçou — relembrei com um sorriso cortês que não era compatível com a voz áspera. — Agora, viemos jantar para comemorar ou para assinar o contrato?

— A assinatura do contrato será na segunda-feira, no escritório da Melden. Seu advogado está ciente?

Assenti a contragosto, lembrando da irritação de Edgar quando informei a ele minha decisão final. Ninguém estava feliz com aquilo. Ele até ameaçou pedir demissão por achar que não seria de sua alçada. "Que tipo de advogado aconselha que a cliente assine isso?", foi o que disse.

— Petra, não estou fazendo isso porque te odeio — Howard começou, com um suspiro. Ergui a sobrancelha, sem retrucar.

O garçom apareceu com o vinho, despejando-o com delicadeza em minha taça. Em seguida, perguntou o que gostaríamos de comer.

Deixei que meu pai falasse, ainda sentindo o nó na garganta que me impedia de formar uma sentença coerente.

— Ninguém ia te escolher para o ano que vem — ele continuou, como se fosse necessário falar mais qualquer coisa. — Mas vi que você é uma boa piloto e que vai se dar bem na Fórmula 1. E não teria chances de fazer isso em outra equipe.

— E a sua forma de me convencer foi me chantageando — completei, recostando-me na cadeira, desconfortável. — Só não entendo por que vazar as fotos. Isso não te prejudicaria também?

Howard tomou um gole de sua bebida e respirou fundo.

— Não vamos falar sobre bobagens. Quero saber o que está acontecendo na sua vida.

Inclinei a cabeça, sem acreditar na mudança de assunto da água para o vinho.

— Como assim?

— Sua mãe, como está?

Pisquei, incrédula. Ele estava falando sério?

— Está... bem... e feliz... — balbuciei.

Aquilo era uma pegadinha, era a única explicação para o sorriso tranquilo no rosto do meu pai, sua postura relaxada. Ele realmente achava que estava tudo certo. Que eu tinha tomado aquela decisão por vontade própria.

— É verdade que Andreas vai assinar com a Melden?

Decidi seguir pelo caminho das respostas que eu procurava, sem me meter na teia alucinada que meu pai criava ao redor de si mesmo.

— Ainda não sabemos. — Ele suspirou. — Ele é muito genioso, não sei se é uma boa decisão... Mas o garoto é bom, tem garra e quer muito ganhar do Knight.

— E você acha que a solução é colocar a sua filha e um cara que é xenofóbico e racista com ela na mesma equipe?

Howard apertou a ponta do nariz e respirou fundo.

— Petra, você é tão geniosa. Tudo é uma grande comoção. Sempre foi assim. Mas que escolha eu tinha?

Mais uma vez, inclinei a cabeça, sem compreender se ele estava falando sério ou não. Havia me esquecido daquele outro aspecto importante da personalidade de meu pai, a que proferia os maiores disparates como se fossem verdade absoluta. Seu tom de voz sempre firme poderia enganar algumas pessoas, passando tanta certeza que era impossível duvidar. Mas eu havia passado tempo demais em escritórios de terapeutas para cair naquele papo de novo, embora ainda fosse difícil.

— Ele me disse que brasileiras dormem com qualquer pessoa — comentei, a voz se erguendo.

Meu pai apenas arqueou a sobrancelha e tomou um gole do vinho.

— Não é de todo mentira.

Um sorriso incrédulo, olhos arregalados e o coração acelerado. Foi o que meu pai conseguiu de mim em vez de uma resposta.

— Estou atrasado, perdão!

Eu me virei para trás, encarando João, que entrava no restaurante com seu maior sorriso, mas se perdeu ao ver meu desespero estampado na cara.

— Filho! — Howard se levantou para abraçá-lo. — Sente-se, você precisa saber das novidades.

João imediatamente voltou os olhos para mim, a compreensão se alastrando pelo rosto ao ouvir meu pai explicar sobre minha "nova fase" na Melden Racing.

— Não são ótimas notícias? — ele perguntou, erguendo a taça para ninguém em especial.

— Pai, isso... — João alternou o olhar entre nós dois, as engrenagens funcionando aos poucos. — Por que você ameaçaria sua própria filha? Eu...

Mas Howard Brown apenas desdenhou com um aceno de mão, agindo como se nada daquilo fosse importante.

— Algum dia vocês vão entender quanto os pais se esforçam pelos filhos. O sonho da Petra não é correr? Estou dando a ela uma oportunidade! E, em vez de receber um "obrigada, pai, por tudo que você fez", estou diante de dois filhos totalmente ingratos e que não conseguem ver dois palmos na frente do próprio nariz.

Antes que pudesse retrucar, o garçom apareceu com mais um prato de comida.

— Já que vamos assinar o contrato na segunda-feira — iniciei, me levantando —, não preciso ficar aqui pra jantar, não é? — Sorri para João, acenando com a cabeça em sua direção. — Vocês ainda devem ter muito o que conversar. Vou voltar para o hotel. Boa noite.

Dei as costas sem pensar duas vezes, entrei no carro e disparei pela cidade com o peso de uma bigorna no peito.

Arranquei a peruca da cabeça na rua de trás do hotel, troquei o blazer por um casaco de moletom e a calça jeans pelo uniforme da Assuero.

Passei pelos seguranças e subi os elevadores com os olhos cheios de lágrimas.

Entrei no quarto com vontade de vomitar, sentindo a respiração ofegante que antecedia uma crise de choro intensa.

Sentei na cama e suspirei fundo, tentando fazer os exercícios de respiração que me acompanharam a vida inteira. Pensamentos intrusivos dominavam minha mente a todo instante, sem descanso, mas eu sabia lidar com eles. Havia aprendido a duras penas.

Estava de volta ao divórcio dos meus pais, à sensação de solidão daquela época. De ter minha confiança destruída.

Limpei as lágrimas e caminhei pelo quarto, controlando a respiração acelerada. Tinha mais um fim de semana para ser a melhor piloto possível, porque, a partir do ano seguinte, eu tornaria a vida do meu pai um inferno. Eu mostraria a ele que, se Andreas era genioso, eu era pior. Daria um jeito de conseguir dinheiro para abater aquela multa imensa da quebra de contrato, nem que fosse a última coisa que faria.

E o lado bom, eu não poderia esquecer, era que Oliver estaria a salvo. Ele e João. Uma pequena alegria naquele carrossel de horrores. Peguei o celular, a primeira mensagem dele dizia:

Ei, está tudo bem? Mal te vi nos treinos... Quer jantar hoje? Posso fazer uma massagem também...

E outra, algumas horas depois, enquanto eu estava no jantar.

Petra, espero que esteja bem. Estou preocupado. Da última vez que conversamos sobre seu pai, você disse que ainda não tinha se decidido. O seu sumiço é porque tomou uma decisão?

Respirei fundo antes de responder.

Estamos a salvo. Sou a mais nova piloto da Melden Racing! Yay.

Oliver demorou alguns instantes para me responder de volta.

Quer que eu vá ficar aí com você? Podemos conversar.

Não, está tudo bem. Precisamos acordar cedo para as classificatórias, conversamos melhor amanhã.

Certeza, pretinha?

Você está aprendendo a falar português?

Me disseram por aí que é assim que chamamos nossas namoradas...

Pensei que eu precisasse pôr um anel no seu dedo antes, Oliv.

Estou cansado de te mandar diretas, vou eu mesmo te pedir em namoro. Que mulher difícil!

Não!!!!!!!!!!! Deixa comigo, Oliver Knight. E olha pelo lado bom, agora que eu tenho um contrato, daqui a algum tempo vamos poder sair sem medo de sermos vistos.

A resposta demorou a vir e foi sucinta.

Nada me faria mais feliz :)

Deitei a cabeça nos joelhos, cansada. Eu arrastaria Howard para o inferno. E não tinha o menor medo de fazer o que fosse necessário para que ele se arrependesse daquela decisão.

39. Sábado de classificatórias no último fim de semana de Petra Magnólia

Um resultado inesperado. P5. Gemi, frustrada, ao sair do carro, pensando que aquela era uma péssima posição para começar quando Oliver estava largando em segundo lugar. Certo, talvez a chuva tenha prejudicado a nossa estratégia, mas P5?

— Vamos recuperar isso na corrida de amanhã — Oliver me consolou, passando os braços ao redor dos meus ombros.

Ali, com os respingos da chuva molhando nossos cabelos, parecíamos apenas dois companheiros de equipe. A sensação me divertia, eu precisava admitir.

— É fácil pra você dizer — resmunguei. — Está largando na primeira fila.

— Você se esquece — ele sussurrou — que chegou à Fórmula 1 agora e já está em quarto lugar no campeonato. — Então se afastou. — Levei pelo menos dois anos para conseguir isso.

Dei-lhe uma cotovelada, mais do que feliz com o incentivo.

— E, daqui a alguns anos, espero que ganhe um campeonato também — ele continuou. — Você sabia que sexo pós-vitória é uma das melhores coisas do mundo?

— Quando você ganhar o campeonato deste ano — cantarolei —, nós dois vamos descobrir juntos.

— Queria muito te beijar agora, *prentchinha* — choramingou.

— Ainda não está certo, mas vamos chegar lá — incentivei, com o polegar erguido, me afastando de Oliver com uma piscadela. — Até mais, Knight!

— Até, Brown! — exclamou ele e se virou para mais uma roda de entrevistas. Eu o segui, mas muitos passos atrás. Ao longe, observei meu pai rindo e conversando com alguns investidores que tinham vindo assistir aos resultados de seu dinheiro.

Passei direto por eles e segui para a reunião de estratégia com Filippo, o engenheiro de corrida que me acompanhava.

Durante duas horas, conversei com a minha equipe a respeito dos planos para o dia seguinte. Quase todo mundo estava de acordo sobre o papel de Oliver na corrida, que poderia deixá-lo novamente em primeiro lugar no campeonato entre os pilotos. No momento, estava a apenas quatro pontos de Alex, que alternava com ele o lugar mais alto do pódio.

Havia um ar melancólico ao redor, especialmente quando um dos engenheiros disse que sentiria minha falta. Não esperava a reação calorosa, então apenas o abracei de lado e agradeci pelo cuidado.

Passei o resto da manhã cumprimentando os mecânicos, conversando sobre o carro, querendo entender as melhorias. Os bastidores me fascinavam, e o mero pensamento de ficar longe daquilo por meses até que voltasse a correr já foi o suficiente para me entristecer.

Apesar de saber que fazer um pacto com o próprio satanás seria melhor do que assinar um contrato com o meu pai, não podia negar que saber que correria de novo me dava gás suficiente para aguentar um pouco mais o terror Howard Brown.

E então uma voz no fundo de minha mente, a que insistia em me manter saudável, me lembrou de que eu não deveria comemorar aquilo. O abuso emocional não valia a volta às pistas.

Com o coração na mão e muito material para me manter acordada durante a noite, voltei para o hotel. Esfomeada e cansada, pedi o jantar no quarto enquanto subia pelo elevador, e me despedi de Baptiste e Solange quando chegamos em nosso andar. Comi e dormi imediatamente.

Enquanto as classificatórias estavam acontecendo pela manhã e se estendendo até a tarde, o restante da equipe fez a mudança para o hotel ao lado do circuito, onde ficaríamos até segunda-feira.

No meu caso, até domingo.

Cheguei ao meu quarto no fim do dia entre suspiros desolados e melancólicos, já sentindo falta das corridas antes mesmo do fim. Ouvi o bipe do cartão magnético e abri a porta, pronta para tomar um banho e rolar na cama até pegar no sono após jantar.

— O que está fazendo aqui? — disparei para João assim que o vi sentado na minha cama. — Não deveria estar em outro quarto, esperando o fim da corrida amanhã?

— Decidi passar a noite com você, amanhã é só pedir pra camareira entrar à tarde — ele explicou, esticando a mão para mim. — Senta aqui, Petra.

Encarei meu irmão, já sentindo a cama fofa me acolher.

— Fiquei pensando hoje o dia todo sobre o jantar de ontem com nosso pai — ele iniciou, fazendo carinho na minha mão com o polegar. — E uma coisa não faz sentido.

Inclinei a cabeça, com um sorriso cansado.

— Muita coisa nessa situação não faz sentido, João, seja mais específico.

— Quem mandou as fotos pra ele? — perguntou. — Em momento algum vocês comentaram sobre esse assunto, ou eu me perdi na conversa?

Neguei com a cabeça, suspirando.

— Acho que foi ele mesmo que contratou um fotógrafo, já devia estar desconfiado do nosso esquema desde o Azerbaijão.

João assentiu.

— Sinto muito, Petra, muito mesmo.

Virei-me, puxando-o para um abraço apertado.

— Eu não me arrependo de nada, João — sussurrei. — Faria tudo isso mil vezes de novo, por você e por mim mesma.

Afastei-me com um sorriso triste, encarando a cidade do lado de fora da janela.

— Espero que passe a noite aqui, acho que quero companhia do meu irmão.

João se jogou na cama, enfiando a cabeça entre os travesseiros.

Ali, vendo meu irmão gargalhar de nossas piadas sem graça e o abraçando antes de me virar para dormir, me senti em casa. E, mesmo que tudo desmoronasse no dia seguinte, eu ainda teria minha família de verdade ao meu lado.

40. Domingo, a última corrida de John Brown

Viver no automático pode acontecer quando estamos acostumados a uma rotina. Eu era adepta de certos hábitos, como tomar banho no mesmo horário, comer sempre o mesmo café da manhã, e assim por diante. Porém, naquele dia, que deveria ser um domingo qualquer, me via em um episódio extraoficial de uma série que deu muito errado.

Levantei correndo, com a voz de Baptiste na porta do quarto. João se levantou em um sobressalto também, estávamos ambos surpresos com o quão confortável foi dormir agarrados, como fazíamos quando precisávamos dividir camas de hotel.

João estava deitado ao contrário, próximo ao meu pé, e quase o chutei quando fiquei de pé num pulo, pronta para ir tomar banho.

— Como vou sair daqui? — perguntou, alarmado.

— Eu tenho uma peruca na bolsa... — sugeri, já ligando o chuveiro. — Você pode vestir um moletom e pronto. Ou pode ficar aqui no quarto até o fim da corrida, meu checkout é só à noite.

Enquanto João tagarelava sobre os planos para o dia e tentava me acalmar antes do circuito, pude apenas repetir a rotina: cantarolar uma música clássica, pensar na minha estratégia e torcer para fazer uma boa corrida.

— Você realmente vai fazer isso? — João perguntou em voz baixa.

Encarei o teto do quarto, sem muita escapatória.

— Vou. É a única saída. Se eu mandar nosso pai à merda e publicarem as fotos, vou ficar meio sem rumo na vida.

João soltou o ar com indignação.

No último ano, com todo o escândalo que me fez sair da Fórmula 2, eu havia me acostumado com a noção de que estaria em apuros, não importava se escolhesse a melhor opção ao meu dispor.

Durante o escândalo, tive que escolher entre ficar calada, deixar que todos falassem o que quisessem e aguardar passar ou botar a boca no mundo, desmentir os boatos e, mesmo assim, ninguém acreditar.

Em um filme de comédia romântica, talvez eu teria uma terceira opção mágica. Um *deus ex machina* que apareceria e resolveria meus problemas. No fim, tudo ficaria bem, as atribuições da minha vida seriam contornadas com o poder do amor.

Rá, foi "o poder do amor" que me colocou nessa saia justa, em primeiro lugar. Não que eu me arrependesse. Faria tudo de novo, porque João estava melhor, criando coragem para oficialmente pedir demissão da Melden e começar a faculdade de engenharia automotiva.

Enquanto isso, aceitei que topar a proposta do meu pai era o menor dos males. E, se aquele era o menor... não gostava de pensar no que aconteceria se a farsa vazasse para a mídia. Eu seria expulsa, processada, presa ou mais outras mil opções. João e Oliver sofreriam, e aquilo não era uma opção.

Foi isso que me incentivou a percorrer a pequena distância do hotel até o local do circuito, sentindo o corpo formigar com a expectativa para a corrida. A adrenalina começava a dar suas caras, e eu me conhecia bem o suficiente para saber que aquela animosidade se transformaria em pura garra quando entrasse no carro.

Amava o frio na barriga antes de uma corrida, a sensação gostosa de fazer o que amava, de raciocinar em alta velocidade, de sentir o rugido do motor se alastrando por meu corpo... Era somente a calmaria que eu precisava naquele dia, a última competição em alguns meses até voltar a competir pela Melden.

— Boa sorte hoje — Solange me disse assim que a atualizei sobre as últimas novidades, sobre a proposta de meu pai, sobre minha última corrida, sobre a ansiedade.

Ela me acompanharia durante a corrida e prepararia a estratégia de marketing para apresentar na reunião com a Melden, sentaria com Edgar para discutir questões de imagem e levaria as decisões para o restante da equipe.

Enquanto Baptiste massageava minhas costas e performava alguns alongamentos, permaneceu em silêncio, algo incomum. Era normal que pusesse uma música para nos entreter, que conversasse sobre as descobertas da semana no país em que estávamos, mas ali estava ele, sério e concentrado.

— Aconteceu alguma coisa? — perguntei sem jeito ao me apoiar nos cotovelos.

Ele voltou os olhos castanhos para mim, a pele negra brilhando de suor com o calor.

— Seu irmão me contou sobre a Melden, liguei pra você mais cedo e foi ele que atendeu — sussurrou. — Acho que está cometendo uma grande burrada.

— E por que acha isso? — Deitei a cabeça, sentindo uma pontada de ironia involuntária. — Porque eu acho que é uma *ótima* decisão.

Baptiste revirou os olhos, me dando um tapa leve no joelho para indicar que eu poderia me levantar para o último exercício.

— Porque você vai ficar infeliz, e não sei se consigo te ver passando por todo aquele inferno de novo — murmurou ele, meio cabisbaixo.

— Eu sei — suspirei, sem querer me prolongar no assunto.

Eu tinha tomado uma decisão e iria lidar com ela. Não queria mais gente dando pitaco e dizendo que era uma burrada. O que as pessoas continuavam a não entender é que não havia opção melhor.

Então cumprimentei Augustus, que fez um minidiscurso diante dos mecânicos e engenheiros, agradecendo pelo meu tempo na equipe e me oferecendo uma cesta de presente em nome do time, com chocolates, frutas e algumas garrafas de champanhe e vinho.

Me emocionei com os abraços daqueles que tinham passado tantos dias e semanas comigo, cada um com sua própria vida fora do grid, mas que todo final de semana se dedicavam unicamente ao bem-estar da Assuero. No fim das contas, Oliver estava certo. Éramos uma equipe.

Saber que aquele era o clima da empresa e que eu não poderia mais vivenciá-lo criou uma mácula no meu peito, que tratei de afastar da mente até o fim da corrida.

Tinha um trabalho a fazer.

Não adiantava nada ficar sonhando em trabalhar com a Assuero quando estaria na Melden dali a alguns meses.

Vincent: *Estamos de volta a mais uma corrida da Fórmula 1! Eu sou Vincent Villanueva, estou aqui no autódromo de Le Castellet com Pauline e David, que fazem a transmissão comigo pela BCN, o seu canal de esportes! A temperatura na pista do autódromo de Le Castellet chega aos trinta e oito graus, enquanto aqui fora os termômetros marcam vinte e sete. É um dia quente na cidade francesa, que recebe a Fórmula 1 para uma corrida que promete ser emocionante.*

Os carros já estavam na pista, o sol forte castigando nossa cabeça. Olhei ao redor, a torcida berrando nas arquibancadas, os mecânicos fazendo piadas enquanto conferiam os últimos detalhes.

Me afastei do carro, observando o que podia do lado de fora. Uma última inspeção.

Gostava de olhar o carro por completo, como uma chance de entender o esporte melhor. Geralmente funcionava. Alguns mecânicos da Assuero, inclusive, me ajudaram e muito com minhas dúvidas.

Augustus apareceu atrás de mim, com tapinhas em meu ombro. Os gigantes protetores de ouvido em sua cabeça me fizeram dar risada.

— Você fica engraçado com isso — comentei, despojada.

— É, e você fica engraçado com essa cara de quem não dormiu nada — retrucou, a língua afiada. — O que ficou fazendo?

— Conversando com minha irmã.

Augustus assentiu, acompanhando a última inspeção comigo. Fez um gesto de ok para mim e caminhou até o carro de Oliver, que largava na primeira fila. Ao lado dele, um piloto da Scuderia Remulo conversava com um dos mecânicos, o capacete já no lugar.

Terminei de me equipar, seguindo as ordens dos engenheiros ao me colocar no cockpit, e observei a pista de um ponto de vista diferente dos que estavam do lado de fora.

O capacete, o mesmo da semana passada, reluzia no sol francês. Contraí os dedos algumas vezes e encaixei o volante, sentindo minhas articulações reagindo às instruções mecânicas.

Pauline: *Esta é a última corrida de John Brown pela Assuero Racing antes da volta oficial do alemão Andreas Kuhn, que sofreu um acidente na piscina* *do hotel na África do Sul e fraturou a perna. Andreas está na garagem da equipe, acompanhando todos os momentos de tensão que vai voltar a enfrentar a partir da semana que vem.*

Respirei fundo algumas vezes, tentando me lembrar das sinfonias de Tchaikovsky que normalmente me acalmavam antes das corridas.

— John, confirme que está me ouvindo — Augustus me chamou.

Respondi imediatamente ao rádio, trocando algumas palavras com Filippo, que continuava me repassando instruções. Nosso objetivo seguia o mesmo. O desempenho da Assuero nas retas era melhor do que o da Astoria, então meu foco deveria permanecer em ultrapassar e segurar a posição.

Mais alguns instantes e então estávamos prontos para a volta de apresentação. Senti o motor rugir em meus ouvidos, vibrando em cada terminação nervosa. Acelerei aos poucos, observando como o carro reagia aos meus comandos.

As arquibancadas lotadas com diversas cores e bandeiras me encheram de empolgação. Por mais que o público francês não fosse o maior apoiador da nossa equipe, vi diversas bandeiras brasileiras levantadas. Me senti em casa.

Lá na frente, o grande farol acendia cada luz, uma tortura de segundos que antecedia o estrondo dos motores.

Vincent: *E é dada a largada do Grande Prêmio da França! As duas primeiras filas já mostraram o potencial dos carros, com as rodas próximas demais. John Brown faz uma boa largada, tomando a posição de Bruno Campos na primeira reta e logo antes da curva, abrindo uma pequena vantagem.*

Pelo retrovisor, observei quando o carro da Astoria tentou fazer a ultrapassagem depois da curva, e não cedi, bloqueando a ultrapassagem como faria em qualquer outra ocasião. Podia sentir Augustus em sua cadeira, xingando baixo.

Ahã, soltar o pé.

A sequência de curvas me deu vantagem, e eu senti a tração dos pneus moles me ajudar a manter a posição.

Pauline: *Estamos nas primeiras vinte voltas de cinquenta e três, e ainda tem muita emoção pela frente! E o que é isso?! Jonathan Casanova, da Melden Racing, perdeu a potência do motor. Será que o safety car virtual vai ser necessário?*

— Que porra esse cara está fazendo? — exclamei no rádio ao ver o carro da Remulo, após ter ultrapassado Bruno Campos da Astoria, se aproximar a distância em zigue-zague.

— Já estamos cuidando disso, John — Filippo assegurou, o que não me acalmou.

Xinguei baixo, tentando me defender, o que abriu ainda mais vantagem para o carro da frente.

— Quanto tempo de distância do próximo carro? — perguntei, atenta aos retrovisores.

— Seis segundos.

— E do carro atrás de mim?

— Quatro.

Vincent: *No rádio de Oliver Knight, da Assuero, há uma reclamação sobre a asa móvel. Será que ele vai precisar parar?*

— Box, John, box — Filippo indicou.

Adentrei na área dos boxes, sabendo que, se nossa estratégia estivesse correta, com o pneu duro seria mais difícil ultrapassar nas primeiras voltas, mas ao final do circuito teríamos vantagem.

Após duas voltas, sorri com satisfação ao ver que a estratégia tinha valido a pena. Saí da garagem pouco atrás do carro da Remulo, que não foi difícil de ultrapassar, já que seus pneus estavam mais gastos, sem tração na saída das curvas.

— John, foco em manter a posição. Só ultrapasse se for absolutamente possível.

Contive o ímpeto de gritar de animação, sentindo a adrenalina me tornar uma maluca alucinada dentro do carro. Mantive os músculos tensos enquanto as curvas se tornavam amigáveis aos meus pneus, e pouco tempo depois consegui visualizar os dois carros à minha frente.

Vincent: *Alexandre Duarte e Mahmood Miller batalham pela segunda posição, que fica aberta com Oliver Knight entrando nos boxes para ajuste da asa móvel e troca de pneus. Ah, que ótimo pit stop da Assuero Racing! Ele volta com folga, enquanto Alexandre e Mahmood continuam entre faíscas.*

— John, não se meta na briga deles — Filippo alertou.

Isso significava: segure a fila atrás de você e espere o momento certo para ultrapassá-los.

Vincent: *É, não teve jeito. Alexandre Duarte precisou ir para os boxes, deixando a posição livre para Miller, que dispara. John Brown está em terceiro lugar, abrindo vantagem sobre os outros pilotos.*

— É o carro de Alex? — perguntei, mesmo sabendo a resposta.
— Sim, tente se aproximar na próxima reta, John.

Vincent: *Não é possível! Oliver Knight acabou de sair dos boxes, mas pelo visto há um problema com seu carro. Parece ser na embreagem. Será que hoje não é o dia de sorte do piloto e... Oliver Knight desliza para fora da pista! Safety car, com certeza.*

Observei, curiosa, as bandeiras amarelas na pista, pouco antes da entrada dos boxes.

— Box, John, agora — Filippo anunciou. — Oliver está fora da corrida.

Vincent: *Oliver Knight sai do carro com a cabeça baixa, o carro obviamente não poderá voltar à competição. Que péssimo dia para o piloto da Assuero Racing. John Brown, seu companheiro de equipe, continua na corrida. O safety car está demorando mais do que o normal, não é? Será que há destroços na pista?*

— O que aconteceu com ele? — perguntei, sentindo o coração acelerar mais ainda, o foco alternando entre o carro e o estado de Oliver.

— Se concentre na sua corrida, John. Oliver está bem.

Fechei a cara, sem poder xingar ninguém por não me contarem que porra tinha ocorrido com meu namorado.

Não era uma bandeira vermelha, o que ao menos me acalmava, mas precisava de mais notícias...

Voltei para a corrida pouquíssimos milésimos à frente de Alex, que só não conseguiria me ultrapassar por causa do safety car, que dava abertura para os pilotos das posições anteriores darem a volta até restabelecer a relargada.

Com os pneus novos que usaria até o fim da corrida, me esforcei para aquecê-los e manter a temperatura favorável para o percurso. Aquela era uma oportunidade única.

Tinha uma chance verdadeira, estava em segundo lugar; perto o suficiente para usar a asa móvel assim que possível, e torceria para que minha estratégia funcionasse. Meu Deus, precisava funcionar.

Vincent: *Corrida liberada na França!*

Com o coração apertado e os olhos no retrovisor para impedir que Duarte me passasse, acelerei na reta, usando tudo que estava à minha disposição para diminuir a diferença com o carro da frente.

— Asa móvel liberada. Pode ultrapassar, John — Filippo mandou, a seriedade contrastando com meu grito aliviado quando atingi a primeira posição, ultrapassando o carro da Remulo sem muita dificuldade.

Estava rindo como louca.

— Dez voltas, John. *Push*.

Permaneci atenta, a briga entre Miller e Alex novamente a todo o vapor. Usei essa distração para aumentar a distância. Na saída das curvas, aproveitei o pequeno trecho de terra, sentindo os pneus passarem pela grama e sobrando para o carro atrás de mim.

— Filippo, você está muito quieto — comentei quando perguntei sobre a distância dos carros atrás de mim.

— Estamos bem. Sete segundos.

Será que havia algo errado com Oliver?

Filippo me garantiu que ele estava bem, então tinha uma corrida a ganhar. E depois encheria meu namorado de beijos e tapas por não ter terminado a prova.

Duas voltas. Apenas duas voltas me separavam da minha primeira vitória na Fórmula 1. A primeira de muitas, se conseguisse me esforçar o suficiente na Melden.

A bandeira quadriculada se estendia diante da minha visão, e as lágrimas me subiram aos olhos antes que eu pudesse contê-las.

— Isso! Porra! — gritei no rádio, sentindo o corpo inteiro vibrar com toda a adrenalina da corrida.

Soquei o ar, comemorando aos berros a minha maior conquista.

Filippo não respondeu no rádio, seria uma falha técnica bem agora? Testei para ver se havia problemas de comunicação.

— Petra, você precisa parar o carro — ordenou quando me preparei para finalizar a volta após a vitória. Nas arquibancadas, um silêncio sepulcral.

Pisquei algumas vezes, a ponto de questioná-lo, mas algo me deteve. Petra?

Parei o carro diante do posto de primeiro lugar, sentindo a pele arder.

Ao retirar o capacete, observei uma multidão me encarando, os olhos arregalados e os semblantes chocados.

Virei para trás e vi Augustus caminhando em minha direção, os olhos inflamados de cólera e as mãos fechadas em punhos.

Não, não, não, não, não, não!

Vincent: *Estamos diante de um dia histórico na Fórmula 1. Os dirigentes da competição alegam ter motivos para suspeitar de que Petra Magnólia está, desde o início da temporada, se passando por John Brown, seu irmão, para correr na Fórmula 1. Fotos divulgadas pela BCN mostram um piloto, que supostamente seria Magnólia, com uniforme da Assuero, saindo do carro de Brown com uma peruca feminina na mão. A BCN também teve acesso a fotos que mostram Petra Magnólia, com uniforme da Assuero, se despedido de John Brown antes do GP de Silverstone. A reportagem completa ainda hoje, no Jornal da BCN.*

41. *Operação cupido* vira cena de *Carrie, a estranha*

Em alguns filmes, quando há uma cena de tamanha vergonha e desespero, tenho que fechar os olhos, sem aguentar por um instante o caos da sensação de agonia.

Mas é ainda mais difícil quando você vive uma cena dessas e, infelizmente, não há um botão para avançar para a próxima cena.

— Alguém pode me explicar que porra está acontecendo?! — Augustus berrou, a voz reverberando alta e clara por todo o paddock.

Oliver estava ao seu lado, os olhos no chão com uma expressão nervosa após tentar interromper o chefe de equipe duas vezes e quase levar um tapa na cabeça.

— Augustus, eu posso explicar... — tentei falar, mas ele já me interrompeu, berrando a plenos pulmões que eu estava demitida.

Como se isso não fosse óbvio.

Apoiei os cotovelos nos joelhos, cobrindo a cabeça em pura exasperação.

E alívio.

Aquela sensação interna de que, por mais ferrada que eu estivesse, pelo menos não precisava mais carregar aquele peso.

O que me parecia uma burrice monumental, já que eu carregaria outros milhares de pesos assim que saísse por aquela porta.

— Você admite, então? — vociferou, balançando a cabeça. — Que merda, Petra, que merda! Você tem alguma noção dos processos que vai enfrentar? Do que *eu* vou enfrentar?

Augustus continuou brigando, gritando para as paredes, os olhos vermelhos e irritados com uma fúria avassaladora.

Oliver me encarou, um sorriso triste no rosto bonito.

Eu tinha estragado tudo.

— Augustus, não é como se eu tivesse feito isso pelos motivos errados! — exclamei para me defender ao ouvi-lo me chamar de três palavrões em francês que com certeza fariam qualquer velhinha cobrir os ouvidos.

— Fodam-se os seus motivos, Petra — gritou. — O que importa é que você arruinou *tudo* pra todo mundo no campeonato. E você... — dirigiu-se a Oliver, enfiando o dedo em riste em seu peito. — Você sabia disso? — Diante da confirmação, Augustus passou as mãos no rosto, frustrado. — Nós vamos ter uma conversa. A sua sorte é que é campeão mundial e está em segundo lugar na competição, garoto, ou estaria demitido.

Oliver assentiu, passando a mão pela nuca.

— Entendo.

— Entende porra nenhuma — Augustus desdenhou. — As outras equipes vão fazer da nossa vida um inferno. Vão dar todos os jeitos possíveis de pedir nossa desclassificação e acabar conosco.

— Não tem nada que mencione algo do tipo — comentei timidamente. Oliver me encarou com um olhar de aviso, mas eu já estava enfiada até o pescoço na lama. — Eu procurei.

— Ah, que ótimo! — Augustus levantou as mãos para o céu, uma risada alucinada escapando dos lábios ao dar pulinhos de falsa alegria. — Você fez seu dever de casa antes de enganar todo mundo, boa garota, ótimo trabalho! — E então ergueu o polegar, praticamente enfiando a mão no meu nariz.

— Sei o quanto está irritado, Augustus, só me deixe...

— Não — ele me interrompeu. — Não deixo caralho nenhum. Você vai sair por esta porta, vai para a sala de interrogatório que montaram, porque aparentemente a FIA agora virou a porra do FBI, e depois não quero ver a sua cara nunca mais, nem pintada de ouro. E você, Oliver, vai ficar aqui. Teremos uma conversinha.

Respirei fundo e saí da garagem quando Augustus abriu a porta.

Ali, todos os engenheiros e mecânicos me encaravam, alguns parecendo arder de ódio e outros apenas confusos.

Abaixei a cabeça, como uma covarde, e segui para a saleta separada.

— Petra — chamou Karl Evans, o presidente da FIA e um dos amigos de anos do meu pai. Eu me lembrava das viagens que fazíamos para sua casa de praia, quando éramos crianças, e vê-lo ali, com os olhos atentos e prontos para acabar com a minha carreira, apenas aumentou minha ansiedade.

Ajeitei-me na cadeira confortável, cercada por quatro homens sentados à mesa improvisada. Havia dois computadores ligados, apresentando a tela de outros integrantes de diferentes comissões que não puderam estar ali para a reunião.

— Nós não costumamos ter conversas ou reuniões assim com pilotos logo após uma corrida, mas a situação...

— Eu sei.

— Bom, vamos começar — Karl disse, pigarreando ao olhar para o jornal em suas mãos. — Recebemos a confirmação da notícia na quadragésima quinta volta, não paramos a corrida antes para lhe dar a chance de se justificar. Essa é a sua chance.

— Sem minha equipe jurídica ou de imprensa? — indaguei, com o cenho franzido.

— Você conseguiu se meter nessa enrascada sozinha — um dos homens alfinetou. Não o reconheci de imediato, mas, a julgar pela roupa amarrotada, imaginei que não esperava estar ali naquele momento. — Acho que pode se explicar sozinha também.

— As coisas não funcionam assim — retruquei. — Quero pelo menos que a minha equipe participe remotamente.

Após alguns segundos de deliberação, chamei Solange e Edgar, meu advogado, que estavam preparados. Eu os tinha avisado sobre a situação a caminho da sala de interrogatório. Solange estava em algum lugar do paddock, provavelmente lidando com todo o circo da mídia.

Havíamos nos preparado para o caso de a notícia vazar, e eu sabia que ela estava cuidando de tudo. Precisava confiar no seu trabalho, porque do contrário...

— Podemos iniciar? A conversa está sendo gravada — anunciou um homem de cabelos loiros.

Permaneci em silêncio, encarando um ponto na parede atrás das cabeças calvas dos integrantes da comissão.

— Me diga, quando se ofereceu para correr no lugar do seu irmão... estava entediada, Petra?

A pergunta veio de Walter Kuhn, tio de Andreas. O sobrinho era uma cópia dele, o que só me fazia sentir mais raiva naquele momento.

Mesmo ali, mesmo com a corda no pescoço, não colocaria meu irmão na berlinda. Então fiquei quieta, por mais que quisesse gritar com todos, enfiar o dedo na cara deles e lembrá-los de que nunca houve justiça imparcial quando se tratava de nós.

Karl tamborilou no tampo da mesa, reflexivo.

— E Oliver Knight? Ele era seu cúmplice?

Engoli em seco, respirando fundo. Na tela do meu computador, meu advogado com certeza agradecia meu silêncio.

— Eu tenho uma teoria — Walter Kuhn cantarolou, recostando-se na cadeira. Parecia sentir prazer naquilo. E talvez fosse mesmo o caso. — Oliver fez parte disso desde o início, não é? Não é como se não soubéssemos que ele tem a mania de achar que é o dono da Fórmula 1. Tem a cara dele, isso tudo. E você topou porque estava entediada. Trepar com Nico Hoffmann não foi o suficiente pra você, não é?

— Não é aceitável que fale assim com minha cliente! — Edgar se pronunciou, a voz carregada de ameaças veladas. — Estamos em um ambiente civilizado, minha cliente merece todo o respeito cabível.

Walter Kuhn se recostou contra a cadeira, ainda irritado. Minha mandíbula ardia com a força que fazia para morder a língua, mas, se conseguisse aguentar só mais um pouco, então poderia lidar com as consequências depois.

— Você tentou provar algo, Petra? — Karl se pronunciou, encarando sem paciência o colega de comissão. Não importava que eles soubessem que me tratar daquele jeito era criminoso, eles estavam em maioria e com um sistema inteiro ao lado deles. — Precisamos de uma justificativa.

— Minha cliente prefere não se pronunciar — Edgar mal esperou Karl terminar para falar, a voz firme e estrondosa mesmo pelo computador.

— Claro! Está protegendo o irmão dela! — Walter bradou, espalmando a mão na mesa. — Esses dois estão envolvidos nisso, devemos punir os dois. Expulsá-los da categoria.

Apertei os braços da cadeira, desviando o olhar da parede para fuzilar Walter Kuhn.

— Não foi nada disso, eu... — comecei a falar, mas fui interrompida por Edgar.

— Petra...

— O quê? Vai dizer que o *viadinho* do seu irmão não estava envolvido nisso? — Walter bradou, com o dedo em riste. — Que vocês três, Oliver Knight, John Brown e Petra Magnólia não estavam envolvidos nesse esquema criminoso inteiro, fazendo a todos nós de idiotas?!

— Oliver queria me entregar para a FIA, só não fez isso para não prejudicar a equipe. Ele não teve a menor culpa! — praticamente gritei, implorando para ser ouvida. — Meu irmão não é culpado, ele... — Calei-me diante do silêncio na sala.

Walter sorriu, e eu não precisava pensar muito para entender que Edgar teria um pouco mais de dor de cabeça.

— Ótimo — Karl disse, os olhos atentos em mim. — Pelo visto, não vai ser uma sessão longa. Teremos alguns dias de investigação pela frente, seu irmão será chamado para interrogatório também, mas tem noção de que encara uma possível expulsão, Petra?

Assenti com um suspiro.

— Bem que eu tentei avisar pra vocês que esse tipo de coisa, esse pessoal aí, não funcionava aqui. É só problema — um dos membros da comissão falou pela tela do computador. — É isso que dá!

Contive o ímpeto de perguntar exatamente o que ele queria dizer, mas pela cara de concordância no rosto de outros velhos, todos brancos, eu conseguia imaginar o que "esse pessoal aí" significava.

E aquilo só me fez querer gritar mais alto ainda.

— Você terá que participar de mais uma reunião como essa, com outros membros da FIA. Entraremos em contato diretamente com seu advogado. A decisão deve vir em até uma semana, após investigação das provas. Está liberada.

O caminho para casa passou em estado de dormência. Arrumei as bagagens do mesmo jeito. Mesmo quando João me encontrou, antes de sair para o aeroporto, não consegui sentir nada, estava entorpecida, beirando o desespero.

Expulsão.

Eu tinha ciência de que era uma possibilidade, mas, ainda assim, ouvir aquela palavra de verdade...

Que porra eu faria agora?

— Você não falou a verdade — João me interceptou na garagem, enquanto Baptiste me ajudava a guardar as coisas. Encarei meu treinador, que se afastou dizendo que precisava passar na recepção e resolver algo.

O valet estava longe, alheio ao que acontecia entre nós, e somente por isso encarei João com os olhos cheios de dor.

— Eu e você precisamos alinhar nossa história, você não precisa ficar com a carreira na lama por minha causa — murmurei.

— Por que você fica em silêncio e deixa as pessoas acreditarem em qualquer coisa? Podia ter se defendido naquele interrogatório, podia ter dividido a culpa comigo, mas insistiu em levar tudo sozinha!

Fechei o porta-malas após guardar minha bagagem, sem querer fitá-lo.

— Todo mundo vai criar a própria versão do que aconteceu, então pra que falar? Eu já estou ferrada, João, não faz diferença a esse ponto. — Dei de ombros, me recostando na lataria e cruzando os braços. João parou ao meu lado e encostou o braço no meu.

— Uma coisa é se manter em silêncio uma vez, mas duas, ainda mais com uma polêmica dessa magnitude... — Meu irmão suspirou, passando a mão no rosto. — Você é tão cabeça-dura, Petra. É impossível! Eu te dei permissão pra contar tudo, contar do meu envolvimento nisso. Você é imbecil a ponto de arriscar a carreira por minha causa? Eu nem quero continuar correndo! Ser expulso da Fórmula 1 ia ser fichinha pra mim, agora pra você...

— Minha carreira já está fodida — lamentei. — Não tem a menor necessidade de te derrubar junto comigo. Ou Oliver.

Ficamos em silêncio por um tempo, até que, de repente, uma ideia cruzou minha cabeça.

— Quem enviou as fotos pra BCN? — perguntei, alarmada. — Não faz o menor sentido ser nosso pai, inclusive a notícia diz que Howard foi um dos meus cúmplices. Sem contar que já íamos assinar o contrato. Não faz o menor sentido.

— Quem sabia do plano além de nós?

Encarei o chão do estacionamento por alguns instantes, enumerando toda e qualquer pessoa que poderia ter descoberto.

— Oliver é uma opção? — João perguntou, torcendo o nariz.

— Não, e nem digo isso porque gosto dele — desdenhei. — Ele estava em uma das fotos, teria que ser burro demais pra fazer isso.

— Andreas Kuhn, que tal? Ele fazia perguntas demais — ponderou, batendo com os pés ansiosamente no chão.

— Mas ele estava prestes a assinar o contrato com a Melden e seria o primeiro piloto, por que prejudicaria o próprio futuro chefe, ainda mais com a possibilidade de perder patrocínio?

Balancei a cabeça e suspirei ao ver Baptiste se aproximar.

— Está na hora de ir pra casa — comentei com meu irmão, abraçando-o com força. — Vou ficar com a mamãe até decidir o que fazer.

— Vai voltar para o Brasil? — João indagou, os olhos arregalados. — Como vai lidar com todas as questões da FIA?

— On-line, e se precisar viajar dou meu jeito. Só preciso dela agora.

João me abraçou novamente, com tanta força que parecia que não nos veríamos mais. Talvez a diferença principal fosse que João não sabia como me encontraria de novo. Em qual estado eu estaria. Então o abracei ainda mais apertado, porque também não sabia o que me reservava.

Voltar para casa era sempre uma experiência maravilhosa. Sentir o cheiro do Brasil, a sensação de estar em solo brasileiro. Normalmente, eu era recebida por um grupo pequeno de fãs, que sorriam e acenavam.

Daquela vez, porém, havia uma multidão.

Repórteres e mais repórteres, diversos fãs indignados e outros que diziam que me amavam.

Achei incrível: nem eu sabia se me amava muito naqueles últimos dois dias.

Minha mãe me esperava em frente à nossa casa, e só ao vê-la percebi o quanto precisava estar ali, no lugar que eu poderia chamar de lar. Comecei a chorar como um bebê antes mesmo de alcançá-la, enterrando a cabeça em seu pescoço e soluçando contra seu peito.

— Mamãe... — sussurrei como uma criança.

Ela afagou meu cabelo, suas mãos tão escuras quanto as minhas. Era bem menor do que eu, usava uma lace que eu lhe dera alguns anos atrás e ostentava um sorriso imenso.

— Oi, querida — ela me cumprimentou entre meus soluços desesperados. — Finalmente se lembrou de que tem mãe.

Afastei-me com uma risada, fungando e limpando as lágrimas dos olhos.

Atrás dela, o lugar que comprei com meu próprio dinheiro. Uma casa térrea, com quatro quartos e espaço suficiente para que Sira, nossa gatinha, andasse por onde quisesse.

Mamãe me ajudou a pegar a mala e me levou para dentro, me atualizando sobre a saúde de suas plantinhas, sobre seu trabalho e sobre a saúde da vovó, que estava visitando alguns parentes e voltaria dali a poucos dias.

Enquanto a ouvia falar, imersa em uma realidade que não me pertencia completamente, senti-me em paz. Mamãe puxou uma cadeira da cozinha para mim enquanto conferia o estado da torta de camarão, sua especialidade.

— Sabe, filha — comentou, o sotaque mineiro misturado com o recifense muito óbvio em algumas palavras —, não quero te pressionar, mas...

— Está morrendo de curiosidade, não é?

Minha mãe balançou a cabeça, afastando-se do fogão para me dar um beijo na testa. O pequeno gesto foi capaz de me desarmar e, pela primeira vez em muito tempo, eu relaxei.

Mesmo com o mundo caindo ao meu redor, estar ao lado da minha mãe tinha um efeito tão imediato que o pior poderia acontecer, mas, enquanto ela estivesse ali, eu ainda teria uma casa para voltar.

— Só quero que me explique de onde veio essa ideia completamente descabida.

— Eu prometo explicar — comentei entre mordidas nos pães de queijo que ela pôs na minha frente —, mas antes preciso dizer que estava morrendo de saudades de falar em português.

Mamãe riu e me deu um tapinha no braço.

— Vá tomar um banho e depois venha comer. E aí a gente conversa sobre suas burradas.

42. Petra Magnólia aprende a catar os cacos sem se cortar no processo

Eu amava quando as férias da escola coincidiam com meu período afastada dos treinos. Podia descansar até tarde, simplesmente dormir e me esquecer do meu próprio nome.

Não havia nada melhor do que passar o dia inteiro fazendo absolutamente nada, apenas existindo. Em condições normais, eu adoraria acordar tarde na casa da minha mãe, porém, para meu desespero, não conseguia mais dormir tanto. Não sabia se pela ansiedade ou porque meu corpo se recusava a descansar.

No meio de toda a loucura desde que chegara ao Brasil, três dias antes, agi como se o mundo não estivesse acabando, mas a verdade é que havia tantos problemas ao mesmo tempo que fingir que eles não existiam era a única solução para não perder o juízo.

Passei horas e horas em reunião com minha equipe de relações públicas: as possibilidades de resolução de crises pareciam cada vez mais distantes conforme a opinião pública começava a se formar.

Para eles, eu era a vilã que quase tinha acabado com duas equipes de uma vez.

Li em algumas manchetes que a presença de Oliver na Assuero estava ameaçada, mas especialistas diziam que seria burrice tirá-lo dali, ainda mais com o segundo lugar no campeonato.

— A FIA vai anunciar a decisão em cinco dias — Solange disse com um suspiro. — A perspectiva não é boa. João já foi interrogado, ele vai dar os detalhes pra você depois com o advogado, mas não acho que teremos um saldo positivo.

Depois da reunião, sentindo a garganta arder com a sensação de impotência, me levantei da cadeira e avisei à mamãe que sairia para correr dentro do condomínio fechado em que ficava a casa.

— Não demore muito, o almoço está praticamente pronto! — ela anunciou aos berros quando fechei a porta.

Coloquei os fones de ouvido e decidi mudar a playlist, ouvindo uma que Oliver me indicara. "DNA." do Kendrick Lamar tocou alto, guiando meus passos no asfalto.

O ar frio enchia meu corpo com algo novo, uma pequena tortura para me distrair de todo o caos. Oliver falava comigo todos os dias, me atualizando sobre o que estava acontecendo nos bastidores da Assuero e com algumas informações da FIA que conseguia arrancar de seus contatos.

Tirando isso, eu estava no escuro. Todos se fecharam, como era de esperar. Alex Duarte foi o único que me mandou uma mensagem dizendo que acreditava em mim e que poderia me ajudar no que eu precisasse.

E logo em seguida fez uma piada sobre saber que eu não era John desde o momento em que meu gêmeo começou a agir de forma mais suportável.

Quando já estava na terceira volta, senti o celular vibrando. Tirei-o do bolso enquanto tomava um pouco de água, recuperando o fôlego.

Era uma mensagem de Solange, me perguntando mais uma vez se eu não estava disposta a gravar um vídeo explicando a situação.

Bloqueei o aparelho e voltei a correr imediatamente.

João vinha me perguntando a mesma coisa, mas parte de mim imaginava que um vídeo só fosse piorar as coisas. Sobre o escândalo sexual, sobre a Operação Paddock, sobre tudo. Ele insistiu em tomar maior parte da culpa, em tentar diminuir minha pena ao colocar mais responsabilidade em suas costas. Mas ele não entendia que eu não poderia vê-lo naquela situação. Deixar a poeira baixar era o caminho certo em quase todas as situações, por que naquela não seria?

Eu estaria completamente exposta, à mostra para que as pessoas decidissem como me julgar, e a sensação era de completo terror. Assim como foi quando eu era mais nova e as pessoas decidiram que estava tudo bem em arrastar minha orientação sexual na lama.

Quando estão te julgando sem saber toda a verdade, há a sensação de consciência limpa por pelo menos saber o que é real ou não. Se eu mostrasse tudo, deixasse às claras toda a história, então não teria defesa.

Voltei para casa com a cabeça dolorida, o corpo inteiro agradecendo por uma dose de endorfina depois de tanto tempo deitada. Porém, ao chegar à cozinha, não foi minha mãe que encontrei sentada em frente à ilha, e sim João e, ao lado dele, Howard Brown.

Congelei no lugar, sem saber se ria, gritava ou chorava. Talvez os três ao mesmo tempo. João me viu primeiro, levantando-se em um pulo. Howard me encarou com receio, talvez pela loucura estampada em meus olhos.

— Vejo que recebeu o memorando do meu advogado cancelando nosso contrato — foi o que consegui dizer.

João se aproximou, me dando um beijo na bochecha e um abraço. Porém, mal senti seu toque tamanha a raiva que sentia do homem sentado ali, na cozinha da minha mãe, após tantos anos de indiferença.

Ele estava obviamente deslocado. Todo vestido de preto e com aquela cara de quem passara noites sem dormir — bem feito —, Howard não combinava com a decoração confortável e colorida da casa.

— Petra, não fui eu quem vazou as fotos — disse ele, a voz rouca.
— Não seria vantajoso pra ninguém.

— Óbvio que você vai falar de vantagem — bufei. — Nenhum "me desculpa por ter chantageado você, filha", e nada de "como você está?". Nada.

— Como você está? — perguntou após alguns instantes silenciosos.

João soltou um muxoxo ao meu lado, tão decepcionado quanto eu.

— Onde está a mamãe? — desconversei, passando em direção à geladeira para pegar qualquer coisa, somente para não ficar parada encarando meu pai.

— Foi ao mercado — João informou. — Disse que seria bom nós quatro almoçarmos, conversar...

— Sinto muito não querer estar presente na nossa reunião familiar. Que grande movimento o de Howard Brown! Você foi capaz de descobrir o meu segredo, tentar me ameaçar com ele e ainda levar o tiro pela culatra.

Aí resolveu aparecer na casa da sua ex-mulher para continuar perturbando meu juízo.

— Acho que essa expressão não existe em inglês — João sussurrou em meu ouvido.

— Você entendeu o que eu quis dizer!

— Petra... — Howard se levantou, as mãos se movendo com ansiedade. — Não sei o que dizer. Me desculpe.

E, por mais que eu devesse sentir apenas pura e visceral raiva, permaneci no lugar, embasbacada. João alternou o olhar entre nós dois, tão chocado quanto eu.

Aquela era a primeira vez em anos que ouvíamos meu pai pronunciar qualquer coisa remotamente parecida a um pedido de desculpas direto.

— Não. — Tomei um gole da garrafa d'água e dei de ombros. — Foi só pra isso que voou até aqui? Poderia ter falado isso por telefone.

— Petra, acho que podemos conversar, não? — João se intrometeu, e foi somente ao encará-lo que ele retrocedeu.

— Temos mais algum assunto pendente? — perguntei ao meu pai, que negou com a cabeça, já caminhando para a saída da casa.

Acompanhei-o de longe, o coração acelerado.

— Nunca foi minha intenção publicar as fotos — ele confessou. — Nunca. Isso nunca foi uma opção de verdade. Eu... entendo que não fui o melhor pai que poderia ter sido, mas eu tentei, Petra. Nunca deixei te faltar nada. Você insiste em me ver como vilão, mas não consegue enxergar por um segundo que tudo o que faço é por você e pelo seu irmão.

Olhei para João em busca de apoio, mas ele encarava meu pai com os olhos tristes. Segui seu olhar, observando com mais atenção como Howard estava desconfortável, o quanto aquelas palavras saíam esmagadas, quase engasgadas.

— Eu não precisava que você me desse uma mesada, que bancasse minha vida inteira — murmurei, sentindo o nó em minha garganta se apertar. — Só queria um pai que me amasse como qualquer criança precisa ser amada. Que me apoiasse.

Voltei o olhar para o tampo da mesa, apertando a ponte do nariz entre os dedos, como se aquilo pudesse impedir as lágrimas sorrateiras de cair.

— Petra, eu achei que estaria te protegendo quando ofereci o contrato. Esse mundo das corridas é cheio do pior tipo de pessoa.

— Você parece falar com propriedade. — Passei a mão pelo rosto, completo choque nas palavras trêmulas. — Me jogou de um lado para o outro como uma boneca, aí vem pra casa da minha mãe com todo esse papo de pai arrependido? Agiu pelas minhas costas, criou um plano sozinho pra me "proteger", e não me informou dele em momento algum! Não me importa que não tenha publicado as fotos, a culpa ainda é sua. Você estava disposto a me enfiar em um contrato miserável apenas pra me ter por perto! Não me deu escolha!

— Espero que um dia você possa me entender, Petra. De verdade.

Ergui as sobrancelhas, com um sorriso incrédulo que aumentava conforme a realidade se assentava.

Aquele não era um pedido de desculpas porque Howard reconhecia que estava errado; ele queria que eu visse as coisas pelo lado dele.

Me proteger do mundo do automobilismo? Era tarde demais para aquilo. O momento em que ele poderia ter me protegido era quando eu era adolescente e ainda não entendia bem sobre corridas. Quando eu perdia circuitos e voltava para casa chorando, achando que era a pior piloto do mundo. Quando eu o visitava na Inglaterra e ele insistia em não me ver correr, porque estava ocupado demais.

Uma vez, ele disse que preferia não ir porque aquilo criaria uma pressão maior do que eu poderia aguentar, sem ceder nem quando falei que precisava de alguém lá para me acalmar, porque estava nervosa.

Meu pai sempre me magoou porque insistia que sua criação era a única correta, sem levar em consideração como eu me sentia, o que eu queria pra mim mesma. Tentando ser o pai perfeito, o pai distante que somente provê e não dá carinho. Acabamos nos afastando.

E, com o peito apertado por uma mágoa que não passa com apenas um pedido de desculpas, aceitei que talvez aquela fosse a minha realidade. Que meu pai não mudaria. Que ele continuaria insistindo em sua própria teimosia. Porque já havia me perdido em algum lugar no caminho.

Howard apenas virou de costas e foi embora. Me sentei na cadeira, sentindo a cabeça doer mais ainda. João se colocou ao meu lado, passando a mão nas minhas costas.

— Por favor, desiste de uma vez de fazer esse negócio de família funcionar — implorei a ele. — Não sei como ainda consegue, não sei mesmo.

João apoiou o queixo na minha cabeça, suspirando.

— Acho que está na hora de desistir.

Ri com um muxoxo.

— Você *acha*? — Funguei e me virei em sua direção. — E como foi a reunião com a FIA? Eles te desrespeitaram? O que seu advogado combinou com o meu? — disparei as perguntas uma atrás da outra.

— A diretoria e os comissários estavam lá, meu advogado também. Falei o que te disse que falaria, tirei boa parte do peso de você. Assumi a responsabilidade por ter criado esse esquema, disse que você só queria me ajudar e...

— João! — interrompi-o, sem acreditar por um segundo que ele pudesse ser tão *burro*. — Por que você faria isso?!

— Petra, entenda uma coisa, pelo amor de Deus. — Ele me segurou pelos braços, deixando os olhos esverdeados na altura dos meus. — Eu não vou voltar a correr, eu não *quero* isso. Já estava me preparando para pedir demissão da Melden. Se me expulsarem das categorias de base ou do automobilismo pra sempre, ainda assim não vai fazer diferença pra mim. Pra você, sim. Pode aceitar uma vez na vida que as pessoas são capazes de tomar as próprias decisões e que você não é mais inteligente do que o resto da humanidade?

Pisquei, atordoada diante da sua imposição.

— Eu não sou uma criança, eu não preciso que você me trate como uma, Petra. Sou capaz de me responsabilizar por minhas decisões, você não precisa fazer isso por mim. Estou ciente das consequências, de tudo isso, mas não dá pra ficar fugindo e esperar que você arque com tudo sozinha. Estou em paz com minha decisão, você pode aceitar isso?

Desviei o olhar para o chão, inapta a falar qualquer coisa. O que poderia dizer naquela situação para amenizar a dor de nós dois? E João estar assumindo a culpa daquele jeito...

Joguei-me em seus braços, apertando-o com tanta força que achei que poderíamos quebrar, mas meu irmão apenas riu baixinho e retribuiu o abraço com força, afagando meu cabelo com os dedos calejados.

— Tenho uma notícia que pode te animar — João cantarolou, se afastando para me encarar. — Eu não podia te contar porque era surpresa, mas achei que seria uma boa ideia.

Inclinei a cabeça, curiosa com os pulinhos alegres do meu irmão.

— Oliver está vindo pro Brasil!

— Ele está o quê? — exclamei, ficando de pé e pegando o celular imediatamente. — Ele é estúpido? Isso só vai prejudicá-lo.

João bufou alto, me puxando para encará-lo.

— Pra sua informação, Oliver tem sido de grande ajuda. Me pergunta o tempo todo se pode fazer algo pra ajudar, porque você não fala com ele sobre isso.

— Mas o que tenho para falar? — eu me defendi, levantando as mãos. — Oliver está lidando com as consequências que isso tudo teve para a carreira dele. Eu só tenho medo...

— Medo de quê?

Encarei o tampo da mesa e suspirei, sem conseguir fitar meu irmão de volta.

Aquilo era muito mais do que um medo que poderia ser jogado de lado. Sabia bem que, enquanto crescíamos, os traumas se acumulavam e, ao descobrirmos a existência deles, não é como se sumissem.

Obviamente, reconhecer um trauma é o primeiro passo para curá-lo, mas o caminho até que isso aconteça de verdade é longo, demorado, e às vezes dura a vida toda.

Parecia que aquele era o caso.

— De que daqui a algum tempo ele se ressinta de mim, que perceba que não valeu a pena, que cometeu um erro, que perdeu tempo. Não quero que ele me culpe e sinta raiva de mim. Que acorde um dia, olhe pra mim e pense "Eu realmente fiz isso por ela? Que burro". Da mesma forma que tenho medo de que você se arrependa de ter assumido a culpa da Operação Paddock por mim...

João não me respondeu por um instante, o peso das minhas palavras sobrecarregando nós dois.

— Você e Oliver não são nossos pais — argumentou ele. — Petra, não adianta nada privá-lo da sua vida. Isso só vai afastar o homem. E sobre nós dois... Você não cogitou se ressentir quando correu no meu lugar e assumiu o risco de ser expulsa pra sempre, não é?

Assenti a contragosto, brincando com as linhas do balcão de mármore.

— Eu também não cogito me ressentir, porque essa é minha decisão. Foi a decisão do Oliver também. Não precisa se responsabilizar por nós dois, somos bem crescidos.

Balancei a cabeça, suspirando com a cabeça entre as mãos.

— É tão difícil.

— Eu sei — consolou-me. — Mas eu e você somos igualmente necessitados de terapia familiar intensiva, pelo menos conseguimos nos ajudar.

— É, ainda estou esperando o dia em que você vai dar um chute na bunda desse velho e mandá-lo à merda.

João gargalhou, roubando minha garrafa d'água e dando uma golada. Fiz uma careta, já que meu irmão tinha plena consciência de que eu odiava compartilhar copos e garrafas.

— Depois de hoje? Talvez consiga com mais facilidade. E olha pelo lado bom, eu postei uma foto minha com Nikolai ontem!

Abri um sorriso orgulhoso. Com todo o caos dos últimos dias, não tinha entrado em nenhuma rede social. Estava feliz por meu irmão, porque, no meio de tudo, por mais que estivesse envolvido na confusão, ainda assim estava mais calmo. Em paz.

Fez absolutamente tudo o que aconteceu valer a pena.

— Eu te amo muito, ok? Mesmo que você saia partindo corações por aí e não me fale sobre isso — comentei ao abraçá-lo. — Te amo tanto que às vezes não consigo acreditar que posso amar alguém desse jeito.

— Está ouvindo Hozier demais — desdenhou, mas me abraçou de volta.

— Não se mexam! — Ouvi a voz de mamãe berrar assim que a porta de entrada se fechou. Dei uma gargalhada, abraçando João com mais força quando ela sacou o celular do bolso e tirou uma foto nossa. — Não acredito que captei isso.

Então abraçamos nossa mãe de lado também.

— Seu pai ainda está aqui? — ela perguntou, já apoiando as sacolas sobre a pia.

— Não, já saiu — comentei com desconforto.

— Ele vai ficar por aqui mais três dias antes de ir embora — João anunciou, trocando o peso de um pé para o outro.

Minha mãe assentiu, um pouco entristecida. Eu sabia o quanto ter nossa família separada a magoava, mesmo após tantos anos. Porque Howard era nosso pai, antes de tudo, e minha mãe queria que nos déssemos bem.

"Não é só porque meu casamento não deu certo que a relação de vocês não pode ser boa, ele é seu pai!", ela dizia volta e meia.

— Bom, que tal me ajudarem a fazer alguma coisa? Estou com vontade de comer algo bem brasileiro, sabe? E...

— Mãe, corta essa — a interrompi com um sorriso. — João já me contou que Oliver vem. Pode parar de fingir que não quer entupir o homem de comida tradicional.

Mamãe semicerrou os olhos para meu irmão, apontando uma linguiça para seu nariz.

— Fofoqueiro!

João deu de ombros e roubou um bolinho das sacolas.

— Precisava dar uma boa notícia pra essa garota ou ela ia começar a chorar.

Puxando uma discussão infantil com o João, começamos a cozinhar, a gritaria instaurada no melhor lugar do mundo, mesmo quando tudo desmoronava: meu lar.

João, mais uma vez, estava demorando demais no banho.

— Eu senti falta da água do Brasil! — ele gritou quando esmurrei a porta pela vigésima vez, perguntando se ele queria ser responsável pela conta de água milionária da mamãe naquele mês. — E aqui o pessoal toma banho todo dia, sinto saudades disso.

— Você pode tomar banho todo dia, é só não morar mais na Inglaterra — retruquei.

— A água lá não é feita pra tomar banho todo dia, você sabe disso.

E então eu estava de volta à cama, bufando enquanto esperava meu irmão sair.

— Vocês vão me deixar dormir sozinha? — mamãe choramingou à porta, já de pijama.

— A mulher é um poço de carência — vovó reclamou atrás dela. — Petra, minha neta, seu namorado é lindo... Será que ele não gostaria de ter outra namorada, mais velha?

— E como a senhora vai fazer isso? — mamãe perguntou à matriarca. — Ele não fala português e a senhora não fala inglês.

— Não tem só uma linguagem pro amor. Quando me conhecer, vai ficar tontinho, você vai ver — retrucou ela com uma piscadela.

Gargalhei alto, me levantando da cama em um salto para abraçar as duas, dando um beijo no topo da cabeça das baixinhas. Mamãe me deu um apertão na cintura, vovó me deu um tapa na bunda, tecendo comentários inapropriados sobre a beleza de Oliver.

— Ahhhhhh! — João exclamou no mesmo tom de quem pega uma criança fazendo arte. — Estou sendo excluído do abraço?

— Sim. — Disparei em sua direção, dando-lhe tapas nos ombros desnudos.

Mamãe foi ajudar João a escolher as roupas dele para a semana, colocando cada peça sobre a cama com cuidado. Me recostei no batente da porta, sorrindo com o amor nos olhos dela reluzindo nos dele.

João foi privado de contato diário com mamãe, e aquilo às vezes cobrava seu preço. Uma vez, admitiu para mim que tinha vergonha de vir para o Brasil porque não falava português tão bem, e por isso não conseguia conversar tanto com a vovó.

Porém, desde que chegara, João tinha se comunicado quase inteiramente em português, apenas parando em algumas palavras que se virava para me perguntar.

— Filha — mamãe me chamou, dando tapinhas na cama em que os dois estavam sentados —, o que acha de dormirmos os três juntos? Quero ficar pertinho dos meus bebês.

Encarei João com a sobrancelha arqueada, apontando o dedo para seu rosto.

— Ele chuta.

— Você merece todos os meus chutes — resmungou meu irmão de volta.

— Vamos — ela ordenou com a cabeça, praticamente saltitando.

O sorriso em seu rosto tornava impossível dizer "não", mesmo que isso significasse dormir entre os dois.

— A sua cama é grande demais — João comentou, o sotaque carregado. Estava com sono demais, cansado de falar em português. — Por que tem uma cama desse tamanho se mora só com a vovó?

Mamãe fechou as cortinas e deu de ombros enquanto arrumava os lençóis e mantas.

— Não estou morta, João — ela resmungou, e foi o suficiente para nós dois fazermos caretas. — Eu tenho um namorado, pra informação dos dois paspalhos.

Empurrei meu irmão para o lado ao me jogar na cama, abraçando minha mãe com força. João chegou pelo outro lado, deitando-se meio desajustado, como se não soubesse reagir com aquele tipo de afeto.

Mas quando mamãe, deitada entre nós, abriu os braços para acolher a cabeça dos dois filhos no peito, relaxamos. Fiz círculos invisíveis em sua barriga enquanto ela comentava sobre o novo namorado, um goiano que havia sido transferido da sede da empresa em que trabalhava para Belo Horizonte. Ele passou um ano jogando charme para minha mãe. E foi só ao confirmar que ele não tinha uma esposa esperando em outro estado que ela aceitou seu convite para tomar cerveja e ir a um pagode.

Eu gostaria de levar Oliver a um pagode algum dia. Ele se sentiria tão deslocado, mas seria adorável ver seus olhos absorvendo toda aquela cultura de uma vez.

— Quero ter uma conversinha com esse cara — João resmungou, disposto a fuçar a ficha criminal do seu Armando.

— E vai falar o quê? — provoquei, dando uma risada alta. — Que pode passar com um carro por cima do pé dele?

João se sentou apenas para me dar um tapa estalado na coxa, o que levou a uma série de estapeamentos. A confusão só parou quando mamãe quase levou uma travesseirada na cara, então nos aquietamos, assistindo à novela que passava na televisão do quarto.

— Perdi alguns capítulos desde que vocês chegaram — nossa mãe explicou ao pegar o controle, algum tempo antes. — Se tiverem dúvidas, não me perguntem, quero prestar atenção.

Dito e feito. Ficamos em silêncio, agarrados à nossa mãe, com cheiro de roupa lavada e creme de cabelo. Em certo momento, quando uma das personagens estava prestes a virar uma onça (por quê?), ouvimos o ronco de João. Dei uma risadinha e mamãe abaixou o volume da televisão. Virou-se o suficiente para dar um beijo na testa do meu irmão e suspirou ao voltar ao lugar.

— Sentimos sua falta — murmurei após alguns instantes, a voz abafada contra a barriga dela. — Muito.

Antes que percebesse, estava sentindo o rosto pinicar com lágrimas. Não me lembrava de quantas vezes tinha chorado nos últimos dias, mas aquilo era diferente. Era uma dor causada exclusivamente pela saudade.

Sentir saudade de uma pessoa enquanto se está com ela é uma mistura intensa de amor e ansiedade. Como podia sentir falta de mamãe quando ela estava ao meu lado?

— Oh, meu amor! — ela exclamou, dando tapinhas em minhas costas.

— Foi difícil passar por tudo isso sem você — confessei, sentindo as primeiras lágrimas molharem o pijama dela.

Mamãe continuou com o carinho em minhas costas enquanto a novela passava.

— Eu sempre estive aqui — respondeu, finalmente. — Você é que prefere guardar tudo e não dividir com ninguém.

Assenti, sem querer contrariá-la ao explicar que fizera aquilo a vida toda, e não porque queria. Não era hora ou local para aquela discussão.

— E o seu pai? — ela perguntou como quem não quer nada. — Como ele está?

— Continuo me perguntando por que a senhora aceitou se casar com alguém como ele — murmurei. Mamãe riu baixo, e se eu a conhecia bem estava mordendo o interior da bochecha.

— Você e seu pai são muito parecidos, acho que por isso acabam brigando tanto. Nós dois... só não demos certo. Eu estava em um país que não era meu, seu pai trabalhava muito, a gente brigava sempre... Não era o melhor ambiente pros dois.

— Eu sei — suspirei, sentando-me e a encarando. — Ele pode ter sido um marido legal até tudo dar errado, mas sempre foi um péssimo pai.

— Nem sempre — ela retrucou, meio defensiva. — Seu pai e eu nos separamos porque nossa relação não deu certo, não porque ele era um pai ruim. O início da separação foi difícil pros dois, Petra. Eu também sentia raiva e mágoa, mas você decidiu ignorar isso porque achava que precisava me defender.

Bufei, sem realmente acreditar.

— Se coloque no seu lugar, Petra — ela repreendeu. — Não vem achar que sabe mais do meu relacionamento com seu pai do que eu, está me ouvindo?

Aquela era a primeira vez em *muito* tempo que minha mãe brigava comigo. A sensação foi tão péssima quanto sempre é quando um pai briga com um filho adulto.

— Vocês nunca foram claros com a gente sobre isso — me defendi. — Não falam sobre o divórcio, sobre como se sentiam. Como querem que eu e João sejamos abertos sobre nossos sentimentos se vocês também não são?

Mamãe suspirou, coçando os olhos com força.

— Eu sei, filha, me desculpa. Vocês eram pequenos demais pra entender, e quando cresceram...

— É, tô ligada.

E voltamos ao silêncio, mas não consegui me deitar de novo. Algo estava preso em minha garganta fazia tempo demais.

— Você gosta do Howard? Como pessoa, digo.

— Pai. Ele é seu pai.

— Não vou chamá-lo de outra maneira.

Mamãe ficou calada por um instante, apenas as vozes dos atores preenchendo o quarto escuro.

— Sim, acho que sim — ela iniciou, limpando a garganta. — Nosso término foi difícil porque envolvia dois países diferentes, um casal de gêmeos que amávamos muito e... muita mágoa. Eu e seu pai não falávamos sobre o que nos incomodava, e aí explodíamos nas brigas. Hoje em dia, ele ainda é meio turrão, mas percebo que melhorou. Eu também. Não somos mais as mesmas pessoas de tantos anos atrás. Mas eu não deixo isso me abalar mais. Não é indiferença, é só algo que passou.

Dei um sorriso para a cama, sabendo que, pelo menos naquilo, eu era extremamente parecida com mamãe.

— E... — pigarreei. — O que a senhora acha do Oliver?

— Ainda não o conheci — ela relembrou com um olhar de censura. — Mas, pelo que João me disse, é um ótimo garoto.

— Ele é. — Balancei a cabeça, tirando alguns fiapos de tecido da manta. — Eu só... João me disse que eu ignoro a opinião de todo mundo e acho que estou certa o tempo todo. A senhora acha isso também?

Mamãe deitou a cabeça de lado, dando uma risadinha.

— Sim, filha. Mas talvez isso seja em parte culpa minha, porque sou do mesmo jeito.

— É, eu poderia ter herdado o seu nariz, mas acabei recebendo *isso*.

Levei um tapão no braço tão alto que fez João mudar de posição na cama.

— Vai dormir, Petra Magnólia Brown. — Ela repreendeu quando bocejei, então apenas me deitei de novo em sua barriga.

Após alguns instantes, quando já estava imersa entre a realidade e o sono, ouvi-a dizer:

— Me desculpa por te fazer acreditar que o amor é tão difícil, filha.

Fingi que estava dormindo, porque não havia nada no mundo que me fizesse dizer à minha mãe que talvez fosse tarde demais para mudar de ideia.

43. Não existe problema se você ignora a existência dele

Oliver era bonito em qualquer lugar do mundo, mas no Brasil o homem reluzia. Ali, ele se parecia com outros brasileiros e tinha o mesmo sorriso fácil, apesar de não ser tão caloroso quanto mamãe, que o abraçou e apertou suas bochechas nos primeiros cinco segundos depois que o conheceu.

Eu estava tão feliz com sua presença que mal me lembrei dos poucos dias que faltavam para a FIA declarar minha sentença. Nesse meio-tempo, as reuniões com minhas equipes de assessoria e jurídica para controle de crise continuavam.

Discutíamos testemunhos, possíveis defesas e, acima de tudo, o futuro da minha carreira.

Na noite anterior, depois de ouvir a confissão silenciosa de minha mãe, não consegui dormir, então fiz uma lista de possíveis caminhos que eu poderia trilhar a partir dali. Estava subentendido que eu não teria como escapar da expulsão, então pelo menos poderia levantar a cabeça e sacudir a poeira.

Tentei ignorar a crescente sensação de que eu não correria mais, a realidade que ainda não havia me atingido por completo.

Por isso, assim que Oliver chegou, sendo recebido por minha família, inclusive vovó, que usou o Google Tradutor para elogiá-lo, não saí de perto dele. Havia conforto puro naquele raio de sol, que me beijou até perdermos o fôlego quando mamãe e vovó foram tomar banho antes do nosso Dia em Família, feriado que nossa avó instituiu toda vez que estávamos todos reunidos. Não acontecia tantas vezes, então aproveitamos ao máximo.

— Eu não quis te assustar vindo de surpresa — ele comentou baixinho após o beijo, finalizando com um resvalar de narizes.

— Foi uma boa surpresa.

— Cedo demais para conhecer sua família? — Oliver perguntou com preocupação.

— Não, nem um pouco — tranquilizei-o, segurando em sua cintura.

— Eu tenho uma surpresa, sabia? — comentou com uma risadinha. — *Êu gostcho muinto de pao de queso.*

Gargalhei alto, sentindo o peito se expandir de alegria ao vê-lo arriscar o português quebrado.

— Comecei a fazer aulas de português! — anunciou Oliver alegremente. — Seu irmão falou que você sente falta de falar português, e sei que o espanhol é um pouco parecido, então...

— Você é incrível — comentei alegremente, roubando um beijo rápido para então abraçá-lo. — Depois, posso te ensinar a pedir pra gozar em português também.

Oliver estava prestes a responder quando João entrou na cozinha, cabelo lavado e uma toalha na cintura.

— Que casal adorável! — ele exclamou com uma risada. — O nome de vocês estava nas trends hoje de manhã. Saiu aquela sua entrevista na *Vogue*, o timing foi perfeito.

Oliver me olhou de soslaio, dando de ombros.

— Não li ainda.

— Bom, com certeza eles devem ter alterado algo pra me pintar de má — desdenhei. — Vou me acostumar com isso por mais algum tempo.

João me estendeu o celular com a matéria aberta.

— Na verdade, você saiu como uma heroína. E você e Oliver estão sendo retratados como um casal que superou adversidades etc., toda aquela ladainha.

Agarrei o aparelho, passando os olhos pelas fotos e pela entrevista.

— Você falou das fanfics — Oliver comentou ao ler, com uma risada.

Desci até o final da matéria, observando o nome do entrevistador ali.

Ele não mudou uma palavra do que conversamos, e ainda fez alguns parágrafos exaltando meu carisma, o carinho pela família e... como eu era apaixonada por correr.

Na entrevista, ele disse que queria me ajudar a voltar a pilotar. Abri um sorriso ao perceber que tinha sido fiel à sua palavra. Não ajudaria a convencer a FIA de que eu não merecia a expulsão, mas era bom saber que alguém com a reputação dele estava ao meu lado.

— As coisas vão melhorar — Oliver prometeu, me dando um beijo na têmpora.

— E, se não melhorarem — João abriu a geladeira, estremecendo com o frio na pele quente após o banho —, eu posso ofender alguém publicamente e chamar a atenção de todo mundo.

Gargalhei, sabendo que João era reservado demais para fazer aquilo, mas era reconfortante estar me sentindo leve com um assunto tão sério.

— E vocês não sabem da maior — Oliver comentou com mais seriedade. — Andreas vai continuar na Assuero, desistiu do contrato com a Melden. Quer dizer, era o esperado... Quem iria querer participar de uma equipe com o dono envolvido em um escândalo? E ainda mais com esses rumores sobre minha demissão... Ele deve achar que vai conseguir meu lugar ou algo assim.

João arregalou os olhos no mesmo instante que eu, uma luz se acendendo na mente dos dois.

— Foi ele! — exclamei, a boca aberta em choque.

— Foi ele o quê? — Oliver perguntou, confuso.

— Quando eu estava conversando com meu pai e ele me contou que sabia de tudo, Andreas estava por perto, tinha ido negociar o contrato com a Melden — contei a Oliver, a ideia se concretizava a cada instante. — Ele não assinou o contrato com a Melden, talvez porque estivesse esperando que você — apontei para Oliver — fosse demitido, e aí ele poderia ser primeiro piloto. Será então que foi ele que tirou as fotos? Ou só descobriu que meu pai as tinha? De qualquer maneira, esse escândalo tiraria Oliver, João e a mim do caminho. A Assuero não planejava cancelar o contrato com ele, e tenho certeza absoluta de que Andreas deve ter assinado com eles no sábado, um dia antes da informação vazar.

Oliver nos encarou, a boca escancarada.

— Sim, ele assinou no sábado. Augustus me contou.

— Faz todo o sentido! Ele queria te tirar do caminho para ser o primeiro piloto e, de quebra, ainda conseguiu me ferrar, e ferrar o João também — concluí, balançando a cabeça em negação. — Mas como podemos provar isso? Quer dizer, não mudaria tanta coisa, mas pelo menos poderíamos devolver na mesma moeda.

João fez uma careta, cruzando os braços.

— Não vamos seguir aquele caminho de sermos pessoas melhores? Você sabe, carma, a vida paga e tudo mais?

— Isso é a vida pagando — comentei com raiva. — Não vou esperar carma algum pra acabar com esse homem se eu mesma posso fazer isso.

Oliver me observou de soslaio, ainda abraçado a mim.

— *Me quedo tan enamorado de ti cuando hablas duro así...* — Oliver murmurou em espanhol, me fazendo sorrir.

— Cara, eu entendo quase tudo que você fala em espanhol — João advertiu, com uma careta. — Pare de falar assim com a minha irmã!

— Podemos nos concentrar no que importa, talvez — falei, recuperando o foco. Oliver assentiu, envergonhado. — João, acho que você está certo. Está na hora de dar algumas entrevistas e contar o nosso ponto de vista de toda essa história.

44. O que os filmes de espionagem do 007 não te contam

OLIVER KNIGHT

Eu não esperava passar apenas um dia no Brasil antes de viajar de novo para a Inglaterra. Estava exausto, meu corpo inteiro molenga depois de tanto tempo dentro do avião. Mas valia a pena para ver Petra animada pela primeira vez em muitos dias, mesmo que essa animação fosse para acabar com a vida de Andreas. O que era muito hipnotizante e assustador.

Cheguei ao local do jantar de equipe da Assuero com o coração apertado. Nunca seria um bom espião, não conseguia mentir daquela maneira. O que é irônico, levando em consideração que em uma das fanfics que li com Petra eu era o maior espião do mundo.

— Hoje é um dia de comemoração — Augustus bradou quando todos já estavam sentados.

Havia poucas pessoas presentes, apenas os engenheiros e mecânicos principais, Andreas e outras pessoas do alto escalão da equipe.

— Renovamos o contrato com Andreas e, ainda por cima, recebemos a liberação da FIA de toda e qualquer responsabilidade em relação a Petra Magnólia. Conseguimos provar que não havia qualquer ligação entre nós e a farsa dela, e por isso estamos livres de qualquer punição. Conseguimos manter a pontuação também, mesmo que não fosse John correndo.

Ergui a sobrancelha, sabendo que aquilo não era justo. O correto seria perdermos os pontos, com certeza. Mas, acima de Augustus, havia pessoas com interesses muito maiores na nossa vitória do campeonato. A sensação me causou certo enjoo, porém não havia muito o que fazer naquele caso.

Então me empenharia em ajudar a limpar os pequenos incêndios que conseguisse.

Lá pelas dez horas da noite, quando todos estavam bêbados o suficiente para dar risada para a parede e cantar "I Will Survive" a plenos pulmões, percebi que estava na hora.

Levantei a taça e me coloquei em pé, chamando a atenção de meus colegas.

Andreas, em seu terno brilhante e olhos atentos, me avaliou detidamente. Se eu o conhecia bem, e conhecia, ele estava se perguntando por que eu estava querendo roubar a atenção em sua noite especial.

— Um brinde a Andreas, que pensou em mudar de equipe, mas voltou para nossos braços — bradei com um sorriso. Alguns risos desconfortáveis, mas ninguém se levantou para me impedir. Andreas tinha o sorriso congelado no rosto, e foi aquilo que me incentivou a continuar:

— Que sorte você ter recuado do contrato com a Melden um dia antes da grande polêmica, não é? Você simplesmente teve um *ótimo* timing. Saúde!

E saí em direção ao banheiro, sem ficar para ver o estrago que tinha causado.

Quando cheguei ao toalete, apoiei as mãos na pia, então caminhei de um lado para o outro com o celular nas mãos, sentindo a onda de nervosismo percorrer meu corpo.

— Você é maluco? — Andreas vociferou ao entrar pela porta sem sequer olhar para os lados. Afastei-me em um sobressalto, a cólera visível em seu rosto branco. — Está saindo por aí fazendo acusações infundadas a troco de quê?

Bloqueei a tela do celular imediatamente, avaliando se Andreas pretendia me socar ou não.

— Eu só te dei os parabéns — retruquei com um dar de ombros. — Foi sorte mesmo, não é?

— Se está querendo dizer algo, diga de uma vez, Knight.

— Não estou dizendo nada. Não é como se você tivesse capacidade intelectual pra pensar em um plano mirabolante para me tirar da equipe, não é?

Andreas bufou, revirando os olhos.

— Acha que as outras pessoas não perceberam que você tentou sair da Assuero porque queria ser primeiro piloto? — disparei. Andreas estava inflamado, o corpo tenso. — E ainda mais na Melden!

— Cala a boca, você não sabe do que está falando.

Andreas se apoiou na pia, obviamente um pouco bêbado.

— Andreas, você não entende que a Assuero não vai se livrar de mim? Que você vai precisar pensar em outra maneira de me tirar do caminho?

Mal consegui ver seu punho atingir meu rosto antes de arquejar, tropeçando para trás. O celular atingiu o chão com força, mas Andreas não me deixou pegá-lo, já tentando desferir outro golpe. Defendi-me, segurando suas mãos e tentando empurrá-lo.

— Eu ainda vou matar você, Oliver — Andreas cuspiu, empurrando-me contra a parede outra vez. — Vou acabar com a sua raça. Porque eu sou, sim, capaz. Faria tudo o que fiz com a sua namoradinha de novo. E funcionou, não foi?

Gemi de dor quando ele desferiu outro soco em meu rosto. Senti a bochecha arder, os lábios trêmulos, mas não reagiria. Só precisava aguentar mais um pouco.

— Não acredito... Você... Você que divulgou as fotos?

O medo não era tão fingido, não com os olhos inflamados de ódio de Andreas. Ele me largou, afastando com a pressão do corpo sobre o meu.

— E o que você faria se eu dissesse que sim? — Então se agachou para pegar meu celular no chão, acendendo a tela. — Nem teve a sagacidade de gravar a conversa. A sua estupidez me choca, Oliver. Nesse caso...

Soltei outro arquejo quando ele arremessou o celular na parede, estourando o aparelho nos azulejos.

— Divulguei as fotos, e daí? Suspeitei que Petra e seu irmão suicida estavam aprontando alguma, John nunca pilotaria daquele jeito, tão agressivo. Eu sabia que aqueles macaquinhos inventariam alguma sujeira por debaixo dos panos. Parece que algumas pessoas *pedem*. Ficar um tempão sem correr me deu tempo pra acompanhar cada passo seu, Oliver. E quando apareci com as fotos pra Howard... Ele é tão covarde quanto os filhos.

— E você achou mesmo que Augustus ia me demitir? — Juntei coragem para perguntar.

— Não preciso que você seja demitido, preciso que as pessoas parem de acreditar em você. Que achem que é mentiroso, que percebam que você e Petra são iguais. Gente dessa laia tem esse costume... Vocês são todos iguais. E eu sou paciente, Oliver... — Deu as costas para mim, caminhando para a porta. — Em algum momento, vão perceber o macaco que você é, e para mim basta.

Abriu a porta e saiu, fechando-a atrás de si.

Ouvia o sangue rugir em meus ouvidos, se de raiva ou nervosismo, não sabia.

Me afastei da parede, pegando o celular do chão. Então bati em uma das portas fechadas, sentindo as juntas doerem com o esforço.

— Conseguiu tudo o que queria? — perguntei a Petra, que estava sentada agachada na tampa do vaso, os olhos esbugalhados e um celular nas mãos.

— Ele te machucou. — Ela se levantou, gemendo ao esticar as pernas e passando os olhos por meu rosto. Soltei um lamento dolorido ao sentir seus dedos ao redor do pequeno corte na bochecha causado em mim por um dos anéis de Andreas. — Prometo fazer tudo que puder pra acabar com ele, Oliv.

— O que você vai fazer? — perguntei, passando a mão pelo rosto.

Petra se aproximou, buscando na minha pele escura algum machucado mais profundo. Suspirou tristemente, segurando minha bochecha com leveza.

— Vou fazer Andreas se arrepender por ter tocado no meu homem.

Sem mais questionamentos e com uma sensação estranhamente confortável de pertencimento, saí do banheiro e voltei para a mesa com um machucado no rosto e um sorriso nos lábios.

Quando me sentei à mesa, recebi olhares preocupados de algumas pessoas. Apenas sorri, dando de ombros.

— Bati na parede.

Somente um engenheiro teve coragem de olhar para Andreas em seguida, vendo o terno desalinhado e juntando os pontos. Ótimo. Aquilo geraria um burburinho na equipe, com certeza. Era só disso que eu precisava.

Meu celular apitou e, abaixando o olhar para ler a mensagem de Petra, sorri.

Feito, ela digitou. Agora é só aguardar.

Paddock News
Escrito por Susan Hopkins

Jamais imaginei que fosse escrever uma matéria dessas. Na verdade, eu acho que ninguém no mundo poderia esperar a reviravolta protagonizada por Petra Magnólia e John Brown, junto com Oliver Knight.

Se você, querido leitor, não está por dentro das últimas novidades: depois das fotos que vazaram de <u>Petra Magnólia se passando pelo irmão</u>, John Brown, durante a temporada da Fórmula 1 até agora, uma nova revelação surgiu para deixar tudo ainda mais rocambolesco.

Hoje de madrugada, o TMZ divulgou o áudio de uma discussão entre Oliver Knight e Andreas Kuhn, companheiros de equipe na Assuero. No áudio, Andreas teria admitido chantagear Howard Brown, dono da Melden Racing, para lhe dar um lugar como primeiro piloto na equipe americana. Algumas fontes no paddock confirmaram que a Melden estava prestes a assinar com Kuhn, mas ele assinou a renovação do contrato no sábado à noite com a Assuero e, no domingo de manhã, vazou as fotos de Petra Magnólia.

Algumas pessoas na internet juntaram os pontos rapidamente. A teoria corrente é que Andreas Kuhn vazou as imagens na expectativa de que Oliver Knight fosse demitido; assim, Kuhn se tornaria primeiro piloto na Assuero Racing. Ao chantagear Howard Brown, ele conseguiu fazer parecer que não havia fechado o contrato com a Melden por causa do escândalo, e não por ter *ele próprio* vazado as fotos.

Usuários do Twitter subiram hashtags e os nomes de Oliver Knight e Petra Magnólia não saíram das trends da plataforma. Ao contrário dos primeiros dias desde a explosão de mais um escândalo protagonizado por Petra, uma das figuras mais complexas e emblemáticas do automobilismo nos últimos tempos, desta vez o público está saindo em defesa da piloto e de seu (talvez?) namorado.

A determinação da FIA em relação ao crime de falsificação de identidade de Petra Magnólia ainda não foi divulgada, mas a opinião pública parece estar fortemente a favor da piloto no momento.

Piloto automático
Transcrição de programa de televisão

Marcos S.: O automobilismo nunca deixa de me surpreender, mas dessa vez...
Caio M.: Que loucura foi essa com a Petra e o John Brown, gente. Maluquice!
Sabrina G.: Nunca até hoje tivemos uma situação parecida, dois pilotos trocando de lugar dessa maneira. O que me impressiona é que foi um plano muito bem arquitetado, conseguiram enganar toda a indústria por tanto tempo.
Caio M.: Eu bem falei que o estilo de corrida do John Brown estava diferente, e pelo visto não estava errado, não é? (risadas)
Marcos S.: E o que vocês acham que a FIA vai decidir? Na minha opinião, os dois deveriam ser expulsos. Com certeza. Se tiveram tempo pra planejar essa enganação toda, então tiveram tempo pra pensar nas consequências, né?
Sabrina G.: A assessoria da Petra já divulgou em uma nota que ela dará uma entrevista exclusiva à BCN, vamos ver o que vai sair disso... Um pedido de desculpas, talvez?
Caio M.: Desculpas? Eles enganaram o mundo inteiro, puseram a carreira de várias pessoas em risco e acham que só pedir desculpas é o suficiente?! Esses riquinhos mimados precisam aprender uma lição, isso sim.
Sabrina G.: Caio...
Caio M.: Eu tô falando seríssimo! Eu já tinha motivo pra não gostar deles antes, agora é certeza. Não valem nada. Queria era ver os dois na cadeia.
Sabrina G.: E Andreas Kuhn? Confirmaram que a gravação vazada hoje de madrugada é, sim, de Andreas Kuhn brigando com Oliver Knight no jantar da Assuero Racing, em Londres. E Andreas admitiu ter tirado as fotos, chantageado Howard Brown e ainda por cima falou algumas coisas no mínimo *bem* complicadas sobre os irmãos Brown.
Caio M.: Os três são da mesma laia. Mas eu ainda acho que Andreas só falou aquilo no calor do momento. Estava irritado.
Marcos S.: Calma lá, Caio, dois pesos e duas medidas também não dá, né?
Caio M.: Não dá pra comparar, ô, Marcos. Os dois cometeram um crime, de falsa identidade. Andreas errou, não dá pra negar, mas não fez nada fora do regulamento, e é compreensível, a gente fala coisas que não quer dizer quando tá com raiva.

[Gravação interrompida]

45. Nunca duvide do poder do Twitter e dos leitores de fanfic

Não se falava em outra coisa na internet.

Acordei com tantas notificações pipocando no celular que mal consegui despertar direito antes de Solange me ligar pela centésima vez.

— Você tem algo a ver com isso? — perguntou ela de imediato.

Balancei a cabeça, confusa.

— Não sei do que está falando.

— Aparentemente, alguém estava no banheiro no jantar de comemoração da Assuero e gravou uma briga entre Oliver e Andreas.

Abri um sorriso cansado, me espreguiçando.

— Não tenho nada a ver com isso, mas vou ouvir a gravação agora.

— Petra...

— Vamos gravar o vídeo com a explicação hoje? Te mandei o contato daquele jornalista, chegou a falar com ele?

— Sim — ela concordou com um suspiro, sabendo bem que não voltaríamos ao assunto da gravação. Eu não me comprometeria com absolutamente ninguém sobre aquele assunto. — John vai nos encontrar direto aí.

— Ótimo.

Me levantei da cama após encerrar a ligação. Solange estava empenhada, com o restante da equipe, em uma força-tarefa para minar as notícias negativas a meu respeito depois do escândalo.

Nos últimos dois dias, ela decidira seguir com a narrativa de irmãos se defendendo até o fim. João insistiu mais uma vez que tomaria responsabilidade pela criação daquele plano, garantindo que eu apenas me empenhara em ajudar alguém que amava, sem ter nada a perder. O que faltava era encaixar Oliver sem que ele parecesse uma pessoa horrível por mentir para todo mundo.

E foi aí que a galera das fanfics entrou. Milhares de tweets foram postados e fanfics foram criadas ao descobrirem nosso envolvimento. Eu decidi ficar distante, recebendo apenas os relatórios da Solange.

Mas as pessoas pareciam gostar muito da ideia de um romance proibido entre dois pilotos.

Eu não admitiria em voz alta, mas havia o lado negativo. Mal podia sair de casa em Londres. O assédio se tornou tão incessante que precisei usar um bloqueador de chamadas e comprar um chip de celular novo, com um número que quase ninguém sabia.

Isso sem contar as palavras que magoavam. Em um dos relatórios que Solange apresentou, ficava claro que boa parte da imprensa estava contra mim. E não me chocava, mas ainda assim me entristecia, o número de vezes em que o racismo, a xenofobia e o machismo se esgueiraram nas vozes dos comentaristas, sem qualquer reprimenda. Porque, afinal de contas, eu era apenas uma brasileira negra no grid.

Com Oliver, eram mais cuidadosos. Atual campeão mundial, queridinho do público, não era tão fácil tratá-lo da mesma maneira. Por um lado, enquanto eu observava como era injusta a diferença de tratamento, não deixava de ficar feliz por Oliver não estar sendo tão afetado.

Quer dizer, na teoria.

Os ataques cresceram, o ódio na internet era implacável, mas nada passava para o cara a cara. As pessoas adoravam falar muito na internet, mas quantas conseguiam olhar na cara de Oliver e dizer qualquer coisa?

E, por fim, havia a consciência esmagadora de que a semana de corrida chegaria, e eu não estaria presente. Provavelmente, nunca mais.

Faltando apenas dois dias para a decisão final da FIA, aquela era nossa última cartada. A última chance de explicar meu ponto de vista.

Me arrumei com lentidão, sentindo o descanso da noite se esvair com a ciência de que não havia mais escapatória.

Jamais correria de novo na Fórmula 1.

E talvez nem mesmo em outras categorias.

Quem contrataria uma pessoa com uma bagagem tão grande de escândalos? Me empenhei tanto para manter minha vida privada, para não mostrar mais que o necessário, para satisfazer as necessidades da mídia e do esporte, para seguir um padrão que eu não gostava. Tudo isso somente para virar um bode expiatório. Não houve um segundo de consideração durante todos aqueles anos, então por que eu teria qualquer reserva em botar a boca no mundo sobre o que aconteceu de verdade?

Os grandes do automobilismo nunca se importaram comigo, então eu não me importaria com ninguém além de mim mesma e dos meus naquele momento.

Me encaixar no que eles queriam de mim — uma garota negra e latina com pose fingida de gringa apenas para agradar europeus milionários — não funcionou. Ótimo. Então eu passaria a agir exatamente como a indústria me impediu de fazer por tantos anos.

Quando Solange apareceu, acompanhada por João e uma equipe de filmagem, tive ainda mais certeza da decisão.

Repassamos, durante uma ligação com meu advogado, o que precisaria ser omitido. Ele não estava muito feliz com a ideia do vídeo, mas reconheceu que poderia ser uma saída.

Pobre homem, eu lhe daria um aumento se não tivesse uma multa imensa me aguardando logo na esquina.

— O entrevistador está pronto. — Solange indicou após vestirmos as roupas escolhidas para a ocasião. Naquela pequena sala de reuniões no estúdio da BCN, o único membro da mídia que esteve ao meu lado antes da opinião pública apaziguar me encarava com um sorriso.

Sentei-me ao lado de meu irmão na cadeira confortável, em frente ao entrevistador. Então, com um suspiro, preparei-me para ser a verdadeira Petra Magnólia diante do mundo.

— Vamos lá.

Acervo da BCN Internacional
Transcrição de entrevista

Entrevistador: Podemos começar?
Petra: Vamos lá. Eu me preparei pra esse vídeo... Eu e John, na verdade, mas é que há tanto a ser dito que chega a ser difícil escolher por onde começar. Então, vamos pelo começo. Três meses atrás, mais ou menos, John e eu...
John: Petra, posso falar sobre isso?
Petra: Tem certeza?
John: Absoluta. A verdade é que eu, assim como muitos outros pilotos, sofro de ansiedade, depressão e tenho constantes ataques de pânico. Tudo isso é diagnosticado e acompanhado por uma equipe psiquiátrica. Começou há alguns anos, quando correr se tornou um fardo pra mim. Mais do que isso. Eu não estava feliz. Comecei a beber pra esquecer da vida, não queria me levantar de manhã, sair da cama parecia impossível... Então comecei a me tratar. O acompanhamento foi ótimo, e ficou cada dia mais óbvio para mim que eu não queria continuar sendo piloto.

Por isso não corri pela Melden nesta temporada, mas ainda precisava de um contrato, então entrei como piloto reserva da Assuero. Nunca esteve em meus planos correr de novo oficialmente. Mas então... teve toda a confusão com Andreas e tudo o mais, e de repente eu estaria de volta às pistas.

A mera ideia de voltar ao cockpit engatilhou uma crise fortíssima, e Petra estava comigo quando tudo aconteceu. Eu surgi com a ideia, ela estava lá pra me apoiar a voltar a correr, e eu pedi que fizéssemos essa loucura. A ideia surgiu, não como uma forma de enganar as equipes ou a mídia, mas como uma salvação, para que eu não precisasse passar por aquele inferno de novo. Petra, que já tinha enfrentado tanta coisa, arriscou o pescoço de novo por mim. Porque me ama e porque somos irmãos. E eu faria o mesmo por ela, sem pensar duas vezes.
Petra: Eu aceitei porque sabia que talvez não tivesse outra chance de participar da categoria. Já estava fora, e não vi qualquer saída pra conseguir um assento, já que o automobilismo praticamente virou as costas pra mim quando não renovei o contrato. O que me leva ao primeiro escândalo que criaram em torno de mim. Nico Hoffmann e eu nunca tivemos qualquer envolvimento além do profissional. Quando aquelas fotos foram tiradas, eu estava sendo cotada para um contrato como piloto da Helk Racing. Meu antigo empresário estava no jantar, porém as fotos foram

tiradas quando ele tinha se levantado para ir ao banheiro. Mas ninguém quis ver as fotos com a presença dele, certo? Fotos essas que estão na internet, à disposição de qualquer um que se interesse.

Mas a explicação não foi suficiente. Meus contratos foram encerrados, perdi patrocínios e percebi que, basicamente, minha carreira estava acabada. Por causa de uma mentira. Por uma única foto tendenciosa e uma narrativa falsa.

Quando John me pediu ajuda, meu pensamento foi: "tudo já deu errado mesmo, posso pelo menos ajudar quem eu amo". E foi o que fizemos.

Eu peço as mais sinceras desculpas a todos da equipe da Assuero, por ter colocado, de alguma forma, o emprego de vocês em risco. Nunca foi a minha intenção. Peço perdão aos fãs, que foram ludibriados, às outras pilotos que podem ser prejudicadas pelas minhas atitudes. Eu... eu... eu sinto muito, de verdade, mas não consigo me sentir mal por ajudar meu irmão. Por ter tomado essa decisão sem precedentes. Mas peço perdão pelos efeitos que minhas ações causaram a outras pessoas.

Durante o período em que corri... Eu me aproximei de Oliver Knight. Acreditem quando eu digo que ele quis me denunciar quando descobriu, e só desistiu porque sabia o quanto aquilo afetaria a própria equipe, a mim e a John. Ele agiu somente a partir da preocupação com o bem-estar de outras pessoas.

E sobre a gravação que surgiu nos últimos dias... Bem... o que eu posso dizer além de que a Fórmula 1 é exatamente aquilo que ouviram?

Entrevistador: O que vocês têm a dizer sobre o áudio vazado?

Petra: Não vou falar especificamente sobre Andreas Kuhn, o áudio fala por si só. A questão é que, enquanto eu pilotava como John Brown, as pessoas elogiavam meu estilo de corrida mais agressivo, diziam o quanto eu era ousado. Um bom piloto. Ao descobrirem quem eu era, que era Petra, os críticos foram rápidos em mudar de tom: "Obviamente, o que esperar de uma mulher pilotando?".

Não quero que isso sirva como defesa por ter mentido. Mas é absurdo o fato de que só me tornei uma piloto digna de estar na Fórmula 1 quando achavam que eu era um homem. Esses últimos meses na minha carreira foram as primeiras vezes que ouvi elogios sobre meu estilo de direção sem um "mas" no final que mencionasse meu país de origem ou meu gênero.

Eu amo correr, amo tanto o automobilismo que só de pensar em estar longe já me consome por dentro, mas é muito difícil amar um esporte que insiste em me excluir. Que foi criado para não receber pessoas como eu, como John ou até como Oliver.

Estou usando este espaço para falar disso porque sei que talvez essa chance desapareça depois da divulgação da decisão da FIA, então falo aqui o que sempre quis dizer, mas achei que acabaria comigo.

Espero que, no futuro, ninguém precise fingir ser outra pessoa para ser considerada boa no que faz, no que nasceu para fazer.

De novo, peço desculpas. Me coloco aqui para ajudar, também, qualquer pessoa que foi prejudicada por toda essa confusão. É o mínimo que posso fazer.

46. O destino fica na mão de, spoiler, velhos brancos

OLIVER KNIGHT

Ninguém respirava. Não de verdade. Minhas palmas estavam suadas, eu tremia em expectativa. Ao meu lado, Petra não desviava o olhar do celular, tão ansiosa quanto eu.

Quando ela me mandou a mensagem, não pensei duas vezes antes de pegar um avião e vir para os Estados Unidos. Pedi dois dias de folga a Augustus, com a desculpa de precisar respirar um pouco, mas ele sabia tanto quanto eu que descansar era a última coisa no meu radar.

— Meu Deus, eles estão há três horas em deliberação? — Petra perguntou com um resmungo.

— Você sabe que essas coisas demoram...

Petra apoiou a cabeça no joelho, a respiração arfante.

Não havia consolo ali. Depois do vazamento da gravação e da entrevista de John e Petra, o mundo virou de cabeça para baixo. Howard Brown foi procurado diversas vezes para falar sobre a saúde mental dos filhos, sobre seu envolvimento, mas ele se manteve quieto e afastado.

Menos de Petra. Ele ligou e tentou falar com ela várias vezes, mas ela ainda não estava pronta para falar com o pai, e ninguém forçaria uma aproximação.

Naquele momento, enquanto aguardávamos a resposta do conselho da FIA, permanecíamos atentos ao celular, sem desviar o olhar.

Estava prestes a perguntar a ela sobre o clima, apenas para interromper aquele silêncio esmagador, quando o telefone tocou. Petra largou o aparelho, como se de repente a ansiedade tivesse se convertido em puro medo.

— Não consigo atender — ela murmurou.

— Consegue — falei, pegando o aparelho e estendendo para ela. — Não importa o que acontecer, estou aqui, ok? Vamos lá, você consegue.

Petra respirou fundo e pegou o celular, deslizando o dedo pela tela. Colocou no viva-voz e apoiou na mesinha de centro, caminhando de um lado para o outro.

— Petra? — Edgar chamou.

— Eu.

— A nota vai ser emitida daqui a alguns instantes, mas já temos o veredito.

Por um instante, o tempo ficou em suspenso. Meu peito ardia de ansiedade e nervosismo. Petra não tirou os olhos de mim, os lábios trêmulos enquanto aguardava, a mão sobre a boca.

— A proposta inicial era a expulsão de qualquer categoria da Fórmula, mas com liberação para outras categorias do automobilismo.

Senti o café da manhã voltando, queimando a garganta. Ia passar mal.

— E, não acredito que vou dizer isso, mas o vídeo da entrevista de vocês teve um impacto absurdo no comitê. Em vez da proposta inicial, a proposta aceita foi de três anos de suspensão total da Fórmula 1, com direito a participação em todas as outras categorias depois de um ano, e uma multa em euros. Vamos confirmar o valor e tentar recorrer, mas é o veredito.

— Essa proposta foi mesmo aceita? — ela perguntou, a voz chorosa.

— Foi, Petra. Você vai poder voltar a correr.

Os berros explodiram no apartamento. Lágrimas se misturaram com beijos que se converteram em mais gritos e, por fim, em um choro desenfreado de alívio que me deixou lacrimejando apenas por vê-la sorrir.

Edgar ria do outro lado, a voz entrecortada enquanto esperava a piloto parar de comemorar.

— E João? — ela indagou ao limpar as lágrimas do rosto.

— Como ele assumiu integralmente a culpa, foi permanentemente expulso de correr em todas as categorias de base, todas da Fórmula, Stock e por aí vai... É sério que ele tenha dado a ideia e arquitetado o plano. O advogado dele deve estar tendo essa mesma conversa com ele agora. Ah, Petra, mas tem uma coisa... Eles não vão facilitar a sua volta, você sabe disso, não é? Só voltaram atrás na decisão por conta da pressão do público.

Seu vídeo chegou a algumas pessoas muito importantes. Não houve revelação de quem foi, mas ficou óbvio que a maioria não queria aprovar essa proposta mais leniente.

— Sei que vai ser difícil, mas eu consigo. Vou dar um jeito.

— Fico feliz por você, Petra. Parabéns!

Quando a ligação terminou, Petra voltou a chorar, agachada no tapete. Eu a envolvi nos braços, dando beijos em sua cabeça toda vez que o choro se intensificava. Ela respirava com dificuldade, misturando palavras desconexas com lágrimas.

— Oliver, eu tenho uma chance — Petra murmurou, os olhos brilhando. — Uma chance.

— Vamos nos esforçar, você vai conseguir, ok? — Dei um beijo em sua testa, abraçando-a.

— Obrigada por estar aqui comigo — ela sussurrou. — E prometo te tornar participante ativo em todas as minhas próximas loucuras.

— O próximo passo é, obviamente, nos infiltrar na FIA e derrubar algumas pessoas — provoquei. Petra arqueou a sobrancelha, uma expressão de interesse no rosto. — Estou brincando, meu bem.

— Eu toparia, você sabe, não é?

Gargalhei, abraçando-a mais uma vez.

— Você toparia qualquer coisa comigo, então?

Petra assentiu, segurando meu rosto e me dando um beijo tão calmo e doce que nem parecia ser subsequente a todo o estresse ao qual estávamos expostos a alguns instantes atrás.

Um respiro, finalmente.

— Você vale a pena e confio em você.

Abri a boca várias vezes, ainda desacostumado com aquele carinho todo em palavras. Mas amava. Petra sabia como me mimar, e eu tinha minhas próprias maneiras de fazê-la feliz, ainda que não com declamações de poesia.

— Já que topa tudo por mim, o que acha de me ajudar a treinar o português? Meu professor disse que eu tenho dificuldade com pronomes possessivos.

Petra gargalhou, se enganchando em mim, o rosto tão próximo, pairando sobre mim como uma divindade.

— Meu — ela sussurrou, dando um beijo em meu queixo. — E meu. — Outro beijo no pescoço. — Muito meu. — Mais um em minha testa. — E sua. Totalmente sua.

Com o beijo final em meus lábios, ela afundou o quadril no meu, as mãos ao redor do meu pescoço que diziam que sair de lá não era uma possibilidade.

— Então só os pronomes possessivos "meu" e "sua" que contam? — perguntei com uma risada, completamente embriagado por seu cheiro e gosto.

— Sim — ela sussurrou, tão perdida em mim quanto eu estava nela. — São os únicos que importam desde que te conheci, Oliver.

E então me beijou de novo. Me vi ali, à disposição de sua vontade, sabendo bem que, naquela corrida, nós dois sairíamos vitoriosos. E eu, com o maior prêmio de todos, o amor de Petra Magnólia.

BCN
Escrito por Raychelle Willenbring

[...] Andreas Kuhn, piloto da Assuero Racing, teve o contrato revogado na tarde deste sábado após a confirmação do vazamento de um áudio em que o piloto ameaçava e proferia injúrias raciais contra Oliver Knight, companheiro de equipe, John e Petra Brown, em um jantar da Assuero em Londres. Andreas está sendo processado pelos irmãos Brown e pelo colega da Assuero por difamação e injúria racial.

O piloto de vinte e cinco anos é sobrinho de Walter Kuhn, membro da comissão da FIA. O integrante não quis comentar sobre o caso.

Apesar de já estar firmado, a Assuero Racing insistiu em desfazer o contrato milionário de Kuhn. Andreas não vai correr pela equipe na próxima temporada da Fórmula 1. Ao ser questionado sobre as últimas notícias envolvendo a empresa, Augustus Allaire, chefe de equipe, disse à BCN News que os motivos para a demissão de Andreas não seriam divulgados. Apesar disso, oito das dez equipes da Fórmula 1 compartilharam em suas redes sociais notas oficiais em repúdio às ações de Andreas.

Ao ser questionado sobre o futuro de Knight na equipe, Allaire afirmou que "Oliver Knight é um piloto excepcional e que acabou envolvido em um escândalo, sem fazer parte ativa dele".

O mesmo não se aplicaria a Petra Magnólia e John Brown, filhos do milionário Howard Brown. Fontes confirmam que Petra estaria prestes a assinar um contrato com a Melden Racing, equipe de Howard Brown, na mesma ocasião em que as fotos foram vazadas.

Na deliberação da FIA acerca de Petra Magnólia, foi estipulada uma multa de cinco milhões de euros, além de três anos de afastamento da Fórmula 1 e um ano afastada de outras categorias do automobilismo. Um resultado com saldo positivo para Magnólia, já que ela poderia enfrentar até "possíveis acusações criminais", de acordo com uma das fontes da BCN News. Também foi confirmado que Howard Brown teria pagado a multa da filha, mas, ao ser questionado sobre essa informação, o empresário disse que não responderia a qualquer pergunta sobre o assunto.

47. Petra Brown e sua crise de desemprego charmosa

Havia certo charme em estar desempregada.

Baptiste continuava pegando no meu pé por não estar treinando tanto quanto deveria, mas decidi me dar um mês completo de férias após o caos que assolou minha vida.

A internet ainda continuava com os memes, os ataques e as defesas sobre todo o escândalo da Operação Paddock, mas, no fim de tudo, o que importava era que eu ainda tinha uma chance de voltar a correr.

Eu teria um ano inteiro para fazer contatos em outras categorias, talvez voltar para a Fórmula 2, se conseguisse algum acordo. Aquela parte ainda estava meio abalada. Obviamente, com a explosão do vídeo que fizemos, muitas empresas se dispuseram a me patrocinar, mas era uma questão complicada.

Para correr, não servia qualquer patrocínio; precisava ter influência, ser uma empresa que tivesse a aprovação do público e que fizesse peso nas equipes, a ponto de quererem aquele patrocínio na própria empresa.

E aquela era a parte difícil da situação. Eu gostaria que somente o meu talento e força de vontade fossem suficientes para me recolocar no esporte, mas a vida real não funcionava assim.

Por isso, durante minhas "férias", tirei um tempo para conversar com cada um dos possíveis patrocinadores. Participei de jantares, palestras e dei tantas entrevistas que mal sobrava assunto para contar.

Aquela Petra era completamente diferente da que eu conhecia, e por um lado, por mais assustador que fosse mostrar ao mundo quem eu era de verdade, tinha seus pontos positivos.

Por exemplo, agora eu podia dizer que Oliver Knight tinha as coxas maiores que as minhas e que nós gostávamos de fazer exercícios juntos para ver quem desistia primeiro. Ou pude contar para o mundo, pela primeira vez, sobre minha compulsão alimentar.

Obviamente, durante todo aquele tempo, outras pessoas me atacavam. Algumas, muito maldosas, tenebrosas de verdade. Quando via os comentários sobre meu transtorno, desligava o celular e ia fazer alguma coisa que me trouxesse à vida real, ou então me lembrava das outras mensagens que tinha recebido. De pessoas que ficavam felizes por me ver falando de problemas tão sérios e que ocorrem com tanta frequência no automobilismo.

No meio de tudo, João decidiu seguir o mesmo caminho. Apesar de ter assumido o relacionamento com Nikolai, meu irmão continuou muito privado acerca de sua vida, mas agora se incluía ativamente entre os pilotos LGBTQIAP+.

— Eu não estou fazendo isso porque sou obrigado, mas talvez, pra alguém, seja importante. Se tenho a visibilidade pra isso... — foi o que ele me disse quando o questionei, já em Londres, após um almoço com uma tenista com quem conversei sobre um patrocínio generoso de sua empresa de apoio a atletas negras. — Não é como se eu fosse sair por aí mostrando minha vida inteira, isso ainda me assusta.

— E como você se sente em saber que não vai mais correr? — questionei, atenta a seus movimentos.

— Feliz e ansioso ao mesmo tempo. Agora preciso decidir o que fazer depois de uma vida inteira sendo criado para fazer uma coisa só. É bem assustador — confessou com um suspiro. — Mas eu consigo, vou dar um jeito.

Entre negociações, descanso e jantares solitários em hotéis, consegui encontrar Oliver no intervalo de verão da temporada, em julho.

Estava me arrumando para vê-lo quando ouvi uma batida na porta do quarto de hotel. Fiz uma careta, já que não haviam anunciado meu visitante.

Ao abrir a porta, deparei com os olhos cansados de Howard Brown. Desde que todo o circo foi pelos ares, não havia mais falado com ele. E ele tentou entrar em contato, mas eu não estava pronta, mesmo sabendo da verdade. Andreas Kuhn havia tentado subornar meu pai e ele fez o que era necessário para que as fotos não fossem vazadas.

Eu estava acostumada a lidar com a faceta egoísta de Howard, com aquela que me deixava em segundo lugar diante dos próprios interesses, mas não com essa. Então, minha solução foi fugir até que estivesse com ânimo para encará-lo.

— Seu irmão me disse que estaria aqui — ele justificou com um pigarro. Assenti, abrindo passagem para que entrasse. — Queria conversar com você, Petra.

Passei a mão pelo vestido, sentindo o veludo falhar em proteger meu corpo do frio que cruzava a espinha. Não tinha qualquer noção do que fazer com aquelas informações, com o conhecimento do que meu pai tinha feito por mim.

— Você realmente tentou me proteger — balbuciei, apertando a base do nariz entre o polegar e o indicador. — Por que não foi honesto desde o início? Por que não disse que Andreas estava te chantageando com as fotos?

Howard enfiou as mãos nos bolsos da calça social e deu de ombros.

— Não queria que carregasse esse peso nas costas. Eu... eu sei o quanto o ano passado foi difícil. Naquela festa de comemoração da Melden... as pessoas foram maldosas. Seu irmão também sofreu bastante. Eu tentei resolver isso sozinho, por isso insisti tanto em assinarmos o contrato rápido. Era óbvio que Andreas vazaria as imagens de qualquer jeito, mas se você estivesse na Melden...

— Eu estaria protegida do escândalo, porque nosso contrato duraria muitos anos e Andreas não teria qualquer impacto na minha carreira — completei.

Por mais que eu quisesse me esconder, ignorar o fato de que meu pai fizera aquilo tudo por mim não seria justo. Ele tinha tentado resolver tudo sozinho e foi um erro, deveria ter dividido isso comigo desde o início. Mas eu também não tinha o melhor histórico em compartilhar meus planos e decisões com outras pessoas.

— Você sabia do plano de Andreas de ser primeiro piloto da Assuero? — perguntei com cautela, ainda lidando com a estranheza de não ter trocado qualquer farpa com meu pai em mais de cinco minutos de interação. Parecia... estranho. E bom, ao mesmo tempo. Uma trégua.

— Eu imaginava, porque ele é ambicioso e arrogante demais para o próprio bem. Quando veio pedindo para ser primeiro piloto, até acreditei, mas quando começou com o papo de que queria derrotar o Oliver... Não teria como fazer isso se não fosse na própria Assuero, eles ainda são uma equipe de calibre bem maior que a Melden... — Ele sorriu, dando uma piscadela. — Por enquanto.

Meu pai, fazendo piada?

Envolvi o tronco com as mãos, me abraçando quase que instintivamente.

— Se eu soubesse, talvez teria facilitado um pouco e...

— Não teria. — Howard balançou a cabeça, batucando com os sapatos de couro no chão. — Você teria feito tudo exatamente como fez. Se não fosse o contrato, não teria aceitado minha ajuda. Por isso fiz aquilo, porque não adiantaria apelar para a lógica. Da mesma maneira que não funcionaria se eu estivesse no seu lugar.

Queria retrucar dizendo que ele estava errado, que eu teria, sim, aceitado sua ajuda e que não era tão arrogante a ponto de achar que era capaz de resolver tudo sozinha, mas seria mentira.

— Obrigada, pai. — Me abracei com ainda mais força. — Eu sinto muito por Andreas ter arrastado seu nome na lama junto com o meu, como se fosse meu cúmplice.

— É, mas uma justiceira por aí gravou aquele áudio e me isentou das acusações, não é? — Arqueou a sobrancelha, o sorriso branco marcado na barba grisalha me fez sorrir também, assentindo. — Se souber quem é, diga que eu agradeço e... e que sinto falta dela.

Desviei o olhar para a parede, sentindo o nariz pinicar e os olhos arderem.

— Bom, eu vou indo. Tenho alguns compromissos antes de voltar para Londres — ele anunciou, tão desconfortável quanto eu.

Acompanhei meu pai até a porta do quarto. Ele se virou para me encarar.

— Pensei em um jantar quando você voltar para Londres, o que acha? Eu, você e John.

Assenti lentamente, um sorriso contido nos lábios.

— Seria legal.

Howard fechou a porta atrás de si, o silêncio do quarto preenchendo cada espaço disponível. Passei a mão pelo rosto, sentindo o coração ribombar com força.

Parte de mim queria acreditar no meu pai, em seu pedido de perdão, mas outra parte insistia em relembrar que ele teve todo o tempo do mundo para pedir desculpas antes e não o fez.

Talvez eu só precisasse de tempo e de alguém com quem conversar. Oliver.

Droga, ele estava me esperando no terraço.

Subi o elevador com os saltos estalando no chão de ansiedade. Vê-lo após três semanas correndo de um lado para o outro era como uma chuva torrencial após uma semana inteira de calor. Refrescante, um alívio tão forte, capaz de me deixar leve, quase levitando. Era exatamente do que eu precisava depois daquela conversa com meu pai.

— Não está com dor na bochecha? — ele perguntou durante nosso jantar. — Não parou de sorrir por um segundo desde que chegou.

Dei-lhe um chute fraco sob a mesa, mas sem perder o sorriso.

Oliver estava de terno azul, com uma camisa social branca marcando *muito* bem seu corpo delicioso. Após três semanas, era difícil não querer me jogar em cima dele, beijá-lo até perder a consciência, e continuar de onde paramos.

Talvez aquilo estivesse claro o suficiente em meus olhos, porque Oliver apenas se recostou na cadeira, cruzando os braços.

— Está doida pra arrancar minhas roupas, né? — provocou, o rosto completamente impassível.

Dei de ombros e comi mais um pouco do risoto de camarão. Ao nosso redor, a noite italiana brilhava, as ruas iluminadas e a música que emanava da caixinha de som que coloquei perto de nós.

Havia algumas luzes discretas iluminando o ambiente, duas velas na mesa, o combo perfeito de romantismo que valia a pena por Oliver. Eu já havia percebido, com muito contentamento, que, para ele, demonstrar amor era *fazer* algo. Pensar em passeios, viajar de um lugar para o outro para me ver, planejar um encontro... Então, decidi eu mesma fazer a decoração do dia.

— Como conseguiu pendurar a luzinha ali? — ele perguntou entre garfadas, observando um ponto mais alto em que eu havia posto a pequena luminária.

— Segredo, Oliver.

— Ah, droga, agora eu que estou doido pra arrancar suas roupas.

Soltei uma risada alta, tomando um gole generoso do vinho. Então apoiei a taça na mesa e me levantei com uma mesura exagerada.

— Oliver Knight, lamento dizer que você não pode mais tirar minhas roupas.

Ele deitou a cabeça em confusão, os olhos se estreitando para mim.

— Você quer transar vestida? Mas esse terno é novo, eu...

— Não, Oliver. — Ri baixo, balançando a cabeça. — Só vou tirar minha roupa de novo para o meu namorado. Cansei de ficar tendo casos por aí, sabe? Agora, sou uma mulher comprometida.

Oliver sorriu, mordendo o canto do lábio inferior.

— Ah, sério? E quem é o felizardo?

— O nome dele é Joseph e...

Oliver gargalhou, balançando a cabeça. E, despreparada para ver o sorriso mais lindo entre os que Oliver disponibilizava para mim, levantei uma caixinha para ele, que riu quando abri a tampa, mostrando dois pequenos anéis.

— Quero que seja oficialmente meu namorado, com direito a tudo que namorados têm — disse, a voz meio trêmula, apesar de não ter motivo para aquilo. Quer dizer, Oliver diria que sim, certo? — Eu nunca fiz isso antes, quer dizer, eu acho que é assim, né? Não é um casamento, mas eu...

— Petra, você fez uma *péssima* escolha hoje — ele me interrompeu, já pegando um dos anéis para colocar em mim, beijando minha mão devagar. — Agora, mais do que nunca eu *preciso* arrancar suas roupas.

Dei uma risada estrangulada, peguei o outro anel e, com um sorriso que mal cabia no rosto, coloquei-o, segurando a mão dele, observando assombrada o quanto éramos bonitos juntos. O quanto aquilo era certo. O quanto Oliver era o amor gostoso do qual ouvia falar em músicas, mas achava que não existia daquela maneira.

— Agora você é oficialmente meu homem, Oliver — cantarolei, aproximando-me para beijá-lo mais uma vez e me derreter em seus braços.

— Isso significa que finalmente posso dizer às pessoas que tenho a piloto mais cobiçada do paddock?

Soltei uma gargalhada e o abracei, sentindo sua respiração no pescoço, o coração retumbando junto com o meu. E me senti em casa, em paz, pertencente a um mundo no qual não estava sozinha.

— Gosto um pouco de você, Oliver — sussurrei em sua boca.

Ele se afastou, contemplando meu rosto. Abaixou-se até estar na minha altura, sem afastar o olhar do meu, e disse:

— Gosto só um pouco de você também, pimentinha. Estou doido pra ganhar de você na Fórmula 1 daqui a alguns anos.

Ri contra seus lábios, puxando-o para perto pela nuca.

— Boa sorte com isso, porque eu pretendo acabar com você assim que tiver a chance.

E então, naquela noite de verão, Oliver Knight sorriu para mim.

— Mal posso esperar, Petra.

Abu Dhabi

UM ANO E MEIO DEPOIS

O champanhe estourou com força, sobressaindo-se aos gritos de comemoração. Ri alto, já tendo bebido algumas taças, então me joguei nos braços de Oliver, berrando em seu ouvido:

— Precisamos testar o sexo de prêmio mundial!

Ignorei o fato de que sua mãe, a algumas cadeiras de distância, provavelmente podia nos ouvir, e apenas o beijei, sentindo o gosto de álcool se misturar ao puro êxtase.

Oliver me puxou pela cintura, tirando a franja do meu cabelo curto do rosto. Ele estava suado, os olhos brilhantes, o corpo inteiro exalava a felicidade de quem, mais uma vez, conquistou o título mundial.

— Anotei algumas posições que podemos testar, pimentinha — ele disse, entrando na brincadeira, já me puxando pelo pulso até a varanda da cobertura onde acontecia a primeira comemoração oficial. — Assim que chegarmos em casa, prometo.

— Mas a minha casa está tãããããããããão longe. Estamos em Miami, você lááááááá em Nova York e eu lááááá na Inglaterra — choraminguei. — Estou com saudade do seu sofá.

— Ah, é? Isso porque não gostou dele quando eu comprei.

Fuzilei-o com o olhar antes de dar de ombros, empinando o nariz.

Eu estava ali, como uma namorada orgulhosa, que passara por tantos momentos de estresse com Oliver na última temporada. O resultado do campeonato foi decidido a pouquíssimas corridas do final, e por mais que fosse bom saber que os melhores carros eram competitivos, para mim, que apenas queria que Oliver ganhasse tudo em que se propusesse a competir, era difícil.

Xinguei Alex Duarte pelo menos quatro vezes por dia nas últimas semanas, a ponto de Oliver me questionar se eu estava ficando com raiva do pobre homem.

Não, eu só era extremamente competitiva, até mesmo por tabela.

Mas me aliviava saber que eu não era a única. Em um dos últimos GPS da temporada, quando fui assistir diretamente da garagem da Assuero, encontrei Basile Beauchene, namorado de Alex, ao meu lado, aguardando o resultado do pódio.

Alex ganhou de Oliver nas últimas voltas, o que me causou uma onda de raiva tão grande que passei três minutos completos em pura revolta. E Basile entendeu, porque, ao me ver, deu um sorriso e um aceno, os olhos queimando com a mesma competitividade que brilhava nos meus.

Foi só quando Alex e Oliver desceram, meu namorado correndo em minha direção com um sorriso, que cedi um pouco, abraçando-o com força.

— Odeio Alex até amanhã de manhã — confessei, sem graça.

Oliver gargalhou, e então olhei para o lado no mesmo instante em que Alex piscou para mim, de maneira divertida.

— Nós apostamos que Baz e você no mínimo sairiam no tapa hoje — Oliver brincou.

Fiz uma careta, afastando-me de Oliver para lhe dar um tapa ardido no braço.

— Nós estávamos aqui torcendo por vocês e ficaram apostando?!

Ao olhar para o piloto da Astoria, vi que também tinha a sobrancelha arqueada e os braços cruzados. Fui até eles, deixando Oliver para trás.

— Olá, Baz — cumprimentei com um menear de cabeça. Ele me encarou com pouco interesse, desviando a atenção de Alex. — O que acha de, na próxima corrida, apostarmos em um piloto que não seja nenhum desses dois? Tenho algumas estatísticas legais.

Uma faísca se acendeu nos olhos do francês, que virou as costas para Alexandre e veio caminhando comigo pelo paddock, trocando figurinhas sobre quem poderia ganhar a próxima corrida.

Ao encontrar Oliver na saída do GP, prontos para irmos para o hotel, ele estava pensativo, um pouco cabisbaixo. Seu aniversário seria dali a três dias, e estava orgulhosa de mim mesma por ele não ter descoberto a festa surpresa que eu planejara.

— O que houve, meu amor?

Abracei-o pela cintura, andando ao seu lado até o carro estacionado. No fundo, o sol se punha. Estava cedo, mas, com o inverno chegando no hemisfério norte, os dias duravam cada vez menos. O frio penetrava em nossos pulmões, e o ar mal saía de nossa boca antes de se condensar.

— Só estava pensando, você sabe, na minha carreira e tudo mais.

— E por que está com essa cara? Achei que estivesse feliz. — Torci o nariz em uma careta, apertando-o mais ainda.

— É só que... Do que adianta uma carreira dessas, se não tenho você em casa no fim do dia?

Revirei os olhos, dando-lhe um empurrão com o quadril.

— Não acredito que caí nesse teatrinho melequento — resmunguei e me afastei, pegando a chave de suas mãos. — Eu dirijo, não tente me impedir.

Destravei a BMW, mas Oliver não me acompanhou, ainda parado onde estava antes.

— Você vai ficar doente, e eu não vou ficar dando sopa na sua boca enquanto você finge que está morrendo... — desviei o olhar para o outro lado da paisagem — de novo.

— Não foi teatrinho — ele retomou o assunto anterior, a voz mais alta. — Sabe como é chegar em casa depois das corridas e saber que você está em outro país?

— Óbvio que sei, Oliver — respondi, cansada. — Mas o que podemos fazer?

Oliver cruzou os braços, a sobrancelha erguida para mim. Imitei o movimento, desafiando-o.

— Vai ficar aí me encarando assim ou vai dizer o que quer? — alfinetei, já perdendo a paciência. — Estou ficando com frio e, a não ser que você decida me esquentar de alguma maneira *muito* criativa, podemos continuar esse joguinho dentro do carro.

— Vem morar comigo — ele disparou, sem qualquer aviso.

Olhei para Oliver, os braços molengas e a respiração acelerada. Ele estava sério, completamente firme em seu pedido, e nada bêbado.

— Somos bem grandinhos — ele continuou —, e eu sei o que quero pro nosso futuro. Sei que não tenho qualquer plano de me afastar de você. E, bem, estamos juntos há um ano e meio, a temporada está quase acabando. Acho que é uma ótima maneira de ver se nos adaptamos morando juntos.

Pisquei algumas vezes, atordoada com a rajada de raciocínio lógico que Oliver apresentou. Ele havia se tornado muito bom em me tirar do eixo, especialmente em momentos como aquele.

— Eu... eu... — Olhei de um lado para o outro, sentindo pela primeira vez que estava vivendo um relacionamento longo e duradouro. — É óbvio que eu adoraria, Oliver — respondi com uma gargalhada falha. — Mas como vamos fazer a mudança? E para onde vamos? Minha casa? Sua casa? Temos que começar a ver...

Mas não pude continuar, sendo interrompida pela boca de Oliver na minha, as mãos agarrando meu corpo como se fôssemos evaporar junto com o ar condensado na noite gelada.

— Vamos decidir isso juntos, ok? — ele murmurou contra minha boca. — Agora, podemos voltar ao assunto de te aquecer de maneiras criativas?

Entrei no carro, batendo a porta atrás de mim antes que Oliver me alcançasse de novo. Gargalhei durante o caminho inteiro até o hotel, as risadas externalizando todo o amor que parecia ser incapaz de ser explicado de outra maneira senão pelo riso.

Northamptonshire

OITO MESES DEPOIS

Eu sabia que estava ferrada no final da corrida.

— Como que o filho da puta faz uma ultrapassagem perigosa dessas? — exclamei no rádio, completamente indignada.

Nas entrevistas após o circuito, as perguntas pipocavam:

— Existe uma rixa com algum piloto da Fórmula 2? — uma das jornalistas perguntou após dissecar a corrida, da qual só saí vitoriosa por um triz. Meu Deus, quase bati o carro por culpa da estupidez de alguém.

— Não, não tem rivalidade alguma que não seja normal do esporte — respondi, tentando sorrir.

— Aquele último rádio...

— Não é segredo pra ninguém que eu fico muito estressada durante as corridas — interrompi, sentindo a cordialidade por um fio. — Mas isso nunca sai da pista.

E então subi para a área interna enquanto aguardava o pódio. Os outros dois pilotos estavam sentados, rindo e comentando os highlights da corrida.

— Foi mal, cara. — Acenei para o piloto que xinguei durante meu rádio. — Não faz mais aquilo, não, por favor, quase me matou do coração.

O loiro arqueou a sobrancelha e deu de ombros.

— É pra dar uma apimentada em Silverstone.

Contive o ímpeto de retrucar: "Mais do que o normal?", mas fui interrompida pela figura que entrava pela porta para nos cumprimentar.

Ao levantar o troféu, comemorando o primeiro lugar com o resto da equipe, me permiti sorrir.

Minha primeira vitória desde que voltara a correr, daquela vez, na Fórmula 2. Estava de volta ao Junior Team da Scuderia Remulo. Sebastiano Ricci, o chefe de equipe, foi o primeiro a entrar em contato comigo. Aparentemente, as pessoas por trás dos meus patrocínios interessavam à equipe da Remulo. E eu já conhecia como a empresa funcionava, tinha intimidade com os engenheiros e mecânicos, então a escolha me pareceu óbvia.

E foi certeira.

No início, tive bastante dificuldade em me adaptar ao carro, e não somente isso. Fazia mais de um ano e meio que não treinava, não em um carro, numa pista de corrida pra valer. A situação não foi fácil.

Mas me adaptei, como sempre, e os resultados estavam vindo. Como aquela primeira vitória.

No estacionamento privativo, encontrei Oliver me esperando de braços cruzados. Estava gostoso demais, com uma jaqueta de couro, óculos escuros e calças justas nas coxas divinas.

— Tem algum comentário sobre o desempenho do meu carro? — disparei assim que me aproximei.

Ele apoiou os óculos no topo da cabeça, dando um sorriso de lado malditamente delicioso.

— Ele está indo muito bem nas retas, não esperava que isso fosse acontecer.

— É, não é só a sua equipe que tem cartas na manga — murmurei. Mas não tive tempo para continuar nossa discussão sobre os carros e as mecânicas do automobilismo, porque Oliver já me puxava pela mão.

— Pensei que você fosse viajar hoje à noite — comentei meio trôpega, sentindo seus dedos circularem pelas minhas costas.

Estar há tanto tempo com alguém tinha seu lado ruim, como em momentos como aquele, quando queria ser marrenta com Oliver e não conseguia, porque ele sabia como me desmontar. Ele me quebrava em dois segundos, sabia onde me tocar, quais pontos do meu corpo cediam mais facilmente.

Não que fosse necessário insistir; eu me derretia por Oliver naturalmente.

— Decidi ficar mais um dia — ele respondeu, com uma das mãos na base do meu pescoço. — Essa é a sua primeira vitória desde que voltou, e eu e você temos um combinado, não é?

Assenti devagar, engolindo em seco.

O Combinado. Aquele que se estendia para todas as vezes que um de nós dois ganhava uma corrida. Uma noite inteira sem nos cansarmos um do outro, sentindo as maravilhas que um ego inflado por ganhar uma corrida fazia.

Naquele ponto, eu torcia para ganhar apenas para que Oliver acabasse comigo.

— Entra no carro — ele ordenou, após apertar meu pescoço com mais força.

— Meu Deus, Oliver.

— Não adianta apelar pra qualquer entidade agora, mas valeu a tentativa.

Sentei no banco, com o corpo tremendo de expectativa.

Ganhei uma corrida e ainda por cima teria Oliver para mim a noite toda. Estava me sentindo mais do que vitoriosa naquele dia.

Abu Dhabi

QUATRO ANOS E QUATRO MESES DEPOIS

O chão abaixo dos meus pés parecia ter sumido. Meu corpo inteiro tremia, as lágrimas correndo com tanta força que mal podia respirar. Estava com a cara inchada e vermelha, com certeza horrenda, mas não me importava.

Levantei o troféu. O meu troféu.

O meu primeiro campeonato mundial de Fórmula 1.

Abracei muitas pessoas ao mesmo tempo, sem sequer ver os rostos, estava tão absorta no êxtase da vitória que qualquer coisa além de gritos e lágrimas me parecia abstrato.

Foi quando o vi, abrindo caminho em meio às equipes da Assuero e da Remulo, o sorriso de quem torcia por mim até mais do que eu mesma.

Levantei a taça para ele, rindo quando me deu uma piscadela.

Tomei tanto champanhe ao chegarmos na Europa que as memórias eram um pouco borradas.

Eu me lembrava de uma festa imensa, de entrevistas, de promessas de coletivas de imprensa, de comemorações marcadas para dali a alguns dias. De Solange me dizendo que eu poderia perder um pouco do juízo, mas só um pouco.

— É tarde demais — brinquei. — Já estou desajuizada!

Então lembro-me de dançar colada a Oliver durante boa parte da noite e, por fim, de acordar na cama do hotel. A boca seca, sentindo frio por ter dormido com a janela aberta. Ainda estava bêbada, com certeza.

Supunha que boa parte da equipe da Remulo também estaria no mesmo estado. Durante os últimos três anos, após sair do Junior Team para a Fórmula 1 da Scuderia, tornou-se meu objetivo de vida ganhar um campeonato. Estava chegando aos trinta anos, e o sonho de ser campeã mundial nunca morrera. Nunca.

Por isso, depois de tantas lágrimas de frustração, de tantas vezes que mudamos os carros até acharmos uma configuração que fosse boa, com estratégias de equipe funcionais, conseguimos a conquista.

A porra do mundial!

— Eu sou campeã do mundo — falei em voz alta, achando estar sozinha no quarto. Então comecei a rir, cantarolando.

Tinha o direito de estar bêbada e feliz às... nove da manhã de uma segunda-feira.

Olhei para o outro lado da cama, buscando Oliver, porque tinha certeza de que ele dormira comigo na noite anterior.

— Sim, você é a campeã do mundo.

Berrei, assustada, ao sentir alguém tocar meu pé na cama. Oliver fez uma careta, e minha cabeça começou a latejar imediatamente.

— Pode gritar mais baixo? — ele resmungou, voltando a se deitar no chão.

Coloquei a cabeça para fora da cama, observando Oliver Knight, meu marido, largado no tapete só de cueca.

— Dormiu aí? — perguntei, abismada. — Por que não ficou na cama?

— Você me chutou — ele respondeu com um muxoxo. — Seu irmão estava certo quando me alertou da primeira vez, vocês chutam *muito*.

Sorri, ladina. Me levantei para ir ao banheiro, ainda sem acreditar que o título era meu.

Porra, eu jamais acreditaria.

O ano não tinha sido dos mais fáceis, não com o falecimento da minha avó e com a piora do estado de Alzheimer da mãe de Oliver. O Instituto de Pesquisa Valkyria Mabuza Knight tinha oficialmente aberto as portas fazia poucos meses, o que dava um alívio a Oliver, mas mesmo assim nós dois estávamos muito tensos.

A única forma que achamos de não colapsarmos ao longo dos circuitos foi, para o completo terror de qualquer pessoa sã, rachas.

Começou como uma brincadeira entre nós dois. Pegávamos os carros e íamos para o interior, apenas para rodar por estradas à noite. Então, tornamos uma competição nossa.

Era completamente absurdo que Oliver participasse de rachas, ainda mais *comigo*. Mas se provou terapêutico gritar pela janela com toda a força, sentindo o ar frio nos pulmões.

Não digo que foi uma solução saudável, mas foi a que encontramos por dois meses, até que nos rendemos a uma conversa sobre a situação.

Àquele ponto, já vivíamos juntos e, para pessoas mais próximas, brincávamos que éramos casados. Eu amava Oliver, passar o resto da minha vida com ele era tão certo quanto o Sol ser uma estrela.

Em uma de nossas noites de conversas, enquanto Oliver contava sobre sua infância e o casamento dos pais, pensei que gostaria de envelhecer com ele. Que gostaria que ele fosse a última pessoa da qual eu queria me esquecer. Que Oliver me acompanhasse até que nossas memórias desaparecessem, até que virássemos pó.

João diria que eu estava ouvindo Hozier demais. De novo.

Mas eu não podia evitar, não quando se tratava *dele*.

Duas semanas depois, organizei um jantar com Oliver. Ele estava empolgado com a perspectiva de comer comida brasileira e treinar seu português. No fim da noite, quando estávamos empanturrados de feijoada e Guaraná, me ajoelhei diante de Oliver no sofá, peguei sua mão, tirei o anel de compromisso e sorri.

— Está tentando me roubar? — meu namorado perguntou com uma brincadeira, sem entender o motivo da movimentação súbita. — Uma garota muito bonita e mandona que me deu esse anel, então eu devolveria, se fosse você. Ela é *muito* brigona. Uma pimentinha.

Revirei os olhos com uma risadinha, ainda segurando a mão dele.

— Quero renovar nossos votos.

— Votos? — perguntou ele com a sobrancelha arqueada. — Petra, está bem? Não fizemos nenhum voto, não somos casados.

— É isso que eu gostaria de mudar.

Os olhos de Oliver se arregalaram. Ele se empertigou no sofá, um sorriso tão imenso que mal parecia caber na boca.

— Espera aqui.

Então se levantou e correu para o quarto, deixando-me ali plantada com o joelho no chão, esperando.

Quando Oliver retornou, com uma caixinha nas mãos, caí na risada.

— Você só pode estar brincando — comentei, já de pé. Fui até ele e peguei o pequeno embrulho, vendo o anel ali dentro. — Não acredito que você comprou um anel novo, e eu só ia tirar o seu antigo e colocar de novo...

— Estava planejando pedir a sua mão quando fôssemos para o Brasil. Queria te levar para o Rio de Janeiro, em uma daquelas coberturas em frente à praia, e então...

— Cancele imediatamente o meu pedido — exclamei, virando de costas. — Vou fingir que não fizemos isso, pode seguir em frente com seu plano.

Oliver gargalhou alto, puxando-me pela cintura até que estivesse com as costas no peito dele, sua respiração em meu pescoço.

— O que acha de oficializarmos no Rio?

Virei o pescoço, sem hesitar.

— Eu adoraria, Oliver Knight.

Duas semanas depois, com mamãe, João, o pai de Oliver, seu irmão, sua cunhada e seu sobrinho, oficializamos nossos votos no Rio, com a praia de fundo, um vestido florido e uma cerimônia rápida. Não queríamos fazer alarde. Já havia tanta comoção ao redor de nós dois desde o início da nossa relação que queríamos aquele momento apenas para quem importava.

Para nossa família.

E, por mais que eu e meu pai estivéssemos começando a estabelecer uma relação mais amigável, aquele momento era para aqueles que estiveram comigo durante todo aquele tempo, em cada derrota e vitória, quando acreditei que não haveria amor para mim e quando tropecei no homem da minha vida.

Apenas três meses após o nosso casamento, veio a última corrida e a vitória, já anunciada duas corridas antes, mas oficializada quando a bandeira quadriculada marcou o último circuito do ano.

— Sai do chão e vem descansar na cama com a sua esposa — ordenei para Oliver, de volta ao chão felpudo.

Ele se levantou, a pele negra brilhando na luz da manhã. Abracei-o quando ele se deitou ao meu lado, entrelaçando as pernas no meu corpo, então afundou o rosto em meu peito, fazendo carinhos suaves em minha coxa.

— Estou ficando velho demais pra isso — Oliver murmurou. Ri baixo, sentindo o sono bater novamente.

— Podemos achar um gêmeo perdido por aí e colocá-lo pra correr no seu lugar ano que vem.

Ele levantou a cabeça, me encarando com os olhos pequenos de sono.

— Não é uma má ideia. Uma Operação Paddock 2.0?

Fechei os olhos e bocejei, encaixando-me mais ainda nele.

— De jeito nenhum, só existe um Oliver. Uma Petra. E uma Operação Paddock. Não quero nunca mais precisar fingir ser alguém que não sou.

Então dormi, sabendo que estava no lugar mais seguro do mundo. Nos braços de Oliver, eu nunca mais precisaria ser ninguém além de mim mesma.

Nota da autora

Uma das partes mais divertidas de escrever romances é entender que seus personagens são como pessoas reais. E todos, absolutamente todos, os personagens deste livro foram criados para serem o mais parecidos com gente de verdade.

Ao longo de *Operação Paddock*, talvez você tenha sentido raiva da Petra, do John e até mesmo do Oliver, o que é normal. O livro foi feito para mostrar que as ações dos personagens vêm de um lugar muito inconsciente. Nossos três protagonistas reproduzem comportamentos bons e ruins a partir da própria criação, e mesmo assim, ao longo da história, eles percebem esses traços e tentam mudar, se tornar cada vez mais eles mesmos.

Espero que, enquanto lia, você tenha entendido que neste romance não existem personagens perfeitos, e que eu não busquei trazer uma solução moral. Não há uma moralidade máxima em nossa vida, então por que na ficção teria? Não importa quantos anos de terapia façam, eles nunca serão livres de erros.

Eu escrevi *Operação Paddock* enquanto compreendia que, em algumas situações, não há um lado cem por cento certo e outro cem por cento errado. É questão de perspectiva e de crenças, o que você crê ser mais certo ou mais errado, a sua lupa para julgar os outros.

E isso foi justamente o que me motivou a escrever o livro desta maneira. Eu não digo o que é mais certo ou não, isso cabe a você, leitor, que tem crenças e perspectivas diferentes de outros leitores (e de mim).

Foi também uma época em que decidi escrever sobre uma personagem que está *cansada*. A Petra é um reflexo puro do que muitas pessoas negras sentem. Depois de uma vida toda apanhando de todos os lados, a gente se cansa de ser passivo. Ela não tem paciência, é desconfiada e age antes que possam atacá-la. O Oliver também não é passivo, mas tem uma abordagem diferente. Ele reage por baixo dos panos. É uma pessoa mais calma, que pensa muito antes de agir e se move com cautela. Os dois precisaram aprender a ser assim, da mesma maneira que eu (e outras pessoas negras) precisei me adaptar a diversos ambientes para não ser diminuída por minha cor.

Por fim, não gosto de terminar livros de romance com cenas de casamento. Sempre penso que o casamento não é indicativo de um "felizes para sempre", mas algo me fez decidir levar a Petra e o Oliver a viver esse clichê. Uma das maiores dores que vejo mulheres negras sofrendo é não se sentirem amadas e queridas a ponto de serem "para casar" (ou namorar). Queria mostrar uma situação em que eles se escolhem, em que oficializam para todo mundo que são uma família, com aquele final de Sessão da Tarde de que somos excluídas. E prometo que o casamento foi lindo, com direito ao Oliver chorando nos votos e tudo mais.

Obrigada por ler *Operação Paddock*, espero você na Amazon e no Skoob para deixar sua avaliação. Venha conversar comigo nas minhas redes sociais:

@arquelana (Twitter)

@arquelanalivros (Instagram)

@arquelana (TikTok)

Agradecimentos

Ao vovô Assis, que descobri, ao escrever estas páginas, que era tão apaixonado por Fórmula 1 quanto eu me tornei. Eu me arrependo por não ter vibrado pelo Felipe Massa com você antes. Eu me lembro de você, mesmo quando não se lembrava de mim e precisava escrever em um papel quem eu era. Te amo e comemoro cada corrida como se estivesse ao seu lado. Sinto sua falta.

Este livro só existe porque minha amiga Laís um dia disse, lá em 10 de outubro de 2020 (tá anotado mesmo): "E se você escrever um livro de Fórmula 1 pra eu ler?".

Eu escrevi. E ela leu. Yay!

Então, obrigada aos meus amigos, que tiveram paciência todas as vezes em que eu roubava alguma característica deles para construir os personagens. Pela paciência em ouvir a história e dar pitacos sobre pontos incongruentes.

Julia Brusco, eu te amo. Obrigada por ser a primeira pessoa a ler a cena em que o Oliver desmascara a Petra, precisei de muita ajuda ali. Você é adorável.

Para minhas betas: vocês moldaram essa história. Obrigada! Não tenho palavras pra dizer o quanto ri dos surtos, o quanto as críticas me ajudaram e o quanto o amor de vocês pelo automobilismo me incentivou a modificar alguns pontos.

Cora Menestrelli, obrigada por tirar minhas dúvidas bobas, por me aceitar como torcedora e fofocar comigo sobre os pilotos. *Operação Paddock* não existiria sem você. Mesmo. Obrigada por me emprestar o Alex também!

Bibi, a maior fã do Oliver. Obrigada por ser emocionada como ele, por ser tão querida, por ser emotiva e uma grande amiga — o Oliver endossa isso.

À equipe da Paralela, obrigada por deixarem este livro mais parecido com o que eu sempre quis. Vocês são incríveis. Especialmente Marina e Quézia, minhas editoras, que acreditaram neste livro quando eu disse que não sabia se queria publicá-lo. Ainda bem que vocês insistiram.

Por último, obrigada a você, leitor. *Operação Paddock* é um livro feito para pessoas imperfeitas. Para aqueles que, tentando ser melhores todos os dias, acabam pisando em falso. Para as pessoas que estão cansadas, que às vezes se perdem no limite das próprias decisões porque são *humanas*. Ele foi escrito especialmente para quem sabe que a vida não é fácil, mas que há muita coisa boa para ser vivida, e que, no final de tudo, vale a pena, principalmente com quem a gente ama do nosso lado.

TIPOGRAFIA Adriane por Marconi Lima
DIAGRAMAÇÃO Vanessa Lima
PAPEL Pólen Natural, Suzano S.A.
IMPRESSÃO Gráfica Bartira, agosto de 2023

A marca FSC® é a garantia de que a madeira utilizada na fabricação do papel deste livro provém de florestas que foram gerenciadas de maneira ambientalmente correta, socialmente justa e economicamente viável, além de outras fontes de origem controlada.